Joseph Delmont

DER CASANOVA VON BAUTZEN

Lusatia Verlag
Bautzen

*Für die Anregung
zur Herausgabe des Buches
danken wir herzlich
Buchhandlung und Antiquariat
Kretschmar in Bautzen.
Der Text der Ausgabe von 1926
wurde behutsam bearbeitet.*

ISBN 3-936758-20-4

Einband und Vignetten: Uwe Häntsch
Gestaltung: Eberhard Kahle
Satz und Reproduktionen:
Kontrapunkt Satzstudio Bautzen
Druck und Binden:
Westermann Druck Zwickau GmbH
Printed in Germany

1

«Musch, machen Sie die Glocke über der Türe ab! Dieses ewige Gebimmel macht einen ganz nervös.»

«Die Glocke war schon beim Herrn Großvater da, und der und Ihr Vater sind auch nicht nervös geworden.»

«Musch, wenn Sie nur einmal im Leben etwas ohne Widerrede tun würden!»

«Nu ja, wenn so eine Bimmel durch fuffzig Jahr und noch länger da gehangen und keinen Menschen geniert hat ...»

«Die Glocke wird abgenommen, und dabei bleibt's! Wenn Sie nicht auf die Leiter steigen können, so soll der Ferdinand es tun.»

Berthold Türmer wich weiteren Erwiderungen des alten Hausdieners aus, indem er raschen Schrittes den Laden verließ, um in das seitlich gelegene Büro zu treten.

Inge Claußen ließ eiligst den Roman in der Schublade des Schreibmaschinentisches verschwinden und spannte einen neuen Bogen auf die Walze.

«Nu wird's aber bald mit ihm zu närrisch», räsonierte im Laden der Hausdiener Musch. «Fuffzig Jahr bin ich jetzt da, immer hat's gebimmelt, und nu soll se weg. Die ganze Kundschaft wird schimpfen.»

Die drei Kommis[1] und der Lehrjunge Ferdinand lachten.

Musch wurde wild.

«Lachen Sie nur, Kasper seid Ihr! Was verstehen Sie davon? Was ein richtiger Laden ist, muß eine Bimmel haben. Drüben haben se alle noch Bimmeln. Da weiß man erscht, wieviel Leute hereinkommen.»

1 veraltet für Handlungsgehilfe

«Aber, Herr Musch», lachte Ferdinand, «den ganzen Sommer steht die Ladentür offen und dann läutet es auch nicht.»

«Du halt's Maul, du Rotzlöffel, was weißt du denn von einem solch alten Geschäft!»

«Musch!» rief Adolf Zeck, der älteste Kommis, «es ist halt schade, daß Sie nicht unser Geschäftsführer geworden sind. Sie verstehen ja weit mehr als wir alle, aber die Türglocke ist wirklich für ein großes modernes Material- und Farbwarengeschäft mit Drogerie am Bautzener Kornmarkt nicht mehr passend.»

«Nehmen Sie es mir nicht für übel, Herr Zeck, aber Sie sollten sich schämen, so etwas zu sagen. Der alte Herr Türmer und der Großvater werden am Nikolaikirchhof in ihren Gräbern schön schaun, wenn sie die Ladenglocke nicht mehr hören.»

Ferdinand stand auf der Leiter und rüttelte mit dem Schraubenzieher an der langen Bandeisenfeder der Glocke. Das Klingeln der Glocke übertönte die weiteren Worte des alten Hausdieners, der mit drohend geballter Faust auf den Lehrling zulief. Kunden betraten den Laden und waren gezwungen, sich neben der Leiter an der Tür durchzuzwängen.

Eine junge Frau und zwei Backfische sahen sich mit suchenden Augen in dem Gewölbe um. Die Mädchen kicherten und stießen sich gegenseitig an.

«Dies ist der Kornmarkt und nicht der Gänsemarkt», brummte Musch mit einem wütenden Seitenblick auf die Mädels und riß die an der Feder baumelnde Türglocke dem Lehrling aus der Hand, klappte die Doppelleiter mit einem Knall zusammen und verließ schimpfend den Laden durch die Hoftüre.

«Könnte ich vielleicht erfahren, ob Herr Türmer etwas Neues aus Paris und London mitgebracht hat?» fragte die junge Frau. Ihr Blick hing unverwandt an der Kontortüre.

Herr Zeck zuckte bedauernd die Achseln: «Herr Türmer ist erst gestern abend in Bautzen eingetroffen und vor einer Viertelstunde im Geschäft erschienen. Wir wissen noch nichts.»

«Könnte ich Herrn Türmer nicht persönlich danach fragen?»

«Ich werde sehen, ob er mit der Post schon fertig ist.»

Herr Zeck wandte sich zur Türe.

«Einen Augenblick, Herr Zeck … Was ich noch fragen wollte», die junge Frau sah erzürnt auf die kichernden Mädchen. Leise stellte sie ihre Frage: «Ist … sind wieder neue Briefe aus Amerika eingetroffen?»

Zeck lächelte geheimnisvoll: «Massenhaft, massenhaft.»

«Noch immer von derselben?»

«Nee, die ist schon längst abgelegt, jetzt hat er schon wieder eine andere.»

«Was Sie nicht sagen!»

Die beiden Backfische waren näher getreten, andere Damen erschienen im Laden. Alle Blicke flogen suchend umher.

Es hatte sich bereits in Bautzen herumgesprochen, daß Berthold Türmer von der Reise zurück sei. Allerlei Gerüchte schwirrten in der Stadt über seine Rückkehr. Spaßvögel streuten die unmöglichsten Dinge über ihn aus. Der Klempner Köhler hatte am Abend vorher augenblinzelnd im Konzertkaffee Krug erzählt, daß Mary Pickford mit Berthold Türmer durchgebrannt und in Bautzen eingetroffen sei. Ihr Gatte, Douglas Fairbanks, sei bereits mit einem Flugzeug von Paris zur Verfolgung aufgebrochen und man erwarte ihn am folgenden Morgen. Sofort erfand ein anderer die Nachricht, daß die berühmte amerikanische Diva im Hotel Rachlitz abgestiegen sei; dann wieder hieß es, im Hotel zur Krone.

Wie ein Lauffeuer verbreiteten sich die Gerüchte in der Stadt.

Die «Bautzener Nachrichten» und «Das Tageblatt» brachten nur eine kurze Notiz von der Rückkehr Herrn Berthold Türmers.

Im Hotel zur Krone und Hotel Rachlitz klingelte ununterbrochen das Telefon. Neugierige versammelten sich vor den beiden Gaststätten, denn jeder wollte die berühmte amerikanische Filmdiva sehen, die mit dem Sohne Bautzens, Herrn Berthold Türmer, dem «Casanova von Bautzen» durchgebrannt war.

Fortgesetzt erschienen Käuferinnen jeglichen Alters in dem Geschäft am Kornmarkt, um den Helden zu sehen.

Ferdinand kam ins Kontor Berthold Türmers.

«Es fragen viele Kunden nach Ihnen, Herr Türmer. Alle wollen wissen, ob Sie neue Sachen mitgebracht haben.»

«Ich habe keine Zeit.»

Herr Zeck betrat nun das Büro: «Sie müssen hinauskommen, Herr Türmer. Der Laden ist voll, und die Kundschaft will Sie sprechen.»

Der Lehrling begaffte die an den Wänden hängenden Photographien der amerikanischen Filmstars.

Seufzend erhob sich der junge Chef und begab sich mit Zeck in den Laden. Alle Augen musterten ihn. Sie konnten sich nicht satt sehen. Wie elegant er wieder aussah! Ein heller Homespunanzug[2] englischen Schnitts saß schmissig auf Bertholds schlanker Gestalt.

Mimi Steckel, eine Cousine Bertholds, drängte dreist durch die kompakte Belagerungsmasse der Damen. Sie scherte sich weder um die Dolchblicke noch um die beißenden Bemerkungen ihrer Geschlechtsgenossinnen.

«Berti», rief sie mit heller Stimme, denn sie war stolz auf ihren Vetter und prahlte mit ihrem «Du». «Berti, was hast du Schönes aus Paris mitgebracht? Ist es wahr, daß man dort die Lippen nicht mehr schminkt?»

Entrüstete Ausrufe wurden hörbar. Man versuchte, Mimi Steckel mit Gewalt vom Ladentisch zu drängen. Von allen Seiten erschallten die Fragen der Töchter Evas.

«Meine Damen! Einige aparte Neuheiten habe ich mitgebracht; in den ‹Nachrichten› erscheint morgen eine Liste.»

«Auch von der Mary Pickford?» ertönte eine Stimme.

Entsetzt wandten sich die Damen um.

Lene Kastner, ein wenig beschränkt, war von Mimi angestiftet worden, die Frage zu stellen. In ihrer Unschuld hatte sie den Rat befolgt.

Diesen Augenblick benutzte Berthold, um in seinem Kontor zu verschwinden. Enttäuscht verließen die Damen das Geschäft.

Der alte Hausdiener Musch spuckte dreimal aus, als er den Schwarm der Verehrerinnen aus dem Geschäft strömen sah.

«Pfui Deibel, so eine schandbare Gesellschaft. Da drobn im Himmel werden sich der Vater und der Großvater die Haare ausreißen. Na, der Herr Vater hat ja nicht viele Haare gehabt. Pfui

2 Anzug aus grobem Wollgewebe

Deibel, solche verrückten Frauenzimmer! Gleich muß ich einen Schnaps trinken, sonst wird mir'sch übel.» Er lehnte den Besen an die Hauswand und schlurfte über die Straße in den Ausspann[3] des Hotels zur Krone.

«Is es wahr, Friedrich?» fragte er den Ausspanndiener, «is es denn wahr, daß bei euch so eine Amerikanerin vom Kino abgestiegen ist?»

«Ei cha, bist auch so dumm wie die andern und glaubst den Witzen von dem Klosettlöter, dem Köhler?»

2

Berthold Türmer lief nervös in seinem Privatbüro auf und nieder. Wirr tanzten die Gedanken in seinem Hirn. Sein Blick flog über die an den Wänden hängenden Photos schöner Frauenköpfe. Neben der rassigen, dunkelhaarigen Priscilla Dean hing der Madonnenkopf der blonden Agnes Ayres, das trotzige Mündchen von Bebe Daniels lachte halb schmollend und kußgespitzt. Virginia Vallys große Augen sahen ernst und fragend auf Berthold, während May Murrays Wuschelkopf über ihrem pikanten Spitzbubengesicht sich wie eine Aschantikrone ausnahm. Norma Talmadge richtete den strafenden Blick auf die Grimassen schneidende lustige Schwester Constanze. Lilian Gish sah fragend und träumerisch in den mit gediegenem Geschmack ausgestatteten Raum, und Sylvia Bramer tauschte einen Blick des Einverständnisses mit Colleen Moore.

Neben Filmstars längst vergangener Zeiten, wie Florence Lawrence und Florence Turner, hing die jetzt noch bildhaft schöne Kathleen Williams.

Auf fast allen diesen Bildern waren eigenhändige Widmungen der Künstlerinnen zu lesen.

Bertholds Kontor war mehr ein vornehm eingerichtetes Herrenzimmer denn der Arbeitsraum eines Kaufmannes. Aus einer Ecke

3 früher Wirtshaus mit Stall

des großen Raumes führte eine mit kunstvoll geschnitztem Geländer versehene Treppe nach den Wohnräumen im ersten Stock.

Die Firma «Sebastian Türmers Erben, Materialwaren und Farben» war erbeingesessen in Bautzen. Durch fünf Generationen hatte sie die Bürger Bautzens und der umliegenden Ortschaften mit Leim, Farben, Firnis, Seifen und unzähligen anderen Dingen versorgt. Stets war das Geschäft auf den ältesten Sohn übergegangen. Waren noch weitere Söhne vorhanden, so erlernten sie meist im Vaterhause dasselbe Gewerbe und eröffneten später in den benachbarten Landstädten Läden. Einige der Vorfahren waren etwas weiter gegangen, hatten sich verfeinert und waren Apotheker geworden.

In fast allen Städten der sächsischen wie preußischen Lausitz saßen Türmers und monopolisierten den Material- und Farbwarenhandel. Bis nach Görlitz, Breslau und Liegnitz, dann Dresden, Leipzig und sogar in Berlin und Hamburg führten die Türmers Farbwarengeschäfte. Berthold war das einzige Kind Georg Türmers. Schon als kleiner Junge hatte Berthold Geschmack entwickelt. Er wollte immer mit hübschen Mädchen spielen und hatte von seinen Schulkameraden viel Spott zu erdulden. Seine Mutter, die Tochter eines Chemnitzer Apothekers, war eine feinsinnige Natur. Sie zog in Berthold die Liebe zu allem Schönen groß. Sie lehrte ihn Kunstgeschichte, und des Jungen angeborener und von der Mutter ererbter guter Geschmack machte aus ihm einen Ästheten, der von Vaters Seite wenig Anerkennung fand.

Georg Türmer war Provinzler im vollsten Sinne des Wortes. Obwohl mit einem gesunden Instinkt für alle fortschrittlichen Neuheiten bewaffnet, konnten ihn stets nur praktische Erwägungen, die einen Vorteil fürs Geschäft versprachen, dazu veranlassen, Neuerungen im Geschäft einzuführen. Des Sohnes Kunststudien und «Gigerltum» – wie er die geschmackvolle Kleidung Bertholds nannte – waren stets Ursache langer Belehrungen über Einfachheit und Puritanismus.

Während Bertholds Schulzeit überwachte der strenge Vater die Art der Kleidung und Wäsche seines Sohnes, und manches eben vom Schneider oder Wäschegeschäft eingetroffene Stück riß der jähzornige Vater dem Jungen in Fetzen vom Leibe.

Berthold war fortwährend die Ursache von Zwistigkeiten zwischen den Eltern. Der Vater verurteilte die Vergnügungen und Lustbarkeiten der Jugend. Er predigte stets über die Verderbtheit der jungen Leute und hatte unzählige Beispiele aus seiner eigenen Jugendzeit bei der Hand, in welchen nur von Arbeiten, Studium und Gottgefälligkeit die Rede war. Er hatte ganz vergessen, daß er selbst einmal jung gewesen. Als Mitglied des Stadtrates stimmte er gegen alle Neuerungen, die Lichtblicke für die heranwachsende Jugend waren. Er war sich mit einer Schar verknöcherter Finsterlinge und Zeloten[4] darin einig: Nur die alte Zeit war gut, alles Neue verderblich.

Als Berthold auf dem Gymnasium in Dresden die Nachricht von dem plötzlichen Tode der Mutter erreichte, vermeinte er, ebenfalls sterben zu müssen. Die Sonne seines Lebens war für ihn untergegangen.

Durch siebzehn Jahre hatte die Frau das Leben an der Seite ihres despotischen Ehemannes, der keinen anderen Willen als den seinen kannte, erduldet. Mit siebzehn Jahren war sie, ohne viel gefragt zu werden, von ihrem Vater, einem Chemnitzer Apotheker, mit Georg Türmer verlobt und kurz darauf verheiratet worden. Ihr Herz hing an einem Provisor[5], der in des Vaters Diensten stand. Sie mußte sich fügen. Der Geliebte wurde, als die Schwärmerei an den Tag kam, kurzerhand entlassen und die Braut bis zur Verheiratung in die Haushaltungsschule Gnadenfrei in Schlesien gesteckt.

Die Ehe war, infolge des despotischen Charakters des Vaters, für die feinfühlige Frau ein Martyrium gewesen. Georg Türmer war nicht nur unduldsam, sondern besaß auch, trotz der guten Kinderstube, schlechte Manieren. Er gab nichts auf Körperpflege und verlachte im Familienkreise die Kundschaft, die so verrückt war, kosmetische Mittel, wohlriechende Seifen, Zahnpulver und Mundwasser zu kaufen. Er besaß nur noch einige vom Rauchen schwarzgebeizte Zahnstummel im Munde und war nicht zu bewegen, einen Zahnarzt aufzusuchen. Seine Kleidung blieb altmodisch, und er war stolz darauf, sich keinerlei Neuerungen hinzugeben. Bei allen festlichen Gelegenheiten trug er den langen Gehrock, den er als

4 (Glaubens-)eiferer
5 früher erster Gehilfe des Apothekers

Bräutigam getragen, und band, zum Entsetzen seiner Frau, dazu einen kleinen, weißen Frackschlips um.

Erst nach des Vaters Tode, der sich zwei Jahre nach der Mutter Ableben durch einen Sturz vom Wagen das Genick brach, erfuhr Berthold, daß die Mutter durch Selbstmord geendet hatte. Ein Brief im Schreibtisch der Mutter hatte Berthold stutzig gemacht. Des Vaters Bruder, Heinrich, der seine Apotheke verkauft und sich mit seiner Wirtschafterin in der Seidau ein schönes Häuschen eingerichtet hatte, gab Berthold die nähere Aufklärung. Die noch immer schöne Frau Türmer hatte durch Zufall in Erfahrung gebracht, daß ihr Erstgeliebter, der Provisor Viktor Halm, an ihrem Hochzeitstage Selbstmord begangen. Georg Türmer hatte den Abschiedsbrief des Unglücklichen aufgefangen und unterschlagen. Ein Zufall spielte ihr das Schreiben in die Hand.

Georg Türmer telefonierte eines Tages von Niesky seine Frau an, sie möge ein bestimmtes Schriftstück aus seinem Schreibtisch heraussuchen und ihm sofort nachsenden. Bei dieser Gelegenheit fiel der siebzehn Jahre alte Abschiedsbrief des Provisors in die Hände der Frau. Sie nahm sich die Sache derart zu Herzen, daß sie nachts mit dem Schlüssel zum Giftschrank, den Herr Zeck jeden Abend nach Geschäftsschluß nach oben brachte, in den Laden ging und ihrem Leben ein Ende machte.

Onkel Heinrich, der am frühen Morgen geholt wurde, verstand es, dem Arzt zu bestimmen, als Todesursache Herzschlag anzugeben. Den Abschiedsbrief der Unglücklichen verbarg er bis zur Rückkehr des älteren Bruders.

Zwischen den Brüdern fand eine stürmische Auseinandersetzung statt. Heinrich Türmer nannte seinen Bruder einen Heuchler und Mörder. Er warf ihm vor, daß er stets in die Petrikirche laufe, um sich vor den Einwohnern Bautzens als gläubiger Christ zu gebärden, in Wirklichkeit sei alles nur Maske.

Zum Leichenbegängnis war Onkel Heinrich das letzte Mal im Hause am Kornmarkt erschienen, erst nach dem Ableben des Bruders betrat er es wieder.

Das Leichenbegängnis Sybille Türmers war ein pomphaftes Ereignis. Die große, weitverbreitete Verwandtschaft war aus allen

Gegenden Deutschlands herbeigeeilt. Bautzener Bürger und Bürgerinnen ließen es sich nicht nehmen, der Verstorbenen das letzte Geleit zu geben. Gutsbesitzer und kleinere Landwirte aus der ganzen Umgebung, sogar von weither, waren zu den Begräbnisfeierlichkeiten erschienen.

Hinter dem Sarge ging zwischen Georg Türmer und dem Vater der Toten der sechzehnjährige Berthold. Sein Vater hatte ihn gezwungen, einen langen Gehrock anzuziehen. Mit dem Hute in der Hand schwankte der Jüngling hin und her. Um ihn war es trotz hellen Sonnenscheins Nacht. Das Läuten der Glocken klang wie Sturmesheulen in seinem Ohr.

Zweimal während der Beisetzungsfeierlichkeit wurde Berthold ohnmächtig. Er war seit zwei Tagen nicht zu bewegen gewesen, einen Bissen zu sich zu nehmen.

Während der Zug sich durch die Straßen zum Nikolaikirchhof bewegte, ging Onkel Heinrich strammen Schrittes, mit aufgerichtetem Haupte, hinter Berthold. Er sah alles wie durch einen Schleier. Die Tränen rannen über seine Wangen, netzten seinen grauen Schnurrbart und tropften auf die mit dem eisernen Kreuz geschmückte Brust.

Als Berthold an der Ecke Hauptmarkt und Reichenstraße zusammenbrach, hatte Onkel Heinrich ihn aufgehoben und schritt nun an seiner Seite. Allgemein war das Mitgefühl für den Jüngling.

Georg Türmer ging mit fest zusammengekniffenen Lippen und war über Bertholds Schwäche ärgerlich erregt.

Am Nikolaikirchhof, in dessen Kirchenruine die Gruft der Türmers lag, brach Berthold während der Rede des Pastors zum zweiten Mal zusammen. Er schlug hart mit Stirne und Backenknochen auf die Gruftplatte auf, eine Narbe für Lebenszeit davontragend.

Berthold trat nun in das Geschäft des Vaters ein. Der Jüngling wurde wie jeder andere Lehrling behandelt. Er lernte eifrig und leicht. Leichter als alle anderen Lehrlinge. In frühester Kindheit hatte er sich in Hof und Laden herumgetrieben und so einen Einblick in den Verkehr mit der Kundschaft und den Versand erhalten. Sein bester Lehrmeister war der alte Hausdiener Musch, der schon zu des Großvaters Zeiten im Hause Türmer beschäftigt worden war. Musch konnte mächtig schwindeln, er erzählte dem kleinen Berthold die schaurigsten Geschichten, die er angeblich alle selbst erlebt hatte. Grausige Abenteuer, in denen immer ein schlechter, boshafter Ritter und eine schöne Frau vorkamen.

Musch schnupfte und lebte in ständiger Angst, daß ihm übel würde. Dem vorzubeugen, lief er oftmals am Tage in die Schenkstube der Krone und nahm dort rasch einen Schluck Korn.

Noch einen Freund hatte Berthold im Hofe: den Kutscher Wenzel Sidlowczick, einen Wenden. Auch Wenzel hatte stetig Beschwerden. Früh morgens, wenn er zum Dienst antrat, bekam er immer beim Pferdeputzen Magenkrämpfe. Zur Linderung lief er Musch in die Schenkstube der Krone nach. Ein Magenbitter sollte die Krämpfe beheben. Kaum hatte Wenzel den Bittern verschluckt, als sich unbändiges Durstgefühl einstellte. Das wurde mit einem Glase Bier gelöscht. Kurz darauf stellten sich, infolge des Biergenusses, wieder Magenkrämpfe ein, die wiederum den großen Durst hervorriefen, danach neue Krämpfe. Der arme Wenzel mußte viel leiden, und sein Zustand regulierte sich nach dem Inhalt seines Geldbeutels. Hatte er wenig Geld, so war er meist schon nach der ersten Gesamtdosis Medizin gesund, und nach dem Glase Bier machten sich selten Magenkrämpfe bemerkbar.

Musch und Wenzel dienten bereits über vierzig Jahre im Hause und waren ewig Feinde. Berthold machte stets den Vermittler, und die beiden Alten hörten auf die Worte des Jungen. Musch kündigte jeden Monat, während der hitzige Wenzel fast jede Woche seinen Dienst aufsagte. Dies taten beide aber meist nur in Gedanken, die sie höchstens Berthold oder Herrn Zeck offenbarten. Sie blieben nach einigen Trostworten bis zur nächsten Kündigung. In der Zwischenzeit vertrugen sie sich.

So unwahrscheinlich es klingen mag, das meiste und Wichtigste erlernte Berthold im Hofe von den beiden, ewig streitenden, alten Junggesellen.

War der Vater verreist, so durfte Berthold, oftmals sogar bis spät abends, im Zimmerchen von Musch bleiben und lauschte dort den lügenhaften Ulkereien des alten Dieners.

Musch hatte für jede Art Ware, die das Haus führte, eine andere Erklärung. Die Farbenfässer waren Schelme und Gnome. Gute und schlechte. Geld war Haß, Neid und Eifersucht. In den Fässern, die Ocker enthielten, waren gute Bauern, und in den kleinen Kisten, die den Zinnober bargen, waren ganze Indianerhorden, die nur darauf warteten, daß Musch das Brecheisen ansetzte. Der Leim war gefrorener Lehm und Schlamm, von geizigen Bauern verhext. Die aus Höchst am Main und Düsseldorf kommenden Kisten, mit Tausenden von Tuben mit Öl- und Wasserfarben, waren Armeen exotischer, im Phantasieland Muschens lebender, blutdürstiger Fürsten. Die großen und kleinen Gummischwämme waren Hexenmahlzeiten der unter dem Wasser lebenden Nixen und Meerjungfrauen. Die wohlriechenden Seifen und Parfums waren in seinen Augen die unnützesten Dinge, die es auf Erden gab. Eine Seife durfte nicht riechen. Schmierseife zerquetschte er viertelpfündig zwischen seinen zerarbeiteten Fingern, wenn er sich wusch.

Von den Gewürzen wußte Musch Wunderdinge zu erzählen. Nach den bebilderten Etiketten, dem Geruch, Geschmack und Aussehen der Dinge dichtete er deren Ursprung. Pfeffer war die Ausscheidung bösartiger Ratten, die in Botokudien bei riesenhaften Trollen wohnten. Ganze Zimmetrinden stammten von Spazierstöcken phantastischer Waldkönigstöchter, und gestoßener Zimt war ihr Schnupftabak.

Die Phantasie von Musch arbeitete gewaltig und Berthold wurde in die Mysterien der Farben und aller sonstigen Dinge auf eine ganz andere Art eingeweiht, als es sicherlich seinem Vater, der von dem Kursus in der Schule Muschs nichts ahnte, angenehm war.

Bei Wenzel lernte der Junge Schnupfen, Rauchen und Biertrinken. Jedoch war der alte Kutscher klug genug, diese für ihn unentbehrlichen Ingredienzen Berthold in ganz geringen Dosen zu verabfolgen.

«Trink ein Schluckerl, Berthold, und schnupf eine kleine Prise, nachher darfst du auch einen Zug aus der Pfeife machen.»

Berthold nahm ganz gerne einen Schluck des guten Bautzener Bieres, nur der Schnupftabak und die Pfeife ließen Zweifel an dem Vergnügen aufkommen. Ohne daß der Vater und die Mutter es wußten, war Berthold oftmals mit Wenzel nach der Spreestraße geritten und hatte dort, unter des Kutschers Anweisung, schwimmen gelernt. Der Vater hatte es Wenzel streng verboten, den Jungen ins Wasser zu lassen, aber der bockbeinige alte Wende kümmerte sich wenig um die Befehle seines Herrn, wenn sie nicht die geschäftlichen Fuhren betrafen.

Wenn an Sonntagen im Sommer mit dem alten Landauer Ausflüge gemacht wurden, dann war es Berthold streng verboten, sich mit dem Kutscher zu unterhalten. Wenzel blinzelte nur dann und wann dem Jungen zu.

Bei einem solchen Ausflug nach Oehna stieß Wenzel den Jungen absichtlich ins Wasser der Spree. Die Mutter lief händeringend herbei, der Vater rannte zu dem einzigen, löcherigen Ruderboot, während Berthold seelenruhig nach dem anderen Ufer schwamm. Als der Wirt und Georg Türmer dem Jungen nahe kamen und ihn aus dem Wasser ziehen wollten, schwamm dieser in scharfen Stößen an das Ufer zurück.

Die gesamten Ausflügler aus Bautzen sowie die Oehnaer Einwohner lachten herzlich. Berthold entzog sich der väterlichen Züchtigung, indem er in den nassen Kleidern den Heimweg antrat.

Eine Woche Zimmerarrest war die vom Vater verhängte Strafe.

Als nach der Mutter Tode Berthold als Praktikant in das väterliche Geschäft eintrat, war er um vieles reifer geworden. Er fügte sich rasch in alles. Seine durch Musch und Wenzel erworbenen Kenntnisse kamen ihm, trotz ihrer Krausheit, gut zu statten. Ein halbes Jahr mußte er im Laden die Kundenbedienung erlernen, hernach hatte er neben dem Vater in dem dunklen, kleinen Kontor die kaufmännische Führung zu studieren.

Ein volles Jahr saß Berthold neben dem Vater und bekam niemals ein freundliches oder aufmunterndes Wort zu hören. Hernach sollte der fast Achtzehnjährige auf ein Jahr in ein großes Im- und Exporthaus nach Bremen, um dort den Engroshandel zu erlernen.

Nur ein halbes Jahr blieb der Jüngling in der Hansestadt, dann rief ihn der Tod des Vaters nach Bautzen zurück.

Onkel Heinrich half Berthold in der ersten Zeit die Geschäfte zu führen, sah aber bald, daß der Jüngling imstande war, allein fertig zu werden.

Die Gehilfen und Lehrlinge atmeten auf, als Georg Türmer begraben wurde. Sie machten aus ihrer Gesinnung kein Hehl, und auch in der Stadt Bautzen selbst gab es niemanden, der um den schroffen Mann trauerte. Die Hartherzigkeit Georg Türmers hatte es verhindert, daß ihm Freunde in der Stadt erstanden waren. Sein Wettern im Stadtrat gegen alle Neuerungen, seine Unduldsamkeit Familienangehörigen, Angestellten und insbesondere Schuldnern gegenüber, machten ihn verhaßt. Man wußte, daß er sich hinter der Partei verschanzte, die einen stillen und zähen Kampf gegen alle Vergnügungen der Jugend führte. Einen einzigen Menschen gab es, dem Georg Türmer nie ein hartes Wort gegeben. Dies war der alte, vom Vater übernommene Hausdiener Musch. Ein gewisses Gefühl der Pietät schien doch noch im Herzen des Kaufmanns zu leben.

Musch war auch wohl der einzige Mensch, der um Georg Türmer aufrichtig trauerte.

Berthold konnte es sich nicht verhehlen, daß er keine Trauer um den Vater empfand. Niemals in seinen Kinderjahren war ihm der Vater zärtlich begegnet; stets hatte es nur Tadel gegeben.

Als es nach der Testamentseröffnung bekannt wurde, daß der Verstorbene keinen seiner Angestellten und auch die Wohltätigkeitsinstitute nicht bedacht hatte, erbat sich Berthold sogleich von Onkel Heinrich, der zu seinem Vormund bestellt war, eine größere Summe Geldes, die er den Armen der Stadt Bautzen durch den Magistrat überweisen ließ.

Nach dem Begräbnis des Vaters erfuhr Berthold, daß seine Mutter Selbstmord begangen hatte. Entsetzen erfaßte den Jüngling, Haß gegen den toten Vater keimte in ihm auf.

Berthold war ein äußerst hübscher Junge. Groß, schlank, mit einem, trotz der Jugend, scharf geschnittenen Gesicht. Große, dunkle, träumerische Augen lagen unter einer hohen Stirne, die von einem brünetten, dichten Haarwuchs gekrönt war. Im Gegensatz zu seinem Vater war er von einem penibler Reinlichkeitsgefühl. Er trieb Zimmersport und besaß einen sehr muskulösen Körper. Die Backfische und auch die Frauen ließen mit Wohlgefallen ihre Blicke auf dem Jüngling ruhen.

Ein großer Fehler war Berthold Türmer jedoch eigen. Frauen gegenüber war er scheu, ja fast tölpelhaft. Seine Art wirkte lächerlich, und bald sprach es sich in den Tratschwinkeln der Stadt herum, daß Berthold Türmer ein dummer und unbeholfener Trottel sei.

Als dieses Gerücht dem Kutscher Wenzel zu Ohren kam, fragte er seinen Chef kurzerhand in seiner angeborenen slawischen Frechheit aus. Berthold mußte lachen, als ihm der alte Kutscher die Leviten las. Wenzel konnte sich schwer daran gewöhnen, zu Berthold «Herr Türmer» zu sagen. Er fiel immer wieder in das alte «Du» der Kindheit Bertholds zurück.

«Ja, lachen Sie nur, Herr Türmer, du weißt nicht, was das heißt, von den Weibern ausgelacht zu werden. Schämen sollst du, na, Sie sich. Von Ihnen müßten schon wenigstens drei Mädel Kinder haben.»

Zeck warf Wenzel aus dem Kontor und schimpfte ihn weidlich aus, daß er dem jungen Herrn solch «gemeine Sachen» erzähle.

Wenzel konnte über die Schlappheit seines jungen Herrn in puncto Liebe nicht hinwegkommen, und so sprengte er kurzerhand und ganz geheimnisvoll das Gerücht aus, daß Berthold in Hoyerswerda ein junges Mädchen verführt und geschwängert habe.

Eine Schwester Wenzels, von der der Bruder wußte, daß sie so verschwiegen war wie eine Zeitung, bekam die Neuigkeit zuerst zu Ohren. Wenzel drohte ihr mit dem Einschlagen der restlichen drei Zahnstummel, wenn sie nur ein Wort darüber weitererzähle.

Schon am folgenden Morgen, um sechs Uhr früh, verließ nach einer unruhigen Nacht die alte Frau ihre Wohnung in der Predigergasse und vertraute, unter dem Siegel der Verschwiegenheit, der Schlächtersfrau in der Breiten Straße das Geheimnis an.

Um die Mittagsstunde hatte das Gerücht die Seidau erreicht, war über die Spree geschwommen und schwang sich über den Protschenberg ins Land hinaus.

Als abends die Geschäfte Bautzens ihre Türen schlossen, war Berthold Türmer Vater dreier unehelicher Kinder. Jeder der Sündensprößlinge hatte eine andere Mutter und war aus einem anderen Ort. Zu Hoyerswerda kamen noch Burk und Steinölsa. Eine der unglücklichen ledigen Mütter sollte bereits Selbstmord begangen haben, nur wußte man nicht, welche von den dreien.

Alle Frauen und Mädchen Bautzens spitzten die Ohren. Der Laden am Kornmarkt war den ganzen Tag von neugierigen Evastöchtern und auch einigen alten Weibern männlichen Geschlechts voll. Die Sehnsucht, den jungen Wüstling, den man sonst wenig oder gar nicht beachtet hatte, zu Gesicht zu bekommen, blieb ungestillt. Daß er bisher nicht gesehen wurde, schrieb man dem ihm noch verbliebenen bißchen Schamgefühl zu, da man nicht wußte, daß der Jüngling sich auf einer Geschäftstour befand.

Der von Wenzels Gnaden mit drei unehelichen Kindern Behaftete wunderte sich, als er mit dem letzten Zug in Bautzen eintraf und von verschiedenen Bautzener Herren, die ihm über den Weg liefen, mit Schmunzeln und Augenblinzeln begrüßt wurde.

Zu Hause wartete seiner Onkel Heinrich. Der maß den Jüngling von oben bis unten, sah ihn mit ganz neuen Augen an. Donnerwetter, das hätte er dem Bengel nicht zugetraut! So ein Duckmäuser! Erst achtzehn Jahre und gleich drei Kinder. Der kann noch gut werden, sagte sich der alte Apotheker.

«Na, Junge, wo kommst du denn her?»

«Aus Hoyerswerda! Warum fragst du denn und siehst mich so eigentümlich an?»

«So, so; aus Hoyerswerda? – Alles gut ausgegangen?»

«Ja und nein, noch zu unreif alles, unentwickelt.»

«So, so; unreif, unentwickelt. Wie willst du denn die Sache ins reine bringen?»

«Ich werde noch einige Monate warten, einstweilen muß ich darüber reinen Mund halten.»

«Das wird dir wenig nützen, mein Sohn, hier spricht schon die ganze Stadt davon.»

«Unmöglich, wir haben ja die Sache ganz geheim gehalten, uns auf Ehrenwort verpflichtet, zu schweigen.»

«So, so; solche Sachen werden jetzt auf Ehrenwort abgemacht. Ganz hypermodern.»

«Geschäft ist Geschäft, Onkel!»

«Eine solche ist das?! Eine, die ein Geschäft daraus macht? Ja, Junge, die bekommen aber doch keine Kinder!»

Berthold sah erstaunt zu dem Onkel auf: «Ja, wovon sprichst du denn eigentlich? Was meinst du wegen des Kinderkriegens?»

«Verstell dich doch nicht so. Mir kannst du alles sagen. Du mußt vorsichtig sein, dich nicht erpressen lassen.»

«Aber, lieber Onkel Heinrich, ich verstehe dich nicht. Was meinst du denn?»

«Ich bin doch dein Vormund, schick sie zu mir. Ich werde mit dem Weibsbild schon fertig werden.»

«Onkel, ich sage dir doch, ich verstehe kein Wort. Willst du dich nicht näher erklären?»

«Wer weiß, ob du der Vater bist? Solche Sachen sind schon vorgekommen. So ein Frauenzimmer sucht sich am Ende immer einen Dummen.»

Berthold sah offenen Mundes zu dem Onkel hin und brach dann in ein herzliches Lachen aus.

«Du willst wohl einen deiner alten Späße mit mir treiben? Was hat denn die neuerfundene, künstliche Lohe[6] der Hoyerswerdaer Lederfabrik mit Weibsbildern, Erpressungen und Kindern zu tun?»

«Du warst wegen der Lohe drüben? Ziemlich oft bist du in letzter Zeit dort gewesen. Da ist wohl die Geschichte passiert.»

«Nun muß ich dich aber bitten, lieber Onkel, daß du endlich mit den Dummheiten aufhörst.»

«Berthold, Junge, genier dich nicht, mir ist ja auch in meiner Jugend eine solche Geschichte passiert. Freilich war ich damals viel älter als du.»

«Lieber, guter Onkel, ich will nicht glauben, daß du zuviel getrunken hast, aber ich weiß wirklich nicht, wovon du sprichst.»

«Wo hast du sie denn kennengelernt? Ist sie hübsch?»

Berthold schlug sich auf die Schenkel und lachte dem Onkel ins Gesicht.

«Sieht dir – na – sieht dir das Kind ähnlich? Ist es ein Junge oder ein Mädchen?»

Pastor Seegefelder trat in diesem Augenblick in das Zimmer.

6 Gerbrinde

«Guten Abend, die Herren! Gut, daß ich dich treffe, Berthold, ich habe mit dir Wichtiges zu besprechen. Es ist mir sehr angenehm, daß dein Onkel anwesend ist.»

«Wollen Sie nicht Platz nehmen, Herr Pastor?»

«Nein! Erst muß die Sache bereinigt werden!»

Erstaunt blickte Berthold dem aufgeregten Seelsorger in das Gesicht.

«Berthold Türmer, ich habe dich getauft und eingesegnet. Du warst immer ein braver Schüler. Dein verstorbener Vater war ein guter Christ und deine selige Mutter war gläubig und fromm; um so schmerzlicher ist es mir, zu vernehmen, daß du auf Abwege geraten bist.»

Der Pastor machte eine Pause und warf einen kleinen, vorwurfsvollen Seitenblick auf Onkel Heinrich. Es war allgemein bekannt, daß der Apotheker nur bei festlichen Gelegenheiten in die Kirche ging, daß ihn seine Vögel und Bienen weit mehr beschäftigten als der Glaube.

Berthold Türmer hielt fragend den Blick auf den Pastor geheftet. Was war geschehen? War in den zwei Tagen, die er von Bautzen abwesend gewesen war, eine Wahnsinnsepidemie ausgebrochen?

«Wir sind alle Sünder vor dem Herrn. Dir hat in den letzten Jahren die sorgende und beschützende Hand einer Mutter gefehlt. Die Hand, die dich vor dummen Streichen bewahrt hätte.»

«Wollen Sie sich nicht etwas deutlicher aussprechen, Herr Pastor? Auch mein Onkel machte vorher geheimnisvolle, mir unverständliche Andeutungen, die ich nicht zu enträtseln weiß.»

«Es sind mir Dinge zu Ohren gekommen, die in Anbetracht deiner Jugend geradezu auf eine entsetzliche Verderbtheit schließen lassen.»

«Und welche Dinge sind das, Herr Pastor?»

«Du wagst es noch, mich so dreist zu fragen? Bist du schon so tief gesunken, daß dir jede Scham abhanden gekommen ist? Gestehe, was ist mit Hoyerswerda? Man sagt, sie sei das Kind ehrbarer Eltern.»

«Herr Pastor, ich bin wohl noch jung, jedoch ich bedarf niemandes, wenn ich mich an eine gute Sache heranmache.»

«Pfui, pfui über dich! Man kann kaum eine derartige Verworfenheit in solch jugendlichem Menschen ...»

«Ich möchte aber denn doch bitten, daß man mir endlich sagt, welche Verbrechen ich begangen.»

«Bist du jeden Ehrgefühls bar, daß du die Schande nicht empfindest, die du über dich und die ganze Gemeinde gebracht hast? Drei unschuldige Mädchen zu verführen, Kinder in die Welt zu setzen, denen der kirchliche Segen der Ehe fehlt!»

Wieder übermannte Berthold die Lachlust. Er prustete laut hinaus, verschluckte sich und bekam einen kleinen Hustenanfall.

«Herr Pastor», fiel hier Onkel Heinrich ein, «ich glaube, die ganze Geschichte ist ein Schwindel. Ich kenne Berthold, niemals würde er derart herzlich lachen können, wenn die Sache wahr wäre.»

Der junge «Sünder» wischte sich die Lachtränen aus den Augenwinkeln.

«Lieber, guter Onkel, jetzt sage mir doch endlich, was es mit den drei Kindern ist.»

«In der ganzen Stadt erzählt man sich, daß du schon Vater von drei Kindern bist.»

Es war nicht zu verwundern, daß der Jüngling rot wurde und verlegen von einem zum andern blickte. Auch der Pastor merkte jetzt, daß er zu weit gegangen und einem unverbürgten Gerücht blindlings Glauben geschenkt hatte. Er fühlte sich geniert und versuchte, die Sache auf die Tratschweiber der Stadt zurückzuführen.

«Onkel, bitte, sage mir doch endlich, wer so etwas aufgebracht hat. Das ist ein schlechter Scherz, den man sich da mit mir erlaubt.»

«Mindestens zehn Leute haben mir heute die Geschichte vorgehalten.»

Der wirklich Schuldige war nie entdeckt worden. Wenzel lachte sich ins Fäustchen. Er war stolz auf seinen Einfall und dachte nicht daran, seinem jungen Herrn etwas einzugestehen.

Trotz aller Versicherungen Onkel Heinrichs und Herrn Zecks, trotzdem der Pastor die Zuträgerinnen, denen er seine Blamage nicht verzieh, wegen ihrer Tratschhaftigkeit abkanzelte, wollten die Gerüchte über Berthold Türmer nicht verstummen. Niemand glaubte den gegenteiligen Behauptungen.

Das Geschäft am Kornmarkt nahm einen großen Aufschwung. Die Damenkundschaft Bautzens vergrößerte sich von Tag zu Tag. Lüsterne Großgrundbesitzersfrauen und -töchter trieben ihre Kutschen häufiger nach der Stadt und hatten ellenlange Listen von allen möglichen und unmöglichen Dingen, die man in einem Material- und Farbwarengeschäft verlangen konnte. Die Tageseinnahmen waren weit über das Dreifache früherer Zeiten gestiegen.

Der Klempnermeister Köhler, ein stadtbekannter Spaßvogel, prägte den Namen: Der Casanova von Bautzen.

Spott- und Spitznamen haben in Dörfern und Kleinstädten die Eigenschaft, dem Träger fürs Leben anzuhängen. So auch hier.

Berthold Türmer hieß für immer: Der Casanova von Bautzen.

3

Inge Claußen, Berthold Türmers Stenotypistin und Privatsekretärin, war in den Verdacht geraten, die Geliebte ihres Chefs zu sein. Niemand glaubte ihr, daß sie mit dem jungen Wüstling und dreifachen unehelichen Vater tagelang allein sein könne, ohne ihm zum Opfer zu fallen.

Hans Stäubner, Inges Verlobter, überhäufte das Mädchen mit Vorwürfen und Verdächtigungen, er drang in sie, den Posten aufzugeben und nie mehr mit Berthold Türmer zu sprechen.

Als Inge sich weigerte, dem Verlangen ihres Bräutigams nachzugeben, hob der Eifersüchtige und Mißtrauische die Verlobung auf.

Jetzt stand es für die ganze Stadt fest, daß Inge Claußen das neueste Verhältnis des «Casanovas von Bautzen» sei.

Um dem Skandal zu entgehen und die Gerüchte verstummen zu lassen, reiste Berthold Türmer auf einige Zeit nach Paris und London. Zu gleicher Zeit verschwand die Tochter eines Gutsbesitzers aus Weigersdorf in der Oberlausitz.

Man brachte das Verschwinden des jungen Mädchens mit der Reise Bertholds in Verbindung.

Nach einigen Wochen kehrte Berthold Türmer nach Bautzen zurück. Onkel Heinrich war froh, als er von seinem Neffen, den er in dessen Abwesenheit vertreten hatte, abgelöst wurde.

Als Berthold auf dem Perron[7] des Bautzener Bahnhofs seinem Onkel entgegeneilte, stieß er mit seiner englischen Handtasche einem jungen Mädchen, das einem Coupé 3. Klasse entstiegen war, unvorsichtigerweise in die Kniekehle und brachte es zu Fall. Erschrocken setzte er die Tasche zu Boden und half der Gestürzten auf. Verlegen entschuldigte er sich wegen seiner Ungeschicklichkeit.

Das Mädchen verzog schmerzlich lächelnd das Gesicht.

Einige Bautzener Herren und Damen sahen, wie Berthold Türmer ein junges, hübsches Mädchen um die Taille gefaßt hielt und auf sie einsprach.

Die wendische Eierhändlerin, Frau Barbara Puzlikowa, kannte das Mädchen und reimte sich sofort in ihrer Phantasie ein schmutziges Tratschgebilde zusammen.

Tilda Hasselmann hatte sich beim Fall auf dem Bahnhofsperron das Schienbein und die Kniescheibe etwas verletzt, und Berthold hatte es sich nicht nehmen lassen, sie im Wagen nach Hause zu bringen.

Wenzel machte große Augen, als er seinen jungen Herrn mit einem jungen, hübschen Mädchen aus dem Bahnhof treten sah. Der alte Spitzbube witterte ein Abenteuer.

Am Wendischen Kirchhof gerieten die Einwohner des idyllischsten Fleckchens Bautzens in hellen Aufruhr, als die Kutsche des Hauses Türmer vor einem der alten, kleinen Häuschen hielt und Tilda Hasselmann von Onkel Heinrich und Berthold ins Haus geführt wurde.

Tildas Mutter war bestürzt, als man das humpelnde Mädchen ins Zimmer brachte. Sie erging sich in Danksagungen und wiederholte immer wieder, daß es nicht notwendig sei, nach dem Doktor zu schicken, wie es der junge Herr verlange.

7 veraltet für Bahnsteig

Als die beiden Herren aus dem Hause traten, hatten sich sämtliche Einwohner um Wenzel versammelt und lauschten seinen Flunkereien über den jungen Herrn Berthold Türmer.

Die Leichenwäscherin Lene Mayer erkannte Berthold und zischelte den umstehenden Gafferinnen ins Ohr: «Das ist doch der junge Türmer, von dem schon drei Mädels Kinder haben. Der ‹Casanova von Bautzen›!»

Neugierig, und zum Teil lüstern, flogen die Blicke der Frauen über Bertholds hübsches Gesicht und seine schlanke Gestalt. Manch eine bekam Anwandlungen, die hart die Grenze der Ehrbarkeit streiften.

Noch am gleichen Tage flog die Nachricht von Bertholds Rückkehr von Mund zu Mund, begleitet von der Mär, daß der Jüngling die Gutsbesitzerstochter in Paris sitzengelassen und auf der Reise ein Verhältnis mit der kleinen Tilda Hasselmann vom Wendischen Kirchhof angefangen habe.

Einige wollten wissen, daß Tilda schon seit einem Jahr die Geliebte des «Casanovas von Bautzen» sei und jetzt irgendwo einem Kinde das Leben gegeben habe. Ganz schwach und krank sei sie zurückgekommen, und das schamlose Wesen habe sich von ihrem Verführer im Wagen nach Hause bringen lassen.

Frau Fama spann neue Lügen und Märchen über den «Casanova von Bautzen».

Es war Berthold Türmers vierte Vaterschaft, die alles so in Erregung brachte.

4

Einen Waggon moderner Möbel und fast einen ganzen Waggon neuer Waren hatte Berthold von seiner Reise mitgebracht. Das Privatbüro des jungen Chefs wurde auf das Geschmackvollste eingerichtet. Aus zwei Schaufenstern wurde eines gemacht und dieses von Berthold selbst mit nur wenigen Artikeln, der Neuzeit entsprechend, ausgestattet. Ein großes, neues Firmenschild mit elektrischen Lampen bedeckte die ganze Front über dem Hause.

Die Mauer neben dem Laden wurde durchbrochen, das Lager nach dem Hof verlegt und die Kontorräume vergrößert.

Als die Bautzener das neue Firmenschild mit dem Zusatz Drogerie lasen und von den gewaltigen Veränderungen im Hause Türmer erfuhren, war des Getratsches kein Ende mehr.

Im Landwirtschaftlichen Kasino bei Fuchs saßen die Honoratioren am Abend beisammen und erregten sich besonders über Berthold Türmer.

Am ärgsten trieb es der Apotheker Tiegel. Er war von äußerst cholerischem Temperament und ein Feind jeder Neuerung. Wenn es nach ihm gegangen wäre, so hätten Folter und Prügelstrafe wieder eingeführt werden müssen, um jeden, der es wagte, vom Althergebrachten abzuweichen, mit den härtesten Strafen zu belegen.

Dieser würdige Mann war als Despot in der Stadt bekannt und in Provisorkreisen berüchtigt. Kein Angestellter hielt es lange bei ihm aus, da er unbegrenzte Arbeitsstunden verlangte und hundsmiserabel bezahlte. Die Krankenkassenpatienten wurden in seiner Apotheke wie Bettler behandelt und mit minderwertigen Medikamenten bedient.

Das Haus Türmer war Herrn Apotheker Tiegel seit jeher ein Dorn im Auge. Als nun Berthold die Drogerie eröffnet hatte und Artikel führte, von denen Herr Tiegel glaubte, das Alleinverkaufsmonopol für Bautzen, ja für die ganze Oberlausitz zu besitzen, spie er vor Haß Gift und Galle.

Einen tiefen Schluck Bier nehmend und den Schaum auf den borstigen Schnurrbarthaaren lassend, stieß der Apotheker das Glas auf den Tisch.

«Ich habe meine Augen offen», schrie er, «ganz offen, ich werde diesem jugendlichen Wüstling schon die Lust vertreiben, hier Artikel einzuführen, die nur für verderbte Großstadtweiber passen. Soll er doch seine Kundschaft in Bordellen suchen, nicht unsere ehrbaren Frauen und Mädchen mit seinen ausländischen Hurenartikeln in Versuchung führen. Der Magistrat ist an diesen Auswüchsen mitschuldig. Solchen Leuten muß man das Geschäft zusperren!»

Einige Mucker stimmten kopfnickend dem Apotheker zu, andere wieder schwiegen, nur der junge Glasermeister Blattke erhob seine Stimme wider den Eiferer: «Man soll nicht das Privatleben eines Geschäftsmannes mit seinem Beruf verquicken. Wenn der junge Türmer auch ein Casanova ist, in seinem Geschäft ist noch nicht das geringste passiert, dort geht es genauso ehrbar zu wie in Ihrer Apotheke, Herr Tiegel.»

«Waaas?!» fuhr der Apostrophierte auf, «waaas?! Wie können Sie sich unterstehen und mein Geschäft mit dem der Türmers vergleichen? Wissen Sie denn überhaupt, was eine Apotheke ist?»

«Die Gehilfin des Arztes und Sargmachers», witzelte der Oberpostassistent Schuster.

«Ich verbitte mir derartige dumme Witze, und Sie, Herr Blattke, haben wohl die neuen Schaufenster eingeglast, darum nehmen Sie so warm Partei für den Casanova und seinen Laden.»

Auch an anderen Plätzen gingen die Wellen der Erregung über Berthold Türmer hoch. Neid und Mißgunst waren meist die Triebfeder. Es kam selten vor, daß jemand für den Angegriffenen Partei nahm. Die jungen Frauen und Mädchen stimmten in den wenigsten Fällen mit den Männern überein. Der Ruf des Wüstlings umgab Berthold mit einem begehrenswerten Nimbus. Die Backfische erschauerten, wenn von ihm die Rede war, und die Bautzener Mütter, deren Leibwäsche noch zum Teil aus Flanell und Barchent bestand, verboten ihren sittsamen Töchtern, von dem Scheusal zu sprechen und seinen Laden zu betreten. Nur wenige Mädchen hielten sich an dieses Verbot, das ganze Taschengeld wurde in kosmetischen Artikeln angelegt.

Das Geschäft ging derart gut, daß Berthold Türmer sich gezwungen sah, noch einen Gehilfen einzustellen und einen Buchhalter zu engagieren.

Am Wendischen Kirchhof flaute die Erregung nicht ab. Die Wellen gingen hoch und wollten sich nicht beruhigen, als Onkel Heinrich öfters im Hause Tilda Hasselmanns vorsprach.

Tilda sonnte sich in dem Glück, von dem «Casanova von Bautzen» niedergestoßen und in seinem Wagen nach Hause gebracht worden zu sein. Die Freundinnen des jungen Mädchens stahlen sich trotz der Mütter Verbote zu der Bevorzugten und wollten immer wieder den Hergang der Sache erzählen hören. Keine einzige glaubte, daß Tilda Berthold erst auf dem Bahnhof kennengelernt hatte, sie glaubten auch nicht die Geschichte von dem verstauchten Fuß, sondern nickten sich hinter Tildas Rücken verständnisinnig zu. Blitzartig flogen die Augen der Mädchen hin und her, ihre Phantasie arbeitete, und einige wollten gesehen haben, wie die Mutter Tildas bei ihrem Eintritt ein Babyhemdchen rasch im Nähkorb versteckt hatte. Wieder andere bemerkten an Tilda, daß ihr Körper voller geworden sei. Die Leichenwäscherin Lene Mayer schlich scheinheilig und teilnahmsvoll in das Zimmer des jungen Mädchens und erzählte dann flüsternd, indem sie die Hand vor den Mund legte und sich scheu umblickte, sie könne darauf schwören, daß Tilda Hasselmanns Bluse an der Brust fleckig sei und diese Flecke nur von der Brust der jungen Mutter stammten, die ihr Kind selbst nicht stillen könne.

Berthold Türmers Vaterschaft des vierten unehelichen Kindes war nun bestätigt.

Die jungen Männer von Bautzen waren, soweit sie verlobt waren oder ein kleines Techtelmechtel hatten, auf Berthold Türmer sehr eifersüchtig und verboten ihren Liebsten, mit dem Wüstling zu sprechen.

Andere Jünglinge und Männer bewunderten den Casanova und suchten sich ihm zu nähern, um das Geheimnis seiner Unwiderstehlichkeit zu ergründen.

Inge Claußen wurde von allen bestürmt, sie möge doch erzählen, wieso es käme, daß Berthold Türmer einen solchen Einfluß auf die Frauen habe. Kein Mensch glaubte Inge, daß sie kein Verhältnis mit ihrem jungen Chef habe.

5

Onkel Heinrich hatte sich in die Idee verbissen, daß Tilda Hasselmann die einzig richtige Frau für Berthold wäre. Wohl war sie von armen Eltern, der Vater war Bäcker und schlug sich schlecht und recht mit einem Lehrling durchs Leben, aber dem Mangel an Geld wollte Onkel Heinrich schon abhelfen. Berthold würde ja doch einmal alles erben, nun könnte man ja die Hälfte davon Tilda vermachen, und somit wäre der Übelstand der Armut beseitigt.

In Liebesdingen war Onkel Heinrich ziemlich unbewandert. Er gebärdete sich wie der Elefant im Porzellanladen. Es gelang ihm, Berthold dazu zu bringen, Tilda einen Krankenbesuch zu machen.

Tildas Knöchel war längst wieder gesund, aber es war so nett, von allen bedauert und – was besonders ins Gewicht fiel – um die Bekanntschaft mit dem von allen Mädchen bewunderten Berthold Türmer, dem «Casanova von Bautzen», beneidet zu werden. Deshalb humpelte sie noch immer ein wenig und verzog schmerzhaft das Gesicht, wenn sie den «verletzten» Fuß auf den Boden setzte.

Der Bäckermeister Carl Hasselmann war über die Affäre seiner Tochter mit dem verschrienen Wüstling wenig erbaut. Er war ein ruhiger, arbeitsamer Mensch, der sich um die Mitwelt nur insoweit kümmerte, als sie in den Bereich seiner Kundschaft gehörte. Jedoch war er, wenn er einige Glas Bier zu sich genommen, aufbrausend, und sein Jähzorn riß ihn dann zu Tätlichkeiten hin.

Onkel Heinrich versäumte es nie, wenn er Tilda besuchte, zuerst einen Sprung in die Backstube zu tun und dem Meister Hasselmann einen Guten Tag mit einer Zigarre anzubieten.

Lene Mayer rannte geschäftig hin und her, als sie Berthold Türmer mit seinem Onkel am Sonntag nachmittag in Hasselmanns Haus treten sah. Die Frauen versammelten sich vor den Toren und lauschten erregt der Leichenwäscherin. Die ewig entzündete rote Nase der Alten war in verstärktes Glühen geraten. Geheimnisvoll tuschelte sie: «Jetzt soll sie die Abfindung für das Kind kriegen. Der alte Onkel hätte dem Bäcker schon vor Tagen tausend Mark geboten, aber Hasselmann verlangte zehntausend Taler und keinen Pfennig weniger. Damit sie sich drüben in der Seidau eine Villa kaufen könnten. Jetzt wird der junge Türmer versuchen, das verworfene Mensch und den Vater zu überreden.»

Beifällig nickten die Klatschbasen.

Tilda hatte sich für den Besuch Bertholds geschmückt. In einem einfachen weißen Kleidchen saß sie am Fenster. Die farbigen Petunien warfen ihren Schimmer auf die Wangen des Mädchens. Sie sah lieblich aus und war sich als echte Evastochter auch dessen bewußt.

Der Jüngling entschuldigte sich nochmals und bat für seine Unvorsichtigkeit um Verzeihung. Er sprach die Hoffnung aus, daß die «Geschwulst» bald behoben sei und erklärte verlegen, die entstandenen Kosten zu ersetzen.

Wie einer Braut war Tilda zumute. Sie dankte Berthold errötend für seinen Besuch und hätte beinahe verraten, daß der Fuß längst geheilt war.

Onkel Heinrich unterhielt sich mit Mutter Hasselmann und sah sich schon in Gedanken hinter dem knienden Brautpaar in der Petrikirche stehen; er beschloß, sogleich nach seiner Heimkehr am Abend, den langen Bratenrock einer Prüfung zu unterziehen, ob er noch für die Feier modern und gut genug erhalten sei.

Die jungen Leute trafen sich in der Zukunft öfters. Der Zufall wollte es, daß sie von niemandem gesehen wurden. Ihre Spaziergänge erstreckten sich auf Wege, die nur von Touristen und sonstigen neugierigen Fremden begangen wurden.

Ein idyllisch romantischer Weg führte hinter der Nikolairuine rückwärts an der Ortenburg, hoch über der Spree, entlang. Selten verirrten sich fremde Spaziergänger dahin, Bautzener nie. Die alten Stadtwälle, die dicken Mauern der Ortenburg, die engen, stillen Gäßchen im alten Bautzener Viertel, der Burglehn, die Messergasse, die Fleischergasse, die Nikolaipforte, der Ruinenkirchhof, sie alle waren seit Jahrhunderten Zeugen verschwiegener Küsse und verliebter Jugendeseleien und plauderten nichts aus.

Spätabends trafen sich die jungen Leute. Berthold war verliebt. Die zarte Tilda hatte es ihm angetan. Trotzdem er viele Monate in London, Paris, Brüssel und Berlin verlebt hatte, verstand er es nicht, mit Frauen umzugehen. Dieser Jüngling, der in dem Ruf eines Frauen verderbenden Wüstlings stand, dem man den Beinamen des größten Frauenlieblings früherer Zeiten beilegte, ja, mit dem man ihn verglich, war der unbeholfenste und schüchternste Liebhaber, den es gab. Er verstand es, Sätze anzufangen und – verlegen stotternd – nicht zu beenden. Kam Tildas Hand mit der seinen in Berührung, so stieg eine heiße Röte in sein Gesicht, und er zuckte erschreckt zusammen.

Tilda hatte sich diese Spaziergänge ganz anders vorgestellt. Ein Casanova, ein Wüstling, Vater mehrerer unehelicher Kinder, müßte sich doch anders benehmen, mehr draufgängerisch sein. Es dauerte eine geraume Weile, bis Berthold Tilda den ersten, schüchternen Kuß geben wollte, in der Erregung den Mund der Geliebten verfehlte und mit den Zähnen derart heftig an ihre Nase stieß, daß Tränen in ihre Augen traten.

Das junge Mädchen führte die Schüchternheit des Geliebten darauf zurück, daß sie seine erste wahre Liebe sei. Oftmals wollte sie von seinen Kindern sprechen, jedoch die Scham verschloß ihr den Mund. In Stunden, wo Berthold nicht bei ihr war, nahm sie sich vor, ihm niemals Vorwürfe zu machen, und wenn er darauf drängen sollte, die Kinder zu sich zu nehmen. Sie wollte ihnen, Berthold zuliebe, eine wahre Mutter sein. Sie wäre sehr enttäuscht gewesen, wenn sie erfahren hätte, daß der Geliebte in Wirklichkeit kein Casanova war und niemals uneheliche Kinder gezeugt hatte.

Oftmals hatte Berthold einen Anlauf genommen, um Tilda einen regelrechten Antrag zu machen, aber jedesmal versagte seine Zunge, und er verschob es auf das nächste Rendezvous.

Onkel Heinrich beobachtete heimlich die Liebenden und war glücklich, daß sein Wunsch in Erfüllung ging.

6

Marta Hechner lag vor ihrem Vater auf den Knien und versuchte mit abwehrenden Händen die Schläge des niedersausenden Hosenriemens von sich abzuhalten.

«Bitte, bitte, Vater, bitte, bitte, Vater!» wimmerte sie. «Ich will alles tun, was du willst! Nur nicht mehr schlagen.»

Hechner band den Lederriemen wieder um seinen Leib.

«Morgen früh um sieben fahren wir nach Bautzen, und du wirst dort das erzählen, was ich dir vorher sage.»

«Ja, Vater.»

«Also, jetzt sagst du mir, wer der Schuft ist, mit dem du dich vergessen hast!»

«Der Monteur von Görlitz, der hier das Licht eingerichtet hat.»

«Also, ein verheirateter Mann? Hast du gewußt, daß er Frau und Kinder hat?»

«Ja, Vater.»

Hechner knirschte mit den Zähnen, seine Hände fuhren wieder an den Hosenriemen. Marta wich ängstlich zurück.

«Wehe dir, wenn du mir morgen in der Stadt nicht folgst!»

«Ich werde schon folgen.»

«Marsch ins Bett jetzt!»

Ängstlich zurückblickend, huschte das Mädchen hinaus.

Hechner setzte sich leise fluchend an den Tisch. Alles war ihm in den letzten Jahren quergegangen. Immer mehr bergab führte der Weg. Vor drei Jahren war er aus Breslau hier zugezogen. Mit den letzten zehntausend Mark hatte er die Villa bei Weigersdorf gekauft und den Handel mit geräucherten Seefischen eingeführt. Mit seinem kleinen Auto fuhr er hausierend übers Land. Seine beiden Töchter hausierten per Rad, während der elfjährige Rudi noch zur Schule ging. Wenn nur der verfluchte Schnaps und die Weiber nicht gewesen wären! Aber im Rausch machte er stets die größten Dummheiten. Immer mehr bergab ging es mit ihm.

Nun kam noch die Schweinerei mit dem Mädel, der Marta, dazwischen. Ja, wo die Mutter fehlt! Aber, weiß der Teufel, wo die sich herumtreibt. Ein Glück, daß ihm der Ausweg eingefallen war! Jetzt war die Gelegenheit da, mit einem Ruck aus dem Schlamassel herauszukommen.

Rasch glitt am nächsten Morgen der kleine Wagen die Straße von Weigersdorf in der Richtung nach Bautzen dahin. In Guttau stärkte sich Hechner an einigen Gläsern Schnaps, dann ging es weiter auf Burk zu.

Marta saß blaß und schweigend neben dem Vater. Von Zeit zu Zeit stieg ein Schluchzen in ihre Kehle. Mit einem ängstlichen Seitenblick auf den Vater unterdrückte das Mädchen die Tränen.

Rechtsanwalt Gosch war sehr erstaunt, als ihm schon kurz vor acht Uhr sein Klient Hechner gemeldet wurde. Er beendete in Ruhe sein Frühstück, während draußen im Wartezimmer Hechner seiner Tochter flüsternd, in drohendem Tone, die letzten Verhaltungsmaßregeln gab.

Eine Stunde später ließ sich Rechtsanwalt Gosch bei Türmer melden.

«Herr Türmer, verzeihen Sie, daß ich so früh komme und Sie in der Erledigung der Post stören muß, aber die Sache ist sehr ernst und ich muß Sie allein sprechen.»

«Fräulein Claußen, wollen Sie uns allein lassen?»

Nachdem sich die Türe hinter Inge Claußen geschlossen hatte, nahm der Rechtsanwalt Platz.

«Lieber Herr Türmer, ich bin in Sachen der Marta Hechner hier.»

Berthold sah den Anwalt verständnislos an.

«Marta Hechner? Der Name ist mir fremd.»

Gosch lächelte. Ein verflixter Junge, dachte er, man sollte es kaum denken, daß der so gerissen ist.

«Hechner ist der Mann, der einen Seefischhandel betreibt. Sie wissen ja, der vor einem Jahr die Kurzsche Villa bei Weigersdorf gekauft hat und dort mit seinen Kindern lebt.»

«Sie müssen schon verzeihen, aber ich kenne den Mann wirklich nicht.»

«Aber doch seine Tochter Marta?»

«Keine Ahnung, wer das sein könnte.» Berthold wunderte sich, was der Anwalt von ihm in der Sache wolle. «Wollen Sie mir nicht sagen, was ich mit Herrn oder Fräulein Hechner zu schaffen habe?»

Der ist zäh und gerissen, dachte der Anwalt, hier mußt du ein gröberes Geschütz auffahren.

«Das will ich Ihnen gleich sagen.» Hier machte er eine kleine Pause, rückte mit seinem Stuhl näher, faßte Berthold am Revers seines Rocks und sagte, jedes Wort betonend: «Marta Hechner ist guter Hoffnung. Schwanger!»

Berthold sah den Anwalt erschrocken an, er glaubte einen Wahnsinnigen vor sich zu haben.

«Ja, lieber Herr Türmer, das hätten Sie früher bedenken müssen.»

«Aber, Herr Rechtsanwalt.»

«Es ist ja nur Zeitvergeudung, wenn wir uns erst ein langes und breites darüber unterhalten wollen.»

«Lassen Sie mich doch endlich reden! Ich versichere Ihnen, daß mir diese Marta Hechner völlig unbekannt ist.»

Rechtsanwalt Gosch erhob sich. Sein Gesicht nahm eine etwas komische Amtsmiene an: «Um so besser kennt Sie das Mädchen, Herr Türmer. Ihr Leugnen wird Ihnen nicht viel nützen. Es ist ja nicht das erste Mal. Ihre Abenteuer sind ja zur Genüge bekannt.»

Berthold sah fassungslos zu dem Rechtsanwalt auf; er rief: «Sie wollen doch nicht etwa sagen, daß diese Marta Hechner behauptet, ich wäre, ich ...»

«Stimmt, sie behauptet es nicht nur, sie wird es auch beschwören. Der Vater ist auch Zeuge, daß Sie seiner Tochter den Hof gemacht und oftmals in Weigersdorf zu Besuch waren.»

Verstört sah Berthold zu dem Anwalt hinüber: «Aber, das ist ja ein Witz, ein schlechter und dummer Scherz!»

«Herr Türmer! Das Mädchen sagt, sie hätte sich noch niemals mit einem anderen Manne eingelassen. Sie, Herr Türmer, seien der erste.»

«Da wollen wir doch sehen, ob man mir etwas in die Schuhe schieben kann, wovon ich keine Ahnung habe. Das ist ja Erpressung!»

«Ich möchte Sie warnen, Herr Türmer, in Ihren Äußerungen etwas vorsichtiger zu sein. Fräulein Hechner ist meine Klientin.»

Berthold zwang sich zur Ruhe: «Bitte, was wollen die Leute von mir?»

«Der Vater dringt darauf, daß Sie das Mädchen heiraten, aber ich glaube, die Sache läßt sich mit Geld abmachen.»

«Ich weigere mich, auch nur einen Pfennig zu zahlen. Ich versichere Ihnen nochmals, daß ich ein Fräulein Marta Hechner nicht kenne, ja niemals gesehen, nicht mal von ihr gehört habe.»

«Herr Türmer, lassen Sie mich Ihnen in gutem raten. Sie sind jung, Sie sind reich. Es ist ja nicht das erste Mal, daß Ihnen das passiert. Sie sind ja schon Vater von vier Kindern, da darf es Ihnen doch nicht darauf ankommen, auch noch das fünfte anzuerkennen.»

«Ich kann Ihnen nur immer wiederholen, daß ich der Sache vollkommen fernstehe und sie für eine ganz gemeine Erpressung halte.»

«Na schön, Herr Türmer. Des Menschen Wille ist sein Himmelreich. So werden die Gerichte entscheiden müssen! Sie sind ein – verzeihen Sie – Teufelskerl! Wie Sie das so aus dem Handgelenk machen. Darf man das Geheimnis Ihrer Verführungsmacht nicht erfahren?»

«Nein, Herr Rechtsanwalt.»

Gosch verließ kopfschüttelnd das Büro.

So wurde der «Casanova von Bautzen» Vater des fünften Kindes.

7

Wie ein Lauffeuer sprang die Nachricht von der Klage Marta Hechners gegen Berthold Türmer von Haus zu Haus.

Beim Frühschoppen in Glasers Weinstube drohte Hechner in seiner Trunkenheit, er würde dem Lausejungen, dem «Casanova von Bautzen», das Handwerk schon legen.

«Heiraten muß er das Mädel», schrie er und hieb mit der Faust auf den Tisch. «Wenn der Bengel sich einbildet, er kann meine Tochter unglücklich machen, so ist er auf dem Holzwege. Die Marta wird ihm schon seine Mucken austreiben. Da kann er seine Kinder bei seiner Frau machen, nicht aber in ordentliche Bürgerhäuser eindringen und unschuldige Mädchen verführen!»

An allen Tischen wurden die Ohren gespitzt. Oh, man wollte kein Wort von der Neuigkeit verlieren. Das war ein gefundenes Fressen für die männlichen und weiblichen Klatschbasen von Bautzen.

Neugierige Blicke flogen zu Hechners Tisch hinüber, um das arme verführte Kind zu sehen. Lüstern wurden die Augen dieser Spießer, als sie Martas üppige Gestalt musterten. Die Mundwinkel der Herren wurden feucht, und die Zunge glitt manchem über die heißen Lippen. Die Weingläser flogen häufiger zum Munde, um den aufsteigenden inneren Brand zu kühlen.

Donnerwetter, der Junge hat guten Geschmack, dachten die «ehrsamen» Bautzener Bürger, und die Gedanken wanderten nach Hause zu den in die Breite geratenen Ehefrauen. Vergleiche wurden gezogen und fielen zu Ungunsten der Gattinnen aus. Nur ihre Unbeholfenheit und angeborene Dummheit hielt viele dieser Herren ab, es dem «Casanova von Bautzen» gleichzutun.

Marta Hechner saß mit niedergeschlagenen Augen und wäre gerne vor Scham über die Worte des Vaters unter den Tisch gesunken. Ihr brannte die Lüge im Herzen, und nun wurde sie wie eine Ausstellungsware hier zur Schau gestellt. Sie bat den Vater leise, er möge schweigen, doch der fuhr sie hart an und polterte um so lauter.

Vor dem Tisch entstand eine regelrechte Promenade. Herren, die Marta von ihren Plätzen nicht sehen konnten, gingen an dem Paar vorbei und sahen dreist auf das unglückliche Mädchen herab.

Gutsbesitzer aus der nahen und ferneren Umgebung lauschten den Worten Hechners und gaben unter wieherndem Lachen Zoten und Zötchen preis. Nun hatten sie wieder eine Sensation, die sie ihren Frauen in die langweilige Einsamkeit der Landsitze mitnehmen konnten. So mancher, der Berthold Türmer nicht kannte, beneidete ihn und beschloß, sich den Casanova genau anzusehen und ihm eventuell näherzutreten. Man konnte nicht wissen, ob dabei nichts abfiel. Wenn man sich auch nicht seine Macht über die Frauen zu eigen machen konnte, so war doch die Möglichkeit geboten, ihm einiges von seinen Tricks abzulauschen oder vielleicht ein abgelegtes Liebchen, mit der Schulung des Lüstlings, zu ergattern.

Stadtrat Professor Eisenberg war gestorben und Frau Lene Mayer gebeten worden, die Leiche zu waschen. Ganz echauffiert kam die Leichenwäscherin angewatschelt. Die Nase schillerte in Purpur. Sie hatte die neueste Missetat Berthold Türmers soeben von der Frau des Oberkellners Waceck vom Restaurant Central-Automat brühwarm erzählt bekommen. Frau Mayers Phantasie arbeitete. Ihr genügte es nicht, daß Berthold Türmer nur Marta Hechner verführt hatte, sie dichtete auch der Schwester Martas eine Schwangerschaft an.

Frau verwitwete Professor und Stadtrat Eisenberg und ihre verehelichte Tochter vergaßen die Trauer um den Dahingeschiedenen und lauschten mit offenem Munde der Botschaft Frau Mayers. Die Schneiderin, die zur Anprobe der Trauerkleider im Zimmer anwesend war, hatte vor Erstaunen fast das zwischen den Lippen gehaltene Dutzend Stecknadeln verschluckt.

Der Apotheker Tiegel reichte seinen Kunden strahlenden Antlitzes mit jedem Pulver, jeder Pille, den Medizinflaschen und Heftpflastern die Neuigkeit. Er erging sich in seinen gewohnten Platitüden, sprach wieder von Entziehung der Rechte, ein Geschäft zu führen, bedauerte von neuem, daß Folter, Pranger und Prügelstrafe abgeschafft seien und erklärte, daß er bei der nächsten Sitzung der Stadtväter einen Antrag auf Acht und Bann gegen Berthold Türmer einzubringen beabsichtige.

Beim Mittagstisch verbot er seiner Tochter, je an dem Geschäft des Wüstlings vorbeizugehen, sie solle stets die andere Straßenseite benutzen. Das hatte zur Folge, daß das Fräulein während des Mittagsschläfchens ihres Vaters in den Laden Türmers ging und für zwanzig Pfennige Schweinfutter Grün erstand. Den Helden des Tages bekam sie leider nicht zu Gesicht.

Das Geschäft am Kornmarkt konnte an diesem Tage mit einer Rekordeinnahme rechnen.

In vielen Bautzener Familien gab es Zwistigkeiten, da die Frauen oder Töchter unter allen möglichen und unmöglichen Vorwänden Geld verlangten. Da an Reinigungsmaterialien, wie Waschseifen, Schmierseifen, Bürsten, Scheuertüchern usw., schon in all diesen Häusern ein großer Vorrat vorhanden war, da man auch sonst bereits von vielen Waren, die das Haus Türmer führte, in Überfluß eingekauft hatte, griff man zu den Farben, Bohnerwachs, Eisenspänen zum Abkratzen des Fußbodens, Mottenpulvern und Pinseln in allen Größen. Die Ehegatten und Väter fluchten über die Reinlichkeitswut ihrer Frauen und Töchter, auch über die Gelder, die sie dazu hergeben mußten. Nachher wunderten sie sich, wenn aus dem Bohnern und Streichen der Fußböden, der Auffrischung der Zimmerdecken und Erneuerung des Anstrichs vieler Räume, trotz der reichlich eingekauften Materialien, nichts wurde.

8

Berthold Türmer war nach der Wohnung Onkel Heinrichs in der Spreestraße gelaufen und hatte ihm von dem Besuch des Rechtsanwaltes Gosch Mitteilung gemacht.

Der alte Herr war ganz außer sich.

«Ja, wo hast du die denn kennengelernt?»

«Ich kenn' sie ja gar nicht, hab' keine Ahnung, wer das sein könnte.»

«Mir kannst du es ja sagen, Bertie, ich, dein alter Onkel, habe ja für so etwas Verständnis.»

«Aber, Onkel, siehst du denn nicht ein, daß ich die Wahrheit spreche? Ich habe von der Existenz einer Marta Hechner bis heute keine Ahnung gehabt!»

Zweifelnd sah der alte Herr auf seinen Neffen. Dessen offener Blick und wahrhafte Aufregung überzeugten ihn, daß Bertie die Wahrheit spreche.

«Ja, aber wie kommt denn das Mädchen dazu, dich in die Sache hineinzuziehen?»

«Das ganze ist nichts weiter als eine niederträchtige Erpressung.»

«Wieso verfallen sie denn gerade auf dich, mein Junge?»

«Daß du das nicht merkst! Du kennst ja den Spitznamen, den man mir damals nach dem blödsinnigen Gerücht, ich hätte drei uneheliche Kinder, gegeben hat.»

«Ja, ja. Der ‹Casanova von Bautzen›. So heißt du ja auch heute noch.»

Der alte Mann lachte in sich hinein.

«Ich weiß, und da war es für den Lumpen Hechner, über den mir Zeck in der Zwischenzeit Auskunft gegeben hat, eine einfache Sache, mich zum Verführer seiner sauberen Tochter und zum Vater ihres Kindes zu stempeln.»

«Donnerlitzchen, das ist aber ein starkes Stück. Und das Mädel?»

«Was weiß ich! Die wird wahrscheinlich tun, was der Vater will.»

«Was wirst du nun machen?»

«Ich war schon beim Rechtsanwalt Schaffstein. Er soll die Sache führen.»

«Bedenk aber, Junge, Bertie, den Skandal, den das abgibt. Willst du nicht lieber die Sache mit Geld abmachen?»

«Ich denke nicht daran. Der Skandal ist ja sowieso nicht zu vermeiden. Diese Leute werden schon dafür sorgen, daß man es erfährt.»

Schon als Berthold zur Stadt zurückkehrte, merkte er, daß die Leute ihn alle begafften. Er wußte nun, daß Bautzen bereits von der Sache Wind bekommen hatte. Die Frauen und Mädchen sahen ihm fragend in die Augen, und die Backfische erschauerten, wenn der Wüstling an ihnen vorüberging und sie ansah. Als er am Zwinger vorbeikam, hörte er, wie jemand hinter ihm ganz laut sagte: «Alle Achtung, wenn so ein Junge, der noch nicht trocken hinter den Ohren ist, Vater vom fünften und sechsten Kind wird.»

«Nein, so was! Gleich mit zwei Schwestern auf einmal!»

Berthold wollte umkehren und die Lästermäuler mit seinen Fäusten stopfen, aber er überlegte, daß er dadurch seine Lage noch verschlimmern würde.

9

Helene Mayer war nach Reinigung der leiblichen Überreste des Herrn Professors und Stadtrates Eisenberg in größter Eile nach dem Wendischen Kirchhof zurückgewatschelt. Sie freute sich schon des Aufsehens, das ihre Sensationsnachricht hervorbringen würde und war sehr enttäuscht, als man dort schon alles wußte.

Die Frauen standen vor den Häusern und entsetzten sich über die Verderbtheit der heutigen Jugend.

Die Leichenwäscherin sollte doch noch ihren Triumph haben. Als ihr Frau Schlitzer die Nachricht von Marta Hechner breit und mit hämischer Miene zurief, stellte sich die Alte in Positur.

«Was?» schrie sie. «Was! Da wissen Sie ja noch nicht alles! Die Schwester von dem Mädel hat er ja auch unglücklich gemacht. Die kriegt ja auch ein Kind von ihm!»

Die Frauen erstarrten. Einige von ihnen schlugen die Hände zusammen.

«Zwei Schwestern auf einmal?! Und dabei ist der Bengel erst zwanzig Jahre alt.»

Zitternd, mit bleichen Wangen stand Tilda Hasselmann in ihrem Zimmer, als die Mutter von ihr gegangen. Sie glaubte, umsinken zu müssen. Mit zwei Schwestern hatte Berthold Türmer zu gleicher Zeit ein Verhältnis angefangen und beide Mädchen unglücklich gemacht! Oh, wie schlecht war er doch! Sie warf sich schluchzend auf das Bett. Die ersten drei Kinder hatte sie ihm seit langem vergeben. Immer wieder hatte sie sich gesagt, er wäre in seiner jugendlichen Unerfahrenheit verführt worden. Bei ihren abendlichen Spaziergängen hatte sie niemals davon gesprochen. Diese Missetat, diesen Betrug an ihrem Herzen konnte und durfte sie ihm niemals vergeben. Während er in geheuchelter Keuschheit mit ihr abends spazierenging und sich so arg verstellte, daß er nicht einmal einen richtigen Kuß geben konnte, verführte er in schamloser Weise zwei Schwestern zu gleicher Zeit. Oh, der Wüstling, der schlechte Mensch! Mit Gewalt würde sie sich die Liebe zu ihm aus dem Herzen reißen und ihm heute Abend beim Rendezvous dies auch sagen.

10

Doris von Gräzingen hatte heimlich einige Sachen in eine größere Handtasche gepackt, sich durch Frieda das Gepäck auf ihren kleinen Sportwagen legen lassen und war unbehelligt die lange Eichenallee zum Tore des Schloßparks hinausgefahren.

In der Dorfstraße flüchteten Gänse, Enten und Hühner vor dem Auto. Kaum hatte Doris die Landstraße, die sich am Ende des Dorfes gabelte, erreicht, als sie den Wagen auf den schnellsten Gang stellte und mit sechzig Kilometer Geschwindigkeit die Straße gegen Muskau hinabraste.

«So», sprach sie vor sich hin, «jetzt soll Papa sich ärgern und sein rotes Gesicht bekommen, auch Mamas Migräneanfall wird vorübergehen. Wenn ich erst mit Bertile verheiratet bin, werden sie sich darein schicken müssen.»

In Muskau schrieb der Stadtpolizist Schnake Fräulein Doris von Gräzingen zum zweiunddreißigsten Male wegen Schnellfahrens auf.

Der Wagen raste außerhalb Muskaus auf der Landstraße gegen Bautzen weiter.

In den großen Kirschenalleen wurde zur Zeit Ernte abgehalten. Lange Leitern lehnten an den Bäumen, Männer standen auf den höchsten Sprossen und ließen die schwarzroten Knupperkirschen in die Körbe fallen. Überall sah man Kinder mit blauschwarzen Mündern die herabgefallenen Früchte samt den Kernen verzehren.

Doris bekam Appetit. Sie hielt ihren Wagen an einer Verkaufsbude und erstand zwei Pfund der großen, appetitlichen Früchte. Sie legte die Tüte neben sich auf den Beifahrersitz und vergnügte sich mit den Kirschen, steckte immer gleich drei oder vier auf einmal in den Mund und spuckte die Kerne in großem Bogen auf den Kühler.

Vor Bautzen mäßigte Doris das Tempo und fuhr gemächlich durch die Straßen. Da Lehmanns Konditorei umgebaut und renoviert wurde, lenkte sie den Wagen nach dem Postplatz und hielt vor Müllers Café.

Bei Johannisbeertorte mit Schlagsahne überdachte die adelige Rittergutsbesitzerstochter ihre Lage. Der Papa würde wettern, fluchen und mit der Pistole auf den Liebsten losgehen. Sie, Doris, würde sich mit einem lauten Aufschrei und ausgebreiteten Armen vor den Geliebten werfen und dem erzürnten Papa entgegenrufen: «Nur über meine Leiche geht der Weg! Ihm oder keinem anderen sonst gehöre ich! Ich sterbe mit dem einzig Geliebten!»

Die Mama würde sich bald von der Migräne erholen und mit dem Brautpaar nach Dresden fahren, um dort die Aussteuer und alles, was drum und dran ist, zu bestellen.

Die Hochzeit müsse auf Schloß Gräzingen mit großem Pomp gefeiert werden. Alle Gutsbesitzer der ganzen sächsischen und preußischen Lausitz müßten zu Gaste kommen; im alten Schloßflügel müßten die Zimmer hergerichtet und für die Gäste wohnbar gemacht werden. Drei Festtage würde Doris sich ausbedingen. Der Tag des Polterabends sollte die Feierlichkeiten einleiten. Am zweiten Tag sollte die kirchliche Trauung in der Dorfkirche der Gemeinde stattfinden und mit Ball, Empfang und auf der großen Ringkoppel mit einem Volksfeste für die Gutsangestellten und Dörfler enden. Am dritten Tag würde man zeitig vormittags mit einer großen Zahl von Automobilen nach Bautzen ziehen, und auf dem Rathause würde die standesamtliche Trauung durch den Bürgermeister der Stadt erfolgen. Mittags großes Diner im Festsaal des Hotel zur Krone mit den Honoratioren der Stadt als Gästen, dann Heimfahrt und venezianische Nacht am großen Schloßteich, mit einem Riesenfeuerwerk als Schlußeffekt.

Noch in derselben Nacht würde das junge Ehepaar abreisen. Die Hochzeitsreise würde mit zwei großen Tourenautos gemacht werden. Horch-Wagen, allerneuesten Modells. Derselbe Typ, den sie in den Sportzeitungen und illustrierten Blättern als Sieger in der großen Alpenfahrt gesehen, würde für sie und ihren Mann sein, während der zweite Wagen, der Platz für die Zofe und die Toiletten böte, speziell mit Schrankkoffern und dem modernsten Reisekomfort ausgestattet, sofort nach der Verlobung bestellt werden müßte.

So würden die Neuvermählten ihr Glück nach dem Süden tragen und in zwei Monaten Italien und Frankreich bereisen.

Während Doris an ihrem Luftschloß baute, hatte die bedienende Kellnerin dreimal gefragt, ob sie noch etwas bringen dürfe. In ihre Träume versunken, Ziegel auf Ziegel dem Luftgebilde zufügend, hatte sie jedesmal bejahend genickt, wenn der dienstbare Geist sie fragte, ob es dasselbe sein solle.

Doris blickte auf ihre Armbanduhr und sah, daß es bereits auf die Mittagsstunde zuging. Sie war sehr erstaunt, als die Kellnerin die Rechnung machte. Viermal Doppelportionen Johannisbeertorte mit Schlagsahne. Rasch beglich sie die Zeche und flitzte kurz darauf mit ihrem Wagen nach dem Kornmarkt.

Musch hüpfte schimpfend beiseite, als plötzlich ein Kleinauto durch den Torweg an ihm vorbeisauste, im Hofe geschickt zwischen Fässer- und Kistenbergen seinen Weg fand und mit plötzlichem Ruck vor der Treppe hielt.

Doris sprang flink hinter dem Volant[8] hervor und sah sich suchend um. Sie bemerkte den mit offenem Munde ob dieser Frechheit gaffenden Musch und rief ihn energisch heran.

«Sie da! Junger Mann!» (Musch war bereits neunundsechzig Jahre alt.) «Hören Sie denn nicht? Bringen Sie mein Gepäck nach oben!»

Musch glaubte, ihn treffe der Schlag. Er kam langsam näher. Donnerwetter, die kannte er ja! Das war doch die von Gräzingen. Was hatte denn die in der Wohnung seines jungen Herrn zu suchen? Sollte vielleicht sein Herr auch mit dieser da …?

«Na, wird's bald? Etwas fixer! Sie scheinen schwerhörig zu sein?»

Wenzel kam gerade von einer Liefertour mit seinem Wagen zurück und hielt inmitten des Torweges an, da das Auto die Einfahrt versperrte. Er hatte die letzten Worte des kleinen Fräuleins gehört und grinste über das ganze Gesicht, Zeuge der Abkanzelung seines ewigen Feindes zu sein.

Musch war ganz außer Fassung. Mit dieser Komtesse konnte er doch nicht saugrob werden, wie es sonst seine Gewohnheit war. Bedächtig nahm er die Handtasche und das Necessaireköfferchen vom Wagen und blieb stehen.

«Gehen Sie voraus und melden Sie mich Herrn Berthold Türmer!»

Doris hatte den Befehlston von ihrem Vater geerbt.

Musch stieg wortlos die Treppe hinauf. Doris folgte ihm, innerlich zitternd. Ihre Courage begann langsam zu schwinden.

Frau Gips, die alte Wirtschafterin Bertholds, war über den Besuch der jungen Dame sehr erstaunt.

«Herr Türmer ist noch nicht zu Hause, muß aber bald kommen.» Verlegen wischte sie die Hände an der sauberen Schürze.

«Schicken Sie dann hinunter ins Kontor, damit Herr Türmer weiß, daß ich hier bin.»

«Herr Türmer ist nicht im Hause, gnädiges Fräulein.»

«Dann werde ich ihn hier erwarten. Führen Sie mich in sein Zimmer.»

8 veraltend für Lenkrad, Steuer

Doris war über den feinen Geschmack, der sich in allen Räumen kundgab, äußerst erstaunt. Wenn sie damit die Zimmer und Säle im elterlichen Schloß verglich, wo zwischen vielen guten und schönen Sachen so greulicher Kitsch zu finden war. Wo hatte der Junge das bloß her? fragten sich alle, die genügend Geschmack besaßen und Kunstkenner waren.

Berthold hatte zwischen die alten, gediegenen Sachen der Eltern wunderschöne Kunstgegenstände zwanglos aufgestellt. Echte Gemälde oder erstklassige Kopien zierten die Wände. Die Beleuchtungskörper waren apart und nach Bertholds eigenen Ideen angefertigt. In allen Zimmern lagen echte Teppiche und Brücken. Das Speisezimmer hatte der Jüngling mit Eichenholz täfeln lassen, und künstliche Balken zierten die Nußbaumdecke. Im Empfangszimmer, der ehemaligen guten Stube, waren Barock- und Louis-Seize-Möbel gruppiert und passende Vitrinen mit wunderhübschen Nippes[9] und echtem Porzellan standen an den Wänden, ein Spinett in einer Ecke. Spitzweg-, Watteau- und Kaulbachgemälde schmückten die mit einer mattseidenen grünen Tapete überzogenen Wände.

Doris' Staunen wuchs, als sie, ohne die Einladung von Frau Gips abzuwarten, das, mit schweren Palisandermöbeln und riesigen Klubsesseln ausgestattete, Herrenzimmer betrat. Sie revidierte ihren Entschluß, nach ihrem Einzug hier alles umzumodeln. Es ließ sich in diesen Räumen schon wohnen, und ihre eigenen Zimmer sollten mit demselben auserlesenen Geschmack ausgestattet werden. Nur in puncto Personal würde sie ihre Auswahl selbst treffen. Dieser alte Mann, der die Taschen heraufgetragen hatte, würde bei festlichen Gelegenheiten schlecht in eine Livree passen. Auch diese alte Dame war ein bißchen zu antiquiert. Hausfrau würde sie, Doris, ja selbst sein, und die alte Frau könnte dann dem französischen Koch in der Küche helfen.

«Herr Berthold!» Musch hatte das Recht, den jungen Herrn beim Vornamen anzureden, sich selbst zugesprochen. «Herr Berthold, da is so ein verrücktes Frauenzimmer oben in der Wohnung und wartet auf Sie.»

9 kleine Ziergegenstände, meist aus Porzellan

Berthold erschrak. Um Himmels willen, rückte ihm diese Marta Hechner schon ins Haus? Er wollte sogleich wieder fort. Sich nochmals an Musch wendend, fragte er hastig: «Ist ihr Vater auch hier?»

«Nein, der Baron ist mit dem gnädigen Fräulein nicht mitgekommen.»

«Was für ein Baron? Seit wann ist der Hechner für Sie ein Baron?»

«Das Fräulein, was oben is, is doch die Komtesse von Gräzingen.»

Berthold sah Musch fassungslos an. Er begriff nicht.

«Komtesse von Gräzingen? Was will die denn hier? Warum wartet sie nicht auf ihre Einkäufe bei Fräulein Claußen?»

«Eingekauft hat se nix. Sie is mit ihren Sachen hergekommen und gleich in die Wohnung raufgegangen. Oben rennt se hin und her in alle Zimmer.»

«Wo ist sie jetzt?»

«Das weiß ich nicht. Als ich heruntergegangen bin, war se am Abort.»

Berthold rannte in den Laden. Drinnen drängte sich die Kundschaft, Mädchen und Frauen. Alle Köpfe flogen herum, als Berthold eintrat. Hundert Fragen wurden im Zeitraum von einer Minute gestellt. Die Neugier verwandelte sich bei einigen in Mitleid. Gott, wie angegriffen sah der Arme aus! Wie ihn der traurige Blick noch interessanter machte!

Berthold stand in einem Knäuel von Damen und beantwortete Frage um Frage in zuvorkommender Weise. Wäre ihm Zeck nicht zu Hilfe geeilt, indem er sagte, daß Herr Türmer dringend aus Dresden am Telefon gewünscht würde, Berthold wäre nicht so schnell freigekommen. Dicht gedrängt standen die Mädchen und Frauen um ihn. Ihre Hüften und Brüste erschauerten, wenn der so Gefangene unwillkürlich sie berührte. Die Nasenflügel einiger verheirateter Damen bebten, und sündhafte Gedanken durchschwirrten ihr erhitztes Hirn.

Berthold verschwand hinter der Kontortür, nachdem er versprochen, nach Beendigung des Gesprächs in den Laden zurückzukehren. Neidische und erboste Blicke wurden von den Damen getauscht, grimmiger Haß stieg in mancher Frauenbrust gegen den Gatten zu Hause auf. Feindliche Parteien bevölkerten den Laden. Wenn manche an den, mit einem Totenkopf geschmückten, Giftschrank hätten herankommen können, auch vor einem Mord wären sie eventuell nicht zurückgeschreckt. Sie konnten es nicht begreifen, daß der schöne Jüngling sich so viel vergab und sich sogar mit den Töchtern des Seefischhausierers vergaß.

«Gott, welche Geschmacksverirrung», sagte die junge Frau Doktor Lindner, «die müssen ja nach Fischtran riechen!»

«Chacun à son goût»[10], erwiderte die Frau eines Staatsbeamten.

Diese Provinzdamen, die sich stets über die Verderbtheit der Frauen und Mädchen in den Großstädten aufregten und immer von einem Sündenpfuhl voller lasterhafter Frauen sprachen, peitschten ihre verderbte Phantasie durch niemals realisierbare Abenteuer auf. Nur die Gelegenheit zum Sündigen mangelte. Keine starke Moral war es, die sie von unbesonnenen Taten fernhielt.

Berthold beachtete die ihm von Inge Claußen auf den Tisch gelegte Post in keiner Weise. Er warf die Türe seines Büros hinter sich zu und klingelte Frau Gips.

Die alte Dame kam gleich darauf die Treppe herab. Sie sah aufgeregt zu ihrem jungen Herren hin.

«Sagen Sie, Frau Gips, ist die – die junge Dame noch oben?»

«Jawohl, sie sitzt in Ihrem Zimmer und sieht sich die chinesischen Kunstblätter an.»

«Sind Sie so gut und schicken Sie sie wieder weg.»

«Die geht nicht. Ich habe ihr gesagt, sie soll unten warten, da hat sie mir ganz patzig geantwortet: Ich wart' auf Bertie hier oben.»

Berthold riß die Augen auf.

«Was hat sie gesagt? Wie? Sie wartet auf Bertie?»

«Ja, gerade so: Auf Bertie!»

Der Jüngling war starr. Was ging nun wieder vor? Waren die Frauen allesamt verrückt geworden? Was wollte diese übergeschnappte Komtesse von ihm? Er erinnerte sich ihrer nur dunkel. Auf einem Ball im Bürgergarten hatte ein Bekannter sie ihm ge-

10 «Jeder nach seinem Geschmack.»

zeigt. Er war ihr nicht einmal vorgestellt worden, und sicherlich hatte auch sie ihn damals nicht beachtet.

«Gehen Sie hinauf, Frau Gips, und sagen Sie dem Fräulein von Gräzingen, daß es mir leid tut, aber daß ich sie nicht zu empfangen wünsche.»

«Aber Bertie, dear, I know, you speak perfectly english, why don't you want to talk to me?»[11]

Erschrocken wandten sich Berthold und Frau Gips um. Auf der Treppe stand Doris und sah amüsiert auf die beiden hinab.

Frau Gips wich zurück, während es Berthold die Rede verschlug.

Doris kam die Treppe herab.

«Wollen Sie mich mit Herrn Türmer allein lassen?»

Berthold winkte der Wirtschafterin zu, nicht wegzugehen. Frau Gips mißverstand und lief, so rasch sie ihre alten Beine trugen, nach oben.

Doris trat auf Berthold zu.

Er sah ihr starr ins Gesicht.

«Herr Türmer, halten Sie mich nicht für überspannt oder exaltiert. Obwohl ich erst siebzehn Jahre alt bin, weiß ich doch, was in der Welt vorgeht.»

Der Jüngling gab keine Antwort.

«Wollen Sie mir nicht einen Platz anbieten?»

«Bitte, gnädiges Fräulein.» Er rückte einen Stuhl zurecht und stellte sich mit dem Rücken an den Schreibtisch. Die Hände hinter seinem Rücken preßten den Druckknopf, der Inge Claußen herbeirufen sollte.

Die Stenotypistin trat mit der Unterschriftenmappe ein.

«Liebes Fräulein, wollen Sie mich mit Herrn Türmer allein lassen. Berthold wird Sie rufen.»

«Fräulein Claußen, sind ...»

«Schon gut», fiel ihm Doris ins Wort, «bitte, Fräulein, später.»

Berthold biß die Zähne zusammen.

«Herr Türmer, ich will Ihnen mit kurzen Worten sagen, daß Sie mich heiraten müssen!»

11 «Aber Bertie, mein Lieber, ich weiß, du sprichst perfekt englisch, warum willst du dich nicht mit mir unterhalten?»

«Aber, Fräulein von Gräzingen!»

«Sie und kein anderer. Ich bin keine überspannte Person, aber ich bin emanzipiert genug, um dem Mann, den ich liebe, einen Antrag zu machen.»

Langsam erholte sich Berthold.

«Fräulein von Gräzingen, Sie sprechen gerade so, als ob ich nicht gefragt zu werden brauche.»

«Bin ich Ihnen nicht schön genug? Es ist Ihnen doch bekannt, daß mein Papa einer der reichsten Gutsbesitzer in der Gegend ist. Sechstausend Morgen Land. Guter Ackerboden, lehmige Erde. Dieses Jahr werden wir eine Rekordweizenernte haben. Auch der Roggen und die Gerste stehen gut, und wenn die Kartoffeln im August und September genug Regen bekommen, so schlagen wir auch da den Rekord. Einhundertundneunzig Stück Milchkühe und über dreihundert Stück Jungvieh haben wir. Fünf Förster mit eigenen Forsthäusern betreuen mit einer Anzahl Hegern das Wild.»

Berthold drückte auf den Knopf, der Herrn Zeck sofortiges Erscheinen zur Pflicht machte.

«Warum sprechen Sie nicht, Herr Türmer? Ich liebe Sie. Den ganzen Besitz von Papa erbe als einziges Kind ich allein.»

Herr Zeck klopfte draußen, und ohne erst das «Herein» abzuwarten, trat er ein.

«Später, mein Herr», rief Doris Zeck zu, «in einer halben Stunde können Sie wiederkommen!»

«Aber, Herr Türmer hat doch geklingelt?»

«Lassen Sie mich mit meinem Bräutigam allein. Nicht, Bertie, der Herr kann später kommen?»

Herr Zeck verschwand.

Bertholds Geduld hatte ihr Ende erreicht. Er sah mit blitzenden Augen auf sein Gegenüber: «Fräulein von Gräzingen, ich muß Ihnen offen sagen, daß ich Sie nicht liebe und nicht daran denke, einhundertundneunzig Milchkühe zu heiraten, auch die dreihundert Stück Jungvieh reizen mich nicht. Ihre Kartoffeln lassen mich vollständig gleichgültig, und die fünf Förster, samt den Hegern, schenke ich Ihnen. Ich lasse mich nicht heiraten!»

«Wie schön sind Sie in Ihrem Zorn.»

«Da Ihnen meine Meinung nun bekannt ist, bitte ich Sie, mein Haus zu verlassen.»

«Ich geh' nicht!»

«Fräulein von Gräzingen, seien Sie vernünftig. Wenn jemand erfährt, daß Sie sich bei mir befinden, sind Sie kompromittiert.»

«Das will ich ja gerade! Mit Gewalt können Sie mich nicht entfernen.»

«Dann werde ich diesem Hause solange fernbleiben, bis Sie zur Vernunft gekommen sind. Außerdem werde ich Ihren Herrn Papa verständigen.»

Ohne auf Antwort zu warten, verließ Berthold das Privatkontor.

Doris warf sich lachend auf den Stuhl.

Draußen hatte sich der junge Kaufmann noch einer Anzahl Damen zu erwehren, und erst eine Viertelstunde später, in der er eine große Angst ausstand, die verrückte Komtesse könnte ihm hierher nachfolgen und einen Skandal provozieren, war es ihm möglich, den Laden zu verlassen.

Es war mittlerweile Abend geworden, und Berthold beschloß, zur Beruhigung seiner aufgeregten Nerven einen Spaziergang nach dem Protschenberg zu unternehmen.

11

Bäckermeister Hasselmann war als einer der solidesten Menschen bekannt. Er war ein ruhiger, arbeitsamer Mann, dem das große Glück nie hold war. Sein ganzes Leben lang hatte er sich schinden und plagen müssen. Außer Tilda besaß das Ehepaar noch zwei Kinder. Beide waren nicht geraten. Die älteste Tochter, Agnes, war in Leipzig auf Abwege gekommen und seit einer Reihe von Jahren spurlos verschwunden. Fritz, das jüngste Kind der Familie, war ein rachitisch verblödeter Krüppel und befand sich in einem Erziehungsheim.

Seit dem Verschwinden von Agnes war mit dem Meister eine starke Veränderung vorgegangen. Er war finster und verschlossen.

Regte ihn irgendein geschäftlicher Fehlschlag auf, so betrank er sich und war in diesem Zustand äußerst jähzornig. Er lebte in steter Furcht, daß auch Tilda auf Abwege geraten könne, und trug seiner Frau oftmals auf, die Schritte der Tochter streng zu überwachen.

Mütter sind gütiger, weitherziger als Väter.

War Frau Hasselmann zu Anfang über den Verkehr Tildas mit dem verrufenen, schlechten Jüngling in Sorge, so beruhigte die Biederkeit Onkel Heinrichs ihre Zweifel. Der alte Herr versprach, über Tilda zu wachen, und zeigte der Mutter eines Tages die Abschrift seines umgeänderten Testaments, in welchem Tilda die Hälfte des nicht geringen Besitzes von Onkel Heinrichs Vermögen vermacht war.

Wer vermöchte Mutter Hasselmann einen Vorwurf daraus zu machen, daß sie den Liebesbund der jungen Leute beschützte und bis zur Reife der Verlobung ihrem Manne alles verschweigen wollte?

Am heutigen Nachmittag hatte sie Onkel Heinrich aufgesucht, ihm von dem Gerücht über die zwei Schwestern Hechner Mitteilung gemacht und zugleich unter Tränen den Entschluß Tildas, Berthold abzusagen, verkündet.

Der alte Apotheker versicherte der Frau, daß alle Gerüchte, die man über seinen Neffen aussprenge, unwahr und von böswilligen Menschen erfunden wären. Der Junge sei brav und habe noch kein Liebesverhältnis gehabt. Etwas beruhigt begab sich die besorgte Mutter nach Hause.

12

Lene Mayer hatte lange gezögert, ehe sie sich entschloß, dem Bäckermeister Hasselmann von ihrer Entdeckung Mitteilung zu machen. Sie hatte einmal Gelegenheit gehabt, Zeuge eines Jähzornausbruchs Hasselmanns zu sein, und befürchtete nun, wenn sie ihm verriet, daß sich Tilda mit dem «Casanova von Bautzen» abends auf versteckten Wegen treffe, der erboste Vater sich an ihr, der Zuträgerin, vergreifen könne. Ihre Böswilligkeit und Klatschsucht überwand die Furcht, und kurz vor Ladenschluß betrat sie das kleine Geschäft in der Heringgasse. Als sie mit dem Meister allein war, verlangte sie ein Dutzend altbackener Semmeln zum Reiben und stellte sich außer Reichweite seines Armes. Mit scheinheiliger Miene legte sie die aufgeschwemmte Wange an ihre Schulter und drehte die Augen zur Decke empor.

«Herr Hasselmann, Sie werden mich nicht schimpfen, aber wenn ich seh', wie Sie sich seit Jahren abschinden und plagen, so tun Sie mir wirklich, aber wirklich und wahrhaftig sehr leid.»

Hasselmann lachte.

«Seit wann haben Sie denn Ihr gutes Herz entdeckt, Frau Mayer? Das kenn' ich ja gar nicht an Ihnen. Man versteht die Welt nicht mehr.»

«Da haben Sie recht, Herr Hasselmann, man versteht die Welt nicht mehr. Die Welt, wo die Kinder schlecht und undankbar sind und die Mütter in blinder Affenliebe, hinter dem Rücken der schwer arbeitenden Väter, Liebeleien der Töchter mit verrufenen Wüstlingen unterstützen.»

Hasselmann wich alles Blut aus dem Gesicht, seine Augen flackerten. Er glaubte, die Alte mache Anspielungen auf die verlorene Tochter Agnes. Mit einem Schwung warf er das an Scharnieren hängende Pultbrett hoch und stand vor der erschrockenen Alten.

Auch Mutter Mayers Gesicht war bleich geworden, nur die Nase schimmerte rot durch.

Hasselmann hielt die Alte an der Bluse gepackt und schüttelte sie, daß die Nähte knackten.

«Wer gibt Ihnen ein Recht, von längst vergessenen Familienangelegenheiten fremder Menschen zu sprechen? Was geht Sie meine Familie an, alte Giftkröte!?»

«Aber, Herr Hasselmann, Sie tun mir weh, ich bin eine alte Frau. Ich wollte ja nur Fräulein Tilda, die ich wirklich gern hab', vor dem Lumpen, dem Türmerjungen, beschützen.»

«Was ist's mit meiner Tochter, was lügen Sie sich da zurecht, Sie alte Hexe?»

Hasselmann zitterte am ganzen Körper, seine Fingernägel zerschnitten die fadenscheinige Bluse der Leichenwäscherin.

«Ich lüg' ja nicht, ich sag' die Wahrheit!» stieß sie hervor. «Sie schuften hier und die Tilda trifft sich oft am Abend mit dem Farbenhändler, der schon mit fünf Mädels Kinder hat. Der vom Kornmarkt.»

«Wenn Sie gelogen haben, dann sei Ihnen Gott gnädig und jetzt hinaus, aber schnell!»

Hasselmann schloß den Laden und ging hinüber in das Wirtshaus auf der anderen Straßenseite.

«Was ist denn mit dir los, Hasselmann?» fragte der Wirt, «du siehst ja ganz weiß aus.»

13

Auf Schloß Gräzingen versammelten sich die Mitglieder stets vollzählig um sieben Uhr auf der Veranda zum Abendbrot. Daß Doris zum Mittagstisch nicht erschienen war, fiel weiter niemandem auf, da sich das Schloßfräulein in ihrem Wagen herumtrieb, sich oft nach Muskau oder zu Bekannten auf den umliegenden Gütern zu Gaste lud. Zum Abendbrot war sie immer pünktlich dagewesen.

Die Eltern warteten eine Weile, nachdem der Schall des Gongs verklungen war. Schließlich wurde der Diener nach oben geschickt, ob das Fräulein nicht vielleicht schliefe.

Zehn Minuten später herrschte im Schlosse große Aufregung. Der Baron hatte den Brief der Tochter gefunden, in welchem sie ihm nach Filmdramenmanier mitteilte, daß sie zu dem Manne ihrer Wahl eile, um mit ihm glücklich zu werden. Papa und Mama mögen sich nicht grämen und alles zur Verlobungsfeier vorbereiten.

Herr von Gräzingen ließ kilometerlange Flüche vom Stapel, die Mutter weinte und erklärte ein um das andere Mal, daß dieser Skandal bestimmt ihr Tod sei. Der Gatte schrie sie an, ruhig zu sein, und machte ihr die schlechte Erziehungsmethode zum Vorwurf.

Der Chauffeur mußte mittels Rad vom nächsten Dorf geholt werden, und etwas später fuhr in rasendem Tempo das große Auto die Landstraße entlang. Die Scheinwerfer leuchteten matt in der

Dämmerung. Im Westen versank die Sonne in Purpur und Blutwolken, von Gold umrahmt.

Herr von Gräzingen nahm sich vor, den Verführer über den Haufen zu schießen. Er hatte den Revolver zu sich gesteckt und stieß halblaute Flüche zwischen den Zähnen hervor. Dem Mädel wollte er schon zeigen, was es heißt, die Familie zu kompromittieren. Das würde diesem Koofmich[12] schön in den Kram passen, die reichste Erbin der Gegend zu kapern. Dieser Schnösel, dessen ganzes Bestreben es ist, uneheliche Kinder in die Welt zu setzen.

Herrn von Gräzingens Herzschlag stockte plötzlich. Um Himmels willen! Wenn ihm seine gewohnte List auch bei Doris gelungen ist, wenn sie dem Lüstling bereits zum Opfer gefallen und wegen der Folgen dieses Verkehrs zu dem Verführer geflohen ist? Ja, der Lümmel mußte sterben! Er sollte seine Missetaten mit dem Tode büßen und nicht mehr unschuldige Mädchen in Schande bringen.

Vor zwei Tagen erst war Herr von Gräzingen in der Weinstube Zeuge der Äußerungen dieses Seefischhausierers gewesen. Auch dort hatte der Bengel das Mädchen verführt. War Doris denn vom Teufel besessen? Was haben übrigens die Weiber für einen Narren an dem Bengel gefressen? Er, Gräzingen, hatte sich den Jungen extra daraufhin angesehen. Ein geschniegeltes, junges Bürschchen mit einem glatten Gesicht und einem Paar Kalbsaugen. Die Welt war wohl aus den Fugen, sonst würden solche Dinge nicht passieren.

«Warte, Bürschchen», dachte Herr von Gräzingen und ballte drohend die Faust. «Du sollst die längste Zeit dein schmutziges Handwerk ausgeübt haben. Dir werd' ich's zeigen!»

14

Als Tilda Hasselmann in der eintretenden Dämmerung das elterliche Haus am Wendischen Kirchhof verließ, merkte sie nicht, daß der Vater von der anderen Seite hinter der Kirche hervorkam.

12 abwertend für Kaufmann

Vorsichtig, in großem Abstand, folgte der Bäckermeister seiner Tochter. Sein Gesicht war bleich und seine Augen glühten. Er war betrunken, ging aber aufrecht, mit zusammengepreßten Lippen. In seinem Kopfe brauste und hämmerte es. Oha, diese Geschichte wollte er herausfinden! Es sollte sich der Fall Agnes nicht wiederholen. Er hatte genug an der einen verkommenen Tochter. Kein zweites Mal sollte sein ehrbares Haus besudelt werden. Dem Burschen wollte er es zeigen, ihm das Verführen junger Mädchen schon austreiben. Der reiche Herr! Erst vorgestern hatten sich die Kundinnen in seinem Laden über die schamlose Geschichte mit den zwei Schwestern unterhalten. Von sechs Kindern hatte man sich erzählt. Jetzt entsann sich Hasselmann, man hatte so eigentümlich dabei zu ihm hinübergesehen.

Drüben sah man die Silhouette der Landesstrafanstalt. Unwillkürlich flogen die Blicke des Bäckermeisters hinüber. Erst vor kurzem hatte man dort einen Mörder hingerichtet. Er besann sich. Nein, zum Mörder wollte er nicht werden, aber einen richtigen Denkzettel wollte er dem Jungen geben.

Tilda schritt mit schwerem Herzen durch die menschenleeren Gäßchen. Die Mutter hatte es ihr ausreden wollen, mit Berthold zu brechen, aber ihr Entschluß stand fest. Ein Mann, der die Unschuld der Mädchen so wenig achtete, der in ein Haus einbrach und zwei Schwestern zu gleicher Zeit verführte, war jeder Ehre bar. Einen solchen Wüstling durfte sie, konnte sie nicht heiraten. Wie er sich bloß verstellen konnte! Bei ihr tat er so, als ob er in der Liebe ganz unerfahren wäre. Hatte er ihr doch beim ersten Kuß mit seinen Zähnen fast das Nasenbein zerschmettert. Tagelang hatte sie einen leichten Schmerz verspürt und einen blauen Fleck auf dem Nasenrücken gehabt.

Tilda ging die Domgasse hinab, setzte ihren Weg durch die Fleischergasse fort und schritt unter dem Bogen des Nikolaiturmes auf den Nikolaikirchhof hinaus.

Die Sonne war im Westen längst verschwunden, nur ein schwacher Schimmer des scheidenden Tages war am Himmel erkennbar. Im Osten stiegen dunkle Nachtwolken empor, und von Zeit zu Zeit erhellte Wetterleuchten die Hügel.

Berthold wartete bereits in der Kirchhofsruine. Er saß in der Nähe der elterlichen Gruft und sprach sich Mut zu. Noch heute wollte er mit Tilda ins reine kommen. War er erst verheiratet, dann hörten die ekligen Geschichten auf, die sich wie geheimnisvolle Verfolger an seine Fersen hefteten. Morgen mußte Onkel Heinrich zu dem Bäckermeister gehen und für den Neffen um die Hand Tildas anhalten. Freilich, er war erst etwas über zwanzig Jahre alt, aber er besaß ein gutgehendes Geschäft, war vermögend und konnte mit Tilda ein glückliches Leben führen. Sie würden im Sommer immer reisen, später würde er auf einem der ererbten Grundstücke am Protschenberg eine schöne Sommervilla bauen und dort mit Frau und Kindern wundervolle Tage verleben. Dann könnten ihm die ganzen Bautzener Damen gestohlen bleiben.

Tilda trat an Berthold heran und sagte leise: «Guten Abend, Bertie.»

«Guten Abend, Tilda. Du bist schon da? Hm, aber sehr schwül ist es heute Abend.»

«Bertie, zwischen uns muß alles aus sein. Du mußt eine von den zwei Schwestern heiraten, damit wenigstens eines der Kinder einen richtigen Vater hat.»

«Tilda, glaubst du denn diesen Schwindel? Es ist ja gar nicht wahr, Liebling.»

«Nein, Bertie! Die drei ersten Kinder habe ich dir verziehen, aber daß du mir das hast antun können, wo wir uns doch lieben.»

Tilda schluchzte leise.

Berthold wurde es arg zumute. In seiner Kehle stieg ein Schluchzen auf, seine Augen brannten. Er haschte nach Tildas Hand.

«So glaub mir doch, Tilda! Ich hab' keine Kinder! Das ist alles Erfindung, Betrug und Erpressung. Ich weiß nicht, warum mir immer solche Dinge nachgesagt werden. Es ist alles wie verhext! Jemand muß sich einen Ulk mit mir machen. Komm Tilda, sei gut, ich hab' nur dich allein lieb!»

«Hab' ich euch erwischt?!»

Hasselmann stand vor dem erschrockenen Pärchen.

Tilda war mit einem Schrei aufgesprungen, Berthold erhob sich langsam. Das bleiche Gesicht Hasselmanns hob sich bedrohlich von dem schwarzen Marmorobelisk, vor dem er stand, ab.

«Vagabund, Räuber, Bandit, mein Kind hast du verführt!» Stoßweise kamen die Worte aus des Vaters Munde.

«Vater, es ist nicht wahr!»

«Halt den Mund, du schamloses Ding! Bist wie deine Schwester!»

«Es ist nicht wahr, Vater!»

«Herr Hasselmann, ich ... ich ...»

«Hier hast du, du Vagabund! Hier, hier und ...»

«Vater, um Gottes willen!»

Berthold war beim dritten Schlag gestürzt. Sein Kopf schlug hart auf den Granitrand eines Kreuzes, Blut floß ihm aus Mund und Nase, er war nicht mächtig, sich zu erheben.

Tilda hatte sich auf den Vater geworfen und klammerte sich an ihn.

Hasselmann rang mit ihr. Seine Sinne wurden klarer, er packte die Tochter am Handgelenk und zog sie zwischen den Gräberreihen zum Ausgang.

Tilda wollte zu dem Geliebten zurück, hart riß sie der Vater zum Nikolaitor hinaus.

Berthold erhob sich betäubt. Er war sich nicht bewußt, daß ihm das Blut aus Mund und Nase auf Hemd und Kleider rann. Er fühlte einen starken Schmerz am Hinterkopf und faßte mechanisch mit der Hand dahin. Beim Fall hatte er sich eine große Wunde geschlagen. Mit seinem Taschentuch versuchte er die Blutung zu stillen. Taumelnd verließ er den Friedhof. Von Zeit zu Zeit mußte er stehenbleiben, die Schwäche übermannte ihn. Nach und nach erholte er sich ein wenig und schlich längs der Mauern die engen und dunklen Gäßchen entlang.

15

Doris von Gräzingen zeigte eine Ausdauer, die Frau Gips in Angst und Schrecken versetzte. Sie ging nicht aus dem Hause und hatte im Herrenzimmer ihre Taschen ausgepackt. Auf Klubsesseln, am

Schreibtisch, auf dem Bücherschrank, der Rauchetagêre und dem großen runden Mitteltisch lagen Kleider, Hüte, Bürsten, Flacons und die intimsten Wäschestücke.

Um halb acht hatte sich das liebestolle Edelfräulein in das Speisezimmer begeben und in sehr energischem Ton von Frau Gips das Abendbrot verlangt.

Die alte Frau hatte sich bei Herrn Zeck Rat holen wollen, der aber hatte nur mit den Achseln gezuckt und Frau Gips empfohlen, ruhig zu bleiben, denn die Kleine scheine wirklich Herrn Türmers Braut zu sein. Sie hätte sich so zu Herrn Zeck geäußert.

Verstört schlich die alte Frau nach oben und richtete den kleinen Tisch im Speisezimmer.

Während des Essens war Doris sehr leutselig, sie bat Frau Gips, sich zu setzen und stellte allerlei Fragen in Bezug auf ihren «Verlobten». Insbesondere zeigte sie Interesse für die Leibspeisen Bertholds und seine sonstigen Gewohnheiten.

Nach Tisch zündete sich Doris eine Zigarette an und bat Frau Gips, mit ihr ins Herrenzimmer zu kommen. Dort drückte sie die alte Frau, die mit Entsetzen auf die ausgepackten Spitzenhemdchen, Höschen und Pyjamas sah, in einen tiefen Klubsessel.

«Sagen Sie mir doch, liebe Frau, kommen oft Frauen zu meinem Bertie?»

Frau Gips starrte die Fragende hilflos an.

«Sie können es ruhig sagen. Was vor der Ehe war, ist ja gleichgültig, die Hauptsache ist, daß er sich tüchtig ausgetobt hat.»

Die Augen der Wirtschafterin hingen hilfesuchend an der Türe.

«Aber erlauben Sie, gnädiges Fräulein, der Herr Türmer ist doch so solide!»

«Ja, ja, das kenn' ich. Und Vater von vier lebenden und zwei noch zu erwartenden Kindern. Der Herr ‹Casanova von Bautzen›!»

Nun wurde es der alten Frau zu viel.

«Schämen sollten Sie sich! Ein Fräulein aus solch gutem Hause sollte nicht solche schmutzigen Worte sprechen. Herr Berthold ist der solideste junge Mann, den es in Bautzen und überhaupt gibt. Was die Leute von ihm sagen, ist alles Lüge.»

«Sie sind eine gute Frau, und ich finde es nett von Ihnen, daß Sie meinen Bertile so hübsch verteidigen, aber vor mir brauchen Sie sich nicht zu genieren.»

Doris steckte sich eine frische Zigarette an und blies den Rauch durch die Nase.

«Sagen Sie, Frau – Frau, wie war doch eigentlich Ihr Name?»

«Gips.»

«Also, Frau Gips. Ein komischer Name ist das. Liebe Frau Gips, zeigen Sie doch bitte einmal die Bilder von den Verhältnissen, die Bertiebubi gehabt hat.»

«Fräulein von Gräzingen! Herr Türmer ist kein solcher und hat niemals Verhältnisse gehabt. Dazu ist er viel zu anständig.»

«Hören Sie doch endlich mit der Anständigkeit auf. Das ist ja langweilig, Frau Zement.»

«Gips, gnädiges Fräulein.»

«Hat er die Mädchen immer abends empfangen?»

Frau Gips saß mit zusammengekniffenen Lippen und erhobenen Kopfes. Plötzlich horchte sie auf. Die Klingel zum Hausflur ratterte heftig.

Doris wandte den Kopf zur Türe.

«Ah, jetzt kommt Bertie?»

«Herr Türmer klingelt nicht. Er hat seinen Schlüssel.»

«Dann kommt wohl Damenbesuch? Da bin ich aber begierig. Dies wird aber die letzte sein!»

Auf der Treppe ertönten heftige Männertritte. Eine Baßstimme schalt und Wenzel antwortete.

Doris erbleichte. Ihr ganzer Mut verließ sie.

«Um Gottes willen, der Papa!»

Frau Gips war aufgesprungen und rannte zur Tür. Noch bevor sie die erreichte, stand Herr von Gräzingen, mit einer Hundepeitsche bewaffnet, im Türrahmen. Wild suchend, fuhren seine Augen im Raume umher.

Die Blicke blieben an den Kleidern und Wäschestücken haften.

Frau Gips flüchtete zur Speisezimmertüre hinaus.

Gräzingen kam langsam auf Doris zu. Die Peitsche wippte er krampfhaft an die Waden.

Doris zog sich ängstlich hinter die hohe Lehne eines Klubsessels zurück.

«Ehrvergessene! Hast schon deine Wäsche für die Liebesnacht hergerichtet? Wo ist der Lausejunge?»

Langsam erholte sich das Mädchen. Sie hatte geglaubt, der Vater würde sie schlagen.

«Wirst du antworten? Schämst du dich denn gar nicht? Eine Tochter Kurt Hannes von Gräzingen läuft einem zwanzigjährigen Krämerjungen ins Haus? Wo hast du den Lümmel kennengelernt? Hat er dich so weit, wie die anderen fünf? Dann bring' ich ihn und dich um!»

«Papa, ich heirate ihn doch. Ich liebe ihn!»

«Ich Sie aber nicht, Fräulein von Gräzingen.»

Berthold war, unbemerkt von den beiden, eingetreten.

Von Gräzingen fuhr herum.

Bertholds Gesicht war geschwollen und gefärbt, sein heller Sommeranzug war vorne und im Nacken über und über vom Blut besudelt. Seine Hände zitterten.

Wenzel hatte ihn auf der Treppe zurückhalten wollen, er aber hatte ihn beiseite geschoben und war nach oben geschritten. Jetzt war ihm alles gleich. Reinen Tisch wollte er haben. Dieses adelige Gänschen wollte er samt ihrem Vater in gröbster Art aus dem Hause weisen. Ruhe wollte er vor all diesen wahnsinnigen Frauen haben.

Von Gräzingen erkannte Berthold zuerst nicht. Etwas konsterniert betrachtete er den jungen Mann.

Doris sah mit erschreckten Augen auf ihren «Verlobten». Sie konnte ihr Entsetzen über sein Aussehen nicht verbergen. Gott, wie sah er aus!

Berthold trat näher an Herrn von Gräzingen heran.

«Wollen Sie so gütig sein und Ihr Fräulein Tochter von hier fortnehmen, Herr von Gräzingen. Ich kann niemanden hier gebrauchen, am wenigsten Ihr Fräulein Tochter!»

Der Gutsherr ermannte sich. Er sah die Situation von der falschen Seite, dachte, daß der Jüngling sein Ziel erreicht hätte und nun der Geliebten überdrüssig wäre.

Drohend trat der erzürnte Vater näher, und ohne ein Wort zu sprechen, hieb er mit der Hundepeitsche Berthold mehrere Male über Kopf und Gesicht.

Doris schrie empört auf und warf sich auf den Vater.

«Um Gottes willen, Papa, er ist ja unschuldig. Ich bin von allein hierher gekommen, er kennt mich ja gar nicht!»

Der Gutsbesitzer stand schwer atmend, mit erhobener Peitsche. Sein Gesicht war jetzt totenbleich. Aus den Worten der Tochter ahnte er die Wahrheit. Sein Zorn richtete sich nun gegen sie.

Berthold war geblendet, ein Peitschenhieb war quer über Augen, Nasenbein und Schläfe gefallen. Er hörte nur, wie plötzlich Peitschenhiebe fielen und Doris schmerzvoll aufschrie. Die Schläge fielen in rascher Reihenfolge. Der Jüngling tastete sich nach vorne, fiel über einen Teppich, schlug mit der Stirne am Fuß der großen, bronzenen Stehlampe auf und blieb bewegungslos liegen.

Erstarrt hielt Gräzingen in der Züchtigung der Tochter inne. Schreck und Scham überwältigten ihn. Er bückte sich rasch zu dem Gestürzten und drehte ihn auf den Rücken herum. Doris lag wimmernd in einem großen Klubsessel.

Die Türe wurde aufgerissen. Wenzel stürmte mit einem Knüppel in der Hand herein. Frau Gips und der Hausdiener Musch folgten auf dem Fuße. Wenzel wollte sich auf den neben Berthold knienden Gutsbesitzer stürzen, Musch und die Wirtschafterin hielten ihn zurück.

Herr von Gräzingen war ernüchtert. Er schämte sich, daß er sich von seinem Temperament so hatte fortreißen lassen. Insbesondere war ihm ekelhaft zumute, daß er seine erwachsene Tochter geschlagen hatte. Er wandte sich an Frau Gips.

«Rasch, bringen Sie Wasser und etwas Verbandstoff. Herr Türmer ist gestürzt.»

Frau Gips weinte laut auf. Herr von Gräzingen hob den Ohnmächtigen vom Boden auf und trug ihn zu dem großen Klubsofa. Bertholds Kopf kam auf einem feinen Spitzennachthemd von Doris zu liegen. Das zarte Gewebe färbte sich vom Blute des Geschlagenen rot.

Musch telefonierte mit dem Hausarzt und bat ihn, raschest mit seinem Besteckkasten herüberzukommen.

Frau Gips kam mit einem Becken Wasser, und Doris' Vater wusch die klaffende Stirnwunde und kühlte das zerschlagene Gesicht Bertholds. Wenzel stand daneben und wischte sich mit dem Zeigefinger die Tränen aus den Augen. Von der Straße tönten Stimmen herauf.

Heimkehrende und promenierende Bürger Bautzens hatten die Schreie von Doris gehört. Einige Arbeiter lachten darüber. Einer der Spießer sagte: «Da hat der ‹Casanova von Bautzen› wieder eine vor, die will wohl nicht so recht.»

Als die Schreie sich verstärkten, packte die Männer Erregung. Der Ruf, daß der Wüstling ein Mädchen vergewaltige, peitschte die Sensationslust der Philister. Eine Baßstimme brüllte: «Was stehen wir denn hier? Brecht doch die Tür auf. Der Schuft muß das arme Mädchen freilassen!»

Sofort drängten einige zum Haustor hinein und wälzten sich zur Treppe. Diese hinauf stürmten die Leute. Ihre Mistpfützenphantasie malte sich das Bild aus, welches sie zu sehen bekommen würden. Wahrscheinlich hat er ihr schon die Kleider vom Leibe gerissen, und sie flüchtet nackt vor dem sie verfolgenden Lüstling durch die Zimmer. Wie erstaunt waren sie, als sie das sich ihnen bietende Bild im Herrenzimmer sahen: Den neben dem Klubsofa knienden Gutsbesitzer, der dem Casanova einen Verband um die Stirne legte.

Wenzel drehte sich bei dem Geräusch zur Türe herum. Als er die stupiden Gesichter der Eingedrungenen sah, deren Blicke sich lüstern in die nackten Schultern der sich im Klubsessel verbergenden und wimmernden Doris bohrten, packte ihn eine unbändige Wut. Er ergriff den Knüppel, den er zu Boden hatte fallen lassen, stürzte auf die Eindringlinge und hieb mit voller Stärke auf deren Köpfe ein.

Unter Fluchen und Schimpfen lief, fiel und polterte die Schar die Treppe hinab, verfolgt von dem sich wie rasend gebärdenden Wenzel, der seinen Knüppel unbarmherzig schwang, bis er alle auf die Straße gedrängt hatte.

Mittlerweile hatte jemand die Polizei alarmiert. Dieser Jemand war niemand anderer als der Apotheker Tiegel. Mit biergeschwängertem Bauch und Hirn war er vom Landwirtschaftlichen Kasino auf dem Heimweg begriffen gewesen, als ihn der Tumult am Kornmarkt vor dem Türmerschen Haus anlockte. Ohne auch nur untersuchen zu wollen, ob an dem Geschrei, daß ein Mädchen vergewaltigt werde, etwas Wahres sei, lief er, so schnell ihn seine Plattfüße tragen konnten, zur Polizei und schrie dem diensttuenden Wachtmeister zu, daß in Berthold Türmers Hause ein schweres Sittlichkeitsverbrechen, wenn nicht gar ein Lustmord, begangen worden sei.

Drei Polizisten liefen im Bautzener Galopp nach dem Kornmarkt. Herr Tiegel folgte, wobei ihn die ungewohnte rasche Bewegung zu ununterbrochenem Rülpsen veranlaßte.

Als die Polizei vor dem Türmerschen Hause ankam, schloß sich eben die Türe hinter dem Arzte.

Der Oberwachtmeister klopfte, klingelte und begehrte Einlaß.

Wenzel, der hinter der Türe stand, schrie: «Gehen Se nach Hause, hier haben Se nichts zu suchen!»

Der Oberwachtmeister wiederholte seinen Befehl und gab ihm den Nachdruck: «Im Namen des Gesetzes», worauf Wenzel durch die verschlossene Tür eine Aufforderung sandte, deren Befolgung in Anbetracht der schweren Eichenbohlen, aus denen die Tür bestand, auch der forschen und wagemutigen Bautzener Polizei unmöglich war.

Jemand entdeckte das an der nächsten Ecke stehende Auto Herrn von Gräzingens. Der Chauffeur, der seinen Herrn kannte und wußte, daß Doris durchgebrannt war, blinzelte mit den Augen und sagte geheimnisvoll: «Der Herr Baron hat das gnädige Fräulein dort oben erwischt.»

Herr Tiegel erklärte kurz darauf, indem er die Sache interessanter machen wollte, daß der Gutsbesitzer eben dazu gekommen sei, wie der Casanova das Mädchen im Bett vergewaltigen wollte. Der erzürnte Vater habe den gemeinen Schuft niedergeknallt und tödlich verletzt.

Dr. Starke hatte inzwischen die Wunden Bertholds kunstgerecht behandelt. Das Bewußtsein war zurückgekehrt.

Herr von Gräzingen stand am Kopfende des Bettes. Er entschuldigte sich in bittenden Worten: «Herr Türmer, Sie müssen sich in die Lage eines Vaters versetzen, der seine Tochter inmitten ausgepackter Wäsche im Herrenzimmer eines als Wüstling verrufenen Mannes findet. Ich bitte Sie inständigst, mir meine Jähzornstat zu vergeben. Ich bin zu jeder Satisfaktion bereit.»

Berthold lächelte schmerzlich. Er streckte dem Riesen seine Hand hin und sagte: «Sie haben richtig gehandelt, nur war der Anlaß, die kleine Überspanntheit Ihres Fräulein Tochter, sehr harmlos und unschuldig. Ein anderer Vater hatte, kurz bevor ich nach Hause kam, ebenfalls seine Hände gegen mich erhoben, und auch dort war alles eine unschuldige Sache. Mir tut es leid, daß das gnädige Fräulein so kompromittiert ist.»

«Herr Türmer, ein Weg ist möglich, und ich bitte Sie, mir zu gestatten ihn gehen zu dürfen.»

«Welcher Weg wäre das?»

«Nur eine Formsache, die dem skandalsüchtigen Publikum Sand in die Augen streut und die Lästermäuler zum Schweigen bringt. Es soll nur, wie gesagt, eine Formsache sein und braucht nicht aufrechterhalten zu werden.»

«Bitte, Herr von Gräzingen, sprechen Sie. An mir soll es nicht scheitern.»

«Hören Sie mich ruhig an. Wir veröffentlichen morgen Ihre Verlobung mit meiner Tochter in den Bautzener Blättern. In einigen Monaten heben wir dann stillschweigend das Arrangement auf.»

Berthold hatte an alles andere, aber nicht an diese Lösung gedacht. Er überlegte einen Augenblick. Tilda fiel ihm ein. Sie hatte ihm doch vor einigen Stunden den Abschied gegeben, und nach dem Vorfall mit ihrem Vater war eine Verbindung ausgeschlossen. Das Wort eines Mannes, wie Herr von Gräzingen, war sicher wie Gold, und ihm konnte die Veröffentlichung des Verlöbnisses nicht schaden.

«Ich bin einverstanden, Herr von Gräzingen, und erteile Ihnen gerne die Erlaubnis. Ich beabsichtige außerdem, morgen mit dem ersten Zuge auf längere Zeit zu verreisen.»

«Dann wird meine Tochter einstweilen auf dem Gut bleiben, und später schicke ich sie zu Verwandten nach Ostpreußen.»

Die Gaffer Bautzens hatten keine geringe Ausdauer. Sie standen noch in Grüppchen versammelt, als Wenzel vor das Haus trat und den Chauffeur Herrn von Gräzingens herbeirief.

Der Oberwachtmeister wollte eben in das Haus, als Herr von Gräzingen mit der in ein langes Cape gehüllten Doris aus dem Haus trat, das Auto bestieg und rasch davonfuhr.

Die Anwesenheit des dem Polizeibeamten bestbekannten Gutsbesitzers ließ erkennen, daß hier kein Verbrechen begangen worden war. Er warf dem Apotheker einen wütenden Blick zu. Sein Zorn richtete sich hart gegen Wenzel.

«Sie, Sie da! Was haben Sie vorher durch die Türe gerufen? Das soll Ihnen teuer zu stehen kommen!»

«Kost' das mehr, wenn man's zweimal schafft?» fragte der alte Kutscher.

«Das werden Sie schon sehen!»

«Also dann noch einmal, und wenn Se wollen, gleich hinterm Haustor!»

Damit schlug Wenzel die Türe mit einem Krach zu, drehte den Schlüssel zweimal im Schlosse herum und schob die schweren Eisenriegel vor.

Tilda Hasselmann war unter schwerem Schluchzen eingeschlafen. Der Vater hatte, zu Hause angekommen, ihr befohlen, ihre Sachen zu packen, denn am folgenden Morgen würde er sie zu seinem alten Freunde und ehemaligen Brotgeber, dem Mühlenbesitzer und Bäckermeister von Horscha, bringen. Dort müsse sie lernen, den Jungen zu vergessen und wieder ein anständiges Mädchen zu werden.

Um drei Uhr morgens fuhr Wenzel den geschlossenen Wagen vor. Berthold nahm von Onkel Heinrich Abschied. Es würden Monate vergehen, bevor er zurückkehre. Die Leitung des Geschäfts wolle er aus der Ferne betreiben, und Onkel Heinrich möge immer nach dem Rechten sehen.

Der alte Onkel versprach alles und bat den Neffen, nur oftmals zu schreiben und sich alle krummen Gedanken aus dem Kopfe zu schlagen.

Berthold dankte und gab seine letzten Verhaltungsmaßregeln, dann fuhr der Wagen in den dämmernden Morgen hinaus durch das idyllische Bautzen gegen Horka, wo der Jüngling beabsichtigte, den ersten Frühzug nach Berlin zu nehmen.

Der Wagen schaukelte auf den Gummirädern die glatte Landstraße hinan. Berthold dachte über die letzten Jahre nach. Er hatte einem alten Geschäft zu ungeahnter Blüte verholfen, das Vermögen des Hauses Türmer verfünffacht und trotzdem noch das Geschäft ausgebaut. Er dachte über seine seltsamen Abenteuer nach und war nicht imstande, den Schleier des Rätsels zu lüften, welches ihn zu einem Wüstling stempelte und zum Vater von sechs unehelichen Kindern machte. Seit dem Tage, an welchem ihm der Onkel und der Seelsorger die ersten Vorwürfe gemacht, hatte er darüber gegrübelt. Von diesem Tage an hatte die tolle Verfolgung seiner Person durch die Frauen eingesetzt. Er hatte alles versucht, um den ihn umgebenden Nimbus eines Don Juans oder wie sie ihn nannten, eines Casanovas, zu zerstören. Es war ihm nicht gelungen. Immer wieder erfand man neue Liebesabenteuer über ihn und dichtete ihm Verführungen an, von denen er keine Ahnung hatte. Fast hätte man sein Leben zerstört. Wer war schuld an dieser widerlichen Gemeinheit?

Der Urheber der widerlichen Gemeinheit, der Kutscher Wenzel, der mit seinem Streich nur Gutes hatte stiften wollen, saß eineinhalb Meter vor dem Jüngling und schmunzelte in sich hinein.

«Zweimal hab ich's ihm gegeben. Zweimal, dem Kasper mit seinem Tschako[13].»

Doris von Gräzingen war schweigend neben dem Vater nach Hause gefahren. Ihre geschlagenen Schultern und der Rücken brannten. Bei jedem Satz, den der Wagen auf der Landstraße machte, biß sie vor Schmerz die Zähne zusammen.

Diese Schande würde sie nicht überleben. Sie, die Erbin von Gräzingen, gepeitscht von dem eigenen Vater! Sie wollte sich dafür an ihrem Erzeuger rächen. Sterben wollte sie nicht, aber sich lebendig begraben. Gleich wenn die Schultern geheilt waren, wollte sie

13 früher Kopfbedeckung bei Militär und Polizei

in ein Kloster flüchten. Sie wollte zum Katholizismus übertreten und den Schleier nehmen. In Großmamas alter Truhe gab es eine Menge Brüsseler Spitzen, die wollte sich Doris für die Einweihung zu einem großen Schleier nähen lassen. Oh, die Spitzen würden sie gut kleiden.

Sie hatte Berthold Türmer fast ganz vergessen.

16

Als Bautzen zur Geschäftstätigkeit erwachte, hüpfte und sprang die Mär von dem nächtlichen Abenteuer durch Gassen und Gäßchen. Bei jedem Haus wuchs sie ein Stückchen und manches Mal ein großes Teil. Wie eine Lawine wälzte sie sich fort und riß neue Hörer, Weiterverbreiter und Vergrößerer mit hinein.

War man in der Umgebung des Kornmarktes noch nahe bei den Tatsachen geblieben, so trieben bei dem Zug nach Westen, gegen die Spree zu, die ersten Schwellungen die Mär wie einen Hefeteig in die Höhe. Der Gärprozeß verstärkte sich in den engen Gäßchen der Altstadt. Vom Zwinger bis zum Burglehn blieb kein Haus verschont, und von dort schwoll der Teig gewaltig, als er den Platz am Wendischen Kirchhof erreichte. Über die Spree flog die Nachricht, und nach dem Osten, dem neueren Stadtteil, drang die Kunde von der Verhaftung des jungen Herrn Türmer, des «Casanovas von Bautzen», wegen Lustmordes.

Freude war in allen Männer- und Altweibergesichtern zu lesen, reiner Hohn und Schadenfreude. Man sprach bereits von der Schwurgerichtsverhandlung und von dem Richtblock in der Landesstrafanstalt vor der Stadt.

Als der Laden von Türmers Erben geöffnet wurde, strömten Männlein und Weiblein hinein. Die Kommis wußten bereits von den Gerüchten, und es machte ihnen viel Spaß, Herrn Zecks und Onkel Heinrichs Anweisungen zu befolgen und auf die anzüglichen Fragen mit geheimnisvollen Grimassen zu antworten.

Frau Lene Mayer hatte ihren großen Tag. Von Haus zu Haus lief sie am Wendischen Kirchhof.

Hatte Berthold Türmer zuerst das Mädchen in seiner Wohnung einfach erwürgt, so waren ihr beim dritten Haus bereits beide Brüste abgeschnitten und befanden sich scheußliche Bißwunden auf dem ganzen Körper der Ermordeten.

Gruseln, wohliges Gruseln rann den Frauen den Rücken herab. Manch eine hätte sich gerne in die Hände dieses jungen Scheusals begeben, einige Bisse und sonstige Dinge mit in den Kauf genommen, wenn sie sicher gewesen wäre, ihre Brüste und ihr Leben zu behalten.

Im Hause Hasselmanns hatte Frau Mayer Pech. Sie, deren Beruf es war, Menschen zu waschen, wenn auch nur als Leichen, bekam von Mutter Hasselmann, die große Wäsche hatte, einen nassen, mit grüner Seife – aus dem Laden Türmers Erben – tüchtig getränkten Scheuerlappen einige Male mit voller Schleuderkraft ins Gesicht geschlagen. Die noch nicht aufgelösten Seifenklumpen und der Seifenschaum füllten Mund, Nase, Augen und Ohren der so Empfangenen, daß sie außerstande war, zu den abgeschnittenen Brüsten die schnell erfundenen Kreuz- und Querschnitte am Unterleibe des Opfers Berthold Türmers Frau Hasselmann zu vermelden.

«So», sagte die Mutter Tildas, «wenn Sie wieder meinem Manne was zu tratschen haben, nehm' ich einen Ochsenziemer und werde Ihnen Ihr loses Mundwerk stopfen!»

Als Frau Mayer heulend auf der Wache ihre Anzeige anbringen wollte, erlebte sie durch den Oberwachtmeister einen zweiten Hinauswurf.

17

Auf der Straße von Bautzen nach Förstgen marschierten Meister Hasselmann und Tilda in der heißen Sonnenglut. Beide sprachen kein Wort.

Hasselmann trug einen vollbepackten Rucksack, auf dem eine große Reisetasche verstaut war.

Tilda hatte vom Weinen geschwollene und rotentzündete Augen. Ihre Gedanken weilten in Bautzen bei Berthold Türmer.

Was immer auch der Vater gegen Berthold unternehmen mochte, nie würde sie von dem Liebsten lassen. Ihm gehörte ihr Herz. Ihm, nur ihm allein. Nie könnte sie einen anderen Mann lieben.

Nach drei Stunden hatten sie die Ortschaft Kleinsaubernitz erreicht und kehrten in eine Wirtschaft ein.

Tilda trank eine Tasse Gerstenkaffee und ließ den vom Vater aus dem Rucksack unberührt. Immer wieder kamen ihr die Tränen in die Augen.

Als sie aufbrachen, begegnete ihnen an der Türe die Botenfrau aus Steinölsa. Die Alte kannte Hasselmann und stieg von ihrem Rad. Sie war ganz echauffiert.

«Herr Hasselmann, Herr Hasselmann, ach, da ist ja auch Fräulein Mathilde! Haben Sie schon gehört, von dem Mord in Bautzen?»

Der Bäcker erschrak. Um Himmels willen, war der Bursche am Friedhof vielleicht von seinen Schlägen oder von dem Sturz auf den Grabstein gestorben?

Tilda hatte dieselben Gedanken. Angsterfüllt sah sie den Vater an. Wenn er Bertie umgebracht hatte! Sie wurde bleich und mußte sich auf die Bank vor dem Hause setzen.

Hasselmann wollte sprechen, konnte aber kein Wort hervorbringen. Wieder sah er die Silhouette der Landesstrafanstalt vor sich. Ein lähmendes Gefühl verspürte er in den Beinen und ließ sich neben Tilda auf der Bank nieder.

«Sie sind wahrscheinlich nicht in Bautzen gewesen, sonst müßten Sie es wissen. Der junge Türmer hat in seiner Wohnung am Kornmarkt ein Mädel umgebracht. Sie sagen, es ist Lustmord. Mein Gott, was ist mit Fräulein Mathilde?»

Tilda war auf der Bank ohnmächtig zusammengeknickt.

Hasselmann mietete von einem Landwirt ein Fuhrwerk und setzte damit seinen Weg nach der Mühle in Horscha fort. Er dankte im stillen Gott, daß er ihn nicht zum Mörder hatte werden lassen und auch, daß er sein Kind rechtzeitig aus den Händen dieses Menschen errettet hatte. Auf der Mühle in Horscha würde Tilda gesunden. Unter den hohen Eichen im Gutspark, in der Nähe der gutherzigen, schönen und so menschenfreundlichen Müllerin, würde die Jugendkraft den schweren Schlag überwinden. Die mollige Müllersfrau würde einen guten Einfluß auf sein Kind ausüben. Sie selbst war kinderlos, und ihr übervolles, liebendes Herz würde wie ein wohltuendes Medikament wirken.

Hasselmann kannte den Mühlenbesitzer seit vielen Jahren. In der Jugend waren sie sich als wandernde Handwerksburschen im Rheinland begegnet. Der reiche Müllerssohn hatte sich gefreut, in der Fremde einen Landsmann zu treffen. In späteren Jahren, als der Müller bereits verheiratet war und selbst die Mühle und die große Bäckerei in Horscha leitete, arbeitete Hasselmann dort in der Backstube. Auch seine Frau hatte er sich unweit von Horscha aus dem idyllischen Dorf Förstgen geholt. Sie alle stammten aus der Oberlausitz, was sie wie ein Familienband umschlang.

In Horscha brachte die Müllerin Tilda zu Bett und wandte ihr großes, warmes Herz dem armen Mädchen zu.

Hasselmann marschierte noch am selben Spätnachmittag nach Bautzen zurück. Er war ruhiger geworden, wußte er doch sein Kind in guten Händen.

18

Um in der Tonart überexaltierter Menschen zu sprechen: Bautzen stand Kopf. Hatte sich auch das Gerücht von dem Lustmord nicht bewahrheitet, was die Mehrzahl bedauerte, so gab es doch der geheimnisvollen Dinge genug.

Kinder hatten am Nikolaikirchhof einen blutbefleckten Strohhut mit den Initialen B. T., von der Firma Scott in London, gefunden, auch wurden Blutspuren auf dem Randstein der Familiengruft der Türmers und zwischen den Gräberreihen entdeckt. Die Spur führte bis in die Große Brüdergasse und verlor sich dann. Ein Polizeihund, der von Dresden mit dem Mittagsschnellzug eintraf, nahm die Spur auf, verlor sie aber auf dem Fleischmarkt.

Der Hut wurde als das Eigentum Herrn Berthold Türmers identifiziert.

Eine Nachfrage im Hause Türmer war jedoch fruchtlos, da der junge Herr mit dem Wagen über Land war.

Die Bombe platzte, als die Abendblätter von den «Bautzener Nachrichten» und dem «Tageblatt» auf einer Achtelseite die Verlobungsanzeige Berthold Türmers mit Doris von Gräzingen auf Gut Gräzingen brachten. Die Erregung der Bautzener war auf Siedehitze gestiegen. Die Verbreiter der Mordgerüchte wurden ausgelacht und ausgeschimpft. Die Damen waren pikiert, und schon wieder spann Frau Fama ihren Faden. Allseitig raunte man sich zu, daß es zu dieser Verlobung, der wohl bald die Hochzeit folgen werde, die höchste Zeit sei.

«Na, es wird halt dann ein Siebenmonatskind sein!» plärrten die Unentwegten.

Als Tilda Hasselmann am folgenden Sonntag von der zu Besuch weilenden Mutter die Verlobungsanzeige zu Gesicht bekam, strich sie Berthold Türmer aus ihrem Leben.

19

Berthold Türmer hatte sich im Berliner Westen, in der Clausewitzstraße, eine kleine möblierte Wohnung gemietet.

Nach acht Tagen waren seine Wunden soweit geheilt, daß es ihm möglich war, anstelle des Verbandes ein Pflaster zu setzen.

Gleich nach seiner Ankunft hatte er an Onkel Heinrich geschrieben und ihn gebeten, sich unverzüglich mit Tilda in Verbindung zu setzen, um alles aufzuklären.

Erst eine Woche später, nachdem Berthold täglich zwei Eilbriefe und mehrere Telegramme geschickt hatte, traf Onkel Heinrichs Antwort ein. Mit gleicher Post erhielt er seine an Tilda gesandten Briefe, mit dem Vermerk «Annahme verweigert», zurück. Auch das Schreiben, das er an Tildas Vater gesandt, lag ungeöffnet bei den anderen Briefen.

Onkel Heinrich schrieb tröstend und wich allen Fragen über Tilda aus, er erwähnte nur, daß die Geliebte nicht mehr in Bautzen weile und daß einige Zeit vergehen müsse, um den furchtbaren Schlag, den die Verlobungsanzeige verursachte, zu überwinden.

Berthold war verzweifelt. Er sandte Brief um Brief, Depesche um Depesche, alles erhielt er ungelesen wieder zurück.

Onkel Heinrich war selbst bei Hasselmann gewesen. Er hatte ihm über alles Aufklärung gegeben. Daß die Verlobungsanzeige nur eine Formsache sei, daß sein Neffe niemals ein Schürzenjäger oder Verführer gewesen, daß er, Onkel Heinrich, Tilda mit der Hälfte seines Vermögens bedacht habe.

Nichts half. Der Bäckermeister blieb starrköpfig und bat Onkel Heinrich, ihn und sein Kind in Ruhe zu lassen, niemals würde er seine Einwilligung zu dieser Verbindung geben.

Als Onkel Heinrich durch Tildas Mutter, die noch immer an einen guten Ausgang glaubte, des Mädchens Adresse erfahren hatte, fuhr er am folgenden Sonntag nach Horscha.

In der Mühle nahm man den alten Herrn nett auf, er wurde, wie das bei den Müllersleuten üblich war, sehr gastlich bewirtet, aber Tilda bekam er nicht zu sehen. Unverrichteter Sache mußte er abfahren und vertröstete sich damit, daß die Zeit die Dinge schon ins rechte Fahrwasser bringen werde. In diesem Sinne berichtete er an Berthold und bat ihn, Geduld zu haben.

20

Bautzen erwartete eine neue Sensation. Der Prozeß Marta Hechners gegen Berthold Türmer.

Marta hatte vor einigen Wochen einem Knäblein das Leben gegeben.

Zu dem Prozeß drängte sich ganz Bautzen. Schon um sieben Uhr früh stellten sich die Frauen mit Handarbeiten, Eßvorräten und Büchern an, um nur einen Platz im Gerichtszimmer zu ergattern.

Berthold war in der Nacht mit einem Auto von Berlin herübergekommen. Er schlief bis neun Uhr und fuhr kurz vor zehn im geschlossenen Wagen hinüber zum Gerichtsgebäude.

Der Saal war vollgedrängt und eine drückende Hitze lag über allem.

Als Berthold eintrat, ging ein Rauschen von Frauenkleidern und ein unterdrücktes Gemurmel los. Der Richter mußte die Damen ermahnen, die Würde des Gerichtes zu wahren und von allen Kundgebungen Abstand zu nehmen, da er sich sonst gezwungen sähe, den Saal räumen zu lassen.

Lorgnons und Operngläser wurden auf den Angeklagten gerichtet und vom Gerichtsdiener, auf Anordnung des Vorsitzenden, für die Dauer des Prozesses konfisziert.

Die Damen fanden den Jüngling noch weit interessanter als früher. Sein bleiches Gesicht und die Narbe quer über die Stirne – gewiß die Folgen eines Duells (auf eine Stehlampe und einen Grabstein verfiel niemand) – gaben dem Gesicht etwas Dämonisches. Dies war das Urteil der Damen. Die Herren Bautzener fanden nicht das Geringste interessant an Berthold; einer wagte sogar zu behaupten, der Junge sehe dämlich aus. Strafende Blicke schossen gegen diesen Schwätzer, der die Schönheit profanierte.

Viele hatten erwartet, daß auch die Braut dem Prozeß beiwohnen würde und waren über die Abwesenheit des adeligen Fräuleins erstaunt.

Marta Hechner saß gesenkten Hauptes auf der Zeugenbank. Sie wagte nicht, den Kopf zu heben, und machte ihre Aussage so leise, daß der Vorsitzende sie mehrmals ermahnen mußte, lauter zu sprechen.

Als Marta auf die Heiligkeit des Eides aufmerksam gemacht wurde und man ihr die Folgen eines Meineides vor Augen führte, überfiel sie ein starkes Zittern. Sie sprach die Eidesformel halblaut nach und erhielt dann, in Anbetracht ihres Zustandes, die Erlaubnis, ihre Aussage sitzend zu machen.

Bei der Aufnahme der Personalien stellte sich heraus, daß Marta drei Tage nach Erreichung des sechzehnten Lebensjahres verführt worden war. Hart an der Grenze, die dem Verführer sehr fatal hätte werden können. Gefängnisstrafe stand auf Verführung Minderjähriger.

«Wo haben Sie den Beklagten kennengelernt?»

«Auf dem Gauturnfest in Niesky.»

Berthold sah erstaunt auf. Nie in seinem Leben war er auf einem Gauturnfeste gewesen.

«Wie haben Sie den Angeklagten kennengelernt?»

«An unserem Seefischstand!» rief der Fischhändler Hechner.

«Sie müssen sich ruhig verhalten, die Zeugin allein hat zu antworten. – Also, wie wurde die Bekanntschaft gemacht?»

«Er hat sich geräucherte Flundern gekauft.»

Berthold mußte unwillkürlich lächeln, was ihm von den Gerichtsherren sehr verübelt wurde.

«Machte der Beklagte einen starken Eindruck auf Sie?»

Marta schwieg verlegen.

«Wie lange hat die Bekanntschaft gedauert, bevor es zu einem Liebesgeständnis kam?»

«Gleich am ersten Abend, als bei Schamer getanzt wurde.»

«Und wann wurden Sie verführt und wo?»

«Am darauffolgenden Sonntag, bei uns in der Wohnung. Es war sonst niemand zu Hause.»

Als Berthold seine Aussage machte, bemerkte er kurz, daß er niemals ein Gauturnfest besucht hätte, auch das in Niesky nicht. Er erklärte, daß er Fräulein Marta Hechner heute zum ersten Male in seinem Leben sähe und daß die ganze Geschichte nur zwecks Erpressungen erfunden wurde.

«Wo waren Sie an dem Sonntag, als in Niesky das Gauturnen stattfand?»

«Darauf kann ich mich heute nicht mehr besinnen. Ich führe doch kein Buch über meine Ausgänge.»

Berthold Türmer wurde, in Anbetracht seines Rufes, nicht für glaubwürdig befunden und verurteilt, für den kleinen Karl Hechner zu sorgen.

«Ich lege Berufung gegen das Urteil ein.»

Enttäuscht verließen die sensationslüsternen Bautzener Herren und Damen den Gerichtssaal. Man hatte pikante Enthüllungen erwartet und nun war alles so nüchtern verlaufen.

Hechner saß im Ratskeller und betrank sich aus Freude über den Ausgang des Prozesses. Er lachte in sich hinein und leerte Glas um Glas. Den Unterhaltsbeitrag wollte er eigenhändig jeden Monat einkassieren.

Marta hatte gebeten, ein wenig spazierengehen zu dürfen. Die Luft im Raume war weingeschwängert und verursachte ihr Übelkeiten.

Sie ging durch die Stadt, kam am Bürgergarten vorbei und stand plötzlich auf der Kronprinzenbrücke. Die Worte des Richters, die er vor der Eidesleistung gesprochen, fielen ihr ein. Sie hatte einen Meineid geschworen und diesen hübschen Menschen der Vaterschaft bezichtigt. Sie atmete schwer. Würde sie sich nicht doch verraten? Im Dorfe gab es Zeugen, die sie oft mit dem Monteur gesehen, die beobachtet hatten, wie sie sich küßten. Es würde eines Tages herauskommen, daß sie einen wissentlichen Meineid geschworen, und dann würde man sie in das Zuchthaus stecken. Lieber gleich sterben! Sie stand auf der berüchtigten Selbstmörderbrücke. Fünfunddreißig Meter über der Spree überspannte die Steinbrücke den kleinen, aber hier schnellfließenden Fluß. Vierzehn Personen hatten sich hier bereits hinabgestürzt und das Ende allen Erdenleids gefunden. Nein, sie durfte mit der Sünde nicht weiterleben! Jetzt war es zu spät, die Schuld einzugestehen.

Zuchthaus!

Halbtot hatte sie der Vater geschlagen, an den Haaren herumgezerrt, um sie zu zwingen, Berthold Türmer als Verführer und Vater ihres Kindes zu erklären. Darum war auch das Kind so entsetzlich mager und wandt sich stets in Krämpfen. Die Strafe Gottes.

Sterben, dort unten von dem reißenden Wasser weggetragen werden und nichts mehr wissen von all dem Leid!

Mit einem Aufschrei schwang sie sich über die steinerne Balustrade, stürzte in die Tiefe und schlug hart auf dem Rasen, in fünfunddreißig Meter Tiefe, auf. Sie hatte sich im Sprung verrechnet und lag neben dem Fluß zerschmettert. Einige Minuten später starb sie, nachdem sie vergebens versucht hatte, etwas zu sagen.

21

Berthold Türmer, der reine Tor, der da vermeint hatte, Justitia würde seinem unschuldigen Gesicht und seinen Worten Glauben schenken, war nach dem Prozeß zum besten Rechtsanwalt der Stadt geeilt, um diesen Mann, der einer Gilde angehörte, die Recht und Unrecht nach Belieben vertauschen konnte, mit der Berufung zu beauftragen.

Der «edle» Herr, der auch den Titel eines Dr. jur. auf seinem Türschild stehen hatte, war in Worten sofort von der Unschuld des Auftraggebers überzeugt, während die obszönsten Gedanken sein Gehirn durchzuckten und in einem lautlosen Selbstgespräch der Satz: «Was haben bloß die Weiber an diesem Lausejungen für einen Narren gefressen?» sich formte.

Erleichtert im doppelten Sinne, denn der Herr Anwalt hatte einen Kostenvorschuß von 200 Mark in der Tasche, verließ Berthold das Haus seines Retters und begab sich nach dem Wendischen Kirchhof.

Die Klatschbasen bekamen fast die Mundsperre, als sie den «Verbrecher» in das Haus der Hasselmanns verschwinden sahen.

Schuldig fühlten sie sich nicht, durch böswilliges Getratsche und üble Nachrede einen Menschen zu einem charakterlosen Schuft gestempelt zu haben. Der Schein sprach gegen ihn. Man hatte ihm sechs Kinder aufgeredet und bei der heutigen Verhandlung eines der imaginären Lebewesen subtrahiert, als sich herausstellte, daß nur die eine von den Schwestern Hechner Berthold zum Opfer gefallen war.

Es existierte nur ein vermeintlicher Beweis: das Kind Marta Hechners und deren Eid. Von den anderen vier Kindern war eines des Kutschers Wenzel Erfindung und die restlichen drei hatten von Gnaden der Leichenwäscherin Lene Mayer – die hier eigentlich als Geburtshelferin auftrat – das Licht der Welt erblickt.

Die spießigen Richter, deren seniler Gedankengang nicht mehr mächtig war, greifbare Dichtung und wackelige Wahrheit zu unterscheiden, dachten gar nicht daran, die Verdachtsmomente näher zu untersuchen, wollten auch keine Hand rühren, um dem angeklagten Jüngling auch nur ein Scheinrecht zuzugestehen.

Hechner, noch vor einigen Monaten als Außenseiter der Gesellschaft wegen seiner Unglaubwürdigkeit verachtet, war mit einem Male des Mitleids der gedankenlosen Masse wert geworden, und der Zorn der Bevölkerung richtete sich gegen den einen, dessen Gewissen keinerlei Schuld belastete.

Volksgericht ist Gottesgericht.

«Steinigt ihn!» Dieser Ruf erschallte bald, und gedankenlos, wie Papageien, plapperten ihn viele nach.

«Herr Türmer, es ist alles umsonst, meinen Mann werden Sie nicht umstimmen können, und ich glaube, auch Tilda ist über die Sache hinweg.»

«Niemals, Frau Hasselmann, kann ich das von Tilda annehmen. Sie ist treu, nicht wankelmütig. Wie oft hat sie mir noch am letzten Abend geschworen, daß sie nur mich liebe und niemals einem anderen Manne angehören wolle.»

Mutter Hasselmann lächelte schmerzlich. Welch' naive Ideen hatte doch dieser Jüngling! Sie war von seiner Unschuld überzeugt. Vielleicht die einzige von denen, die außerhalb des Kreises von Berthold Türmer standen. Sie wollte ihm nicht das Herz schwerer machen und ihm nicht gestehen, daß sich in Horscha neue Liebesfäden um Tilda zu spinnen begannen. Sie war am letzten Sonntag draußen gewesen, und die Augen einer sorgenden Mutter sehen scharf.

Berthold saß gesenkten Hauptes auf dem alten Biedermeiersofa. Ihm war so schwer ums Herz, er hätte weinen mögen. Was nützten ihm Reichtum, das gute Geschäft, die Jugend, wenn das Liebste versagt blieb?

Schreie ertönten von der Wasserseite durch die offenen Fenster. Frau Hasselmann tat einen Blick hinaus, wurde kreidebleich und rief: «O Gott!»

Berthold sprang hinzu und geleitete die halb Ohnmächtige zum Sofa. Er sah dann ebenfalls zum Fenster hinaus und bemerkte, wie die Menschen auf der Kronprinzenbrücke zusammenliefen, wie alles erregt nach abwärts deutete. Des Jünglings Blick senkte sich zur Spree hinab, und da sah er neben dem Fluß am Rasen ein Kleiderbündel und zwei ausgestreckte Arme. Nackte Jungens, die drüben an dem Wehr gebadet hatten, schwammen in kräftigen Stößen über die Spree und liefen auf die Selbstmörderin zu.

Berthold hatte es aufgegeben, Vater Hasselmann umzustimmen. Er fühlte, daß es zwecklos war. Er schritt gedankenverloren über den alten Platz am Wendischen Kirchhof, der jetzt völlig menschenleer in der prallen Mittagssonne lag. Auf den alten Mauern der Kirche spielte das Sonnenlicht, Kohlweißlinge flatterten träge in der heißen und zitternden Sommerluft, Sperlinge und ein Finkenpärchen stritten sich um einige Körner in den kleinen Grasflächen, und eine Lerche trillerte hoch im Äther. Tiefen Frieden atmete der idyllische, schöne, altertümliche Platz. Kein Gezänk häßlicher Menschen störte. Diese, von Gott geschaffenen, und wie die Religion lehrt, gottähnlichen Wesen hatten sich eiligst nach der Kronprinzenbrücke begeben oder standen in ihren kleinen Höfen und Gärtchen – die steil über den spielenden Wellen der Spree auf festen und doch trügerischen Felsen lagen – und sahen mit halb entsetztem, halb sensationslüsternem Blick nach dem Ufer, wo man bemüht war, den zerschmetterten Körper der armen Marta Hechner auf eine Tragbahre zu betten.

Langsamen Schrittes gelangte Berthold an den Bürgergarten. Er trat in den schattigen Garten, setzte sich gedankenvoll und ward nicht belästigt. Die Kellner und alle anderen Angestellten hingen in lebensgefährlicher Stellung mit der Hälfte des Körpers aus den Saalfenstern an der Kronprinzenbrücke, um nicht einen Moment aus dem Selbstmorddrama am Flusse zu versäumen.

Berthold wußte nicht, wie lange er so gesessen. Plötzlich stand ein Kellner vor ihm und fragte nach seinem Begehr.

Verstört sah der Jüngling auf, begriff plötzlich, langte in die Tasche, warf eine halbe Mark auf den Tisch und entfernte sich wortlos.

Überall auf den Straßen standen erregt diskutierende Gruppen, den Fall der armen Marta Hechner besprechend und den Verführer, der die Vernichtung eines jungen Menschenlebens auf sein Gewissen geladen, verfluchend.

An der Ecke der Inneren Lauen- und Schulstraße wurde Berthold Türmer von einer Schar alter Weiber erkannt.

«Da! Da! Da geht der Mörder!»

Alle wendeten den Kopf dem ahnungslosen Jüngling zu.

«Diese Frechheit!» schrie eine häßliche junge Person und stemmte beide Hände auf die ausladenden Hüften: «Das der noch hier herumzulaufen wagt!»

Von der Kronprinzenbrücke kam der kleine zweirädrige Karren, unter dessen rostroter Segelleinwand der verstümmelte Körper Marta Hechners lag. Zwei Männer zogen und schoben das Gefährt. Ein Wachtmeister, ganz Würde und Wichtigkeit, schritt daneben einher. Männer, Frauen und Kinder folgten in großer Zahl.

Berthold blieb unwillkürlich stehen, er hatte keine Ahnung, wer sich in der Karre befand.

Viele erkannten ihn, blieben stehen, während Marta Hechner dem Leichenschauhause zugeführt wurde.

Berthold Türmer sah sich plötzlich von einer keifenden und schreienden Menschenmasse umgeben. Hände erhoben sich. Geballte Fäuste wurden in der Luft geschüttelt.

«Mörder! Verführer! Lumpenhund! Schweinekerl! Schlagt ihn nieder! Werft ihn in die Spree!»

Gellend und mit überschnappender Stimme kreischten die Megären[14]. Faustschläge fielen auf Kopf, Gesicht und Schultern des Jünglings. Häßliche, dürre Hände krallten sich in sein Jackett.

Berthold schlug um sich. Die Hiebe der anderen fielen dichter, die Rufe: «Mörder, Verbrecher, Bandit!» füllten die Luft und pflanzten sich von Mund zu Mund fort.

Der Geschlagene sah ein, daß die Bestie Mensch raste und ein Opfer haben wollte. Er bahnte sich mit kräftigen Stößen einen Weg und begann zu laufen. Der ganze Janhagel[15] hinter ihm her.

Unter Stößen und Schlägen erreichte Berthold den Hauptmarkt und flüchtete über den Platz. Steine flogen und trafen Unschuldige oder Verfolger.

Die Bestie Mensch war losgelassen.

Bevor der Jüngling das Rathaus erreichen konnte, wurde ihm von einem Rowdy ein Bein gestellt, und er stürzte zu Boden. Wie in Raserei fiel die Menge unter Fluchen und Schimpfen über ihn her. Wäre nicht die Wache herbeigeeilt, Berthold Türmer hätte unter den Fäusten der lieben Bautzener sein Leben gelassen.

Zwei Tage hielt sich Berthold in der Wohnung Onkel Heinrichs auf, dann kehrte er nach Berlin zurück.

14 gehoben für bösartige Weiber
15 veraltet für Pöbel

22

Tilda, die gute treue Tilda hatte sich unter der Pflege der Müllerin körperlich bald erholt. Ihr seelischer Zustand war noch nicht ins Gleichgewicht gekommen. Schuld daran trug hauptsächlich der Vater. Er ließ sich keine Gelegenheit entgehen, der Tochter alle ungünstigen Nachrichten über Berthold Türmer zuzusenden. Der Bäckermeister verkannte die Psyche des jungen Mädchens; hätte er Tilda in Ruhe gelassen, sie wäre leichter über die Krise hinweggekommen, so aber riß er die Wunde stets von neuem auf.

Die jahrhundertealten Eichen im Gutspark um die Mühle, der plätschernde Mühlbach und die Tag und Nacht ratternden, die Getreidekörner zermalmenden Mahlgänge übten, ebenso wie die Müllersleute, einen beruhigenden Einfluß auf Tildas umdüstertes Gemüt aus.

Die Frau Müllerin stiftete mit einer geradezu fanatischen Wollust für ihr Leben gerne Ehen.

In Bezug auf Tilda hatte sie einen fertigen Plan.

Im Nachbardorf, auf dem Dominium Moholz, wurde der Wirtschaftsbesitzerssohn Wilhelm Zinnicke als Praktikant in die Geheimnisse der Bewirtschaftung des Großgrundbesitzes eingewiesen. Als Landwirtssohn, der seit der Geburt auf einem großen Bauernhof gelebt hatte, kannte er bereits alles, was dem Landwirt not tat. Auf dem Dominium sollte er nun den Großbetrieb rationell kennenlernen.

Auf Willy Zinnicke hatte es die Müllerin abgesehen. Dieser rüstige, lebenslustige Bursche, der einmal die große Wirtschaft seiner Eltern und einen hübschen Batzen Geld zur Vergrößerung des Gutes erben würde, dünkte ihr der richtige Mann für Tilda.

Das Schützenfest in Mücka brachte die jungen Leute zusammen. Willy war gleich Feuer und Flamme, während Tilda an ihm das Verfeinerte, Vornehme, das Berthold Türmer eigen war, vermißte.

Die Müllerin verzweifelte bereits, als ein Zeitungsartikel über den Prozeß Hechner kontra Türmer, den Selbstmord Martas und das Lynchgericht der Bautzener an Berthold Türmer, Tilda in das Fahrwasser der Ehestifterin trieb.

Der Zeitungsartikel war durch Hasselmann an Tilda geschickt worden. Mit Entsetzen las das Mädchen:

«Das unrühmliche Ende des ‹Casanovas von Bautzen›.

Die gemeine Art, mit der dieser Sohn reicher Eltern seine Missetat ableugnete, erregte den Unwillen der Zuhörerschaft, welcher sich in lauten Pfui-Rufen Luft machte. Diese Muttersöhnchen glauben, daß sie wie wilde Freibeuter in solide Bürgerhäuser eindringen und brave, unschuldige Mädchen straflos verführen können.

Die Gerechtigkeit machte weder vor dem Geldsack des Angeklagten noch vor seiner Sippe halt. Sie sprach ihn schuldig. Zu bedauern ist nur, daß die Gesetze keine Handhabe bieten, derartige Wüstlinge auf längere Zeit unschädlich zu machen.

Die Roheit dieses famosen Jünglings, der wirklich den Namen eines Casanovas verdient, dokumentierte sich erst, als die auf so tragische Weise durch den Sprung von der hohen Kronprinzenbrücke zerschmetterte, verführte Marta Hechner an ihrem Verderber vorbeigeführt wurde. Als Berthold Türmer erfuhr, wer in dem Rettungskarren lag, lachte er laut auf und rief einige rohe und unflätige Worte der von ihm in den Tod Getriebenen nach. Das Volk Bautzens erteilte ihm dafür eine Lektion, und es ist nur bedauerlich, daß die Polizei zu früh einschritt und so verhinderte, daß Berthold Türmer seinem unglücklichen Opfer im Leichenschauhause Gesellschaft leisten konnte.»

Sonntags darauf sah Tilda auf dem Schützenfest in Mücka Willy Zinnicke viel freundlicher an und verweigerte ihm keinen Tanz. Berthold Türmer war erledigt.

23

Im gleichen Hause mit Berthold Türmer, in der Clausewitzstraße in Charlottenburg, wohnten zwei Filmschauspielerinnen.

Beide ahnten nicht, daß der «Casanova von Bautzen» mit ihnen unter einem Dache schlief. Vielleicht war der Jüngling schon einige

Male an ihnen vorbeigegangen. Sicher war, daß sie keine Notiz von ihm genommen.

Berthold lebt einsame, traurige Tage. Er leitete das Bautzener Geschäft von Berlin aus und hatte sich im Hansaviertel ein kleines Büro gemietet. Inge Claußen kam zweimal wöchentlich nach Berlin, um alle nötigen Arbeiten mit dem Chef dort zu erledigen. All die anderen Tage fühlte Berthold eine gräßliche Langeweile. Das einzige, was ihm noch Interesse abnötigte, waren die großen Kinotheater des Westens.

Berthold wunderte sich oft, warum eigentlich in Berlin die Frauen keine oder nur wenig Notiz von ihm nahmen. Der Spiegel sagte ihm doch, daß er ein hübscher, ja interessanter Junge, sozusagen ein Typ sei, aber all dies half nichts.

Die Frauen und Mädchen der Großstadt haben einen gewissen Instinkt für Männer, die nur äußerlich interessant sind. Diese Spezies wird mit dem Ausdruck «blöde» klassifiziert und weiter nicht beachtet. Besser noch, einer sah blöde aus und besaß forsches Draufgängertum.

Berthold wurde nach dem ersten Satz eingeschätzt. Nur kleine Ladenmädels und Kokotten bandelten mit ihm an; dies waren stets Affären, die nur auf materieller Spekulation beruhten.

Um nicht ganz von den außergeschäftlichen Ereignissen der Heimatstadt abgeschlossen zu sein, hatte Berthold das «Bautzener Tageblatt» abonniert. Darin entdeckte er eines Tages unter den Verlobungsanzeigen ein Inserat, das seine Aufmerksamkeit erregte.

Willy Zinnicke
Landwirtssohn
und
Mathilda Hasselmann
Bäckermeisterstochter
empfehlen sich als Verlobte.

Die Liebe zu Tilda war im Sterben gewesen. Berthold hatte sich gesagt, daß, wenn Tilda ihn wirklich und wahrhaftig liebte, sie Mittel und Wege gefunden hätte, mit ihm in Verbindung zu treten. Ihre Liebe war nicht groß und stark genug, um sich über alles hinwegzusetzen. Wahre Liebe hätte empfinden müssen, daß alle Gerüchte über des Liebsten Lebenswandel erlogen waren.

Seufzend legte Berthold die Zeitung beiseite, die er bei seinem Frühstück auf dem Balkon gelesen. Er sann vor sich hin, lächelte plötzlich, erinnerte sich einer kleinen Tippmamsell, die ihn einen Abend lang ganz ulkig unterhalten hatte. Jeder zweite Satz, den sie sprach, lautete: «Schluß! Papierkorb!»

Wie wohl wäre ihm gewesen, wenn er auch hätte «Schluß! Papierkorb!» sagen können. Warum hatte er so wenig Glück auf Erden? Warum hämmerte das Schicksal mit Keulenschlägen auf ihm herum? War er denn solch großer Sünder, der von Gott gestraft werden sollte?

Die arme Marta Hechner kam ihm in den Sinn. Er hatte sie nicht gekannt, nie im Leben ein Wort mit ihr gewechselt. Es war ihm klar, daß sie bewußt einen Meineid geschworen und gerade dieses falschen Schwurs wegen in den Tod gegangen war. Dieses arme Geschöpf mußte einen starken Charakter gehabt haben, den nur auf kurze Zeit fremder Wille gebeugt hatte. Dieses Mädchen hätte nie im Leben einem Manne, dem es einmal Liebe geschworen, die Treue gebrochen.

Berthold fühlte die Schläge wieder, die er Martas halber von den Bautzener Rowdies und Megären erhalten hatte. Mußte er für die Sünden des Vaters büßen, der im Leben nur ein Recht gelten ließ: Sein Recht? Der Jüngling war sich keines Unrechts bewußt. Sein ganzes Leben hatte er wenig Sonne gehabt, seine Jugend zwischen Wagenkisten in einem alten Hof mit zwei alten Männern aus dem Volke verlebt. Beide Originale mit einem goldenen Herzen in der Brust.

Nie in der Jugend hatte er gleichaltrige Spielgefährten gehabt, immer nur Umgang mit älteren Menschen.

Den «Casanova von Bautzen» hatte man ihn getauft. Er hatte sich das Werk des alten Liebeslüstlings angeschafft und vergebens eine Ähnlichkeit mit dem großen Helden der Erotik gesucht. Er mußte lächeln, daß man gerade ihn mit Casanova verglich.

Berthold legte das «Bautzener Tageblatt» vor sich hin und schnitt sorgfältig die Verlobungsanzeige Tildas heraus. Er legte das kleine Stückchen Papier in seine Brieftasche. Es sollte ihn stets daran erinnern, daß nicht nur vor Gericht gesprochene Schwüre Meineide seien.

Vor dem Hause ertönten Hupensignale. Berthold beugte sich über die Balkonbalustrade. Unten hielt ein Auto, in dem Filmleute saßen. Neben dem Chauffeur preßte der Operateur[16] sein Stativ zwischen die Beine, und zwischen ihm und dem Lenker stand eine Anzahl Ledertaschen.

Die im Hochparterre wohnende Diva wurde eben von dem Herrn Regisseur zum Auto geleitet. Sie wippte graziös in den Wagen, und das geistlose Gesicht des Modefatzken kehrte sich den oberen Etagen zu, um sich zu überzeugen, daß man den Herrn «Regisseur» genügend bewunderte.

In Berthold Türmer reifte ein Entschluß. – Warum sollte er immer abseits von den anderen stehen und zusehen müssen, wie diese das Leben genossen? Hatte man ihm den Spitznamen «Der Casanova von Bautzen» zu Unrecht gegeben, so wollte er sich jetzt ein Anrecht darauf erwerben. Sie sollten sehen, wie er dem Namen Ehre machen würde.

24

Seltsame Gerüchte tauchten in Bautzen auf. Das Blättchen eines kleinen Städtchens, unweit von Bautzen, brachte eines Tages einen geheimnisvoll wirkenden Artikel über einen gewissen jungen Herrn aus Bautzen, der seiner Heimatstadt, infolge unliebsamer Vorfälle, den Rücken gekehrt hatte und nun in Berlin und Paris von seinen Liebesabenteuern mit den berühmtesten Filmstars reden machte.

In Paris sollte der junge Mann der französischen Diva Andrée Lafayette derart den Kopf verdreht haben, daß die Künstlerin ihren Mann verließ und mit dem vielversprechenden Jüngling, der schon in seiner Heimatstadt in puncto Liebesangelegenheiten unliebsames Aufsehen erregt hatte, nach Amerika durchgebrannt sei.

16 frz. Kameramann, Filmvorführer

Geschickt wurde das Kleinstadtblättchen in Bautzen populär gemacht und in der Stadt nebst Umgebung in einigen tausend Exemplaren umgesetzt.

Die plumpe Form des Artikels ließ keine Zweifel aufkommen, wer der besprochene Jüngling war.

Von neuem wurde die Sensationslust der Weiblichkeit Bautzens aufgepeitscht. Man lief auf den Kornmarkt, und das Massengeschäft, welches nach Bertholds Abreise von Bautzen abgeflaut war, nahm wieder seinen Anfang.

Als Inge Claußen aus Paris zurückkehrte, wohin sie von Berthold dirigiert worden war, wurde sie von allen Seiten bestürmt, doch etwas über die Affären Berthold Türmers zu erzählen, der im Begriffe war, ein internationaler Liebesheld zu werden. Man versuchte, Inge mit allerlei kleinen Aufmerksamkeiten zu bestechen, aber das junge Mädchen schwieg beharrlich.

Doris von Gräzingen, die ihren Entschluß, zum Katholizismus überzutreten und Nonne zu werden, nicht einen Tag alt werden ließ, kam in ihrem neuen Horch-Wagen, den sie doch endlich den Bautzenern zeigen mußte, nach der Stadt und fuhr resolut vor das Geschäft am Kornmarkt. Sie machte sich unnötig lang am Volant zu schaffen, um allen Gaffern und auch der gesamten Damenkundschaft in und vor dem Laden zu zeigen, daß sie hier gewisse Rechte besäße. Resolut betrat Doris den Laden, drängte einige aufgeregte Damen vom Verkaufspult, hob die Platte hoch, die Einlaß gewährte, und begab sich, ohne sich um die Entrüstung der Damen und die leicht verlegene Miene des Herrn Zeck zu bekümmern, in das Kontor zu Inge Claußen.

Draußen im Laden beschwerten sich einige Damen über die brüske Art, mit der sie von der «Braut» – dieses Wort betonten sie ironisch – des Herrn Türmer behandelt würden.

«Liebes Fräulein», begann im Kontor Doris von Gräzingen ohne Umschweife, «Sie waren, wie mir mein Verlobter schreibt, bei ihm in Paris. Sie können sich denken, daß ich ein Interesse habe, zu erfahren, ob die hier kursierenden Gerüchte über Bertie zutreffen. Ich schrieb ihm, und er antwortete mir, daß Sie, mein Fräulein, mir über alles Auskunft erteilen würden.»

«Kann ich das Schreiben oder nur den Passus darin sehen, Fräulein von Gräzingen?»

Doris schoß das Blut ins Gesicht. Sie sah sich durchschaut. Verlegen suchte sie in ihrer Handtasche.

«Ich habe leider das Schreiben nicht bei mir, aber ich denke doch, daß Sie mir, als der Verlobten des Herrn Türmer, Glauben schenken werden.»

«Gewiß, Fräulein von Gräzingen, gewiß, aber ich muß mich stets an die Instruktionen meines Chefs halten. Außerdem, gnädiges Fräulein, macht mich Herr Türmer nicht zur Vertrauten seiner Privatangelegenheiten.»

«Fräulein Claußen, was ist Wahres an den Gerüchten? Sie sind doch mit Herrn Türmer so viel zusammen.»

«Ich habe nur die geschäftlichen Sachen zu erledigen und weiß nicht, was Herr Türmer sonst treibt.»

«Mir können Sie es doch anvertrauen, Fräulein Claußen.» Doris' Augen glänzten. «Wie sieht sie denn aus, diese Filmschauspielerin?»

Inge zuckte die Achseln: «Ich weiß nicht, wovon Sie sprechen, gnädiges Fräulein.»

Die junge Aristokratin erhob sich indigniert.

«Ich werde meinen Verlobten bitten, Sie zu entlassen. Ihre Art, mit mir zu sprechen, ist häßlich und arrogant.»

Hocherhobenen Kopfes rauschte Doris zur Türe. Bevor sie öffnete, modelte sie ihre ärgerliche Miene zu einem triumphierenden Ausdruck um.

Von den im Laden anwesenden Damen hatte sich keine einzige vertreiben lassen. Alle wollten die «Braut» nochmals sehen, wenn sie wieder aus dem Kontor trat. Neue Kundinnen hatten sich eingefunden, und ihnen wurde die Neuigkeit brühwarm mitgeteilt.

Einige Landleute der Umgegend, die ihren Bedarf an verschiedenen Gegenständen decken wollten, schimpften und fluchten, da es ihnen nicht möglich war, sich in dem Tumult mit den Verkäufern zu verständigen.

Als Doris von Gräzingen durch die Kontortüre in den Laden trat, verstummte mit einem Male das Geschnatter. Die Stille war so vollständig, daß es möglich war, Muschens in den Bart gebrummte und nur für ihn selbst bestimmte Worte: «Dumme Luder, dumme Luder!» deutlich zu vernehmen.

«Herr Zeck», sprach Doris mit erhobener Nase, «lassen Sie mir den Benzinbehälter sofort füllen, ich komme gleich wieder zurück!» Und ohne ihre neugierigen Geschlechtsgenossinnen auch nur eines Blickes zu würdigen, schritt sie zur Türe hinaus.

Es dauerte eine geraume Weile, bis sich die Damen erholten, dann setzte ein Geschnatter ein, das dem einiger Waggonladungen aufgeregter Gänse glich. Musch trug Kisten mit Seifen vom Lager herein. Links und rechts stieß er in weiche und eckige Hüften, immer sein «Luder, Luder sind alle» murmelnd.

Die Damen spürten die scharfen Kanten der Kisten nicht, weit wichtiger waren die ausgetauschten Meinungen.

Sophie Dalheim schoß den Vogel ab: «Hast du gesehen, Erna?» fragte sie die Tochter des Konsistorialrats Schüler, «hast du gesehen, wie schlank sie geworden ist, und weißt du, daß es gerade zehn Monate her sind, seit sie sich nicht in Bautzen hat sehen lassen? Zehn Monate!»

Die Freundin sah Sophie Dalheim stupide fragend an. Es ist die Pflicht der Konsistorialratstöchter, bis zur Geburt des ersten Kindes naiv und unwissend zu bleiben.

«Guck doch nicht so dumm! Nach vier Wochen kann man schon aufstehen.»

«Ich verstehe dich nicht», antwortete Erna mit Würde.

«Na, dann fahr mal hinüber nach Burk, dort sitzt auf einem Bauernhof ein Storch, der kann dich darüber vollständig aufklären, Pute, die du bist!»

Rundherum hub ein Flüstern und Kichern an. Man verstand sich, und es war kein Geheimnis mehr für die ehrenwerten Frauen und Jungfrauen: Berthold Türmer war Vater des siebenten Kindes geworden.

Als Doris von Gräzingen nach einer halben Stunde zurückkam, waren über fünfzig Augenpaare eifrigst damit beschäftigt, die Figur der jungen Aristokratin mit durchbohrenden und forschenden Blicken zu messen.

Als das schöne Auto, mit Schwung von Doris gelenkt, den Kornmarkt hinabfuhr, richtete sich Charlotte Prinz auf und sagte kurz: «Stimmt, um die Hüften ist sie schlanker geworden, aber die Brüste sind voller. Ein sicheres Zeichen.»

25

Bautzen sollte nicht zur Ruhe kommen. Als der Frühling seine Blüten voll entfaltete, die Natur ihr farbenprächtiges Schauspiel in Wald und Flur vervollständigte, als nicht nur die Mannigfaltigkeit von Gräsern, Blüten und Blumen das Auge erfreute, sondern auch die Buntheit sich auf den Körpern und Köpfen der Damenwelt in vielfarbigen Stoffen kundtat, hatte die friedliche Stadt mit ihren ehrsamen Frauen und Mädchen, mit den Herren der Schöpfung, die alle kein Wässerchen trübten, ihre neueste Sensation.

Eine Überraschung, die man nicht gerne hörte, denn sie sollte einen Menschen von Schuld entlasten, ihn von einer Tat freisprechen, um derentwillen man ihn fast gelyncht hatte.

Vater Hechner war seit Martas Tode selten mehr nüchtern geworden. Der Wurm der Schuld, des Gewissens nagte an ihm. Er wollte dieses Kriechtier in Alkohol ertränken. Doch dieses Vieh war immun gegen das Gift von Wein, Bier und Schnaps.

Hechner vernachlässigte sein Geschäft und verbrachte die meiste Zeit in Wirtshäusern.

Die lieben Landleute, die eine Schandtat oder ein ihnen außergewöhnlich scheinendes Ereignis auch nach dreißig und mehr Jahren nicht vergessen können, ja, es von Generation zu Generation fortpflanzen, hatten ihre Freude daran, den Säufer immer wieder an sein Elend zu erinnern. Diese frommen Gemeindemitglieder und fleißigen Kirchgänger kannten kein Gefühl des Bedauerns, ihnen waren edle Regungen fremd. Der blasse Neid fraß lebenslang in ihren Gehirnen, wenn des Nachbars Weizen dichter stand als der eigene oder dessen Mutterschweine die Ferkel nicht aufgefressen hatten. Sie besaßen in den seltensten Fällen ein Gefühl der Nächstenliebe und waren roh und grausam zu den Tieren.

Darum nahm es nicht Wunder, daß die Bauern, Handwerker und Geschäftsleute in den Dörfern den alten Hechner stets in boshafter Weise an den Tod Martas erinnerten.

Die jüngere Tochter Hechners, die mit vieler Mühe das Geschäft des Vaters aufrechterhielt, die sich Tag und Nacht abrackerte, versuchte vergeblich, den alten Mann von den Wirtshäusern fernzuhalten.

Hechner sank tiefer und tiefer. Er verkaufte heimlich Möbelstücke, Wäsche und Haushaltungsgeräte, um sich Geld für seine Räusche zu beschaffen.

Das Gewissen hatte eine dünne Schale bekommen. Ein harter Hammer klopfte gegen die erweichende Masse, und die Schläge hämmerten gegen Brust und Schädeldecke von innen.

Die Folgen des übermäßigen Alkoholgenusses begannen sich bald zu zeigen. Selbstgespräche führend, schritt Hechner, den Kopf auf die Brust gesenkt, durch die Dörfer. Die Kinder liefen ihm nach und wurden von den Erwachsenen zu Tätlichkeiten gegen den Betrunkenen angestiftet.

Meilenweit trieb es den alten Mann im Lande umher. Oft wanderte er tagelang ohne Ziel von Dorf zu Dorf. Seine Tochter machte sich dann auf und verfolgte von Wirtschaft zu Wirtschaft seine Spur.

Der Betrunkene nächtigte in Scheunen und auf Feldern. Nirgends fand er Ruhe. Hatte ihn seine Tochter endlich gefunden, dann mußte sie alle List aufwenden, um den Vater nach Hause zu lotsen. Er überschüttete sie mit Grobheiten und schlug auf sie ein. Doch sie ließ sich nicht abschrecken und brachte es mit unendlicher Geduld fertig, ihn in oft viele Kilometer langen Märschen, die Dörfer und ihre Schankstätten umgehend, nach Hause zu führen.

Tagelang lag Hechner dann in seinem Bette und rührte sich nicht. Immer wieder versuchte er zu beten. Wähnte er sich allein, dann führte er Gespräche mit der toten Marta und bat sie weinend um Verzeihung. War dann die Krise überstanden, trieb es ihn von neuem über Land, und sein Elend schüttelte den kranken, von Alkohol geschwächten Körper.

In Ober Prauske herrschte Feststimmung. Es war am Montag nach dem Schützenfest, und einige Landwirte hielten noch im Gasthof «Zum heiteren Blick» eine kleine Nachfeier.

Hechner war seit drei Tagen unterwegs, als er in angetrunkenem Zustande in Ober Prauske eintraf. Er torkelte die Dorfstraße entlang. Eine Anzahl Kinder umtanzte ihn und schrie Schimpfworte mit greller Stimme. Steine und Kotstücke flogen dem Unglücklichen an Kopf und Körper. Jeder Wurf, der traf, veranlaßte großes Gejohle bei den Kindern und den Erwachsenen, die sich höchlichst an dem Schauspiel ergötzten.

Ein frecher Bengel sprang vor und stellte dem Trunkenen ein Bein. Hechner stürzte vornüber, mit dem Gesicht in eine Kotlache. Brüllendes Gelächter aller begleitete diese Heldentat. Der Gestürzte suchte sich aufzurichten, fiel aber immer wieder in die Pfütze zurück. Keine Hand rührte sich, um dem Armen zu helfen. Es fand sich keiner unter den Einwohnern, der das amüsante Schauspiel kürzen wollte.

Ein Motorradfahrer kam knatternd und ratternd des Weges. Er stoppte beim Anblick des im Straßenkot Liegenden und half ihm auf. Er führte ihn zum Gasthaus «Zum heiteren Blick», wusch ihm den Kot vom Gesicht und reinigte seine Kleidung.

Die feiernden, angeheiterten Gäste sahen erstaunt, im Verein mit jung und alt, dem Beginnen des Mannes zu. Ganz unglaublich schien es ihnen. Alle vermeinten einen Verwandten Hechners vor sich zu sehen. Unmöglich konnte ein Fremder derartiges vollbringen.

Als der Motorradler den alten Hechner auf die Bank vor dem Wirtshauseingang gesetzt hatte, bestieg er wieder sein Rad.

«He», schrie einer der Wirtshausgäste, «nehmen Sie Ihren Onkel, das Luder, nicht mit?»

«Sie sollten sich schämen, daß Sie die Kinder einen Betrunkenen quälen lassen!» erwiderte erregt der Mann.

«Das geht Sie einen Dreck an!» brüllte einer, der in der Wirtshaustüre stand und eine Bierflasche über seinem Kopf schwang.

Der Radler entfernte sich, da drohende Mienen allerseits ihn zur Vorsicht mahnten. «Hartherziges Gesindel» murmelte er und fuhr davon.

Hechner war durch den Sturz und das kalte Wasser etwas ernüchtert. Er weinte still vor sich hin. Zwei Männer packten seine Arme, um ihn in die Wirtschaft zu führen. Er wehrte ab, und sein Weinen wurde stärker. Der Bengel, der Hechner vorhin zu Fall gebracht hatte, hob einen Klumpen Straßenkot auf und warf ihn nach dem Betrunkenen. Der Gequälte erhob sich, stürzte auf den Jungen zu, versetzte ihm einen Faustschlag, der den Getroffenen unter ein des Weges kommendes Bauerngefährt schleuderte. Die Räder gingen dem Jungen über die Brust und ein Blutstrom entquoll seinem Munde.

Wie es gekommen war, wußte niemand zu sagen, Hechner lag plötzlich, aus zwei Stichwunden blutend, auf der Erde.

Im Krankenhaus zu Niesky legte Hechner ein Geständnis ab. Es kam zutage, daß er seine Tochter Marta zum Meineid gezwungen und daß die Vaterschaft Berthold Türmers seine Erfindung war. Er nannte Name, Stand und richtige Adresse des Elektromonteurs in Görlitz.

Sechs Wochen nachher wurde Hechner der Landesirrenanstalt überwiesen. In der zweiten Nacht erhängte er sich im Garten der Anstalt.

In derselben Nacht starb das Kind Martas unter entsetzlichen Krämpfen.

Das Geständnis Hechners wurde wörtlich in den Blättern Bautzens und des Kreises abgedruckt. Es erregte nicht wenig Aufsehen. Man fühlte sich beschämt, und Frau Fama mit grüngelber Fratze schlich sich zum Ohr einer Klatschbase und flüsterte: «Alles Lüge! Mit dem Gelde Berthold Türmers ward der alte Hechner und sogar die Presse bestochen!» Und am Tage nach Erscheinen der Nachricht glaubte kein Mensch mehr an Bertholds Unschuld.

Apotheker Tiegel verbrannte sich diesmal jedoch den Mund. Er hatte einem Freunde Onkel Heinrichs von der Bestechung Mitteilung gemacht. Mit hochgezogenen Brauen, den rechten Zeigefinger an die Nase legend, sagte er: «Ich weiß es aus bestimmter Quelle. Fünftausend Mark hat der alte Süffel von den Türmers erhalten, damit er diese lügenhafte Aussage mache. Ich», und hier sprang der Zeigefinger von der Kartoffelnase zur Brust, «ich selbst habe die Quittung mit eigenen Augen gesehen!»

Dreihundert Mark Geldstrafe, vier Wochen Gefängnis mit dreijähriger Bewährungsfrist und Publikation des Urteils in den Bautzener Blättern. So lautete das Urteil gegen Apotheker Tiegel wegen böswilliger Verleumdung.

26

In der Mühle zu Horscha saß eine Braut, deren Hochzeit vor der Türe stand, und las all die Berichte über den Fall Hechner–Türmer und die Verurteilung des Apothekers.

Tilda Hasselmann hatte in letzter Zeit nicht mehr an Berthold Türmer gedacht. Fast ein Jahr war inzwischen vergangen. Im Winter hatte sie mit ihrem Verlobten Willy Zinnicke und dem Müllerpaare so manches Vergnügen mitgemacht. In Niesky waren es Masken- und andere Bälle gewesen. Theater und sonntags Schlittenfahrten hatten die häßlichen Schatten der Vergangenheit hinweggescheucht.

Tilda hatte sich oft gefragt, ob sie ihren Verlobten liebe, und immer wieder brach sie diese Gedanken mit Gewalt ab, da sie mit Recht befürchtete, sich selbst die Wahrheit zu gestehen, daß sie Willy Zinnicke wohl gut war, ihn aber nicht liebte.

Über diesen Seelenkampf halfen ihr die liebenswürdigen Gastgeber und die Arbeit im Hause hinweg.

Als Tilda die Berichte über Hechners Aussage vor Augen kamen, erwachte die Erinnerung an Berthold mit aller Macht. Sie weinte nächtelang, denn immer mehr kam es ihr zum Bewußtsein, daß sie mithalf, Berthold schweres Unrecht zuzufügen. Sie hätte in der Zeit seiner Seelennot zu ihm halten müssen, anstatt sich ruhig in ihr Schicksal zu ergeben. Sie hätte aus der Mühle zu ihm flüchten müssen, ihm sagen, daß sie ihm vertraue, ihre Liebe ihm in seinen Kämpfen zur Seite stehen würde. Anstatt dessen hatte sie ihn verlassen. Es wurde ihr klar, was sie verloren. Sie glaubte, daß sie ihr Leben lang daran kranken werde.

Krampfhaft knitterte Tilda die Zeitung zwischen ihren Händen, und Tränen entströmten ihren Augen.

«Zu spät, zu spät», flüsterte sie vor sich hin, «Verlorenes ist nicht wieder zurückzuholen.» Sie war dessen sicher, daß Berthold, infolge ihrer Untreue, sie längst aus seinem Gedächtnis gestrichen habe.

Acht Tage später ward Tilda Hasselmann Frau Zinnicke, und am Morgen nach der Hochzeitsnacht erschmeichelte sie von ihrem Gatten die Zusage, daß der erste Junge nach dem «Großvater» Berthold heißen müsse.

27

Immer neue Notizen und Artikel tauchten in den Zeitungen über Berthold Türmer auf. Er befand sich seit Wochen in Amerika. Abwechselnd in der Filmstadt Hollywood oder in New York.

Im Geschäft am Kornmarkt erschienen stets Neuheiten auf kosmetischem Gebiete. Es gab da Dinge und Dingelchen, die man vielleicht sogar in Berlin vergebens gesucht hätte. Auch Materialien und Farbwaren, Pinsel, Bürsten, Schwämme, Chemikalien usw. wurden in einer geschickten Aufmachung feilgeboten, welche die Konkurrenz in helle Wut versetzte.

Apotheker Tiegel rollte nur die Augen, biß sich die Schnurrbarthaare ab und trommelte nervös mit den Fingern auf das Pult in der Apotheke oder auf den Wirtstisch. Drei Jahre mit seinem Groll zurückhalten zu müssen, drei Jahre, denn solange dauerte die Bewährungsfrist, war gleichbedeutend mit sechs Gelbsuchtsanfällen.

Von einer Seite suchte man sogar die Handelskammer gegen die Tricks – wie die Konkurrenz es nannte – des «Casanovas von Bautzen» in Bewegung zu setzen.

Alle Drohungen der Ehemänner, Väter und Mütter halfen nichts. Der Kundenkreis des Hauses Türmer vergrößerte sich von Tag zu Tag. Als man die Presse gegen Berthold Türmers Geschäftsmethoden mobil machen wollte, verweigerte diese die Gefolgschaft. Das Haus Türmer hatte gewaltige Inseratenabschlüsse getätigt, welche die Presse banden.

In Wirklichkeit wäre gegen die Firma nicht das geringste Nachteilige vorzubringen gewesen.

Die Nachrichten über Berthold Türmer mehrten sich in den Lausitzer Blättern.

Andrée Lafayette waren bereits eine Menge anderer amerikanischer Filmschauspielerinnen gefolgt. Man sagte Bert Türmer, wie er in den USA angeblich genannt wurde, die größte Unwiderstehlichkeit seit Casanovas Zeiten nach.

Namen wie: Virginia Vally, Nita Naldi, Laura La Plante, Mary Philbin, Anna Qu. Nilsson, Anita Steward und Mildred Harris wurden mit Bert Türmer in Verbindung gebracht.

Laut den letzten Nachrichten sollte er mit May Mc. Avoy und Mildred Harris liiert sein. Einer der beiden Stars sollte bereits einen Selbstmordversuch unternommen haben.

Niemand konnte sagen, worin die Macht Berthold Türmers über Frauen bestand. Unzweifelhaft war er ein hübscher, ja, manche sagten sogar, schöner Mann. Hatten nicht aber die USA und insbesondere die Filmstadt Hollywood eine große Schar weit schönerer und interessanterer Männer aufzuweisen?

Worin bestand das Faszinierende des jungen Bautzeners?

Die Papierwarenhandlungen Bautzens stellten ganze Schaufensterseiten mit den Postkartenbildern der amerikanischen Filmstars, die mit Berthold Türmer in Verbindung gebracht wurden, aus.

Die Kinobesitzer machten den Filmverleihfilialen in Dresden und Leipzig mit ihrem Verlangen, nur Filme mit bestimmten amerikanischen weiblichen Stars zu spielen, große Scherereien. Deutsche Filme wurden glatt abgelehnt.

Niemals machten die Bautzener Kinos bessere Geschäfte, als wenn sie Filme mit eben diesen Herzensstars Berthold Türmers auf dem Spielplan hatten. Die Frauen und Mädchen stürmten die Lichtspieltheater und sahen offenen Auges und Mundes diese einzig schönen Amerikanerinnen, die Bautzener Dandies platzten vor Neid, und einige beschlossen, nachdem sie sich lange im Spiegel mit Berthold Türmer verglichen hatten und dieser Vergleich selbstverständlich zu ihren Gunsten ausgefallen war, nach Amerika zu reisen.

Bautzen mußte doch bei den weiblichen Filmstars, nach den Abenteuern Bert Türmers, in gutem Ruf stehen.

Man riet hin und her, und als es bekannt wurde, daß Inge Claußen von ihrem jungen Chef nach Amerika befohlen wurde, bestürmten die Mädchen und Frauen Inge, nicht zu vergessen, Berthold die besten und herzlichsten Grüße auszurichten.

Onkel Heinrich gab Inge ein dickes Schreiben mit und beauftragte sie, seinem Neffen zu bestellen, daß er so rasch wie möglich seinen unmoralischen Lebenswandel aufgebe und nach Bautzen zurückkehre, sonst verliere er noch die andere Hälfte der Erbschaft.

28

In der sechzigsten Straße, mit der Aussicht auf den Central Park, hatte sich Berthold Türmer in einem erstklassigen Apartement-Hotel einlogiert. Seit Monaten lebte er dort in stiller Zurückgezogenheit. Wohl besuchte er Theater, Kabaretts und Tanzstätten, aber stets allein oder in Begleitung eines ebenso eleganten jungen Mannes. Eine gewisse Melancholie lag in Berthold Türmers Wesen. Wäre es ihm nur gegeben gewesen, es den jungen Broadwaygents gleichzutun, er hätte bei den Frauen große Chancen gehabt. Er war im letzten Jahre gereift, hatte sich alle Allüren eines echten amerikanischen Gents angeeignet, trug die bestsitzendsten und modernsten Anzüge, machte jeden Sport mit und sprach ein tadelloses akzentfreies Englisch. Er konnte sich mit seinesgleichen glänzend unterhalten, nur wenn Frauen und Mädchen zugegen waren, versagte sein Unterhaltungstalent vollkommen. Eine Hemmung, über die er nicht hinwegkommen konnte. Viele aufmunternde Blicke schöner Frauen flogen ihm zu, es hätte nur eines Wortes seinerseits bedurft und der Erfolg wäre unausbleiblich gewesen. Jedoch dieses eine Wort war noch bei jedem Anlauf in seiner Kehle steckengeblieben.

In einsamen Stunden schalt er sich einen Feigling und Toren, fand aber trotzdem nicht den Mut, sobald er einer Dame gegenüberstand.

Er mußte lächeln, wenn er daran dachte, daß man ihn in Bautzen zum «Casanova» gestempelt hatte. Er ein Casanova, er ein unwiderstehlicher Verführer – dem es nicht einmal gelungen war, ein Kind wie Tilda Hasselmann auf die Dauer zu fesseln. Wie unrühmlich hatte seine erste Liebe für ihn geendet: Backpfeifen und ein Loch im Kopf!

Auch in Berlin hatte es an ihm genagt, nicht das geringste Glück bei Frauen zu haben, abgesehen von den Kokotten und kleinen Ladenmädels.

Damals reifte in Berthold Türmer der Plan, dem «Glück», als Casanova zu gelten – wenn auch nur in Bautzen und Umgebung – ein wenig nachzuhelfen. Er lernte durch eine Vermittlung im Romanischen Café einen «Herrn» kennen, der mit Filmleuten und der Presse Fühlung hatte. Gegen Geld und gute Worte erschienen nach kurzer Zeit die Notizen von seinen Liebesverhältnissen mit den Filmschauspielerinnen Nuschi Putzi, Alma Talma und sonstigen, gänzlich unbekannten Namens, in einigen Filmpublikumsblättern etwas anrüchiger Art.

Diese Notizen sandte der «geschickte» Filmschmierblattredakteur nach Bautzen, Niesky, Muskau, Löbau und anderen kleinen Städten und Städtchen, die mit wonniger Gier diese Gratisbeiträge noch etwas ausdehnten und übertrieben.

Langsam begann sich Berthold in seine Rolle hineinzuleben. Er abonnierte durch ein Zeitungsbüro alle in Frage kommenden Blätter und legte sich Alben an, in denen die Notizen über ihn nach Daten geordnet waren. Er kannte deren Inhalt bereits auswendig, da er sie Hunderte Male gelesen hatte. Dabei sonnte er sich in dem Ruhme, eine Persönlichkeit zu sein, von der man nicht nur spricht, sondern auch schreibt – wenn es auch nur in Bautzen und der Oberlausitz war. Bald stiegen Zweifel in ihm auf, ob es nicht wirklich doch so war, wie die Zeitungen schrieben.

Es wurmte Berthold jedoch, daß er nicht imstande war, es bei seinem journalistischen Freunde durchzusetzen, im Zusammenhang mit einer wirklichen Schauspielerin genannt zu werden. Es wäre der Gipfel seines Glücks gewesen, in Verbindung mit Henny Porten, Fern Andra, Lil Dagover oder Mia May erwähnt zu werden. Er setzte selbst kleinere Notizen auf und gab sie seinem Freunde mit der Bitte – und einem Darlehen auf Nimmerwiedersehen –, er solle sie doch in seinem Blatte aufnehmen.

Das Darlehen wurde angenommen, die Bitte abgelehnt oder auf günstigere Zeiten verschoben.

Nachts saß Berthold in seiner eleganten Wohnung und schrieb Notiz um Notiz: «Wie wir aus sicherer Quelle vernehmen, beabsichtigt Fern Andra, sich von ihrem Manne scheiden zu lassen und sich mit Herrn Berthold Türmer aus Bautzen zu verehelichen.»

Oder: «Die Gäste des Fünf-Uhr-Tees im Edenhotel waren überrascht, Frau Henny Porten in einem angeregten Gespräch mit dem bekannten Sportsmann, Herrn Berthold Türmer aus Bautzen, beobachten zu können. Die Sprache der schönen Augen unseres beliebten Filmstars ließ nur eine Deutung zu.»

Oder: «Interessant für alle Filmfreunde dürfte die Nachricht sein, daß Frau Mia May bei allen großen gesellschaftlichen Veranstaltungen in letzter Zeit in Begleitung eines interessanten jungen Mannes zu sehen war. Wie unser W.C.-Berichterstatter in Erfahrung gebracht hatte, handelt es sich um den Großkaufmann Berthold Türmer aus Bautzen, der in seiner Heimatstadt infolge seiner galanten Abenteuer den Beinamen ‹Der Casanova von Bautzen› erhielt.»

Eine Notiz, an der er sich weidete, deren Abfassung ihn unendliche Mühe gekostet hatte und die zu seinem Leidwesen ebenso wenig das Licht der Welt erblickte wie alle anderen Dichtungen seiner Feder, lautete folgendermaßen:

«Duell im Grunewald!

Gestern morgen, kurz nach Sonnenaufgang fand in Schildhorn ein blutiger Waffengang mit tragischem Ausgang statt. Rittmeister Graf Zappel von Zederwitz, der Gatte Lya de Puttys, stand dem Beleidiger seiner Ehre mit der Pistole gegenüber. Nach begründeten Gerüchten hatte der Gegner des Grafen, der bekannte Don Juan, Berthold Türmer aus Bautzen, – dem mehr Verhältnisse mit prominenten Filmstars nachgesagt werden als der ganzen Finanz- und Lebewelt Berlins nachzurühmen sind – die Forderung unter den schwersten Bedingungen annehmen müssen. Dreimaliger Kugelwechsel, bis zur völligen Kampfunfähigkeit des Gegners, bei nur fünf Schritt Distanz.

Der Graf fiel zu Tode getroffen nach dem ersten Schuß, während sein Gegner zwei Kugeln in die Brust erhielt, die ihn gefährlich verletzten, doch an seiner Erholung nicht zweifeln ließen.

Wie unser W. C.-Korrespondent aus Amsterdam meldet, ist Herr Berthold Türmer mit Xenia Desni in Amsterdam dortselbst eingetroffen.»

So schön diese Aufsätze auch waren, sie blieben ungeborene Kinder.

Als Berthold einsah, daß es ihm versagt blieb, mit prominenten deutschen Filmstars in der Presse genannt zu werden, beschloß er, es mit ausländischen Stars zu versuchen. Er wandte sich an ein Korrespondenzbüro, und gegen gute Bezahlung erschien die Nachricht, daß Herr Berthold Türmer mit der französischen Künstlerin Andrée Lafayette von Paris nach Hollywood geflüchtet sei.

Dies war der Anfang der überseeischen Abenteuer des «Casanovas von Bautzen».

Es war für Berthold Türmer ein Glück, daß nur die allerkleinsten Wochenblätter der Lausitz diese Tartarennachrichten abdruckten, sonst hätte dieser Spaß ihn eventuell teuer zu stehen kommen können.

In New York ging es dem jungen Bautzener nicht besser als in Berlin. Nur die geld- und vergnügungshungrigen «Damen» kümmerten sich um ihn, beziehungsweise um seinen Geldbeutel.

Am Anfang seines New Yorker Aufenthalts ging Berthold vielen Bauernfängern auf den Leim. Durch Schaden klug geworden, wickelte er seine Geschäfte bald etwas vorsichtiger ab. Er besorgte den Alleinvertrieb verschiedener, in sein Fach einschlagender Neuheiten für Deutschland und oft noch für mehrere andere europäische Staaten. Es freute ihn jedesmal, wenn er ein Glas- oder Emailleschild verpacken konnte, das nach seinen Angaben die Aufschrift trug: Sole representative for Germany[17].

Aus der Fachzeitung «The moving picture world» erfuhr Berthold die Adresse eines Agenten, der sich mit der Vermittlung von Engagements für Filmstars und Statisten befaßte und für die

17 Alleiniger Vertreter für Deutschland

kinematographischen Aufnahmen alles, aber auch alles besorgen konnte. Brauchte man ein Motorboot oder einen Lämmergeier, war die Erlaubnis zu erwirken, die Flotte der USA in einem Film zu verwenden oder das Leichenbegräbnis eines Dollarmagnaten zu verfilmen – alles dies besorgten «Smith and Shields» auf der Siebenten Avenue, Ecke Neunundsechzigste Straße.

Ein Clerk[18] der Vermittlungsagentur war gegen Geld – das er mit Entrüstung zurückwies, nachdem er es in der Hüftentasche hatte verschwinden lassen – und wenig Worte damit einverstanden, den jungen Bautzener Helden in die Filmkreise einzuführen.

Bobby Finnegan, ein gerissener Ire, der sich sein Honorar bei jedem Geschäft zu verdoppeln und verdreifachen wußte, nahm noch Charlie Burton, den größten Windhund von einem Winkeljournalisten, zu seiner Hilfe. Diese beiden lancierten, durch Bestechung der Typistin eines Korrespondenzbüros, die Telegramme über die Liebesaffären Berthold Türmers nach Bautzen.

Finnegan brachte Berthold mit jungen Schauspielerinnen zusammen, die er ihm unter den Namen berühmter Filmstars vorstellte.

Gleich am zweiten Abend traf sich Bobby mit Maggy O' Hara, die im Besitze der entzückendsten Beine war und Berthold als Gloria Swanson vorgestellt wurde. Der Jüngling war glücklich, mit dem weltberühmten Filmstar bekanntzuwerden.

Maggy O' Hara hatte mit Gloria Swanson entfernte Ähnlichkeit, insbesondere der sinnliche Zug um den Mund, das Hochziehen der Oberlippe waren ihr eigen, oder besser gesagt, von ihr bewußt übernommen worden.

Hätte Berthold Türmer nicht die Fähigkeiten eines tüchtigen Kaufmanns besessen, so wären auch seine ihm reichlich zur Verfügung stehenden Mittel nicht genug gewesen, die Kosten seiner Extravaganzen zu decken.

Charlie Burton knipste mit seinem Kodak Berthold Türmer und Maggy O' Hara auf dem Rennplatz in Brighton Beach. Der gerissene Junge sandte die Abzüge an mehrere illustrierte Blätter und Magazine, wo sie unter dem Titel: «Unser berühmter Filmliebling

18 engl. Kaufmännischer Angestellter/Verwaltungsbeamter in England und den USA

G. S. mit seinem Freund Mr. Berthold Türmer, einem reichen deutschen Kaufmann, in der Lebewelt und unter den Heldinnen der Leinwand bestbekannt.»

Maggy hatte sich für das Rennen eine brillante Toilette zusammengestellt und sich der großen Filmkünstlerin äußerst ähnlich gemacht, so daß das Photo selbst die besten Kenner Gloria Swansons täuschte.

Der Manager der Künstlerin sandte sofort Dementis an alle Blätter und drohte mit Klage. Die Dementis wurden gedruckt, aber kein Mensch glaubte daran. Man hielt die Sache für einen Reklametrick, wie er von den Filmstars in verschiedenen Variationen oftmals gebraucht wurde.

Die Blätter mit den Photos sandte Charlie Burton, auf die Bitte Bertholds, mit einem Kreuzband des Korrespondenzbüros, nach Bautzen, und sogar deutsche Filmblätter brachten die Nachricht.

Berthold wußte inzwischen Bescheid, wer seine Dame war.

In einem Zeitraum von sechs Monaten wurde Berthold Türmers Name in Zusammenhang mit folgenden amerikanischen Filmstars erwähnt: Corinne Griffith, Claire Windsor, Ann May, Lilian Gish, Constance Talmadge, Agnes Ayres, Dorothe Mc Kaill, Bebe Daniels, Leatrice Joy und Betty Compson.

Alle diese Namen waren groß und fett in den Bautzener Blättern zu lesen. Die Künstlerinnen hatten von dem Mißbrauch ihrer Namen keine Ahnung.

Hatten früher die Damen der Stadt Bautzen nur die Modeinserate gelesen, so rissen sie jetzt den Zeitungsträgern die Blätter aus der Hand und suchten die telegraphischen Berichte aus New York und Hollywood.

Mit Berthold Türmer ging derweil eine seltsame Verwandlung vor. Hatte ihm die ganze Sache bis jetzt nur Spaß gemacht, so änderte sich das insofern, als der Jüngling zu einzelnen der Filmschauspielerinnen eine tiefe Neigung faßte. Er verliebte sich ernstlich in die Schattenbilder dieser schönen, für ihn unerreichbaren Frauen.

Der Zustand Bertholds konnte fast pathologisch genannt werden, ja, er war es bereits. Er kaufte die größten und teuersten Photos der Stars und ließ bei einem Blumenhändler in Hollywood für jede einen kostbaren Strauß bestellen. Diese Blumenarrangements wurden der betreffenden Darstellerin mit der Photographie der Künstlerin, der ein Begleitschreiben Bertholds, mit der Bitte um ein Autogramm und eine herzliche Widmung beilag, ins Haus gebracht.

Der Bitte mit dem duftenden Gruß wurde jedesmal stattgegeben.

So legte sich der Verliebte eine Galerie Photos schöner Frauen an.

Bald genügten Berthold diese Widmungen nicht mehr. Er kaufte sich neue Bilder und schrieb mit verstellter Handschrift die Widmungen höchst eigenhändig.

Die Erfindungsgabe des «Lieblings der Filmstars» war erstaunlich. Nicht nur die Handschrift sah jedesmal anders aus, die Widmungen selbst hätten einen alten, erfahrenen Liebhaber zum Erstaunen gebracht: «Meinem einzigen Jungen.»

«Zur Erinnerung an köstliche Stunden in Miami mit dem liebsten Bengel.»

«Du gabst mir alles und bist mein alles. Deine ...»

«Unvergeßlich auf ewig, von Deiner Dich und nur Dich liebenden ...»

«Unvergeßlich wirst Du meinem Herzen bleiben.»

«Meinem Bubi, meinem goldigen Kerlchen.»

So und ähnlich lauteten die Widmungen, die stets auf der Bildseite leicht leserlich für jedermann geschrieben standen.

Als der Verliebte im Star Theater den ersten Film mit Agnes Ayres in der Hauptrolle sah, entbrannte sein Herz in heißer Liebe zu dieser wunderschönen Frau. Er lief allabendlich in das Kino, saß verzückt im Zuschauerraum und verschlang Agnes Ayres Bild, jedesmal, wenn es auf der Leinwand erschien. Die Handlung kannte er nicht, beachtete sie kaum. Für ihn existierte nur die schöne Frau. Erschien der Kopf in einer Großaufnahme, so seufzte er schwer auf.

Jedes nur erreichbare Photo von Agnes Ayres erwarb Berthold und schrieb liebesglühende Widmungen an den über alles geliebten Bertie von seiner Agnes.

Wochenlang lebte der Träumer in Extase und jagte jedem Film nach, der Agnes Ayres in der Hauptrolle zeigte. Er war in Stunden, wo ihm das Lächerliche seines Beginnens zur Erkenntnis kam, seelisch gedrückt und schalt sich einen Toren, das Leben in den Liebesträumen war jedoch zu schön, um es aufzugeben. Die Träume waren ein Narkotikum, das die liebeleere Wirklichkeit vergessen ließ.

Agnes Ayres beherrschte durch volle sechs Wochen das ganze Sinnen und Trachten Bertholds und wurde dann durch das Erscheinen eines Films mit May Mac Avoy verdrängt. Es wiederholte sich dasselbe Spiel, in gesteigertem Maße.

Bilder, Filme und Berichte über die herrliche May Mac Avoy erfüllten jeden Augenblick, der ihm zu freiem Denken Raum gab. Seine Geschäfte wickelte er in kurzen Tagesstunden ab, damit ihm genug Muße blieb, sich mit seinem neuen Ideal zu beschäftigen. Er schmückte sein Appartement mit Blumen und schönen Stoffen. Er saß an dem kleinen, runden japanischen Tischchen allein mit den Photographien der Geliebten vor sich und sprach glühende Worte. Ein zweites Gedeck mit zierlicher, eierschalendünner Tasse stand ihm gegenüber, und er animierte seine May, doch von dem feinsten Tee zu trinken und von dem köstlichen Konfekt zu nehmen, das er bei Huyler in der Fünften Avenue extra für sie hatte anfertigen lassen.

Auf May Mac Avoy folgten Julia Faye, Jacqueline Logan, Mary Astor, Doris Kenyon und Aileen Pringle in rascher Reihenfolge. Dann stieß Berthold im Rialto Theater auf einen Film mit Alice Terry. Diese Frau zerstörte die Bilder der anderen in seinem Herzen. Es bildete sich in seinem Kopfe die fixe Idee, daß diese Künstlerin ihn erhören und lieben würde. Nachdem er, wie immer, Dutzende von Bildern seiner neuen Herzenskönigin erworben und mit Widmungen versehen hatte, wie sie nur die glühende Phantasie eines Überexaltierten ersinnen konnte, verließ er New York und begab sich nach Hollywood.

Es war nicht schwer, die Adresse von Frau Alice Terry zu erfahren.

Tagelang umschlich Berthold das Haus der blonden Schönheit. Er sah sie mit ihrem Wagen jeden Morgen zu den Aufnahmen fahren und wartete in der Nähe des Ateliers, um sie beim Verlassen der Arbeitsstätte wieder bewundern zu können.

Zwei Wochen trieb er es so, als ein Privatdetektiv ihn zu beobachten begann. Der Detektiv witterte flugs ein Attentat oder sonst einen Anschlag auf den Schmuck der Künstlerin. Er verständigte Frau Terry, die nun auf Berthold Türmer aufmerksam wurde. Sie erkannte sofort, daß man es hier mit einem Verliebten, aber nicht mit einem Verbrecher zu tun hatte. Als sie an Berthold vorbeifuhr, sah sie sich den Jüngling genau an. Ihm schoß das Blut ins Gesicht, unwillkürlich riß er den Hut vom Kopf und grüßte. Die Künstlerin dankte mit dem ihr eigenen reizenden Lächeln.

Berthold stürzte in sein Hotel, warf sich auf die Chaiselongue und begann zu weinen. Ihm war so leicht und doch so schwer ums Herz. Sie hatte ihn hold angelächelt, so wie eine mildtätige Dame einem Bettler ein Almosen gibt. Er schlug sich mit den Fäusten an die Stirne. Sein ganzes kindisches Beginnen kam ihm zum Bewußtsein. Er schämte sich. Es wurde ihm klar, daß er noch seinen Verstand verlieren würde, wenn er sich nicht aufraffte und von seinen Träumen losrisse.

29

Inge Claußen war in New York eingetroffen und von Berthold am Hobokener Pier erwartet worden. Er freute sich, jemanden aus der Heimat zu sehen, und teilte ihr dies unverhohlen mit. Nun hatte er eine Ablenkung, und dies würde zu seiner Gesundung beitragen.

Inge war von dem Äußeren Bertholds überrascht. Er sah, trotz der Bräune der Hautfarbe, schlecht aus. Seine Augen lagen tief in den Höhlen und schienen unnatürlich schmal, die Wangen waren eingefallen. Das kluge Mädchen machte sich so ihre Gedanken über den jungen Chef.

Mit Erstaunen hörte Berthold von dem schrecklichen Ende Hechners und dem Geständnis, das er vor seinem Tode abgelegt. Es freute ihn aber nicht im geringsten, daß er von der Schuld am Tode Marta Hechners freigesprochen war, ihn interessierte nur, wie sich die Bautzener zu ihm in der letzten Zeit gestellt hätten.

Forschend sah ihn Inge Claußen bei dieser Frage an, ein Gedanke blitzte in ihr auf, und sie vermutete mit Recht, daß Berthold die kontinuierlichen Zeitungsnotizen über seine Abenteuer selbst veranlaßt habe. Sie schwieg über ihre Entdeckung.

Drei Wochen arbeitete Berthold angestrengt mit Inge und wurde dadurch von seinen Gedanken abgelenkt. Abends nahm er die tüchtige Helferin oft mit ins Theater, aber noch häufiger ins Kino.

Inge verstand es, seine Aufmerksamkeit auf Bautzen zu lenken, und in geschickter Weise reizte sie seine Neugier für die Rolle, die er in der Heimatstadt spielen würde: Das Interesse an seiner Person wäre groß, und er würde gedeihlicher in Bautzen wirken können. Es wäre seine Pflicht, zurückzukehren. Der Vertrieb französischer, englischer und amerikanischer Fabrikate bedinge auf alle Fälle, daß Berthold einmal eine Reise durch Deutschland und Österreich mache und die Filialabnehmer der großen und kleineren Städte selbst besuche.

Im Kino hatte ein Film mit Corinne Griffith Berthold wieder in die alte Verliebtheit gerissen, und nun erkannte Inge die Gefahr, in der ihr Chef schwebte. Noch in derselben Nacht gab sie ein Telegramm an Onkel Heinrich auf, und am nächsten Nachmittag traf eine Depesche für Berthold ein, die ihn davon benachrichtigte, daß Onkel Heinrich schwerkrank darniederliege und seine Tage gezählt seien.

Zwei Tage später stand Berthold neben Inge an der Reling der «Deutschland» und ließ das Panorama der Wolkenkratzer von Downtown an seinem Auge vorbeigleiten. An der Pier der «Red Star Line» leuchtete ein ausgefranstes Riesenplakat. Nur noch die Worte: Alice Terry waren in gigantischen Lettern zu lesen. Mit weit offenen Augen hing Bertholds Blick an den schwarzen Buchstaben. Ein Bild stieg vor ihm auf: Die im prallen Sonnenlicht liegende stille Straße in Hollywood. Das prächtige weiße Villengebäude mit dem geschmackvollen Garten. Vorn an der Straße der Rolls-Royce. Die Türe des Hauses öffnet sich. Eine schicke Zofe, mit einer Hutschachtel und einem Blumenstrauß, läuft auf den Wagen zu. Dann tritt in duftigem, beigefarbigem Seidenkleid eine herrliche Frau, gefolgt von dem Chauffeur, aus dem Haus. Der helle Hut umrahmt wie eine Gloriole ihr Haupt. Sie blickt zu einem sie verlegen grüßenden Jüngling auf der anderen Straßenseite und dankt mit einem Lächeln, das den Jüngling wie eine Botschaft des Himmels dünkt.

Ein Trompetensignal riß Berthold aus seinen Träumen. Der Steward der ersten Kajüte lief vom Vorder- auf das Achterdeck und verkündete in häßlichen Trompetenstößen den hungrigen Passagieren, daß der Tisch für den Lunch gedeckt sei.

Gedankenvoll stieg Berthold die Treppe zum Speisesaal hinab. Ein Gefühl der Trauer und auch wieder der Erleichterung nahm ihn gefangen. Vorbei die Zeit der Träume von Liebe mit den schönsten der Frauen. Vorbei, zum Glück für ihn! Trotzdem waren die Stunden des Wahns, daß diese vielbegehrten Frauen mit ihm in seiner Phantasie den Tee genommen und soupiert hatten, die wundervollsten seines Lebens gewesen.

30

Es war keine geringe Sensation für Bautzen, als Berthold Türmer wieder zurückkehrte.

Von Dresden kommend, trafen Berthold und Inge Claußen mittags in Bautzen ein. Die Stadt war um diese Stunde fast menschenleer. Mittagszeit.

Der erste, der Berthold im Wagen von Türmers Erben entdeckte, war Herr Apotheker Tiegel, als das Gefährt, durch die Bismarckstraße kommend, am Postplatz zur Kaiserstraße einbog.

Eine auf Entdeckungsfahrten befindliche Fliege fand die geheimnisvolle schwarze Öffnung mit den häßlichen, braungelben Zahnstummeln, die der weit offen klaffende Mund vor Erstaunen bildete, der Erforschung wert und setzte sich an Herrn Tiegels Gaumen. Ein Husten, Spucken und Niesen verhinderte den «Edlen», die ihm noch verbleibende Bewährungsfrist von fast zwei Jahren unwirksam zu machen.

So rasch ihn seine Füße trugen, eilte der Apotheker jedoch nach seinem neuen Stammtisch im Ratskeller. Er setzte sich ganz aufgeregt an den Tisch, spuckte noch einmal kräftig aus und sah echauffiert auf die biederen Stammtischgenossen, die stets auf der Lauer lagen, um ihren lieben Nächsten etwas am Zeuge zu flicken. Aus des Apothekers Erregtheit ersahen sie sofort, daß dem Guten etwas Ungewöhnliches begegnet war.

«Was ist denn los mit Ihnen?» fragte mit listigen Augen der Papierwarenhändler Schluger und vergaß dabei, seinen Zeigefinger aus der Nase zu ziehen.

«Sie sind ja ganz blaß!» rief ein anderer, während er rülpste.

«Immer forsch voran!» schrie der Produktenhändler Welker und drückte den Daumennagel zwischen zwei Backenzähne, um einen dort eingezwängten Brocken Wurst seiner ureigentlichen Bestimmung zuzuführen.

«Er ist wieder da!» war das einzige, was Tiegel hervorstoßen konnte.

Sofort waren die anderen im Bilde. Der Apotheker konnte nur einen meinen: seinen Todfeind, Berthold Türmer.

Der «edle» Pillendreher saß in Gedanken versunken, nachdem er sich in vier Worten Luft gemacht hatte. Oh, wenn es ihm doch vergönnt wäre, ein Medikament für Berthold Türmer zu mischen! Ha, was wollte er da für Tröpfchen hineinträufeln! Millimeterweise müßte der andere sterben. Aber was sind Wünsche, wenn deren Ausführung einen gleich aufs Schaffott brächten? Daß man es unbemerkt tun könnte!

Ein großes, ja, fast unüberwindliches Hindernis war die Gesundheit Berthold Türmers; auch nicht das kleinste Unwohlsein befiel ihn. Er brauchte niemals Medikamente.

Onkel Heinrich war dem Neffen um den Hals gefallen und hatte ihn tüchtig abgeschmatzt.

Berthold wunderte sich über des Onkels Rüstigkeit, der man es nicht ansah, daß sie vor zwei Wochen am Grabesrande war.

«Onkel, du hast geflunkert. Du warst ja gar nicht sterbenskrank!»

«Doch, mein Junge, doch! Ich starb fast vor Sehnsucht nach dir. Nun laß dich doch einmal ansehen. Du siehst ein bißchen mitgenommen aus. Wohl die amerikanischen Leinwandkünstlerinnen, die dich so zerzaust haben?»

«Aber Onkel!»

«So, mein Sohn, jetzt werde ich dich in alles auf rascheste Art einweihen und dann: Adieu. Nun will ich mir meine Rosenstöcke in Ordnung bringen. Mich siehst du dann lange nicht mehr.»

Wunderbar schien der Nachrichtendienst in Bautzen zu wirken.

Der Platz vor dem Spiegel war in vielen Häusern besetzt. Es galt, sich schön zu machen für den Unwiderstehlichen. Man wollte ihm doch zeigen, daß man die aus aller Welt importierten kosmetischen Mittel anwandte. Herr Berthold Türmer sollte sehen, daß die Bautzener «Schönen» nicht von Pappe waren. Eine qualvolle Wahl der Kleidungsstücke, Hüte und Schuhe verursachte viel Kopfzerbrechen.

Trotzdem es erst zwei Uhr war, mußte man doch zusehen. Um drei Uhr öffnete sich der Laden, und bis dahin hieß es fertig sein, um sich nicht zu sehr zu echauffieren. Ein rotes Gesicht wirkte unfein.

Man wusch sich mit den französischen Seifen, nahm Houbigant-Parfums und half mit dem amerikanischen Puder, Augen- und Lippenstift etwas nach.

Alles von Türmers Erben neuimportierten Waren.

Der Held, den man zu sehen begehrte, sollte mit seinem Geruchs- und Gesichtssinn merken, daß man seine Waren nicht nur kaufte, sondern sie auch anzuwenden verstand.

Oho! Man wollte ihm zeigen, daß man es den amerikanischen Filmschauspielerinnen gleichtun könne. Nicht umsonst hatte man die Filme angesehen und sich alles genauestens gemerkt.

Die Uhren in vielen Privathäusern mußten vorgehen, denn schon zwanzig Minuten vor Drei sah man Damen in der Nähe des Kornmarktes sich «zufällig» treffen. Lauernde, giftige Blicke maßen einander und suchten zu erforschen, ob die andere irgendwelch günstigere äußere Vorzüge aufweisen konnte.

Um mit einem Volksausdruck zu reden: Der Laden war, als sich die Türen punkt drei Uhr öffneten, sofort zum Brechen voll.

Musch gab dies auch Herrn Zeck zu verstehen, nur deutete er das Wort «Brechen» in anderer Weise. Er zwängte sich durch die schnatternde Damenschar und schluckte fortwährend ein «Pfui Teufel» hinunter. Vor der Türe spuckte er dreimal aus, warf einen Blick des Ekels und Unbehagens über die Schulter zurück in den Laden und lenkte seine Schritte hinüber zur Schankstätte des Hotels zur Krone.

Berthold Türmer war nach einem kleinen Imbiß, den Frau Gips mit großer Schnelligkeit und Sorgfalt zubereitet hatte, sofort mit Onkel Heinrich zum Geschäftlichen übergegangen. Sie arbeiteten eifrig mit Inge Claußen, als um ein Viertel nach drei Uhr Herr Zeck nach schüchternem Anklopfen eintrat und Berthold bat, er möge in den Laden kommen und sich der Kundschaft zeigen. Der Chef winkte ab, Onkel Heinrich redete Berthold aber im Interesse des Geschäftes zu. Der alte Kommis erlaubte sich, Herrn Türmer darauf aufmerksam zu machen, daß sich das Geschäft dann schneller leeren und für die ländliche Kundschaft, die sich heute zahlreich in der Stadt befand, Platz sein würde.

Seufzend erhob sich Berthold und folgte Zeck in den Laden.

Für einige Sekunden herrschte Totenstille beim Eintritt des so sehnsüchtig Erwarteten. Augen wurden weit aufgerissen, Hälse reckten sich. Man verschlang den Jüngling mit Blicken. Die im Hintergrund Stehenden drängten vor, und es wäre zu einer Panik gekommen, wenn nicht ein gellender Schrei, Splittern von Holz und kurz darauf ein Lachsturm die Aufmerksamkeit von Bertholds Person abgelenkt hätten.

Gerda Müller, um einige Zoll zu kurz geraten, wurde durch zwei korpulente Damen der Aussicht beraubt. Um den Vielbegehrten sehen zu können, war sie auf ein Faß geklettert, dessen Deckel nur leicht darüber lag. Der lose Deckel kippte und Fräulein Gerda Müller versank in das mit Tapetenkleister gefüllte Faß.

Nachdem man die Bekleisterte – die in der grauen, klebrigen Masse einem Stalaktiten ähnlich sah – aus ihrer unbehaglichen Stellung befreit und in das kleine Kontor geschafft hatte, konzentrierten die Anwesenden sich wieder auf Berthold Türmer. Die Blicke vieler Damen glichen genau denen männlicher Wüstlinge.

Mit den Augen entkleideten diese Frauen den jungen Mann und taxierten ihn auf seine körperlichen Fähigkeiten. Sie malten sich obszöne Liebesszenen blitzschnell im Geiste aus, denn sie vermuteten, daß er auf seinen Reisen, in den Armen der berühmten Schönheiten, eine gute Schule genossen habe.

Dreißig, vierzig Fragen prasselten auf einmal wie ein Sturzregen auf Berthold herab. Er antwortete höflich und sah dabei verwundert auf die, trotz Puder, erhitzten Gesichter. Er bemerkte, wie Taschenspiegel gezückt und kleine, widerspenstige Locken mit geschickten Fingerspitzen an ihren Platz gedrückt wurden, wie weiche Puderpuffs über Wangen und Nase huschten.

Unwillkürlich drängten sich Vergleiche mit den schönen Frauen Hollywoods auf. Er verhehlte sich nicht, daß einzelne Gesichter hübsch und anziehend waren, doch trugen sie unverkennbar den Stempel der Provinz, und die traditionelle Gepflegtheit der Amerikanerinnen war keiner der Anwesenden eigen.

Nach Geschäftsschluß erschienen auf Bertholds Anruf der Architekt Bodenheimer und der Baumeister Zirckel.

Berthold war die Provinzmäßigkeit, ja, die Rückständigkeit des Ladens am Kornmarkt, seit er die Räume wiedergesehen, aufgefallen. Er hatte schon am Spätnachmittag Onkel Heinrich zu dem Sattlermeister Kirsch, dem das Haus nebenan gehörte, geschickt, und der Nachbar, der auf der anderen Straße ebenfalls ein Haus besaß, war bereit, das Grundstück zu verkaufen, wenn ihm der richtige Preis geboten würde.

Zwei Stunden später war das Geschäft abgeschlossen. Berthold hatte von den Amerikanern gelernt. Onkel Heinrich fluchte und schalt ihn einen «Bankrottierer», der mit Willen das Geld zum Fenster hinauswerfe. Er verließ das Haus und schwor, nie wiederzukehren. Trotzdem war er am Abend bei den Besprechungen mit dem Architekten und dem Baumeister zugegen.

31

Den ganzen folgenden Winter reiste Berthold in Deutschland und Österreich umher und setzte waggonweise die amerikanischen und französischen Artikel um, deren Vertretung er übernommen hatte.

Währenddessen wurde ein haushoher, undurchsichtiger Zaun um das erworbene Nebenhaus gezogen und, nach amerikanischem System, hinter geschlossenen Holzwänden der Neubau mit der Vergrößerung der Verkaufsräume betrieben. Im Februar wurde die Ladentür nach der Straße geschlossen und der Verkauf interimistisch in einem Lager im Hofe fortgesetzt.

Bautzen war in fieberhafter Spannung. Man war neugierig, was da am Kornmarkt entstehen sollte. An den Stammtischen wurde überall von einem unweigerlich bevorstehenden Bankrott gesprochen, ja, Herr Apotheker Tiegel ging soweit, daß er dem Grundstücksmakler und Vermittler Taggert eine Provision von fünf Prozent zusagte, wenn er ihm beim Zusammenbruch des Geschäftes eine Option auf das Grundstück verschaffe.

In Bautzen trafen allwöchentlich duftende Briefe größeren oder kleineren Formats aus Amerika ein. Die meisten Briefe waren in New York aufgegeben und an «Mr. Bert Tuermer» adressiert.

Die Briefträger ließen wie unbeabsichtigt die Umschläge auf dem Postsachenpaket, das sie in der Hand hielten, offen liegen, und so konnte es nicht fehlen, daß es sich bald herumsprach, daß Berthold Türmer eine ausführliche Korrespondenz mit einer Anzahl amerikanischer Damen führe.

Es gab Gesprächsstoff genug in Bautzen. Die letzten Anordnungen zur Fertigstellung der Arbeiten hatte Berthold bei einer zweitägigen Anwesenheit in Bautzen gegeben, wo er auch das Renkontre[19] mit seinem alten Faktotum Musch wegen der Ladenglocke hatte.

Trotz aller Geschäfte, trotz angestrengter Tätigkeit lebte der junge Türmer in seinem Traumland mit den amerikanischen, imaginären Liebhaberinnen weiter.

Vor der Abreise aus New York hatte Berthold das Bankgeschäft Paul Taußig in der Vierzehnten Straße, Ecke Vierte Avenue beauftragt, für ihn eine Anzahl Briefe, die er einzusenden beabsichtige, zu bestimmten Zeiten in New York aufzugeben.

19 frz., veraltend für Zusammenstoß, feindliche Begegnung

32

Im April wurden, nach seitenlangen Mitteilungen in den Bautzener Blättern, unter ungeheurem Andrang, die neuen Lokalitäten am Kornmarkt eröffnet.

Der Laden war ganz in amerikanischem Stile gehalten. Die zwei riesigen Schaufenster waren mit nur wenigen Gegenständen, aber mit vielen schweren Seidenbrokatstoffen geschmackvoll ausgelegt. Die ausgestellten Artikel waren diskret verteilt.

Im Laden selbst sah es mehr nach einer Apotheke aus. Auf ebenholzschwarzen Regalen standen in symmetrischer Reihe Flaschen und Tiegel in weiß, schwarz und transparent. Mit goldenen Lettern, in lateinischer Schrift, war geheimnisvoll der Inhalt bezeichnet. Die Verkaufspulte waren Vitrinen, in denen eine große Kollektion von allerlei Waren ausgestellt war. All die großen Fässer, Kisten und anderen Behälter, die sonst in Materialwaren- und Drogeriehandlungen in häßlicher Weise vor oder hinter dem Ladentisch stehen, waren, von einer Wand verdeckt, im Hintergrund des Ladens untergebracht. Vor dieser Wand stand ein ebenso hoher Ausstellungsschrank, der in bunter Reihe mit Schönheitsmitteln für das schwache Geschlecht angefüllt war.

Die Kommis und Lehrlinge hatten lange weiße Kittel über ihren Anzügen, und vorn an der Türe war ein Verschlag, in dem eine junge Dame saß, die auf einer großen Registrierkasse die Einnahmen buchte. Am meisten imponierte den Bautzenern die große Drehtüre am Eingang, die ein Junge in Uniform bediente.

Für den Eröffnungstag war der Damenwelt Bautzens kundgetan worden, daß jede Käuferin ein schönes und wertvolles Geschenk erhalte.

Auch ohne diese Ankündigung wäre der Andrang groß gewesen.

Musch hatte eine Uniformkappe bekommen. Diese Kappe war die Ursache, daß Musch seine Stellung kündigte. Er wollte weg, wie sein Todfeind Wenzel.

Seit einundvierzig Jahren hatte der alte Diener den Dienst im Laden stets ohne Kopfbedeckung versehen; im Lager und Hof benutzte er die Fragmente eines ehemals steifen Hutes, der aber schon vor zwanzig Jahren durch die Bosheit Wenzels seine Krempe verloren hatte, da der Kutscher sie damals mit unzähligen Nägeln an der Wand befestigte.

Nun auf einmal sollte Musch eine braune Uniformmütze tragen.

Punkt drei Uhr öffnete der alte Diener das Scherengitter und stieß dabei greuliche Flüche aus. Er hatte sich vier Finger eingeklemmt.

«Luder, verdammte Luder!» brummte er, so daß einige Damen indigniert aufsahen.

Fast hätten die kauflustigen Bautzenerinnen den alten Musch über den Haufen gerannt. Nur die Drehtüre verhinderte ein Unglück.

Musch benutzte listigerweise die Gelegenheit und ließ seine Affenkappe, wie er die aufgezwungene Kopfbedeckung nannte, zur Erde fallen, wo sie von den Damen zertreten und von der Drehtüre immer wieder im Kreise herumgewälzt wurde.

Ein Lautsprecher schmetterte von Welle 999 den neuesten Bluesjimmyjazz des Londoner Savoy Orchesters in die Ohren der Damen.

Alles äugte und lauschte. Einige wiegten sich in den Hüften und machten am Platze trippelnde Bewegungen.

Die Drehtüre arbeitete ununterbrochen, stockte dann aber plötzlich; Muschens Kappe hatte sich dazwischengeklemmt. Der große Laden war bis auf den letzten Platz gefüllt.

Die auf der Straße Gebliebenen begannen zu lärmen, als Musch durch die große Haustüre hinaustrat, sich durch den Damenknäuel unsanft durcharbeitete, das Scherengitter zuzog, wobei er sich diesmal ganz eklig den Daumen klemmte, und brüllte: «Warten, es ist kein Platz mehr drinnen!»

Nach diesem Satz lutschte Musch an seinem verletzten Daumen und schlug hartnäckig jede Attacke ab.

Das Souvenir für die Damen bestand in einem heliotropfarbenen Karton, der in Miniaturform eine reiche Auslese von Artikeln zur Verschönerung des Gesichts in sich barg.

Berthold kam von Zeit zu Zeit in den Laden und beantwortete geduldig die an ihn gestellten Fragen. Am Vormittag war die Presse

Bautzens und der Umgebung mit dem Bürgermeister und den Gemeinderäten durch das Haus geführt worden. Am meisten hatte Bertholds Privatkontor das Interesse der Besucher in Anspruch genommen.

Die getäfelten Wände dieses mit außerordentlicher Raffiniertheit möblierten Raumes waren rundum mit eingerahmten Photographien amerikanischer Filmstars behängt.

Es waren die Bilder mit den einfacheren Widmungen, wie: «To my best friend», «To dear old Bert», «In remembrance on a happy journey», «With best regards»[20] usw.

Die Herren Redakteure notierten eifrig, die Stadtväter stießen sich gegenseitig heimlich an und kniffen listig ein Auge zu.

Zwanglos, auf Tischen, dem Kamin, dem großen Schreibtisch standen Photos schöner Frauen, Aschbecher und Schreibutensilien aus Bronze, Silber, Marmor und Onyx, ebenfalls mit Widmungen amerikanischer Filmstars.

Auf dem Kamin, der die Zentralheizung kaschierte, stand eine wunderbare alte Bronzeuhr mit Alabastersäulen, an deren Postament eine goldene Platte die nachfolgende Inschrift trug: «The only man I ever came across, to my dear boy Bert Tuermer from his ever loving M. .y P. . .d»[21]

Wie flogen die Bleistifte über das Papier, und mit welcher Wollust nahmen die andern, besonders die älteren Herren, die Dinge zur Kenntnis.

Bei dem nachfolgenden Frühstück zu Ehren der Gäste sprang Toast auf Toast.

Man ließ allerlei «hochleben». Anspielungen wurden gemacht, die der junge Kaufmann taktvoll ignorierte. Glück wurde gewünscht und das Gegenteil im stillen herbeigesehnt.

Baumeister Grottental hatte sich im Geiste bereits alle Gegenstände notiert, die er auf der unausbleiblichen Versteigerung nach dem Konkurs des Hauses erstehen würde.

20 «Für meinen besten Freund», «Für den lieben alten Bert», «In Erinnerung an einen schönen Ausflug», «Mit freundlichen Grüßen»

21 «Der einzig wirkliche Mensch, dem ich je begegnet bin, für meinen lieben Jungen Bert Türmer, von seiner ihn ewig liebenden M..y P...d»

Es war wohl kein einziger unter den geladenen Gästen – außer den Pressevertretern –, der Berthold auch nur ein Atom Glück wünschte. Alle baten heimlich, daß dem jungen Sausewind die Sache bald über den Kopf wachsen und die Pleite eintreten möge.

Das Geschäft leerte sich jedoch erst gegen acht Uhr abends. Die Einnahmen waren gewaltig hoch, und die Kassiererin hatte noch lange mit der Abrechnung zu tun.

Über dreitausend «Souvenirs» waren an die weibliche Kundschaft verteilt worden. Der Name Berthold Türmer war in aller Munde, und am Abend hatte die Bautzener Post vollauf zu tun, um fünfundzwanzigtausend Zirkulare mit einem geschmackvollen Katalog nach allen Dörfern, Städten und Gütern im Umkreise von fünfzig Kilometern zu dirigieren.

«Der Casanova von Bautzen hat das Rennen gewonnen», schrieb offen eine Zeitung in fetter Überschrift, und Berthold Türmer ließ dieses Blatt in alle Winde verteilen.

In spaltenlangen Artikeln priesen die Blätter Bautzens und der Umgebung das umgebaute, neueröffnete Geschäft. Ein Blättchen machte Anspielungen auf die Innenausstattung des Privatbüros und nannte, in Bezug auf die Bilder, den Raum einen Harem, in welchem Herr Berthold wie ein souveräner Pascha hause.

Zwei große Geschäftsautos, auf denen mit erhabener Inschrift die Firma Türmers Erben in goldenen Lettern zu lesen stand, hatten Auftrag, täglich abwechselnd nach einer bestimmten Route Dörfer und Güter abzufahren, den Damen, insbesondere auf den Gütern, die Souvenirs und den Katalog zu überbringen. Die Chauffeure nahmen Bestellungen an, und schon am folgenden Tag wurde die Ware zugestellt.

Der Sonnabend, der in Bautzen großer Wochenmarktstag ist, brachte in der Eröffnungswoche von Bertholds neuem Geschäft einen nicht endenwollenden Zustrom aus der ganzen Umgebung. Die Pferde all der mit ihren Damen in die Stadt geeilten Gutsbesitzer hatten keinen Platz mehr in den Ställen und mußten zum großen Teil den ganzen Tag im Geschirr stehenbleiben.

Der Laden am Kornmarkt mußte im Laufe des Vormittags mehrere Male wegen Überfüllung schließen.

Apotheker Tiegel hatte dem Verein der Apotheker sowie den zuständigen Behörden eine Anzeige eingereicht, die Berthold Türmer beschuldigte, gegen das Gesetz verstoßen und seinem Geschäft das Aussehen einer Apotheke gegeben zu haben.

Eine Kommission traf in Bautzen ein und mußte zum Leidwesen Tiegels feststellen, daß kein Verstoß vorliege, obwohl der erste Eindruck beim Betreten des Geschäftes den Anschein erwecke, man befinde sich in einer Apotheke.

Onkel Heinrich hatte sich wieder im Geschäft eingefunden und begann langsam einzusehen, daß er dem Neffen Unrecht getan.

Als ein großes Lastauto aus Berlin für die Firma Türmers Erben in Bautzen eintraf, welches den Transport größerer Warenmengen an Händler der weiteren Umgebung bewerkstelligen sollte, vergaß Apotheker Tiegel seine Bewährungsfrist und erklärte im Ratskeller, daß Berthold Türmer sich wie ein Zuhälter benehme und von den Weibern ernähren lasse.

Als man Berthold diese Nachricht überbrachte, lachte er nur und verhinderte, daß gegen den giftigen Apotheker Klage erhoben wurde.

33

Wenzel saß im Polizeigewahrsam und fluchte in ganz unchristlicher Weise. Er war in der vorhergegangenen Nacht auf dem Taucherfriedhof bei geheimnisvollem Tun verhaftet worden.

Ein Polizist war Wenzel, dessen Benehmen ihm verdächtig vorgekommen war, nachgeschlichen. Er hatte den alten Mann, der ein kleines Bündel und einen Spaten unter dem Arm trug, im Kirchhof verschwinden gesehen. Dort hatte er beobachtet, wie Wenzel mit sonderbar geheimnisvollem Gebaren das Grab seiner vor acht Tagen verstorbenen Schwester – um die alle Klatschbasen Bautzens trauerten – aufgrub und unter wunderlichen Zeremonien das Bündel und einige kleine Gegenstände verscharrte.

Wenzel hatte dem ihn verhörenden Oberwachtmeister mit einem klassischen Zitat geantwortet und im übrigen erklärt, es ginge die Polizei einen Dreck an, was er auf dem Grabe der Schwester gemacht habe. Er könne, da er die Grabstelle bezahlt habe, dort jederzeit Besuche abstatten.

Am frühen Morgen begab sich eine polizeiliche Kommission auf den Kirchhof und grub an der von dem eifrigen Polizisten namhaft gemachten Stelle den Grabhügel auf. Außer dem Bündel fand man noch: eine verklebte Streichholzschachtel, ein Fläschchen mit einer gelblichen Flüssigkeit, ein Büschel Haare und ein kleines Päckchen.

Auf der Hauptwache wurden die Sachen untersucht. In dem Bündel waren: eine Männerunterhose, ein Frauenhemd und einige undefinierbare Gegenstände, in Papier gewickelt. Die zuerst nicht erkennbaren Gegenstände wurden als abgeschnittene Hornhaut von Hühneraugen und Schorf von einem Krätzekranken erkannt.

In der Streichholzschachtel befanden sich drei muntere Wanzen, das Büschel Haare wurde als von einem Frauenkopf ausgekämmt identifiziert, und das kleine Päckchen enthielt eine Anzahl Postkarten und Photographien amerikanischer Filmstars.

Als man Wenzel drohte, daß ihm wegen Gräberschändung der Prozeß gemacht würde, entschloß er sich, die wiederholten klassischen Aufforderungen einzustellen, da von den Anwesenden niemand Miene machte, sie zu befolgen, und gestand: «Das ist Sympathie, das hilft.»

«Was meinen Sie damit?» forderte ihn der Kriminalkommissar auf. «Was ist das für eine Sympathie mit der Männerunterhose und dem Frauenhemd?»

Wenzel sah den Beamten an. Gott, ist der dumm, dachte er.

«Na, wissen Se denn nicht? Weil die Frau Tuschler keine Kinder mehr haben will, da hat se mich gebeten, ich soll das Hemd und die Hosen, was se am letzten Sonntag, wie se mit ihrem Mann ... na ja, Se können's sich denken, weil se dann keine Kinder mehr kriegt.»

Die Beamten schmunzelten.

«Wenn man also die Wäschestücke vergräbt, gibt es keine Kinder mehr?»

«Na, die frisch Gestorbene nimmt's dann mit.»

«Muß man da von jedem Sonntag die Wäsche vergraben?»

«Na, na, einmal ist genug.» Wenzel war todernst.

«Was bedeutet denn das hier?»

«Ja, das sind von Kretschmar die Hühneraugen, die er abgeschnitten hat, und das da, pfui Deifel, das da ist von der Lene Mayer ihrem Schlafburschen. Der hat nämlich die Krätze, und das hat er abgekratzt von seinem Fuß.»

«Was soll denn die Hornhaut von dem Hühnerauge und abgerissene Krätze im Grab?»

«Na, das nimmt sie mit, dann ist gleich alles weg.»

«Soll denn die Tote Hühneraugen und Ausschlag bekommen?»

«Aber nein, sie nimmt's nur mit, vielleicht kriegt's dann wer in der Hölle.» Wenzel wunderte sich im stillen über die dummen, unwissenden Beamten.

«Hier, dieses Büschel Haare ... was hat es damit für eine Bewandtnis?»

«Die Frau Richter hat von der Singer auf Abzahlung Leinwand gekauft, und se will ne mehr weiter zahlen, da hat se von dem Dienstmädel von der Singer für zwanzig Pfennig sich ausgekämmte Haare besorgt, und hat se mir zum Eingraben gegeben.»

«So! Dann braucht die Frau Richter nicht weiter zu bezahlen?»

«Freilich nicht, weil die Singer doch hätt' sterben müssen, wenn die Haare wären im Grab geblieben.»

«Und jetzt bleibt Frau Singer am Leben?»

«Natürlich, nun hat alles keinen Wert nicht.»

«Was hat es denn für eine Bewandtnis mit den drei Wanzen?»

«Wissen Se, ich hab von meiner seligen Schwester das Häusel geerbt, und das ist vom Keller bis aufs Dach angefüllt mit Wanzen. Weil se hat in ihrem Leben keine Zeit gehabt ... zum Haus. Se war, Gott gib ihr die ewige Ruh', die größte Klatscherin von ganz Bautzen. Immer hat se was zum Tratschen gehabt, immer war se auf der Straße.»

«Die Wanzen werden jetzt sterben?»

«Wenn man sie eingräbt zu denen, die gebissen haben, dann ziehen se alle hin zum Grab hinein in die Truhe.»

«Da ist auch eine Medizinflasche mit einer Flüssigkeit ...?»

«Ja, der Mistbub, der Fritz von der Frau Kräbel, der macht immer das Bett naß in der Nacht, na und wenn man das Wasser, das er zwischen zwölf und eins in der Nacht in die Flasche macht, eingräbt, dann macht er das ne mehr.»

«Aber was wollten Sie mit den Bildern?»

«Na, das ist auch so eine Geschichte. Ich war doch bis vorige Woche beim Herrn Berthold Türmer am Kornmarkt, und der hat ja so viele Geliebte in Amerika, alles solche Weibsbilder. Da ist er ganz verrückt. Die machen ihn ganz kaputt. Jetzt fährt er nur noch Automobil, alle Pferde hat er verkauft, und ich mag diese stinkenden Wagen nicht, und weil er hat die Pferde verkauft, können auch die Weibsbilder krepieren.»

«Wären alle gestorben, wenn wir die Bilder im Grabe gelassen hätten?»

«Freilich! Alle, auch die andern in Amerika.»

«Das ist aber doch Mord!»

«Ja, aber da können Se mir doch nichts machen. Da gibt's kein Gesetz. Ich hab' schon gefragt.»

Die Geschichte machte ihre Runde in der Stadt. Das Ehepaar Tuschler nahm sich vor, Herrn Wenzel zu ohrfeigen. Der Kretschmar und Lene Mayers Schlafbursche versprachen dem Kutscher ebenfalls eine Tracht Prügel. Frau Kräbel spuckte vor Wenzel aus, und der Bettnässer Fritz machte ihm lange Nasen. Frau Singer drohte Frau Richter mit Anzeige wegen der gestohlenen Haare, nur Berthold Türmer lachte herzlich über seinen alten Kutscher. Innerlich dachte er einen kurzen Augenblick, daß es für ihn eine Wohltat gewesen wäre, wenn Wenzel ihn von dem auf ihm lastenden Alp seiner Phantasieliebschaften befreit hätte.

34

Ein Unstern schwebte über Berthold Türmer. Das Schicksal schien ihn dazu ausersehen zu haben, ein Opfer von Irrtümern, Dummheiten und Erpressungen zu werden.

In der dritten Woche nach der Eröffnung des umgebauten Geschäftes, als beiläufig zwei Dutzend energischer Damen beschlossen hatten, die Gunst des Casanovas zu erringen, und wenn sie Gewalt anwenden müßten, wurde eines Nachts an der Haustüre Bertholds eifrig geschellt.

Frau Gips, die eben von Geistererscheinungen geträumt hatte, wagte es nicht, hinunterzugehen, und Musch schien nicht zu hören.

Die elektrische Klingel ratterte unaufhörlich, so daß schließlich Berthold, der über einen gesunden Schlaf verfügte, erwachte. Er warf einen Mantel über seinen Pyjama und begab sich auf den Korridor; dort begegnete er bereits dem brummenden Musch. Berthold begleitete den alten Hausdiener die Treppe hinab. Schrill und ununterbrochen klang das Läuten.

Vor der Haustüre stand ein Polizist mit einem Manne, der ein Bündel in den Armen hielt.

«Herr Türmer», begann der Wachtmeister etwas verlegen, «das da» – und damit deutete er auf das Bündel in den Armen des neben ihm Stehenden – «das da wurde vor ihrer Haustüre gefunden.»

Berthold sah auf den Fund und erblickte zwei winzige geballte Kinderfäuste, die aus dem Bündel herauszappelten.

Überrascht und erstaunt sah der junge Mann auf das Baby und wandte darauf fragend seinen Blick auf den Schutzmann.

«Was soll ich damit? Warum wecken Sie mich deshalb?»

«Es lag ein Brief bei, und der ist an Sie adressiert.» Die Hand des Beamten hielt Berthold ein Schreiben entgegen.

Unwillkürlich nahm der Jüngling es in Empfang.

«Bitte, treten Sie ein!»

Oben, in Bertholds Zimmer, legte Musch, der dem Manne an der Türe das Bündel abgenommen, das Kind auf den Tisch.

Frau Gips war durch die Männertritte auf der Treppe vollkommen wach geworden und konnte ihre Neugierde und Besorgnis um ihren jungen Herrn nicht zurückhalten.

Berthold hatte inzwischen nach einigem Zögern den Brief geöffnet. Er las:

«Lieber Berthold!

Da Du Dich seit Monaten nicht mehr um mich kümmerst, mich mit meinem Leid allein ließest, muß ich mich auf diesem etwas ungewöhnlichen Wege an Dich wenden.

Wenn Du glaubst, daß Du nur Dein Vergnügen bei mir haben konntest und für die Folgen nicht aufzukommen brauchst, so befindest Du Dich in einem großen Irrtum. Ich selbst verzichte auf Dich, Du Schuft, der Du mich ins Elend gestürzt. Aber das Kind, unsere liebe Josefine, soll nicht darunter leiden.

Versuche nicht, Dich mir nochmals zu nähern, ich würde Recht und Gesetz vergessen, wenn Du mir nahst und Dich wie einen tollen Hund niederknallen. Alma.

P.S. Daß Du noch soviel Charakter hast und für das Kind sorgst, nehme ich als selbstverständlich an. D. Obige.»

Berthold sah verstört von dem Brief auf den Beamten.

«Das ist doch ein schlechter Witz?» Der Wachtmeister hob die Schultern. «Das Kind geht mich nichts an, da hat sich jemand in der Adresse geirrt. Nehmen Sie das Kleine nur wieder mit.»

«Es lag aber doch mit dem Brief, der an Sie adressiert ist, vor der Haustüre, Herr Türmer.»

«Da kann man mir ja, weiß Gott was, vor die Türe legen, und ich soll mich als Eigentümer zu erkennen geben.»

Das Kind begann leise zu weinen. Frau Gips nahm es auf den Arm und wiegte es ein.

«Nehmen Sie das Kind nur wieder mit, ich habe nicht das Geringste damit zu schaffen.»

Der Wachtmeister kraulte sich verlegen am Kopf.

«Wenn Sie es nur über Nacht hierbehielten. Morgen früh können Sie es ja auf die Wache bringen, dann schaffen wir es in das Krankenhaus oder zu den Schwestern.»

«Lassen Sie es die Nacht über hier, Herr Berthold, der arme Wurm kann doch auf der Wache von niemanden betreut werden.»

Am folgenden Morgen begab sich Berthold auf die Hauptwache, um sich der kleinen Josefine zu entledigen. Er hatte das Kind bei Frau Gips im Auto gelassen und bat nun, daß man es heraufholen ließe.

«Sie müssen den Brief vorzeigen, Herr Türmer», sagte der Beamte. «Wenn in dem Brief nichts drin steht, daß Sie mit dem Kinde in Zusammenhang bringt, dann wird selbstverständlich das Waisenamt sich fürs erste seiner annehmen.»

«In dem Brief werde ich aber der Vaterschaft bezichtigt, ich weiß jedoch nichts davon und erkläre alles für einen aufgelegten Schwindel.»

«Herr Türmer», sagte der Beamte, nachdem er Berthold von der Seite angesehen hatte, «ich möchte Ihnen raten, einstweilen das Kind zu behalten und kein Aufsehen zu erregen. Geben Sie uns den Brief, und wir werden der Sache nachgehen, wenn Sie offiziell Anzeige erstatten.»

Als Berthold mit Frau Gips und dem Kinde nach Hause fuhr, kam es zu einer Kollision mit einem Lastauto. Der Stoß war nicht stark gewesen, aber immerhin hatte Bertholds Auto seine Bewegungsfähigkeit verloren. Der junge Mann war gezwungen, sich mit Frau Gips und dem Baby durch die angesammelte Gafferschar einen Weg zu bahnen.

Manche bekamen fast die Mundsperre, als sie Frau Gips mit dem Kinde neben Berthold über den Platz schreiten sahen.

Alle waren sofort mit ihrem Urteil fertig.

Der Mann, der in der Nacht mit dem Polizisten das Kind entdeckt hatte, war nicht verschwiegen gewesen.

Das weggelegte Kind, die verlassene Braut waren das Tagesgespräch.

Einige Stunden später erzählte man schon von dem Selbstmord der unglücklichen jungen Mutter. Stimmen wurden laut, die mit ernstem Tone sagten: «Also schon die Zweite, die sich seinetwegen das Leben nahm!»

Obwohl Hechner erst vor einem dreiviertel Jahr eingestanden hatte, daß Berthold nichts mit der armen Marta zu tun gehabt hatte, flickten die klatschenden Kreaturen dem jungen Manne einen zweiten Selbstmord ans Gewissen.

Bautzen hatte eine Sensation, und die halbvergessenen Abenteuer des «Casanovas von Bautzen» lebten von neuem auf.

Der jetzt zweiundzwanzigjährige Berthold Türmer war wieder, nun als achtfacher Vater, in aller Munde.

Berthold ging in seinem Zimmer auf und nieder. Er grub die Zähne in seine Unterlippe. Ratlos lief er hin und her. Was sollte er bloß tun, um diesen unseligen Dingen, die ihn verfolgten, zu entgehen?

Er hatte schon Frau Gips beauftragt, für ihn zu packen. Er wollte wieder verreisen, bevor man ihn neuer Taten bezichtigte.

Wer war jene Alma, die Mutter dieses Kindes, dessen Vater er sein sollte? Sicherlich hieß sie gar nicht Alma. Irgendein Mädchen, das für ihr Kind keinen Vater hatte, stempelte ihn dazu, und er stand dieser Lüge machtlos gegenüber.

Wütend schlug er auf den Tisch. Ein Entschluß reifte in seinem Kopf. Frau Gips, die eben mit einem Stoß Herrenhemden zu dem Schrankkoffer lief, erhielt Befehl, mit dem Packen innezuhalten.

Auf einer Klubsessellehne sitzend, meditierte Berthold. Man trat ihn fortwährend mit Füßen. Er wollte nur Gutes, tat niemandem etwas zuleide und immer traktierte ihn das Schicksal mit neuen Nackenschlägen. Es gab wohl keinen zweiten Pechvogel wie ihn. Er schien dazu ausersehen, für Sünden büßen zu müssen, die er nicht begangen hatte. Dagegen gab es nur ein Mittel: wirklich sündigen wollte er! Nicht nur die dargebotenen Huldigungen und Gelegenheiten annehmen, sondern sie auch auskosten, bis zur Neige. Kam wieder irgendeine gegen ihn ausgeheckte Gemeinheit zu Tage, so wollte er sie nicht ableugnen, sondern sich als ihr Urheber bekennen.

Die Frauen sollten sich jetzt vorsehen, er wollte ihnen manch harte Nuß zu knacken geben. Die Herren Ehemänner, Väter und Bräutigame würden ihre Wunder erleben. Hatte man ihm bis jetzt tausenderlei Dinge aufgezwungen, so sollte diesen Herrschaften in Zukunft genügend Grund für ihre Anklagen geboten werden.

Sie hatten ihn zum Vater vieler Kinder gestempelt. Gut, sie mochten recht behalten! Was er dazu tun konnte, sollte geschehen.

«Frau Gips, das Kind bleibt hier!»

«Aber, Herr Berthold, ich – ich kann es nicht betreuen, mir wächst die Arbeit über den Kopf.»

«Und wenn dies wirklich mein Kind wäre?»

«Ja, aber es ist ja gar nicht Ihr Kind. Ihnen traue ich keine Schlechtigkeit zu.»

«So, also Sie trauen es mir nicht zu, daß ich ein Mädchen verführen könnte?»

«Nein, Herr Berthold, das können Sie nicht!»

In Berthold begann eine stille Wut aufzusteigen. Also, alle Welt beschuldigte ihn, ein ausschweifender Wüstling zu sein, diese alte Frau aber, die ihn seit seiner Kindheit kannte, sagte ihm offen ins Gesicht, daß sie ihn für einen Schwächling hielt. Ärgerlich blaffte er sie an: «Was reden Sie für dummes Zeug, Frau Gips? Jawohl, ich bin Vater aller dieser Kinder, von denen man spricht. Ich, ich bin es!»

Besorgt sah die alte Wirtschafterin auf ihren jungen Herrn. Er war krank, sicherlich schwer krank. Die schlechten Menschen hatten ihn irre gemacht, seine Gedanken verwirrt. Sie wollte ihn beruhigen. Oftmals hatte sie gehört und gelesen, daß man aufgeregten Leuten am besten recht gebe, um sie zu beschwichtigen. Sie wollte dementsprechend handeln.

«Jawohl, Herr Berthold, ich weiß, ich habe mich nur nicht getraut, es Ihnen zu sagen. Ja, Sie sind der Vater von all den Kindern.»

Wild fuhr Berthold Türmer herum. Was sagte die Alte? Wollte sie ihn verspotten?

«Was fällt Ihnen denn ein?! Sie sind wohl ganz von Gott verlassen? Wer ist hier Vater? Wer hat Ihnen gesagt, daß ich Vater bin?»

Mit zornblitzenden Augen sah er auf die ängstlich zurückweichende Frau.

«Warum reden Sie nicht?»

Frau Gips riß ihre Augen weit auf. Furcht stand in ihren Zügen. Sie nickte nur kurz mit dem Kopfe und verschwand eiligst hinter der Türe.

Berthold rannte ihr nach, riß die Türe auf und brüllte hinaus: «Besorgen Sie sofort eine Amme, und erzählen Sie jedem, der es wissen will, daß dies meine Tochter ist.»

Die Amme, eine waschechte Wendin aus Hoyerswerda, traf zwei Tage später in voller Nationaltracht ein. Berthold hatte inzwischen einen schönen, weißlackierten Kinderwagen und Frau Gips die Ausstattung des Babys gekauft.

«Sollte Sie jemand fragen, wem das Kind gehört, so sagen Sie, ich sei der Vater», instruierte Berthold die Amme, trotz des entsetzten Gesichts seiner Wirtschafterin.

In den Schilleranlagen erfuhr jedermann, der es wissen wollte, und auch diejenigen, die nicht gefragt hatten, daß dieses kleine, liebe, schöne Kindlein die Tochter des unverheirateten Herrn Berthold Türmer vom Kornmarkt sei. Auf die Frage nach der Mutter erfolgte kein ausreichender Bescheid.

Man war in Bautzen über diese Dreistigkeit Berthold Türmers höchlichst entrüstet. Dieser zweiundzwanzigeinhalbjährige Bengel, dieser Lüstling, ließ seinen Bastard in aller Öffentlichkeit spazierenführen und brüstete sich mit seiner Schandtat. Es war geradezu haarsträubend, herausfordernd! Man schrie nach Abstellung derartiger Unmoral in der so sittlichen Stadt.

Am ärgsten trieben es die Frauen und Mädchen. Doch nicht in dem von den Spießern erwarteten Sinne. Diese schamlosen Geschöpfe, wie die Männerwelt sie entrüstet nannte, umringten schon vor dem Tore am Kornmarkt den Kinderwagen, wenn er das Haus Berthold Türmers verließ, und konnten sich nicht genug tun in Bewunderung über das «reizendste, entzückendste Baby der Welt». Man fand allgemein, daß es Berthold Türmer «wie aus dem Gesicht geschnitten» sei. Eine derart frappante Ähnlichkeit sähe man selten.

Mimi, Bertholds Cousine, ein burschikoses, lustiges Ding, tat sich etwas darauf zugute, neben dem Kinderwagen durch die belebten Straßen Bautzens einhergehen und im Park daneben sitzen zu können. Demonstrativ stellte sie ihre Tantenschaft zur Schau.

Berthold freute sich über «den Erfolg». Nun hatten die Bautzener endlich den sichtbarsten Beweis seiner Ausschweifungen. Oft stand er vor dem Bettchen des kleinen Mädchens und besah sich das Kind. Er versuchte, sich in die Vaterschaft hineinzudenken, ja, er fand sogar selbst eine Ähnlichkeit zwischen sich und dem Kinde heraus.

Waren bis jetzt immer nur die von ihm selbst verfaßten Briefe seiner amerikanischen Filmschönheiten, als Grüße von weiblicher Hand, für ihn eingetroffen, so begannen nun duftende Billetdoux aus Bautzen und Umgebung den Briefträger zu beschäftigen. Diesmal waren es keine selbstfabrizierten Liebesbriefe. Diese ebenso zarten wie glühenden Zuschriften waren ernst und von liebeshungrigen Damen geschrieben. Meist anonym, aber oftmals so, daß man die Absenderin erkannte.

Berthold Türmer wartete seine Chancen ab. Er wollte es groß anfangen. Eine stadtbekannte Frau müßte es sein, der Skandal sollte zum Himmel stinken.

Die junge Frau Elsbeth, Gattin des äußerst sittlichen Direktors Krämer von der Landeseffektenbank, sandte Berthold Briefchen um Briefchen.

«Fleurs de Lilas de la Maison Excelsior» war ein durch Berthold eingeführtes Parfüm. Ein kleines Flacon in einem Karton von imitiertem Leder mit neunzackiger Krone kostete fünfzig Mark. Bis jetzt war nur ein Fläschchen verkauft worden, und Frau Direktor Krämer hatte es erworben, wie Berthold durch Herrn Zeck erfuhr.

Die Briefe Elsbeth Krämers ertranken in einem Schwall von Liebe, enthielten kleine Anzüglichkeiten und streiften mit der Zeit hart das Obszöne. Trotz «Fleurs de Lilas de la Maison Excelsior»!

Berthold wollte erst voll und ganz die erotischen Liebesbriefe auskosten, bevor er sich zu seiner Antwort entschloß.

35

Adolf Steger, ein Tapezierergehilfe aus Pirna, trieb sich seit längerer Zeit in der Lausitz herum. Er arbeitete nur immer kurze Zeit an einem Platz und befaßte sich in seinen freien Stunden – und deren hatte er viele – mit Heiratsschwindel.

Sein Trick war sehr einfach. Er inserierte in den Bautzener und Görlitzer Blättern, daß er gegen geringen Lohn Möbel ausbessere und wie neu herrichte, außerdem, daß er ein nicht unbegüteter Junggeselle sei und nebenbei eine Frau suche.

Es liefen viele Aufträge für Adolf Steger ein. Eine Anzahl Witwen und heiratslustiger Damen, jüngeren und älteren Datums, wollte ihre Sofas und ihre Einsamkeit einer Reparatur unterziehen.

Steger war sehr wählerisch. Er sah nicht nur aufs Geld, sondern auch aufs Äußere. Er zog das Üppige der modernen Linie vor. Sein Lieblingsausspruch lautete: «Eine Frau muß überall Anhaltspunkte haben, körperlich und materiell.»

Jedoch sehr konsequent war der Tapezierer nicht. Er nahm auch bisweilen mit weniger anhaltspunktreichen Damen vorlieb.

Steger reparierte in den seltensten Fällen die defekten Möbel. Er war ein guter Redner und nützte seine rethorische Gabe zur vollsten Zufriedenheit seiner Auftraggeberinnen. Meist besah er die Sofas und Stühle gar nicht, sondern begann von seiner Einsamkeit zu klagen, versprach nach weiteren zwei Stunden – oft auch in kürzerer Frist – die Ehe und nahm ein Darlehen in barer Münze und Liebe.

Fast immer wurde das erstere, in allen Fällen das letztere gewährt.

Neuerdings hatte sich Steger auf eine andere Fahrt verlegt.

Er trat überall, wo er seiner Sache sicher war, als Berthold Türmer, besser noch, als der «Casanova von Bautzen» auf.

Unter dieser Flagge segelte er nur auf großen Gütern, auf welchen einsame Frauen hausten oder wo, wie er bestimmt wußte, der Herr Gemahl verreist war.

Ein schicker, äußerst moderner Motorradfahreranzug umhüllte Stegers Gestalt. Kam er in die Nähe eines Gutshofes, schob er sein Motorrad vor sich her. Durch sein sicheres Auftreten schüchterte er die Dienerschaft ein.

Er ließ sich stets bei der Gutsherrin melden, stellte sich als Berthold Türmer vor und erwähnte im Gespräch so nebenbei, daß man ihn auch den «Casanova von Bautzen» nenne.

Es ergab sich, daß die auf den Gütern lebenden Damen, trotz ihrer ewigen Moralpredigten über die Verderbtheit der heutigen Welt, dem Zauber, der dem Worte Casanova innewohnt, nicht entgehen konnten und Gott Eros opferten.

Nach vollbrachter Tat setzte Adolf Steger die Daumschrauben an. Da der «Edle» sich zuerst nur verheirateten Damen näherte, war er des Erfolges sicher.

Adolf sah nun nicht mehr auf Schönheit seiner Opfer. Ihre materiellen Besitztümer interessierten ihn mehr. Alles andere war geschäftliche Pflicht.

War die Festung, deren Wälle häufig schon morsch waren, genommen, dann kamen für die liebeshungrigen Damen schwere

Zeiten. Oft waren die Geprellten bereit, weitere Opfer zu bringen, wenn sich Steger zu Gegenleistungen verpflichtete, doch nur in den seltensten Fällen ließ sich der falsche Casanova dazu herbei.

Die genommenen Festungen schwiegen, blechten und warteten auf die Wiederkehr ihres Liebhabers.

Wurde eine Dame zu stürmisch und fuhr vor verzehrender Sehnsucht nach Bautzen, um den Löwen in seiner Höhle aufzusuchen, so war das Entsetzen groß, wenn die Betrogene den wahren Casanova zu Gesicht bekam und entdeckte, daß sie einem Schwindler zum Opfer gefallen war.

Schweigen war hier Pflicht, aber der Erpresser Steger schwieg nicht. Er erpreßte immer mehr.

Der falsche Casanova dehnte sein Arbeitsfeld stetig weiter aus, und die Zahl der Opfer stieg.

Auf allen Gütern wurden seit Jahren die Abenteuer des «Casanovas von Bautzen» verbreitet.

Die Gutsbesitzerinnen spitzten die Ohren, wenn die Rede auf Berthold Türmer kam. War es einmal der Fall, daß irgendein Mädchen oder eine Frau sich vergaß, so wurde unbarmherzig der Stab über die Unglückliche gebrochen. Im Falle des «Casanovas von Bautzen» fanden die Damen hinreichend Entschuldigungsgründe für den schmucken Verführer, dem die Frauen seine Siege durch allzu großes Entgegenkommen erleichterten.

Aber all diese sittsamen Damen, denen jedes Vergnügen, das andere genossen, als Verbrechen galt, wären gar nicht so abgeneigt gewesen, ein Tänzchen mit diesem Tausendsassa von Casanova zu riskieren.

Viele der Damen hatten den Versuch, den «Casanova von Bautzen» zu sehen, häufig unternommen, doch nur wenige kannten ihn von Angesicht, da die langen Reisen Berthold Türmers und seine Scheu, den Laden zu betreten, dies meist vereitelte.

Diejenigen, die des «großen Glücks» teilhaftig geworden, Berthold zu sehen, gaben von ihm eine Beschreibung, die ihn als den schönsten Jüngling aller Zeiten bezeichnete. Die anderen zauberten sich eine überirdische männliche Schönheit hervor. Charakteristisch für die Gedanken dieser Damen war, daß fast alle, trotz genauer Beschreibungen der modernen Eleganz Bertholds, sich das Bild des Berüchtigten unbekleidet vorstellten.

Man verschaffte sich die Ausgaben der Abenteuer des Original-Casanovas und verschlang dieses Werk in versteckten Kemenaten und verschwiegenen Kammern.

Als seinerzeit die Affäre Doris von Gräzingens bekannt geworden war, entrüsteten sich die Damen, und die junge Komtesse hatte sich für lange Zeiten die Gunst und Freundschaft auf den Gütern verscherzt. Als die Verlobung Berthold Türmers mit Doris von Gräzingen veröffentlicht wurde, schlug man die Hände über den Kopf zusammen; als aber die Zeit verging und zwei Jahre in den Strom dahinrannen, ohne daß die Hochzeit stattfand, verzog alles hämisch das Gesicht. Die Schadenfreude war groß.

Da tauchte der falsche Casanova, den man überall für den echten hielt, auf, und es konnte nicht Wunder nehmen, daß er Tore, Türen, Herzen, Schlafzimmer und Geldbörsen offen fand.

Fast wäre man geneigt gewesen, zu sagen, es gehöre zum guten Ton, den «Casanova von Bautzen» zum «Freund» zu haben.

Bei den Kränzchen, den Nachmittagskaffees, Abendgesellschaften, Festtagen und Wochentagsausflügen bildete Berthold Türmer das Hauptgesprächsthema.

Wie immer in solchen Fällen erfuhr der betrogene Ehemann niemals etwas von der Untreue seiner Frau, obwohl die ganze Gegend davon Kenntnis hatte.

Bald tauchte das Gerücht auf, daß ein Betrüger die Rolle des Casanovas spiele und seine Opfer prelle und erpresse, dies aber hinderte viele der Damen nicht, das Abenteuer trotzdem herbeizusehnen.

Adolf Steger hatte soviel Ähnlichkeit mit Berthold Türmer wie Napoleon Bonaparte mit Bismarck.

Die Damen, die Adolf Stegers Bekanntschaft machten, waren daher oft überrascht, daß das Äußere Stegers der Beschreibung Berthold Türmers gerade entgegengesetzt war. Stets war der «Casanova von Bautzen» als groß, dunkeläugig und dunkelhaarig geschildert worden, der falsche Casanova aber war nur mittelgroß, hatte blondes Haar und blaue Augen.

Frau von Erz hatte einst Gelegenheit gehabt, Berthold Türmer in Bautzen persönlich zu sehen, und war daher sehr überrascht, als sich ihr eines Tages ein blonder Jüngling, im Motorradfahrerdreß und Monokel, als Berthold Türmer vorstellte. Sie ließ ihre Gedanken zurückwandern, und vor ihrem geistigen Auge stieg blitzartig das Bild des wahren Berthold Türmer auf. Schon wollte sie dem Eindringling die Türe weisen, als sie sich zu dem Entschluß durchrang: Besser ein oder mehrere Schäferstündchen mit einem falschen Casanova genießen, denn gar keine.

Ein falscher Casanova im Arm, wiegt zehn echte im fernen Bautzen auf.

Adolf Steger verlebte schöne Tage auf dem Gute der Frau von Erz.

Die mittelalterliche Dame hatte der Liebe schon lange entbehrt und entschädigte sich für die liebeleere Zeit, so gut es nach den Kräften Stegers ging.

Dieser geschäftstüchtige Jüngling dachte, hier die langgesuchte Goldmine gefunden zu haben, und beschloß, den Schröpfkopf gehörig anzusetzen. Er hatte aber versäumt, seine Informationen gründlich zu sammeln. Wohl hatte er in Erfahrung gebracht, daß die Neuerwählte seines leeren Geldbeutels verheiratet sei, doch niemand hatte erwähnt, daß Frau von Erz seit Jahren von ihrem Manne geschieden war.

So geschah es denn, daß Frau von Erz ihren Erkorenen, nachdem er einen formellen Antrag auf Aushändigung von fünftausend Mark stellte, einfach mit der hinter dem Rücken versteckt gehaltenen Reitpeitsche durch die Räume des Schlosses und den ganzen Gutspark bis vors Tor jagte. Dort stand schon ein Pferdeknecht mit den Habseligkeiten des falschen Casanovas.

Adolf Steger, dem es unmöglich gewesen war, während des Rauswurfs ein Wort zu sprechen, rief der Dame ein unflätiges Schimpfwort nach. Frau von Erz drehte sich nicht um, sie setzte ihren Weg nach dem Schloßeingang ruhig fort und klopfte nur als Antwort mit der Reitpeitsche auf ihr verlängertes Rückgrat.

Diese Affäre erreichte auch Bautzen und machte die Runde durch die Stadt.

Apotheker Tiegel führte im Laboratorium einen Freudentanz auf, vertauschte in der Extase Rezepte und Medikamente, und so kam es, daß die Frau Konsistorialrat Schneider für ihre Mandelentzündung mit Rizinuskapseln gurgelte, während der pensionierte Oberlehrer Schlubicke gegen seine Verstopfung eine gewaltige Dosis übermangansaures Kali mit essigsaurer Tonerde und Alaun verschluckte.

Merkwürdigerweise verspürten beide Patienten nach Gebrauch der Heilmittel eine fühlbare Besserung.

Onkel Heinrich kam in Bertholds Büro am Kornmarkt und besah sich den Neffen kritisch. Er kannte sich nicht mehr aus, und es machte ihm bange Sorge, ob sein Neffe nicht doch der Wüstling wäre, für den ihn jedermann hielt.

Berthold folgte verwundert des Onkels Blicken.

«Was fehlt dir, Onkel Heinrich? Warum siehst du mich so eigenartig an?»

«Wann nimmst du dein nächstes Bad?»

Bertholds Erstaunen wuchs. Sprachlos starrte er den alten Herrn an.

«Na, mein Herr Neffe! Du bist doch sonst solch ein Reinlichkeitsfanatiker gewesen. Badest du nicht mehr täglich?»

«Ja, Onkel, aber was soll diese komische Frage?»

«Ich möchte dich eben nur ausgezogen sehen. Das muß eine schöne Landkarte sein, die dir deine adelige Geliebte mit der Reitpeitsche auf den Buckel gezeichnet hat!»

«Onkel, ich glaube, du hast Fieber. Was redest du da für wirres Zeug?»

«Schämst du dich denn gar nicht? Ist dir alles Ehrgefühl im Leibe abhanden gekommen? – Läßt sich der Bengel von einem Weibsbild mit Peitschenhieben verjagen!»

Das Staunen Bertholds verwandelte sich in Lachen. Er lachte so herzlich, daß der alte Herr ganz verblüfft in seiner Moralpredigt innehielt.

«Was sind denn das für Schaudergeschichten, die du hier vorbringst?»

«Ja, Junge, weißt du denn nicht, was man sich in der ganzen Stadt schon wieder über dich erzählt?»

«Nein, wenn du es mir nicht sagst.»

«Überall belustigen sie sich, weil Frau von Erz dich mit der Peitsche von ihrem Gut gejagt hat.»

«Onkel, verzeih, wo liegt denn das Gut der Dame, die ich, wenn ich nicht irre, sogar kenne? Hat sie nicht rotes Haar?»

«Nein, seit zwei Jahren ist sie semmelblond. Sie hat ja alle Mittel zur Transformation hier gekauft, in der Zeit, wo du weg warst. Sie ist doch Besitzerin des großen Gutes hinter Döbschütz. Von ihrem Mann geschieden.»

«Und diese etwas ‹angegangene› Dame erzählt, sie habe mich von ihrem Schloß mit der Peitsche verjagt?»

«Ob sie es erzählt, weiß ich nicht, hier aber spricht jeder davon.»

Tags darauf fuhr Berthold in seinem Wagen nach dem Gut der Frau von Erz.

Als die Dame die Karte Bertholds in Händen hatte, glaubte sie, der geprügelte falsche Casanova besäße die Frechheit, nochmals zurückzukehren. Sie legte sich die Hundepeitsche und einen Revolver zurecht und befahl dem Diener, den Herrn eintreten zu lassen. Wie aber erstaunte sie, als der wirkliche und wahrhaftige «Casanova von Bautzen» eintrat. Ihre Augen sprühten, mit Kennerblick maß sie Bertholds Gestalt und war sich sofort über die Vorzüge des Jünglings klar. Ihre Miene wurde freundlicher, und mit einem leichten Beben der Nasenflügel bat sie Berthold Platz zu nehmen.

«Gnädige Frau! In Bautzen schwirren Gerüchte, daß man mich von diesem Gute mit Peitschenhieben verjagt hat. Die Peitsche sollen Gnädigste selbst geschwungen haben.»

Frau von Erz lächelte ihr verführerischstes Lächeln. Vor fünfundzwanzig Jahren war dieses Lächeln manch jungem und auch altem Herrn verderblich geworden.

«Stimmt, Herr Türmer, stimmt genau. Nur, daß ich nicht Sie, sondern einen Hochstapler, der sich Ihren Namen beilegte, gleich entlarvte und von meinem Hof jagte.»

«Verzeihen Sie, gnädige Frau. Man sagt, der Mann hätte sich mehrere Wochen hier im Schlosse aufgehalten.»

«Sie wissen ja, Herr Türmer, daß die Welt oftmals Behauptungen aufstellt, an denen nicht ein Atom Wahrheit ist.»

Berthold ließ sich eine genaue Personenbeschreibung Stegers geben und verabschiedete sich von Frau von Erz. Sie reichte ihm ihre Hand, sah ihm dabei ins Gesicht und drängte ihren welken Leib an seine jugendfrische Gestalt. Ihre Mundwinkel zuckten nervös, während sie seine Hand preßte.

«Herr Türmer, ich werde mir erlauben, in den nächsten Tagen bei Ihnen vorzusprechen, und möchte Sie bitten, daß Sie mir da persönlich helfen, meine Auswahl an Pariser Neuheiten zu treffen.»

36

Frau Elsbeth Krämer lag in ihrem Zimmer auf der Chaiselongue, küßte ununterbrochen ein rosa Briefchen und merkte nicht, daß Lippen, Nasenspitze und Kinn lila Tintenflecke bekamen.

«Endlich, endlich!» seufzte sie und setzte die Knutscherei des Briefes fort. Ihr spitzes Zünglein fuhr über die Unterschrift, die Worte «Ihr in tiefster Verehrung ersterbender Berthold Türmer» verwischend. Der bittere Geschmack der Tinte und die Stimme des Herrn Gemahls brachten die junge Frau jäh in die Wirklichkeit zurück. Rasch verschwand das Blatt im Hemdausschnitt.

Direktor Krämer kam strahlend zur Türe herein. Er sah etwas echauffiert aus, und auf seiner Glatze perlten Schweißtropfen, die er mit einem lila geränderten Seidentuch abtupfte.

«Kindchen, mein Pummelchen, denke dir», er starrte plötzlich auf Frau Elsbeths Gesicht, dann lachte er herzlich auf: «Aber Goldelschen, wie siehst du denn aus?» Ein Hustenanfall unterbrach sein Lachen. «Was sind denn das für Schönheitsflecken auf Kinn, Lippen und Nase? Auch wohl ein neu importiertes Liebesmittelchen dieses Tausendsassas Türmer? Der Herr Casanova wird uns noch alle arm machen.»

Frau Elsbeth hatte einen Handspiegel ergriffen und sah mit Schrecken die Spuren der Tinte von Bertholds Brief. Schlange Eva kam rasch zu Hilfe, und mit einem koketten Lächeln erwiderte sie geistesgegenwärtig: «Jawohl, Herr Landeseffektenbankdirektor. Es ist das neueste kosmetische Mittel, das Herr Türmer mir gesandt. Es heißt Fleur d'amour und besitzt die Kraft, Frauen äußerst verliebt und glücklich zu machen.»

«Dann muß ich diesem jungen Herrn doppelt dankbar sein. Bitte, gib mir den Beweis der Wirkung des Liebeswassers.»

«Nein, mein Herr, noch nicht. Die Wirkung der ersten Einreibung warte ich erst noch ab.»

«Kind, du hast ja keine Ahnung, welch großes Geschäft ich heute abgeschlossen habe. Zwanzigtausend Mark schauen jährlich für mich dabei heraus und dann noch die große Provision, die mindestens zehntausend Mark sofort beträgt.»

Frau Elsbeth strahlte über das ganze Gesicht. Sie hatte vergebens versucht, die Tintenflecke mit Puder zu bedecken, jetzt schmiegte sie ihr Köpfchen an des Gatten hohen Magen, zog ein Schnutchen, und während sie mit der Uhrkette ihres Mannes spielte, schlug sie die grünlichen Katzenaugen bettelnd zu ihm auf.

«Nun wirst du aber auch so lieb sein und mir meinen eigenen Wagen kaufen. Ich werde dann sofort bei deinem Chauffeur Unterricht in der Führung des Autos nehmen.»

«Aber, Kindchen, nein, das tue ich nicht!»

«Auch nicht, wenn ich sehr, sehr lieb bin?»

Krämer atmete schwer. Elsbeth drängte ihren Busen an die Rundung seines Bauches.

«Bubi, ich will auch alles tun, was du von mir verlangst!»

«Alles, alles?» Krämers Augen funkelten.

«Nur das nicht mit der Peitsche, aber sonst alles.»

«Nein, Goldelschen, auch die Peitsche.»

«Gut, aber du mußt mir sofort den Scheck für das Auto geben.»

«Sollst du haben, aber vorerst einen Kuß!» Er preßte seine wulstigen Lippen auf ihren Mund.

Die junge Frau drückte ihn mit voller Kraft von sich: «Du tust mir ja weh!»

Krämer keuchte. Er fuhr mit der Unterlippe über die obere. Seine Augen hatten den glotzenden, stieren Blick des Sadisten.

«Das will ich ja, das will ich ja, mein Kind. Du sollst Schmerzen haben. Niemals ist die Liebe so gut, wie wenn man sie mit körperlichem Schmerz verknüpft.»

«Den Scheck!»

Fünf Minuten später hatte die junge Frau einen Scheck auf siebentausendfünfhundert Mark in Händen, und noch am gleichen Tage fuhr sie nach Dresden und kaufte sich ihr Horch-Achtzylinder-Auto.

An Berthold schrieb sie von Dresden aus:

«Casanova!

Ihren Brief, der mich zu der glücklichsten Frau macht, erhielt ich heute auf der Post ausgehändigt. Sie können sich von meiner Freude keine Vorstellung machen. Ich zittere vor der Stunde, die mich in Ihre Arme bringt. Wie will ich Sie lieben! Mit der heißen Inbrunst einer Frau, die in ihrer Liebe alles, alles, aber auch alles gibt. Die Stunde unserer Vereinigung muß göttlich werden! Verlangen Sie von mir, was Ihr liebedurstiges Herz begehrt. Ich suche jetzt in Dresden ein kosiges Heim, welches Zeuge unserer heftigen Gefühle sein soll. Ich weiß, Sie sind anspruchsvoll, haben die schönsten Frauen der Welt in Ihren Armen gehabt, aber seien Sie dessen versichert, Geliebter, ich will Ihnen aus dem Born meiner heißen Gefühle das schenken, was Ihnen noch keine andere Frau gegeben. Ich vermute, daß Ihre schönen Geliebten Sie in die geheimnisvollsten und außergewöhnlichsten Liebesspiele eingeweiht haben, und hoffe, daß Sie nicht geizen und mich damit beglücken werden. Eine gelehrige Schülerin will ich sein und trachten, meine Vorgängerinnen zu übertreffen.

Ich küsse Ihren schönen Kopf, ich presse meine Lippen in Gedanken auf Ihren heißen Mund und erwarte bis Freitag Ihren Bescheid, wann Sie am Sonnabend nachmittag in Dresden eintreffen werden. Die Adresse unseres Heims werden Sie in einem Briefchen, das bahnpostlagernd in Dresden unter Ihrem Namen liegt, vorfinden.

Sie werden überrascht sein, wer sich da versteckt hinter dem Pseudonym

Helena.»

37

Die Pistole in der Hand, stand der Gutsbesitzer Häberlein vor seiner in der Sofaecke zusammengekauerten Frau. Sein Gesicht war blaurot.

«Ich erschieße ihn! Wie einen tollen Hund knalle ich ihn nieder! Die Leber reiß' ich ihm heraus und schlag' ihm damit die Larve in Stücke! Morgen fahre ich nach Bautzen!»

Frau Häberlein wimmerte. Der Kopf und der Rücken schmerzten. Oh, welch ein Grobian war ihr Mann! Sie so zu schlagen! Die Wangen brannten, die Augen waren verfärbt und geschwollen. Erschreckt fuhr sie zusammen. Die Faust ihres Mannes war mit Wucht auf die Eichentischplatte gefallen.

«Du alte Bettel! Vierzig Jahre bist du alt und läßt dich mit solch einem Laffen ein? Dieser Rotzjunge hat dir wohl neue Wege in der Liebe offenbart? Ich bin dir wohl zu verbraucht? Hä?»

Das unterdrückte Schluchzen der Frau wirkte aufreizend auf den Gutsbesitzer.

«Schwein du! Altes Schwein! Schämen mußt du dich für den Rest deines Lebens! Wir sind fertig miteinander! Fertig für immer. Morgen früh verschwindest du mit dem ersten Zug von hier!»

«Aber Eduard, jetzt wo das ganze Obst einzuwecken ist. Und nächsten Montag ist große Wäsche.»

«Dann fährst du, wenn die Wäsche gewaschen ist!»

«Eduard, verzeih!»

«Halt's Maul! So ein Schwein! Mit vierzig Jahren, Mutter zweier Jungens, legt sich mit einem solchen Lumpenkerl ins Bett, der mit jeder Hure geht. Pfui, pfui!»

«Warum läßt du mich auch so viel allein und sprichst nur über die Wirtschaft und das Vieh mit mir? Man vertrottelt ja ganz, und da ist es kein Wunder, wenn man in Versuchung gerät und fällt.»

«Vier Wochen, vier lange Wochen bist du gefallen. Jede Nacht war der Lausejunge bei dir! Achtundzwanzig Nächte bist du in Versuchung geraten!»

«Wie oft bin ich dir in früheren Jahren auf deine Streiche mit den Mägden gekommen? Habe ich dich nicht auf dem Heuboden mit der Marie erwischt?»

«Halt's Maul! Das ist ganz etwas anderes. Du gingst damals mit unserem ersten Jungen schwanger. Da hab' ich dich nur schonen wollen.»

«Oh, wie oft bist du noch mit der Marie gegangen, als ich schon gesund war. Aber das macht ja alles nichts. Du darfst alles. Mit allen anderen Mägden hast du es gehalten.»

«Das Maul sollst du halten! Willst wohl den Spieß umkehren?»

«Und wie du damals vom Agrariertag in Berlin zurückgekommen bist, wie du gelogen hast, daß du dir in Berlin beim Heben deines Koffers wehgetan hast, daß du wochenlang nicht zu mir gekommen bist. Ich weiß schon, wo du dir damals wehgetan hattest. Warum du immer nach Jodoform gerochen hast. Die Brigitte hat ja alles gefunden, was du verstecktest.»

«Wirst du jetzt endlich deine Guschen halten, du Lügenmaul? Du willst dich wohl jetzt reinwaschen, aber das hilft dir nichts. Wie du die ganzen Gläser eingeweckt hast – den Zucker habe ich aus Niesky mitgebracht heut – ist um drei Pfennig teurer geworden, das Pfund. – Also am Dienstag ist die Wäsche fertig, dann kannst du zu deiner alten Mutter fahren, aber für immer! – Die Frau Pastor wird ja schauen, wenn ihre Tochter zurückkommt. Die Pastorstochter! Pfui Teufel!! – Was habt ihr denn alles getrieben? Bei mir machst du sicher so etwas nicht.»

«So sei doch endlich still davon!»

Herr Gutsbesitzer Häberlein ging wütend in der mit auserlesener Geschmacklosigkeit eingerichteten Stube auf und nieder. Die Pistole schwang er während seines Selbstgespräches drohend in der Luft. Vor dem großen Wandspiegel, der aus acht verschiedenen Zeitepochen zusammengeleimt schien, blieb er stehen und sah erstaunt auf seine Hose hinab. Seine Hand fühlte und entdeckte, daß ein Knopf fehlte. Wütend drehte er sich um und schritt auf den Tisch zu.

«So eine Schweinerei, sie kugelt sich mit einem andern Kerl im Bett herum, und mir fehlen die Knöpfe an der Hose. Da schau her, sofort nähst du mir den Knopf an!»

Mit tränenumflorten, geschwollenen Augen fädelte Frau Häberlein die Nadel ein, und von unterdrücktem Schluchzen geschüttelt, nähte sie dem erzürnten Gemahl den fehlenden Knopf an die Hose.

38

Am Sonnabend nachmittag holte sich Berthold Türmer den Brief auf dem Postamt des Dresdner Hauptbahnhofs.

«Liebster!

Es wartet in Sehnsucht auf Dich in der Neustadt, X-Straße 25, zwei Treppen rechts

Deine ... Helena.»

Berthold hatte lange gegrübelt, wie er sich der Frau gegenüber benehmen sollte. Aus einigen erotischen Büchern hatte er sich Rat geholt und so gewappnet, trat er in einen Blumenladen, erstand einige langstielige Rosen und fuhr hinüber nach der Neustadt.

Unterwegs legte sich Berthold noch einmal alles zurecht. Dies war in Wirklichkeit sein erstes erotisches Abenteuer. Keine Geldaffäre. Die Situation war ihm neu. Ob er ihr gewachsen war? Oh, doch! Was andere können, wird wohl für ihn nicht zu schwer sein. Forsches Draufgängertum imponiert jeder Frau.

Das Auto fuhr langsam über den Altmarkt und wurde durch Handerheben von einem Polizisten, der in dem Wahn lebte, er stünde am Piccadilly Circus in London und regele den Massenverkehr, angehalten, obwohl zur Stunde, außer einigen Straßenbahnwagen, von menschenmordenden Vehikeln wenig zu sehen war. Aus dem Wagen sehend, bemerkte Berthold plötzlich das Auto des Bankdirektors Krämer, das eben in die Straße einbog. Rasch wandte er den Kopf ab, um nicht erkannt zu werden. Sein Herz pochte vor Erregung. Soeben ließ das Verkehrshindernis, genannt Polizeiwachtmeister, die Hand sinken und gab die Straße frei.

«Fahren Sie da vorne dem grünen Wagen nach, Chauffeur!» befahl Berthold.

Der Wagen Krämers durchfuhr die Stadt und lenkte zur Neustädter Brücke ein.

«Aha», dachte Berthold, «er ist seiner Frau auf das Abenteuer gekommen und nun gespannt, wie sich die Sache weiterentwickeln werde.»

Am anderen Ende der Brücke ließ Krämer das Auto langsamer fahren. Vor dem Zirkusgebäude hielt der Wagen, und über den Platz kam eine hübsche und elegante junge Dame, die von Krämer herzlich begrüßt und ins Auto gehoben wurde.

Berthold sah noch, wie der Bankdirektor dem Mädchen einen kleinen Strauß überreichte und ihr dabei zärtlich die Hand tätschelte, dann gab er seinem Chauffeur Befehl, weiterzufahren. Er mußte jetzt herzlich lachen. Er hatte schon befürchtet, der Gatte seiner Anbeterin habe von dem Rendezvous erfahren und wolle die Ungetreue überraschen.

Diesen Fall hatte Berthold noch gar nicht in Betracht gezogen. Bis jetzt hatte er immer nur darüber nachgedacht, wie er sich der liebeslüsternen Dame gegenüber verhalten solle. Es war doch gut, daß Krämer ihm in den Weg gekommen war. Ja, zum Teufel, was machte er denn, wenn wirklich einmal der Ehemann bei einem der Abenteuer, die er sich vorgenommen, in die Situation hereinplatzte oder davon erfuhr? So dürfte es ihm nicht wieder ergehen, wie vor Jahren, als Tildas Vater ihn am Nikolaikirchhof schlug und ihn der Vater der tollen Doris von Gräzingen in der Wohnung überfallen hatte. Heute würde er jeden, der ihn anzugreifen wagte, mit ein paar Boxstößen niederschlagen. Er hatte in New York eine gute Schule gehabt.

Das Halten des Autos unterbrach Bertholds Meditationen. Eine stille Straße, unweit des Neustädter Bahnhofes. Ein modernes Mietshaus. Der Chauffeur nickte nur, als ihm bedeutet wurde, zu warten. Langsamen Schrittes, die Rosen wie einen gesenkten Degen tragend, schritt Berthold auf das Haus zu und verschwand im Flur.

In der zweiten Etage hatte die Frau Landeseffektenbankdirektor eine möblierte, kosige Dreizimmerwohnung gemietet. Gleich auf sechs Monate. Sie hatte sich vorgenommen, dort ihr Liebesnest aufzuschlagen, und sollte auch die Affäre mit dem «Casanova von

Bautzen» nicht so lange dauern, so wußte man doch nie, was nachher kommen konnte.

Nun saß die liebeshungrige Frau, mit hochgezogenen Beinen, in einem tiefen Klubsessel und überdachte nochmals den für diese Situation zurechtgemachten Plan.

Sie wollte schüchtern, verschämt tun, die Reuige spielen und ihn nicht an sich herankommen lassen, unterdrückte Schreie wollte sie ausstoßen, wenn er sie berührte, und ihn bitten, sie nach Hause gehen zu lassen. Damit gedachte sie, seine Glut noch mehr zu entfachen und ihn zur Raserei zu treiben. Sie wollte sich wehren, wenn er sie in das Schlafzimmer trug. Es konnte auch sein, daß ihm die breite, mit vielen Kissen bedeckte Chaiselongue zuerst ins Auge fiel. Jedenfalls wollte sie mit den Beinen strampeln und fortwährend «Nein, nein!» rufen.

Wenn er dann die Schleifen des raffinierten Kimonos auf ihren Schultern zu öffnen versuchte, würde sie ihr «Nein, nein!» verdoppeln und in Tränen ausbrechen.

Die Fortsetzung dieses Spiels hing von den nun folgenden Umständen ab. Sie war dessen sicher, daß sie dann alle Koketterie vergessen, in Extase geratend, verraten würde, daß sie kein Neuling auf diesem Gebiete sei.

Und eines bedachte Frau Landeseffektenbankdirektor noch: Auf keinen Fall wollte sie sich schon am ersten Tage ausgeben. Rasch rückte sie zierliche Büchsen, Flacons, Maniküre-Necessaires, Puderpuffs – alles aus dem Hause Türmers Erben – zurecht und lauschte auf das Herannahen eines Autos. Als sie glaubte, ein solches Geräusch zu vernehmen, huschte sie zum Fenster und konnte beobachten, wie Berthold Türmer eben das Auto verließ und dem Chauffeur zunickte, er solle warten.

Elsbeth lachte. Das würde lange dauern, dachte sie und warf sich in den Klubsessel. Ihr hellblauer, mit Goldblumen und Vögeln bestickter Kimono hob sich von dem satten Bordeaux des Sesselüberzuges kontrastreich ab. Ihre Lippen zitterten und die Erregung wuchs. Der Blick flog zu dem kleinen gedeckten Teetisch an der Riesenchaiselongue hinüber, und die Augen überzeugten sich, daß nichts fehlte. Hastig riß sie den kleinen goldenen Spiegel und den

Puderpuff aus ihrer Tasche und strich eiligst über nicht ganz einwandfreie Stellen im Gesicht. Als die Klingel ertönte, stieg der Frau Landeseffektenbankdirektor das Herz in die Kehle. Ob die alte Frau auch rasch genug öffnen würde? Vielleicht ist sie eingeschlafen, und er kehrt sofort um? Ihre Aufregung wuchs, als es zum zweiten Male klingelte. Jetzt hörte sie, wie die Türe zur Diele knarrte.

Oh! Was würde nun kommen? Schnell den Lippenstift!

Die Türe öffnete sich. Berthold Türmer trat in das Zimmer.

Er merkte sofort, daß ihn alle guten Vorsätze verlassen hatten. Sein Auge suchte verlegen im Zimmer umher. Endlich entdeckte er die junge Frau im Klubsessel.

Sie wollte sich nicht gleich erheben. Er sollte die gut einstudierte Pose sehen und sich daran entflammen. Über drei Stunden hatte sie die Stellung in ihrer Bautzener Wohnung vor dem Spiegel eingeübt.

Berthold trat einige Schritte vor, da entsann er sich, erschrekkend, daß er das Bukett draußen in der Diele liegen gelassen. Rasch drehte er sich wieder zur Türe: «Oh, verzeihen Sie!» und mit zwei Schritten war er wieder draußen.

Frau Elsbeth dachte nicht an die Blumen und vermeinte, daß der lange Erwartete nun wieder ausreiße. Sie sprang behende auf, lief zur Türe und stieß mit dem ebenso hastig zurückkehrenden Berthold derart zusammen, daß sie durch den Anprall zurückschnellte und sich auf den Fußboden setzte. Ihre Stirne war so hart an des jungen Mannes Nase geschlagen, daß Berthold einen ganzen Sternenhimmel in wahnsinniger Rotation vor seinen tränenden Augen sah. Die Stiele der Rosen waren geknickt.

Beide Herrschaften waren durch die Karambolage so sehr perplex, daß ihnen die Überlegung fehlte, das Komische der Situation zu erfassen.

Endlich ermannte sich Berthold, sprang auf und half der jungen Frau auf die Beine. Er stand vor ihr, ließ seine Arme sinken und stammelte einige unzusammenhängende Worte.

Elsbeth, geistesgegenwärtig, wie Frauen ihres Schlages in solchen Situationen immer sind, hatte schon im Aufstehen die Gelegenheit nicht verpaßt und ihren molligen Leib an ihn gedrückt; sie hatte erwartet, daß er sie gleich im Arme behalten werde, war nun bitter enttäuscht und mußte sich endlich entschließen, ihre Wange von dem Revers seines Cutaways zu nehmen. Puder, Lippen- und Augenstift hatten dort ihre Spuren sichtbar zurückgelassen.

Als Berthold, noch immer verlegen, keine Anstalten machte, zu sprechen, ergriff Elsbeth das Wort. Sie wußte, daß es ganz auf sie ankam, aus der Situation Kapital zu schlagen.

«Nicht wahr, Herr Türmer, Sie sind erstaunt, mich hier zu treffen? Sie haben sicher eine andere erwartet. Eine Dame, die viel schöner ist als ich.»

«Jawohl, meine Gnädige, – nein, nicht was die Schönheit anbetrifft, ich ...»

Und wieder stockte die Unterhaltung. Verlegen blickte der junge Mann die Frau vor sich an, er fluchte innerlich und schämte sich seiner Dummheit. Um der Situation ein Ende zu machen, hielt er ihr die La France Rosen hin. Die blutroten Blüten hingen zerzaust an den geknickten Stengeln.

«Wollen Sie nicht Platz nehmen, Herr Türmer? Bitte.»

Sie wies auf die kosige Ecke mit den Klubsesseln und der breiten Chaiselongue.

«Danke, danke, gnädige Frau.»

Berthold folgte ihr und stolperte dabei über den Kopf eines Pantherfelles.

Elsbeth wußte nicht, wie ihr geschah. War das wirklich ein scheuer Jüngling oder hatte ihn nur ihre Ungeschicklichkeit an der Türe aus dem Konzept gebracht? Sie durfte auf keinen Fall vor ihm als dumm und unerfahren erscheinen und glaubte diesen Eindruck zu vermeiden, wenn sie ununterbrochen sprach.

«Sie dürfen mich nicht verdammen, Herr Türmer, dürfen auf keinen Fall schlecht von mir denken, aber ich will ganz offen sein. Meine Liebe zu Ihnen ist sehr groß, unermeßlich. – Unterbrechen Sie mich bitte nicht.»

Berthold hatte nicht im geringsten daran gedacht, ihren Redeschwall zu hemmen. Ihm war es ganz recht, wenn sie sprach, wenigstens brauchte er es nicht zu tun und konnte so leichter seiner Verlegenheit und Tölpelhaftigkeit Herr werden. Seinetwegen konnte sie immerfort sprechen.

«Seit Ihren Jugendjahren hängt mein Herz an Ihnen, schon als Sie aufs Gymnasium gingen, liebte ich Sie.»

So eine freche Lügnerin, dachte Berthold. Erst drei Jahre lebt sie in Bautzen. Sie kam aus Leipzig und war vielleicht nie in ihrem Leben vorher in Bautzen gewesen.

«Diese Liebe zu Ihnen, Herr Türmer, – oder darf ich Berthold sagen? – diese Liebe wuchs mit den Jahren. Als man Sie verfolgte, Ihren Namen in den Kot zog, als alle Welt sich von Ihnen abwandte, da ging ich in die Peterskirche und sandte meine Gebete für Sie zum Himmel.»

Berthold erholte sich langsam. Ihre Lügen begannen ihn zu unterhalten.

«Als ich neunzehn Jahre alt wurde, da zwangen mich meine Tanten, Eltern habe ich nicht mehr, den Bankier Krämer zu heiraten. Sehen Sie, ich bin jetzt zweiundzwanzig und mein Gatte ist fünfundfünfzig Jahre.»

In Gedanken rechnete Berthold aus, daß sie mindestens sechs bis sieben Jahre verschwiegen hatte; doch dies tat nichts zur Sache. Sie sah noch immer sehr jung aus.

«Oh, Herr Türmer, Sie glauben nicht, welche Kämpfe es mich gekostet hat, bis ich mich zu dem Entschluß durchrang, an Sie zu schreiben. Nächtelang lag ich in Tränen gebadet und versuchte, diese sündige Liebe zu Ihnen niederzukämpfen. Umsonst, umsonst!»

Sie verbarg ihr Gesicht in einem zarten Spitzentüchlein, nahm aber Bedacht darauf, daß die vom Braunstift verstärkten Augenbrauen und die mit Schwarz nachgezogenen Linien der Wimpern nicht verwischt wurden. In Gedanken fragte sie sich: «Wann wird der Tölpel endlich meine Rede unterbrechen?» Sie sah, daß sie stärkeres Geschütz auffahren mußte. Das Tüchlein verschwand von den Augen. Langsam streckte sie ihre Hand über den Tisch und beugte sich vor. Der Kimono hatte einen tiefen Halsausschnitt, das Kleidungsstück war weit, wie alle seinesgleichen, und Berthold konnte die beiden schönen Brüste, bis zur Hälfte in ein Gedicht aus Seide und Spitzen von zartem Rosa gehüllt, sehen.

Trotz aller Verlegenheit bekam Berthold Stielaugen. Sein Atem stockte für einen Augenblick.

Frau Landeseffektenbankdirektor beobachtete unter halbgeschlossenen Lidern die Wirkung ihres Tricks. Sie wußte, daß die Sache Erfolg haben würde. Der Trick wurde von ihr nicht zum ersten Male angewandt. So hatte sie sich auch ihren Herrn Gemahl geangelt.

Berthold spürte die warme weiche Hand auf der seinen. Den Blick hatte er von ihrem Busen abgewandt. Er sah nicht mehr auf. Angestrengt dachte er nach, was er nun zu tun hätte. Gott, sie war ja kein Ladenmädchen oder die kleine Filmstatistin von New York. Dort war alles viel leichter und einfacher gewesen. So durfte man doch einer Dame der Gesellschaft nicht kommen. Sollte er ihr zu Füßen fallen oder sie in seine Arme reißen? Das ließ sich schwer machen, da der Teetisch zwischen ihnen stand. Das einzig Mögliche war, ihr die Hand zu küssen. Er ließ dem Gedanken die Tat folgen. Langsam führte er ihre Hand an seinen Mund und drückte einen zarten Kuß darauf. Dabei fiel ihm ein, daß er doch etwas sprechen müsse, und von seinen Lippen rangen sich halblaut die fünf Worte: «Ich danke Ihnen, meine Gnädige.»

Aha, dachte Elsbeth, jetzt fängt er an, der ist schlau und läßt sich Zeit. Aber sie wartete vergebens auf die Fortsetzung seiner Liebesbezeugungen.

«Können Sie mich ein wenig lieb haben, Berthold?»

«Wenn Sie gestatten, gnädige Frau.»

Ohrfeigen hätte er sich können ob dieser Antwort. Was war er doch für ein ungeschickter Mensch! Wie oft hatte er die Abenteuer des wirklichen Casanovas gelesen. Er sollte doch nach all seinen Reisen und kleinen Abenteuern ein wenig Praxis haben. Warum getraute er sich denn nicht, forscher zu sein?

Elsbeth hatte bei seinen Worten verblüfft aufgeschaut, da er jedoch seinen Kopf gesenkt hielt, war sie nicht imstande, sein Gesicht zu sehen. Sie drückte wieder das Tüchlein an die Augen und rief in weinerlichem Tone: «Oh Gott, wie unglücklich bin ich. Sie lieben mich nicht!»

«Doch, doch, Gnädige, ich liebe Sie.»

Dabei blieb er sitzen, wo sie doch bestimmt erwartete, daß er sie in seine Arme reißen würde.

Berthold schalt sich im stillen einen Trottel. Eine unbändige Wut überkam ihn. Wenn er doch Herr seiner selbst würde! War es nicht schmachvoll, so dazusitzen und nicht zu wissen, wie er es beginnen sollte? Er konnte doch nicht, wie bei seinen kleinen Abenteuern, erwarten, daß diese Frau es so machte, wie die Ladenmamsells und Typistinnen in Berlin, die sich einfach zu entkleiden begannen, wenn sie ihn nach seiner Wohnung begleitet hatten. Donnerwetter, was machte er nur?

Frau Elsbeth sah, daß sie hier die Initiative ergreifen mußte. Sie deutete seine Scham und Verlegenheit falsch. Vielleicht ist er nur bei mir so rücksichtsvoll, dachte sie. Er hatte doch nur immer mit Filmschauspielerinnen und Mädchen wie Tilda Hasselmann und allenfalls mit Doris von Gräzingen, die trotz ihres Adels eine dumme Pute war, zu tun gehabt. Hier fand er sich einer Dame der «guten» Gesellschaft gegenüber, und da glaubte er wohl, Rücksichten nehmen zu müssen.

Langsam erhob sie sich und nahm neben ihm Platz, schenkte zwei Likörgläser voll und reichte eines davon Berthold.

«Komm Bertibubi, trink!»

«Prosit», sagte Berthold und trank das Glas in einem Zuge leer. Warum nennt sie mich Bertibubi? fragte er sich. Warum? Sie liebte ihn doch nicht und hatte ihn doch nur herbestellt, daß er mit ihr scharmutziere[22].

Die junge Frau gab alle Hoffnung auf, sich wehren und «Nein, nein» rufen zu müssen. Sie sah, daß dieser Mann sie niemals auf seinen Händen zum Bett schleppen würde, ja nicht einmal hier auf der breiten Chaiselongue würde er zum Angriff übergehen. Sie machte sich darauf gefaßt, daß er eventuell «Nein, nein» schreien könnte. Hier galt es zu handeln. Sein junger Körper reizte sie. Es ging ein Duft von Jugend und Kraft von ihm aus. Ihre Erregtheit stieg von Sekunde zu Sekunde. Knapp neben ihm saß sie, ihr Bein berührte seines, und sie merkte, daß er zitterte. Mit beiden Armen umschlang sie ihn, riß seinen Kopf an sich, preßte ihren Mund auf seinen und verbiß sich in seine Lippen.

22 veraltet für flirten

Heiß überfloß es Berthold, der Schmerz des Bisses wich einer Raserei. Er drückte Elsbeth auf die Kissen nieder und küßte sie heiß. Jetzt wäre Gelegenheit gewesen, «Nein, nein!» zu rufen, aber daran dachte die Sünderin nicht, sie war froh, ihn soweit zu haben.

Berthold riß Kimono und Wäsche Elsbeths entzwei, er hatte Feuer gefangen, und seine Partnerin tat alles, um die Flamme helllodernd zu erhalten, als ein kräftiges Klingeln beide zusammenfahren ließ. Das Klingeln wiederholte sich, und eine tiefe Männerstimme ward hörbar.

Mitten im Liebesopfer riß Berthold sich von Elsbeth los. Wütend über seine Dummheit kauerte sich die junge Frau in die Ecke der Chaiselongue.

Ein starkes Klopfen erscholl an der Türe, und Berthold, ohne zu denken, rief «Herein!»

«Um Gottes willen!» schrie Elsbeth, aber da war es schon zu spät.

In der Türe stand der Chauffeur, der Berthold hierher gebracht hatte.

Verstört fragte Berthold: «Was wollen Sie denn hier?»

«Ich kann ni mehr warten, ich hab' weeß Kneppche keene Zeit mehr, ich muß nu werklich heeme. Fufzn Mark verzch macht's.»

Jetzt erst wurde Berthold die Situation, in der er sich mit der jungen Frau befand, klar. Verlegen stotterte er: «Schon gut, schon gut, ich komme gleich hinunter.»

«Ne ne, zahln Se mer de fufzn Mark verzch, ich kann Se ni heemfahre.»

«So gehen Sie doch!» schrie Berthold wütend, «ich komme sofort hinunter!»

«Aber Se müssn glei komme, ich muß heeme.» Mit dieser Mahnung stapfte der biedere Chauffeur zur Türe hinaus.

Zornig sprang Elsbeth von ihrem Lager auf.

«Wie konnten Sie so ungeschickt sein und den Mann hereinkommen lassen?!»

Verlegen stand Berthold vor ihr und zog sich den Cutaway glatt, er stammelte:

«Ich konnte doch nicht wissen, daß es der Chauffeur war. Verzeihen Sie, gnädige Frau. Ich muß nun hinunter und den Mann ablohnen.»

«Kommst du wieder herauf, Bertibubi?»

Er sah auf die Uhr.

«Nein, gnädige Frau, ich habe noch eine Verabredung.»

Elsbeth war starr. Was, er hatte noch eine andere Verabredung? Darum war er also so kalt gewesen. Ihr Zorn kochte über.

«So, jetzt gehen Sie zu einer anderen? Ich bin Ihnen nicht gut genug? Schämen Sie sich, eine arme Frau so in Schande zu bringen!»

«Aber, gnädige Frau! Ich bitte Sie, das ist ein Irrtum, ich gehe zu keiner anderen.» Er faßte ihre Hände, um einen Kuß darauf zu drücken, da umklammerte sie ihn und riß ihn auf das Ruhebett.

39

Frau von Erz hatte trotz ihres reiferen Alters die Wahrnehmung gemacht, daß die Affäre mit dem falschen Casanova nicht ohne Folgen geblieben war. Sie war sich sofort klar, daß sie keine Schritte unternehmen würde, um ihren Zustand künstlich einer Änderung zu unterziehen. Fatal war die Sache allerdings, außerdem, infolge des vorgeschrittenen Alters, nicht ohne Gefahr für Gesundheit und Leben; auch würde es schwer werden, jetzt noch den wirklichen Casanova zu ergattern. War der Bengel doch so ungalant und nicht im Geschäft anzutreffen gewesen, trotzdem sie ihn darauf aufmerksam gemacht hatte, daß sie ihn an dem von ihr genannten Tage aufsuchen werde.

Berthold Türmer erhielt einen kurzen Brief von Frau von Erz, in welchem sie ihn bat, die Patenschaft bei ihrem zu erwartenden Sohne zu übernehmen.

Als Berthold seine Zusage eingeschickt hatte, ließ Frau von Erz ihre alte Wirtschafterin kommen und verständigte sie von ihrem Zustand.

«Margaret, ich kann jetzt keine harte Arbeit mehr machen. Sie müssen noch ein Mädchen nehmen. Ich bin in anderen Umständen und kann die schweren Milchkannen nicht mehr heben. Also, schreiben Sie an das Landratsamt nach Rothenburg um Zusendung einer Hilfe; besser noch, Sie geben ein Inserat in die Görlitzer Zeitung.»

Margaret stand mit offenem Munde und sah fassungslos auf ihre Herrin.

«Hat sich die Frau Baronin im geheimen verehelicht?»

«Dumme Gans», fuhr Frau von Erz sie an, «wen soll ich denn geheiratet haben? Vielleicht den alten Schäfer oder unseren Dorftrottel?»

«Na, dann machen die Frau Baronin nur Spaß mit dem Kindchen?»

«Nein, es ist kein Spaß, und wenn es dir nicht paßt, so kannst du ja gehen.»

Bald hörte der Pastor des Sprengels von der Mär und begab sich aufs Schloß. Er traf Frau von Erz, eine dicke schwarze Brasil rauchend, in der Nähstube, zwischen einem Stoß weißem Leinen, das sie in Stücke schnitt und der buckligen Dorfschneiderin reichte.

«Guten Morgen, Herr Pastor. Was führt Sie zu mir?»

«Guten Morgen, Frau Baronin. – Hm, hier wird wohl Schönes fabriziert?» Er rieb sich die Hände, hielt den Kopf zur Seite geneigt und schielte nach oben.

«Na, ob es was Schönes wird, ist Geschmacksache. Windeln werden es.»

«Gute Witze machen die Frau Baronin. Wer soll denn die – hm, Windeln in diesem frommen Haus gebrauchen?»

«Ich bestimmt nicht, lieber Herr Pastor, dazu bin ich ein wenig zu alt, und sonst ist ‹Gott sei Dank› meine Blase gesund.»

Der Pastor war sehr verlegen, er betrieb das Händereiben wie im Akkord.

«Verzeihen Sie, Frau Baronin, kann die Schlehdorn nicht auf einen Augenblick hinausgehen? Ich hätte, ich möchte …»

«Schon gut. Schlehdorn, gehen Sie in die Küche hinunter und lassen Sie sich einen Doppelliter Kaffee und einen Zentner Kuchen geben. Ich rufe Sie dann.»

Die bucklige Näherin ging nach einem devoten Gruß an den Herrn Pastor hinaus.

«Sie kommen wohl wegen des Kindes, das ich bekomme, Herr Pastor?»

Erschreckt sah der geistliche Herr auf sein Gegenüber.

Frau von Erz hielt ihm das Kistchen mit den Zigarren hin: «Rauchen Sie eine von dieser Sorte, Pastor, das regt Herz und Gehirn an.»

«Verzeihen Sie, Frau Baronin, wenn ich, wenn ich, na, auf diese heikle Sache zurückkomme. Hm, sind die Gnädigste denn anderwärtig ohne Aufgebot getraut worden? Das hätte doch hier in der Pfarre ausgehängt werden müssen.»

«Herr Pastor, spielen Sie mir kein Theater vor. Sie wissen ganz genau, daß ich nicht geheiratet habe. Also, schleichen Sie nicht wie die Katze um den heißen Brei herum.»

«So ist es denn Wahrheit, was man sich erzählt?»

«Was erzählt man sich denn?»

«Nun, nun, daß Frau Baronin sich in gesegneten Umständen befinden.»

«Stimmt, Herr Pastor, stimmt. Die Leute lügen nicht. Ich bekomme auf meine alten Tage noch ein Kind.»

«Ja, um Gottes willen, hat es denn einen Vater?»

«Glauben Sie denn, Herr Pastor, ich habe der heiligen Maria Konkurrenz gemacht und mich vom heiligen Geist beschatten lassen? Nein, nein, da brauchen Sie, Herr Pastor, sich keine Sorgen zu machen, das Kind hat einen Vater.»

«Frau Baronin, das Ärgernis! Die Gutsherrin, die mit dem guten Beispiel vorangehen soll», empörte sich der Diener Gottes.

«Herr Pastor, Sie gehen auch nicht immer mit gutem Beispiel voran. Ich weiß da so verschiedene Kleinigkeiten. Hm, doch wir wollen uns hier nicht das Leben noch schwerer machen, als es schon ist.»

«Geht denn die Sache nicht in Ordnung zu bringen? Können Frau Baronin nicht noch jetzt sich mit dem Vater des Kindes trauen lassen? Vielleicht kann ich dem Manne ins Gewissen reden?»

«Wer sagt denn, daß er nicht will? Ich, Herr Pastor, ich denke nicht daran, zu heiraten.»

«Frau Baronin, der Skandal! So etwas fällt auf die ganze Gemeinde zurück. Sie, die Gutsherrin!»

«So! Also jedem anderen Weib wird so etwas verziehen oder stillschweigend gestattet, nur ich, weil ich zufällig Gutsherrin bin, darf es nicht?»

«Bedenken Sie, was man auf den anderen Gütern in der Lausitz sagen wird.»

«Das ist mir ganz schnuppe. Mich kümmern die anderen Leute nicht.»

«Wer, bitte, ist denn – wenn es gestattet ist, zu fragen – der Vater?»

«Natürlich ist Ihnen dies gestattet. Der ‹Casanova von Bautzen› ist der Vater.»

«Wer, wer?»

«Kennen Sie ihn denn nicht? Haben Sie noch nie von ihm gehört?»

«Der ‹Casanova von Bautzen›? Ist das der Wüstling, von dem man sich die unglaublichsten Sachen erzählt?»

«Ja, der. Durch wen haben denn Sie von ihm gehört, Herr Pastor?»

«Durch meine Frau. Sie war da vorigen Sommer, als die Kreissynode in Löbau zusammentrat, in einem Kränzchen der Pastorenfrauen.»

«So, so, die ehrenwerten Pastorenfrauen haben sich auch mit dem ‹Casanova von Bautzen› beschäftigt? Wahrscheinlich in erbaulicher Weise?»

Der Pastor wurde puterrot im Gesicht.

«Die Pastorenfrauen, gnädige Frau, sind ehrenwerte Mütter und sittsame Hausfrauen.»

«Ja, ja, Herr Pastor. Der Not gehorchend, nicht dem eigenen Triebe.»

Die Zähne zusammenbeißend, damit nicht ein Fluch den priesterlichen Lippen entschlüpfe, so stand der Diener Gottes in stiller Wut vor der Gutsherrin.

«Und was war der Zweck Ihres Kommens, Herr Pastor?»

«Verzeihen Sie, Frau Baronin, war dieser blonde, junge Mann, der sich damals einige Wochen hier aufhielt, war das der – ‹Casanova von Bautzen›?»

«Stimmt auffallend. Das war er.»

«Gnädige Frau wollen die Geburt des Sündenkindes hier im Schlosse abwarten?»

«Selbstverständlich! Warum soll ich denn nicht hierbleiben?»

«Soll, soll es auch hier getauft werden?»

«Jawohl, und sein Vater ist sein Pate.»

«Adieu, gnädige Frau Baronin. Möge Ihnen Gott den Spott verzeihen, den Sie mit mir treiben.»

Als der Pastor über den freien Platz vor dem Schlosse dem Ausgang zuschritt, hörte er, wie die Baronin aus dem Fenster rief: «Schlehdorn, Schlehdorn, gehen Sie zu der Frau Inspektor hinüber, und lassen Sie sich die Muster von einem Hemdchen und dem Wickelband geben!»

Der Priester beschleunigte seine Schritte, damit er aus dem Bereich der Stimme der Sünde käme.

40

«Herr Türmer, Sie werden dringend aus Reichenbach am Telefon gewünscht.»

«Wer ist es denn, Fräulein Claußen?»

«Eine Dame; sie sagt, es sei sehr dringend, sie müsse Sie selbst in einer wichtigen Angelegenheit sprechen.»

«Sagen Sie der Dame, daß ich keine Zeit habe.»

Inge Claußen kehrte eine Minute später zurück.

«Herr Türmer, Sie müssen unbedingt ans Telefon, die Dame weint und sagt, es ginge um Ihr Leben.»

«Schön, Fräulein Claußen, bitte, stellen Sie nach hier rum.»

Was ist das wieder für eine Geschichte? dachte Berthold, als er den Hörer von der Gabel nahm.

«Hallo, hier Berthold Türmer! Wen wünschen Sie?»

«Dich, mein Süßling» – tönte es von der anderen Seite zurück – «dich, Liebster.»

«Sie scheinen falsch verbunden zu sein, meine Gnädige.»

«Nein, Süßling, es ist alles richtig, du bist es schon.»

«Mit wem habe ich denn die Ehre?»

«Ach, verstell' dich doch nicht, Süßling. Hier ist Vera, du weißt doch, Vera Häberlin von Gnaschwitz.»

«Verzeihen Sie, meine Gnädigste, aber ich kenne keine Vera Häberlin.»

«Ach, du Schlimmer! Weil du so viele Frauen verführst, willst du die einzelnen nicht mehr kennen. Süßling, du warst doch, als mein Mann im Rheinland war, vier Wochen bei mir.»

Berthold ging ein Licht auf. Schon wieder ein neues Opfer seines Doppelgängers. Wie tüchtig der Bursche war, dachte er. Wenn er es doch ebenso machen könnte. Ihm fehlte jedesmal der Mut, wenn er einer Frau gegenüberstand.

«Bubilein, so hör' doch zu», ertönte es wieder durch den Apparat, «du schwebst in Lebensgefahr, mein Mann ist auf dem Wege nach Bautzen, er hat Revolver und Hundepeitsche mitgenommen.»

«Gnädige Frau, hier ist ...»

«Warum bist du so formell am Telefon, warum sagst du nicht Putzelmutzel, wie du es hier immer getan hast, Süßling?»

«Hören Sie mich doch endlich an, ich bin nicht der Putzelmutzelrufer, auch nicht der Süßling. Hier ist Berthold Türmer, der echte.»

«Ach, Süßisüßi, wie häßlich du sprichst, ich weiß doch, erkenne deine Stimme, verstell' dich doch nicht, hier ist wirklich dein Putzelmutzel.»

«Wollen Sie mich endlich in Ruhe lassen, Frau Putzelmutzel ...»

«Siehst du, Süßling, jetzt sagst du endlich wieder Putzelmutzel.»

«Zum Donnerwetter noch einmal, ich weiß nicht, wer am anderen Ende des Telefons hängt, aber wenn Sie mich reden lassen, wird Ihnen gleich klar sein, daß Sie betrogen und beschwindelt worden sind. Ihr Süßling ist doch blond?»

«Ja, Liebling, dein Haar und dein Bärtchen sind wie frisch gemähtes Weizenstroh.»

«Nun, das bin ich nicht, ich bin dunkelbrünett von Haar und trage kein Bärtchen.»

«Ach, dann hast du dir dein schönes Haar färben, den kleinen entzückenden Stachelbart abrasieren lassen? Wie schade, da mußt du doch ganz entstellt sein!»

«Wollen Sie sich endlich sagen lassen, daß ich nicht Ihr Süßling bin? Ich habe schon seit meiner Geburt dunkles Haar und habe mir niemals einen Bart stehen lassen.»

«Warum verleugnest du dich ...?»

«Sie sind einem Schwindler zum Opfer gefallen. Einem Betrüger, der sich für mich ausgibt!»

«Oh, Liebling, du brauchst keine Angst zu haben, ich werde dich nicht belästigen, von mir hast du nichts zu befürchten. Sieh dich vor! Mein Mann ist auf dem Wege zu dir, er will dich erschießen, darum hat er die Hundepeitsche mitgenommen.»

«Ich danke Ihnen, gnädige Frau. Ich hoffe, daß die Hundepeitsche nicht geladen ist.»

«Ach, Süßling, er ist schrecklich in seinem Zorn. Als er es erfuhr, schlug er mich fast tot. Ein Glück, daß er von den dreitausend Mark nichts weiß, die ich dir geborgt.»

«Nun, gnädige Frau, dieses Geld werden Sie nie wiedersehen, es ...»

«Das tut auch nichts zur Sache, ich liebe dich ja, und du kannst das Geld behalten, es ist noch von meiner Erbschaft.»

Wütend warf Berthold den Hörer auf die Gabel. Der Schweiß stand ihm auf der Stirne. Das wurde nun zu bunt. Solange der Kerl nur diese alten und alternden Gutsfrauen mit sich ins Bett nahm und kleine Vorteile genoß, ging die Sache, sobald er jedoch mit großen Betrügereien begann, mußte dem Treiben Einhalt geboten werden. Jetzt aber hieß es, sich auf den Besuch des Othellos Häberlin vorzubereiten.

Eine halbe Stunde später vernahm Berthold eine rauhe Männerstimme im Kontor von Inge Claußen; gleich darauf flog die Tür auf. Im Rahmen stand der Riese, Herr Gutsbesitzer Häberlin.

Seine Augen blitzten zornig unter der Krempe des imitierten Panamas hervor. In seinem linken Mundwinkel hing ein Zigarrenstummel, den nervöses Zucken auf- und niederbewegte, während eine Spur hellbraunen Tabaksaftes, vom Mundwinkel zum Kinn, die innere Bewegung des betrogenen Ehemannes dokumentierte.

In der rechten Hand hielt Herr Häberlin eine aus Lederstreifen geflochtene Hundepeitsche, die ununterbrochen gegen eine ehemals braune Ledergamasche klopfte.

«Sie also sind der Lauselümmel?»

«Wie bitte?» Berthold war äußerst ruhig.

«Ich werde dir gleich die Ohren mit der Peitsche ausputzen, du Rotzlöffel!»

Berthold hatte inzwischen auf den Klingelknopf unter der Schreibtischplatte gedrückt. Gleich darauf trat Inge Claußen an Häberlins Seite. Sie drängte sich an dem verdutzten Riesen vorbei und trat zum Schreibtisch.

«Fräulein Claußen, wollen Sie bitte bei der Polizei anklingeln und dort melden, daß ein entwichener Irrsinniger bei mir eingedrungen ist.»

«Himmelmillionenschockkreuzdonnerwetter! Bube, du! Hast meinen Stall, will sagen, mein Haus beschmutzt und verspottest mich noch?»

Herr Häberlin drang vor.

Berthold hob beide Hände. In jeder Faust hielt er einen Coltrevolver, Kaliber vierundvierzig.

«Zurück, Herr, oder Sie werden als durchlöchertes Sieb begraben.»

Häberlin prallte zurück. Er machte eine Bewegung nach seiner Hüfttasche.

«Hände hoch!» kommandierte Berthold. «Wenn Sie sich zu rühren wagen, schieße ich Sie nieder.»

Draußen hörte man Inge Claußen mit dem Polizeibüro sprechen.

«Sind Sie des Teufels, Herr?» schrie der mit erhobenen Händen stehende Gutsbesitzer. «Nicht genug, daß Sie die heiligen Gefühle eines Ehemannes beleidigt haben, setzen Sie Ihrer Frechheit noch die Krone auf und wollen einen Skandal provozieren?»

Berthold gab keine Antwort, er dachte angestrengt nach. Eine Idee war ihm gekommen, er wollte diesen Mann dazu benutzen, den Betrüger Steger unschädlich zu machen.

Jetzt hörte Häberlin, wie hinter ihm die Türe zugedrückt und der Schlüssel im Schloß herumgedreht wurde.

«Häberlin, ich weiß, wer Sie sind. Ich kenne Sie seit meiner Kindheit.» Berthold log, aber der Zweck heiligt die Mittel. «Sagen Sie, was Sie zu mir führt, aber vermeiden Sie alles, was mich dazu bringen würde, von der Waffe Gebrauch zu machen. Die Zeit ist vorbei, in welcher man hier eindringen und mich mit Peitschenhieben traktieren konnte.»

«Sie, junger Bengel, Sie schämen sich nicht, alte Frauen zu Ihren Geliebten zu machen, sich vier Wochen mit einer Mutter erwachsener Kinder abzugeben? Wie ich so jung war wie Sie, hätte ich keine alte Bettel von vierzig Jahren und mehr angesehen! Ein Rotzjunge sind Sie. Schießen Sie mich nieder, nachdem Sie mein Haus verunreinigt und meine Ehe zerstört haben!»

«Schön, Sie haben jetzt Ihre Ansprache gehalten. Nun lassen Sie mich reden. Ein Betrüger, der mir in keiner Weise ähnlich sieht, der blondes Haar und ebensolchen Schnurrbart hat, dessen Augen blau sind, hat sich auf Grund des mir anhaftenden schlechten Rufes und meines Spitznamens ‹Der Casanova von Bautzen› in verschiedene Herrenhäuser der etwas fern von Bautzen liegenden Güter eingeschlichen und, wenn es ihm gelang, die Damen in Versuchung und zu Fall gebracht. Ich war niemals in der Gegend Ihres Gutes, auch hatte ich zu wenig Zeit für solche Dummheiten übrig.»

«Sie wollen sich wohl herausschwindeln, haben Angst, vor die Pistole zu kommen! Sind Sie übrigens satisfaktionsfähig?»

«Ich habe keine Angst vor Ihnen, und obwohl ich satisfaktionsfähig bin, würde ich mich niemals mit Ihnen schlagen, da ich Sie nicht beleidigt habe.»

Häberlin sah ein, daß dieser Mann die Wahrheit sprechen könnte.

«Glauben Sie, Herr Häberlin, daß ich wegen eines Abenteuers mit einer alternden Dame vier Wochen von meinem Geschäft fernbleiben würde?»

«Wieso wissen Sie, daß der andere blond ist und blaue Augen hat?»

Berthold lächelte.

«Weil schon eine Dame, der es auch nicht besser erging als Ihrer Frau Gemahlin, hier war und zu ihrem Erstaunen erkennen mußte, daß nicht ich der Schuldige war.»

Häberlin schwieg, er hatte längst seine Hände gesenkt, wie auch Berthold die Waffen weggelegt hatte.

«Haben Sie eine Ahnung, wie der Haderlump heißt?»

«Ja, die Botenfrau aus Birkau kennt ihn angeblich. Er soll ein Sattlergehilfe sein und Steger heißen.»

Der Gutsbesitzer trat an den Tisch heran, er wollte sprechen, da hörte er, wie der Schlüssel im Türschloß herumgedreht wurde. Erschrocken wandte er sich um. Sollte wirklich die Polizei kommen und ihn am hellichten Tage durch Bautzen führen?

Inge Claußen trat ins Zimmer.

«Fräulein Claußen, rufen Sie sofort die Hauptwache an, und klären Sie die Sache auf geschickte Weise als einen Irrtum auf.»

Die Sekretärin trat ins Nebenzimmer zurück, legte ihre linke Hand auf die Gabel, um sie beim Abheben des Hörers nicht hochschnellen zu lassen. Es war dasselbe Manöver wie vorher. Inge verlangte die Nummer, sprach, ohne daß eine Verbindung vorhanden, und legte den Hörer darauf wieder geräuschvoll hin.

«Warum hat man den Jungen noch nicht eingesperrt, Herr Türmer?»

«Wahrscheinlich, weil niemand bis jetzt eine Anzeige erstattet hat. Alle fürchten den Skandal.»

Häberlin kratzte sich am Kopf, er reichte Berthold die Hand hin.

«Nichts für ungut. Aber meine Frau soll ihre Blamage voll auskosten. Darf ich Sie für Sonntag mittag zu Tisch bitten?»

Berthold überlegte. Sollte er der Frau die Blamage ersparen? Nein, denn sie würde vielleicht immer wieder antelefonieren und ihn belästigen. Besser, sie wurde jetzt kuriert.

«Ich nehme nur unter der Bedingung an, daß von der Affäre nicht gesprochen wird.»

«Selbstverständlich, die Aufklärung erfolgt nachher unter vier Augen.»

Und am folgenden Sonntag kam Frau Häberlin zur Einsicht, daß es nicht der echte «Casanova von Bautzen» gewesen, dem sie ihr Herz, dreitausend Mark und anderes geschenkt. Sie kam zur Erkenntnis, daß sie in den nächsten Tagen nach Dresden müsse, da trotz ihrer vierzig Jahre die Folgen ihres Fehltrittes nicht ausblieben. Ein bekannter Arzt, der sich mit dieser Spezialität befaßte, mußte die Sache aus der Welt schaffen.

41

Berthold verlebte schöne Stunden in den Armen der Frau Landeseffektenbankdirektor Elsbeth Krämer.

Die junge Frau hatte in Talpenberg ein kleines Häuschen gemietet und kosig eingerichtet. Seit sie ihr eigenes Auto besaß, fuhr sie selbst. Obwohl ihr Gatte einen Chauffeur engagiert hatte, ließ Elsbeth sich selten von diesem begleiten. Nach Talpenberg fuhr sie stets allein.

Berthold hatte in den Liebesspielen mit Frau Landeseffektenbankdirektor vieles gelernt, doch war er stets Lernender und niemals Lehrender.

Die junge Frau sah sich in vielem enttäuscht: Als sie eines Abends von einer Besuchstour bei ihrer Schwiegermama in Dresden, wohin sie den Chauffeur mitgenommen, zurückkehrte und der Wagen auf offener Strecke mitten im Walde um elf Uhr nachts, im strömenden Regen, eine schwere Panne erlitt, war sie gezwungen, mit dem Chauffeur das Innere des Wagens zu teilen. Sie machte die Entdeckung, daß der Mann aus dem Volke in den Liebeskünsten weit geschulter war als Berthold Türmer, der «Casanova von Bautzen».

Elsbeth hielt das Verhältnis mit Berthold nur aufrecht, weil sie damit ungeschickterweise gegenüber ihrer intimsten Freundin, Rita Kleinschmied, geprotzt hatte. Als Rita ungläubig lächelte, bekam sie einen Brief Bertholds zu sehen, worin sie von seiner

Zustimmung zum nächsten Rendezvous, am folgenden Nachmittag, Kenntnis erhielt.

Rita bezweifelte die Echtheit des Briefes und stellte sich zur verabredeten Zeit am Ausgang Bautzens, an der Chaussee nach Talpenberg auf, um beobachten zu können, ob Berthold Türmer dort auch vorbeikomme. Sie sah von einer versteckten Stelle, gegen drei Uhr, Elsbeth, ihren Wagen steuernd, vorbeisausen, und eine halbe Stunde später fuhr Berthold in seinem neuen Wagen an der Späherin vorüber.

Noch am gleichen Nachmittag wußten viele Bautzener Damen von dem Verhältnis Bertholds zu der Frau Landeseffektenbankdirektor.

Herr Direktor Krämer erhielt am folgenden Morgen ein an ihn, nach seinem Büro adressiertes anonymes Brieflein, das den gehörnten Ehemann von den verbrecherischen Beziehungen seiner Frau Gemahlin zu dem «Casanova von Bautzen» unterrichtete.

Herr Krämer bekam einen roten Kopf und einen kleinen Erstickungsanfall. Nicht, daß er der Sache Glauben beimaß, aber immerhin. Er erhob sich von seinem Riesenschreibtisch und begab sich zu dem Spiegel über dem Kamin.

«Verflucht», sprach der Herr Landeseffektenbankdirektor, «verflucht!» Er hatte gewissermaßen Recht. Denn wenn er seinen riesigen Kopf und den dazu im richtigen Verhältnis stehenden Bauch betrachtete, mußte er sich als ehrlicher Mann eingestehen, daß er auch nicht den geringsten Vorzug an sich wahrnehmen konnte. Unzweifelhaft stand es fest, daß an seinem Äußeren nichts war, das eine Frau anziehend finden konnte. Die breite, flache Nase, die riesige Glatze, sein apoplektisches, dunkelrot gefärbtes Gesicht, der dicke Bauch, dessen Ansatz schon an der Brust begann, seine langen, schwächlichen Beine, konnten alles, nur nicht schön genannt werden.

Außerdem hatte die Geschichte noch einen Haken.

Krämer war Generaldirektor der neuen großen Futtermittel- und Kunstdüngerfabrik-Aktiengesellschaft. Sechzig Prozent des Aktienkapitals waren Eigentum Berthold Türmers, dem eigentlichen Gründer des Unternehmens.

Wenn Krämer gegen Berthold vorging, war es sicher, daß er die Stelle des Generaldirektors verlor, und noch schlimmer, daß Berthold für das Unternehmen und auch für sein Geschäft die Beziehungen zur Landeseffektenbank lösen würde.

Krämer glaubte nicht an die Untreue seiner Frau, aber schon, daß ein derartiges Gerücht in Bautzen Verbreitung fand, war fatal für ihn. Auf alle Fälle wollte er seine Augen offen halten und in einem günstigen Moment die Korrespondenz Elsbeths kontrollieren.

Es sollte gar nicht so lange dauern, bis der Direktor einen Beweis erhielt.

Ostern war ins Land gezogen. Ein herrlicher Frühlingsmorgen versammelte Tausende von Bürgern am Ostersonntag am Protschenberg.

Der alte Brauch des Ostereierrollens bildete jedes Jahr für jung und alt eine Quelle des Vergnügens.

Oben auf dem Berge standen die Alten und ließen die farbigen Eier zu den bettelnden Kindern, am Fuße des Berges, hinabrollen.

Unten schrien die Jungens und Mädels und balgten sich um die herabrollenden Geschenke.

Frau Elsbeth hatte beschlossen, an dem Spiel teilzunehmen. In einem entzückenden Frühlingskleid stand sie hart am Rande des Berges und ließ riesige, gut in Papier verpackte Schokoladeneier den Berg hinabrollen. Ihr pikantes Gesichtchen war erhitzt und leis kichernde Laute entrangen sich ihren Lippen, wenn eines ihrer Geschenke unten ankam und eine allgemeine Balgerei entfesselte.

Direktor Krämer stand hinter seiner Frau und betrachtete mit gemischten Gefühlen deren Treiben. Er wußte, daß unter den Anwesenden viele sich über ihn als gehörnten Ehemann lustig machten und ihn für einen Trottel erklärten. Oh, wenn er doch Gewißheit hätte! Aber auch dann war er Berthold Türmer gegenüber ohnmächtig. Er grübelte ununterbrochen, bis Apotheker Tiegel herantrat und ihn darauf aufmerksam machte, daß der Frau Direktor ein Papier aus dem offenen, neu importierten, roten, französischen Pompadour gefallen sei.

Krämer dankte und trat vorsichtig hinter Elsbeth. Er traute sich nicht an den Rand des Abgrundes heran, da er nicht ganz schwindelfrei war. Mit seinem Spazierstock holte er, in einem von Elsbeth unbewachten Augenblick, das Papier zu sich heran. Ohne darauf zu blicken, steckte er es in die Brusttasche.

Tiegel war sehr enttäuscht, er hatte geglaubt, der Bankdirektor würde den Brief sofort lesen und vielleicht seine Ruhe verlieren.

Krämer wußte nicht, daß Tiegel sich den Brief auf perfide Art von dem Dienstmädchen schon vor Tagen verschafft und nur auf eine gute Gelegenheit gewartet hatte, um ihn dem Direktor in die Hände zu spielen. Er hatte zuerst beabsichtigt, das Schreiben, einen Brief Bertholds, dem betrogenen Ehemann zuzusenden, war aber davon abgekommen, da die Frau jederzeit ableugnen konnte, der Empfänger zu sein. Als Anrede waren nur die zwei Worte: «Du Liebste!»

Am Auferstehungstage hatte der ehrenwerte Apotheker beim Gottesdienst in der zweiteiligen Petrikirche von dem ebenfalls katholischen Krämer in Erfahrung gebracht, daß der Direktor und dessen junge Frau das Fest des Eierschiebens am Protschenberg mitmachen wollten. Daraufhin hatte Tiegel seinen Plan gefaßt und im gegebenen Augenblick den Brief hinter Frau Krämer fallen lassen.

Der Landeseffektenbankdirektor stand mit zitternden Lippen hinter Elsbeth. In seiner Brusttasche brannte der Brief wie weißglühendes Eisen. Trotzdem Tiegel glaubte, Krämer hätte keinen Blick auf das Schreiben geworfen, war dies dennoch der Fall gewesen. Als er sich bückte, sprangen ihm die Worte «ich küsse Deinen süßen Leib» in sein bemonokeltes Auge.

Ein Verdacht bemächtigte sich Krämers. Wie kam der Brief hierher? Elsbeth wird doch nicht so ungeschickt sein, den Brief bei sich zu tragen, und wenn dies dennoch der Fall gewesen wäre, dann hätte sie bestimmt mehr darauf acht gehabt. Krämers Blick fiel auf den neben ihm stehenden Apotheker, dessen lauerndes Auge an ihm zum Verräter wurde. Die Zähne zusammenbeißend, tat der Direktor so, als ob ihn das Gejohle der Kinder unten belustige. Er verzog das Gesicht; es sollte ein Lächeln sein und wurde nur eine häßliche Grimasse.

Elsbeth drehte sich mit vor Aufregung gerötetem Gesicht zu ihm herum.

«Putzi, sieh mal, wie sie sich balgen, ist das nicht köstlich?»

Der Direktor nickte nur.

Eine halbe Stunde später saß eine Anzahl Herren der «oberen Fünfundsiebzig» von Bautzen, darunter Krämer und Tiegel, im Fuchsbau beim Frühschoppen.

Die beiden Kellnerinnen flüsterten sich schmunzelnd ihre Bemerkungen über den tranfunzelig dreinschauenden Landeseffektenbankdirektor zu. Die kleine, deren plissierte, weiße Originalschürze prall um den molligen Leib saß, stieß ihre schlanke Kollegin, mit dem interessanten spanischen Kopf, an und kniff das linke Auge ein wenig zu.

«Hast du das eben gesehen? Den Mostrichlöffel hat er in Gedanken in sein Bier fallen lassen.»

«Solch ein Trottel kann mich nicht interessieren», erwiderte die große und wandte ihre Aufmerksamkeit einem Gutsbesitzer zu, der sie mit seinen Stielaugen verfolgte und in der Nervosität bereits die linke Hälfte seines Schnurrbartes abgebissen hatte.

Apotheker Tiegel ging aufs Ganze. Als die Herren der Tischgesellschaft einen obszönen Witz des Herrn Packer, der im Ehrenamt Kirchenvater war, mit donnerndem Gebrüll belachten, sagte Tiegel zu Krämer:

«Es ist eine Schande!»

«Was meinen Sie? Den Witz, den Herr Packer erzählt?»

«Ach, Quatsch! Dahin habe ich gar nicht gehört. Ich meine die Sache mit dem Lausejungen, dem Türmer.»

«Herr Türmer ist kein Lausejunge, sondern ein äußerst tüchtiger Kaufmann.»

«So tüchtig, daß er die Frauen seiner besten Freunde verführt», versetzte hämisch der Apotheker.

Krämer gab keine Antwort. Tiegel hatte keine Ruhe, er wollte sein Mütchen an Berthold Türmer kühlen. Dieser Bankdirektor sollte das rächende Instrument sein.

«Lesen Sie doch den Brief, den Ihre Frau Gemahlin verloren hat», zischte Tiegel.

«Hat ihn meine Frau wirklich verloren?» Krämer sah seinen Nachbar an, und dann sagte er ihm auf den Kopf zu: «Sie haben den Brief dahin geworfen, ich habe es gesehen.»

Tiegel verlor in seinen Rachegedanken die Selbstbeherrschung. Er sah nicht die Falle, die ihm der Bankdirektor stellte.

«Und wenn schon, der Brief ist an Ihre Frau gerichtet. Er ist von dem Gauner, dem Türmer, der in fremde Häuser einbricht.»

«Wieso kommen Sie zu dem Brief?»

«Wenn Sie es durchaus wissen wollen, durch Therese, dem Mädchen Ihrer Frau.»

«Sie scheinen ein Ehrenmann zu sein, Herr Tiegel.»

Verblüfft sah der Apotheker den Sprecher an.

«Wie meinen Sie das?»

«Was gehen Sie meine Privatverhältnisse an?»

Der Apotheker grinste vor Verlegenheit.

«Weil ich Sie schätze und es als meine Pflicht erachte, eine solche Gemeinheit aufzudecken.»

«Was würden Sie in meinem Falle tun, wenn sich die Sache wirklich so verhält, wie Sie annehmen?»

«Oh, ich wüßte schon, was ich täte. Ich würde ihm auflauern lassen, damit er einen Denkzettel bekommt.»

«Auflauern lassen? Warum nicht selbst die Exekution ausführen?»

«Ich möchte mir nicht die Hände an diesem unsauberen Casanova beschmutzen.»

«Sie sagen auflauern lassen? Von wem?»

«Da wüßte ich schon Bescheid. Ich bin doch Vorsitzender des Vereins, der sich um das Fortkommen der aus der Landesstrafanstalt entlassenen Gefangenen bemüht.»

«Das ist mir neu, daß Sie sich auf karitativem Gebiete betätigen.»

«Gott, man muß doch etwas für die Menschheit tun. Besonders für diese Armen, die unsere Aufgabe, sie auf geraden Wegen in die menschliche Gesellschaft zurückzuführen, gewaltig erschweren.»

«Und was hat beides, Ihre Menschlichkeit und entlassene Sträflinge mit meiner Sache zu tun?»

«Lieber Herr Direktor, in den meisten Fällen ist unser Wirken auf diese Verlorenen doch ohne Einfluß. Sie nehmen die Unterstützung, versaufen sie und fallen wieder in ihre Verbrecherlaufbahn zurück.»

Tiegel sah sich vorsichtig um. Die anderen Herren am Tische achteten nicht auf die beiden. Witz auf Witz folgte. Meist waren es Scherze, die schon zum x-ten Male erzählt wurden und in denen es sich stets um Ferkeleien und Bettgeschichten handelte. Die Phantasie dieser ehrenwerten Familienväter glich einem übelriechenden Tümpel.

«Wissen Sie, Herr Direktor», wisperte der «edle» Salbenmischer und Pillendreher, «wissen Sie, da kann ich schon ein paar handfeste Burschen bekommen, die den sauberen Casanova abfassen und ihm eine fühlbare Lektion erteilen.»

«Wie wollen Sie das anstellen?»

«Ganz einfach. Wir forschen den Platz aus, wo sich die beiden Sünder treffen, und je nach der Situation, bei der Ankunft des verliebten Jünglings oder bei seinem Weggehen nach dem Schäferstündchen werden ihn die Kerle, die wir dort aufstellen, bearbeiten.»

«Der Plan würde mir zusagen, wenn es sich nur um eine tüchtige Tracht Prügel handelt. Kein Messer oder solche Sachen. Ich würde Sie dann erbarmungslos preisgeben, Herr Tiegel, ohne Rücksicht auf den Skandal für mich.»

«Aber, Herr Direktor. Prügel von kräftigen Fäusten, weiter nichts. Damit diesem Lumpen die Lust nach weiteren Abenteuern auf lange Zeit vergeht.»

«Gut, Herr Apotheker, Sie werden von mir hören.»

Krämer nahm Zylinder und Stock und entfernte sich.

Die beiden Kellnerinnen sahen sich verständnisinnig an.

42

Geburtstage hafteten den Gutsherrinnen fest im Gedächtnis. Meist wurden sie aber auf dem Hauskalender vornotiert. Man versäumte nie, einen Geburtstagsbesuch zu machen. Einladungen erfolgten nicht. Der Besuch war eine Selbstverständlichkeit.

Beladen mit den unpraktischsten und geschmacklosesten Geschenken, stellten sich die Gratulantinnen bei dem Geburtstagskinde ein. Handarbeiten wurden mitgebracht, und unter Sticheln mit den Nadeln als auch mit den Zungen vertilgte man Berge von Kuchen und trank gallonenweise Kaffee. Trotz vieler Bohnen schmeckte man die halbgebrannten Gerstenkörner heraus. Die beste Sahne konnte nichts dafür, daß der Kaffee sich grün verfärbte.

Frau von Erz feierte ihren fünfundvierzigsten Geburtstag.

Auf dem Lande gibt es kein Verleugnen des Alters. Man wußte genau Bescheid.

Wagen auf Wagen rollte in den Gutshof. Zwei Knechte hatten vollauf zu tun, den Kutschern oder auch den Damen, die meist allein kutschierten, mit dem Ausspannen zu helfen.

Die im Stalle stehenden Gutspferde wurden auf die Koppel getrieben, um den Gespannen der Besucherinnen Platz zu machen. Auch in den Kuhstallungen standen Pferde.

Es fanden sich wenige Herren ein. Einige hatten ihren Frauen versprechen müssen, sie später am Abend abzuholen.

Mit den scheinheiligsten Mienen begrüßten und beglückwünschten die Gratulantinnen das «Geburtstagskind».

Im großen Dielenzimmer war an vier Tafeln gedeckt. Zwei Tische in einem weiter abgelegenen Zimmer waren für die mitgekommenen Söhne und Töchter.

Frau von Erz dankte für die Geschenke und Glückwünsche. Um ihre schön geschwungenen Lippen lag ein ironischer Zug. Sie merkte sehr wohl all die ihren schweren Leib musternden Blicke.

Das Gesicht der Hausfrau hatte infolge des gesegneten Umstandes große Leberflecke erhalten, sah aber trotzdem nicht unschön aus. Die Augen glänzten und zeigten Mut und Kampfesfreudigkeit.

Jawohl, Kampfesfreudigkeit. Es war Frau von Erz bewußt, daß es heute Nadelstiche geben würde, die sie mit Lanzenstichen beantworten wollte.

Die Kaffeeschlacht sollte beginnen. Man stand noch an dem großen Tisch und der daneben stehenden Kommode und «bewunderte» die Geschenke. Rufe des Entzückens und Erstaunens wechselten. Alles gut geheuchelt, selten aufrichtig. Ein großer, mit einem breiten Rosaband umschlungener Pappkarton hatte schon längst die Aufmerksamkeit der Besucherinnen erregt. Man brannte vor Neugier, den Inhalt kennenzulernen.

Die «gefeierte» Hausfrau sah sich im Kreise um, befahl mit grober Stimme, das Kindergesindel in ihr Zimmer zu werfen.

Unwillig entfernten sich die darunter befindlichen Naseweise, während der größte Teil der Kinder froh war, daß der Kampf um all die leckeren Kuchen losgehen sollte. Die Hausfrau öffnete den geheimnisvollen Karton. Eine wunderhübsche Babyausstattung, aus einem ersten Berliner Wäschehause, offenbarte sich den Blicken. Nachdem man sich lange genug an dem Anblick geweidet, wobei auch einige Damen aufrichtige Ausrufe des Entzückens nicht unterdrücken konnten, stellte sich Frau von Erz in die Mitte des Zimmers und rief: «Nun, meine lieben Freundinnen, da wir jetzt ungestört sind, können Sie meinen gesegneten Leib, wie die Herren Pastoren und sonstige Frömmler in solchen Fällen sagen, in Ruhe betrachten.»

Verlegenheit machte sich in den Gesichtern mancher Besucherinnen bemerkbar.

«Sie brauchen sich meiner nicht zu schämen, meine Lieben, denn ich schäme mich selbst nicht im geringsten. Die meisten von Ihnen sind doch diesmal nur gekommen, um die alte Gans zu sehen, die einem jungen Gänserich auf den Leim gegangen ist.»

Die Verlegenheit der Damen wuchs, man stieß abwehrende Rufe aus, machte Gesten, die Frau von Erz beruhigen sollten.

«Bitte, bitte, liebe Freundinnen, greifen Sie zu. Es kommt bei mir nicht von Herzen, sondern aus der Küche, aber seien Sie versichert, daß es Ihnen gegönnt ist.»

Die Damen tranken und aßen, nur um über ihre Verlegenheit hinwegzukommen. Manche von ihnen fühlten sich beschämt und protestierten gegen die Anschuldigungen.

«Sehen Sie, liebe Freundinnen, ich bin ehrlich genug, die Konsequenzen meiner Dummheit zu tragen. Die Frauen machen immer den Männern den Vorwurf, daß Alter vor Torheit nicht schützt, nun meine Damen, nicht nur die Männer begehen Dummheiten, auch die Frauen sind derselben Krankheit ausgesetzt.»

«Aber, liebe Frau von Erz», fiel hier die riesenstarke Gattin des Gutsbesitzers Rackenberg ein, «Sie unterstellen uns da Dinge, gegen die ich persönlich mich wehren muß. Ich habe nie daran gedacht, aus Sensationslust hierher zu kommen, noch maße ich mir über Ihr Tun ein Urteil an. Soweit sollten Sie mich doch kennen.»

«Frau von Rackenberg, daß Sie ehrlich und aufrichtig sind, habe ich nie in Zweifel gezogen, aber man hat mich und meinen Namen seit Monaten durch die Jauche fast sämtlicher Güter der Umgebung geschleift. Nicht, daß ich mich darüber aufrege, bei Gott nicht. Aber, daß viele der Damen, die mich verunglimpfen, ebenfalls demselben Jüngling zum Opfer gefallen sind, die entweder das ‹Glück› der Unfruchtbarkeit genießen oder die Folgen der Affäre auf künstlichem Wege beseitigt haben, sich auch über meinen ‹Sündenfall› entrüsten, ist ein klassisches Beispiel weiblicher Verderbtheit auf dem Lande.»

Eine tiefe Stille trat nach den Worten der Hausfrau ein.

Frau von Rackenberg ergriff wieder das Wort: «Sie müssen zugeben, Frau von Erz, daß Ihr Fall kein gewöhnlicher ist. Ihr Mut ist bewundernswert. Nicht jeder Mensch tritt für seine Handlungen so tapfer ein, wie Sie. Eines aber müssen Sie nicht vergessen. Auf dem Lande ist man es gewohnt, daß die Gutsherrschaft der Dorfbevölkerung mit dem guten Beispiel vorangeht.»

«Frau von Rackenberg», fiel hier Frau von Erz ein, «ich glaube nicht, daß Sie, meine Damen, die zum Teil Mütter erwachsener Töchter sind, erfreut wären, wenn die Bauern dem ‹guten› Beispiel vieler Ihrer Männer folgen wollten. Im Saufen tun sie es ihnen gleich, und darüber empören Sie sich gewaltig. Aber was würden Sie sagen, wenn die Bauernburschen es Ihren Gatten und Söhnen gleichtun und Ihre Töchter schwängern würden?»

Entrüstungsrufe wurden allseits laut. Das wäre ein schlechter und häßlicher Vergleich.

«Oho», rief Frau von Erz. «Wie viele Kinder laufen in Ihren Dörfern herum, die von den Herrn Gutsbesitzern und deren Sprößlingen gezeugt wurden! Darüber regt sich kein Mensch auf.

Immer nur wird das arme Mädchen verdammt und schuldig gesprochen, die Engel von Ehemännern und Söhnen sind stets von der Dorfkokette in Versuchung geführt worden und erlegen.»

Frau Häberlin wollte etwas erwidern.

«Unterbrechen Sie mich nicht, Frau Häberlin, auch Sie haben Ihr Päckchen zu tragen. Das nächste Mal, wenn Ihr etwas energischer Herr Gemahl Ihnen eine Szene macht, möge er sich vergewissern, daß nicht gleich ein Dutzend Zeugen die Sache in die Welt hinausposaunt. Wir sind alle nur Menschen. Uns allen haften Schwächen an, aber wir besitzen kein Privileg auf Vorzug, weil wir ein Gut ererbt oder mit Geld erworben haben. Meine Damen, Sie regen sich stets über Dinge auf, wozu Ihnen jede Berechtigung fehlt. Sie können es nicht sehen, wenn es einem anderen gut oder schlecht ergeht. Sie sind meine Gäste, meine Damen, ich will Ihnen nicht wehe tun, aber ich möchte wie Abraham a Santa Clara einmal den Stall der gespielten und geheuchelten Moral ausmisten. Sie werden sagen, daß ich am wenigsten dazu ein Recht habe, da ich mich mit einem jungen Kerl im Bett herumgesielt habe. Nun, liebe Freundinnen, gerade deshalb. Regen Sie sich über meinen Fall auf, so soll Ihnen dies unbenommen bleiben, aber Sie werden mir dann auch gestatten, Ihre Fehler zu geißeln.»

«Ist es denn notwendig, sich deshalb so zu erregen?» rief Frau Baronin Elstertal, «bedenken Sie Ihren Zustand!»

«Oh, das schadet mir nichts. Es ist mir eine Wohltat, einmal vom Leder ziehen zu können. Ich weiß, meine Damen, daß viele von Ihnen schwer arbeiten müssen. Es ist nicht immer ein paradiesisches Dasein, Gutsherrin zu sein. Ihre Sorgen machen Sie aber ungerecht. Sie klagen stets über alles, besonders über das Personal, aber Sie bedenken nicht, daß jeder Mensch das Recht aufs Dasein hat. Ich bin keine Kommunistin, aber ich sehe nicht ein, mit welchem Recht Sie sich darüber aufregen, wenn ein Dienstmädchen Florstrümpfe trägt oder sich gut kleidet. Solange eine ihre Arbeit zur Zufriedenheit verrichtet, hat sie auch das Recht zu tun und zu lassen, was sie will. Sie regen sich über meinen Fall auf. Nun, so ganz immun sind Sie, meine Damen, auch nicht. Erstmal die ‹Versuchung›, wie man es so schön nennt, herankommen lassen.»

«Ich möchte es keinem raten, mir mit solchen Anträgen zu kommen!» rief mit schriller Stimme die lange und hagere Frau Oberbech.

«Keine Gefahr, Frau Oberbech», sagte ironisch Frau von Erz, «zu Ihnen wird auch so leicht keiner kommen.»

«Warum nicht?»

«Gott, sehen Sie doch in den Spiegel, meine Liebe.»

«Oho! Haben Sie eine Ahnung? Wenn Sie wüßten!»

Allgemeines Gelächter und Prusten unterbrach die Zwischenruferin.

«Da wir von der Sache sprechen», fragte die schöne Müllerin aus Öhlisch, «ist es denn wahr, Frau von Erz, daß sich der Verführer unter falschem Namen eingeschlichen hat?»

«Jawohl, er hat sich unter dem Namen des berüchtigten Drogisten aus Bautzen, den man doch den ‹Casanova von Bautzen› nennt, bei mir eingeschlichen.»

«Ist er denn, Sie verzeihen die Frage, ist er denn hübsch?»

«Ganz netter Mann, ein bissel fades Blond.»

«Der richtige ‹Casanova von Bautzen› ist aber ganz dunkelbrünett», rief eine junge Frau.

«O Gott!» ertönte es von den Lippen der Frau Gnadisch, und eine Leichenblässe überzog ihr Gesicht.

Noch zwei anderen Damen weiteten sich die Augen, als die Haarfarbe Adolf Stegers zum Verräter wurde.

Alle waren auf Frau Gnadisch aufmerksam geworden. Man wußte sofort Bescheid. Wieder eine Betrogene.

43

In dem Entlassungszimmer der Landesstrafanstalt hatte Herr Apotheker Tiegel vor einigen Tagen vier Sträflinge, die ihre Haft verbüßt hatten, in Empfang genommen und im Namen des Vereins zum Schutz und Fortkommen entlassener Strafgefangener unterschrieben und versprochen, für deren Unterbringung zu sorgen.

Franz Haskerl hatte fünf Jahre wegen schwerer Körperverletzung mit tödlichem Ausgang gebrummt.

Max Dobschitz war wegen eines gleichen Deliktes verurteilt worden, aber mit dreieinhalb Jahren davongekommen.

Beide waren als gewalttätige Raufbolde in Leipzig polizeilich bekannt und allgemein gefürchtet gewesen.

Peter Stanko, ein Wende, hatte eine zweijährige Kerkerhaft hinter sich. Sittenverbrechen an Minderjährigen.

Georg Pleschkow war wegen Erpressung achtzehn Monate Gast der Landesstrafanstalt gewesen.

Die beiden letzteren beförderte der Apotheker sogleich in ihre Heimat. Haskerl und Dobschitz behielt er bei sich und versprach, für sie zu sorgen. Bald waren die zwei Burschen für den Plan gewonnen. Trotzdem sie erst eine langjährige Haft hinter sich hatten, scheuten sie vor der ihnen aufgetragenen Tat nicht zurück. Passieren konnte ihnen nichts, da der Herr Vorstand des Fürsorgevereins für entlassene Sträflinge sie in seinen Schutz nahm. Sie sollten nach der Tat noch acht Tage in dem ihnen angewiesenen Bauernhof versteckt bleiben, dann würden sie über die böhmische Grenze gebracht werden.

Täglich saß der Apotheker in den Nachmittagsstunden im Café Müller und beobachtete den Eingang zur Post. Er wußte, daß Frau Elsbeth ihre postlagernden Briefe selbst abholte. Aus dem Briefe, den er von dem Dienstmädchen erschlichen hatte, waren ihm die Abmachungen der «Liebenden» bekannt.

Bald wurde Herr Tiegel für seinen Spionagedienst belohnt. An einem Freitag nachmittag sah er die Frau des Landeseffektenbankdirektors ihren Wagen vor das Postamt steuern.

Tiegel saß hinter dem Glasfenster und drückte seine Kartoffelnase an der Scheibe platt. Er beobachtete, wie Frau Elsbeth, mit einem Brief in der Hand, aus dem Postamt trat und lesend die Stufen hinab zu ihrem Auto ging.

Am gleichen Abend lag er mit dem Bankdirektor an dem Ausgang der Stadt, von welchem aus die junge Frau stets die Stadt Bautzen verließ, auf der Lauer.

Direktor Krämer hatte seinen Wagen, unter der Toreinfahrt eines Gasthofes, fahrbereit versteckt. Im Wagen saßen die «ehrenwerten» Herren Franz Haskerl und Max Dobschitz. Beide zeigten sich lächelnd die Fäuste und betasteten gegenseitig ihre Muskeln, die trotz der Gefängniskost nichts von ihrer Härte eingebüßt hatten.

Kurz vor sechs Uhr fuhr das Auto der Frau Landeseffektenbankdirektor, von der jungen ahnungslosen Dame selbst gelenkt, vorbei. Rasch nahmen Krämer und Tiegel die Verfolgung auf.

Krämer hatte seinen eigenen Chauffeur auf einige Tage beurlaubt, und an seiner Stelle tat Elsbeths Chauffeur Dienst. Dieser kräftige junge Mann saß am Volant und hatte als Nachbar Herrn Tiegel, während der Herr Landeseffektenbankdirektor sich in der zweifelhaften Gesellschaft von Franz Haskerl und Max Dobschitz, etwas unbehaglich, im Fond des Wagens befand.

Der Bankdirektor bereute schon jetzt das Abenteuer, in welches er sich durch den boshaften Apotheker hatte zerren lassen. Unwillkürlich fühlte er nach der Hüfttasche, und es tat ihm leid, daß er seinen Revolver nicht mithatte. Wenn ihn die zwei Banditen jetzt überfielen, stand er ihnen wehrlos vis-à-vis. Hätte er die Gedanken seiner Gegenüber gekannt, so wäre er ruhiger geworden. Die beiden «Gents» dachten weder an Überfall noch an Raub. Sie waren keine Verbrecher in diesem Sinne. Eigentumsvergehen lagen ihnen vollkommen fern. Pathologische Raufbolde waren es, deren primitives Gehirn sich nur an blutigen Schlägereien ergötzte, denen das Messer lose im Gürtel saß.

Der Chauffeur hatte erstaunt aufgehorcht, als ihm der Apotheker befahl, dem voranfahrenden Auto in einem gewissen Abstand zu folgen und es auf keinen Fall aus den Augen zu verlieren. Er hatte sogleich den Wagen seiner Herrin erkannt und strengte nun sein Gedächtnis an, was die Verfolgung bedeute. Da Elsbeth ihn nie zu ihren Rendezvous mit Berthold nach Talpenberg mitgenommen, er aber von dem Liebesnest dort Kenntnis hatte, war ihm sofort klar, wohin die Fahrt ging. Zweimal wöchentlich fuhr er mit seiner Gebieterin nach Dresden, um dort seinen Minnedienst, in der kleinen Wohnung in der Neustadt, bei der Gnädigen zu verrichten. Die Herrin war lieb zu ihm und überschüttete ihn mit Geschenken. Jetzt vermutete er mit Recht, daß man der jungen Frau nachstelle, und er dachte angestrengt nach, wie er ihr helfen könnte.

«Passen Sie genau auf», schrie der Apotheker, als das Auto durch Spittwitz fuhr, «sie ist in einen Seitenweg eingebogen!»

Unbekümmert, nichts ahnend, fuhr Elsbeth Krämer dahin. Sie freute sich auf die kommende Schäferstunde und machte sich keinerlei Gewissensbisse. Sie war jung und an einen alten perversen Wüstling gekettet. Gleich im Anfang der Ehe hatte Krämer Elsbeth in seine abnormen Gelüste einweihen wollen. Er war Sadist und Masochist. Eine Anzahl ausgeklügelt raffinierter Instrumente, unter denen verschiedenartige Peitschen und Ruten eine besondere Rolle spielten, bildete die erotische Ausstattung des Bankdirektors. Seidenbänder, als Pferdegeschirre verarbeitet, mit kleinen silbernen Schlittenschellen und ein kleiner, mit unzähligen Nadeln ausgepolsterter Sattel, halfen dem alten Herrn in seinen Schäferstunden, die erschlafften Gefühle aufzupeitschen.

Elsbeth, deren Sinne gesund waren, die sich aber stets auf der Suche nach absonderlichen Neuheiten befand, wurde bald nach Erprobung der Hilfsmittel des Gatten von einem unüberwindlichen Ekel vor diesen erfaßt und wich seinen Liebkosungen, wo es nur ging, aus. Sie hielt sich schadlos an anderer Stelle, doch mußten es junge und schöne Männer sein. Wenn sie nur an den nackten, scheußlich aufgedunsenen Leib ihres riesigen Herrn Gemahls dachte, schüttelte sie sich vor Grauen.

Auf Umwegen erreichte die junge Frau Talpenberg. Das Häuschen stand außerhalb des Ortes. Eine junge Witwe mit einem Kinde bewohnte zwei Zimmer, rückwärts im Hofe.

Elsbeth fuhr mit ihrem Wagen in den Hof, und die Holzgittertüre schloß sich hinter ihr.

Der Chauffeur wurde von dem Apotheker gezwungen, etwas entfernt davon zu halten. Der Schweiß stand ihm auf der Stirne. Wie konnte er seiner Herrin helfen? Gerne hätte er den neben ihm sitzenden Schuft aus dem Wagen geworfen und wäre mit den anderen fortgefahren, aber das würde die Lage der Frau nicht gebessert haben. Mit zusammengebissenen Zähnen mußte er hören, wie Herr Tiegel die zwei gewalttätigen Menschen instruierte, an das Haus heranzuschleichen, sich hinter den dicken Eichenstämmen zu verstecken und dort auf den Mann zu lauern, der das Haus verlassen würde. Dann sollten sie über ihn herfallen und ihn solange prügeln, bis er liegen bliebe. Kein Messer! Nur die Fäuste, allenfalls noch ein paar Fußtritte. Aber kräftig.

Haskerl und Dobschitz grinsten und zeigten ihre geballten Fäuste; oh, sie bedurften keines Messers, ihre Schlagwerkzeuge waren kräftig genug.

Der Himmel hatte sich umwölkt, und die Dunkelheit trat weit früher ein, als man es gewärtigte.

Krämer hatte den Chauffeur beiseite genommen, ihm einen Hundertmarkschein gereicht und ihn gebeten, über die Sache Stillschweigen zu bewahren.

«Haben Sie je, wenn Sie meine Frau Gemahlin gefahren haben, etwas Verdächtiges bemerkt? Mir können Sie es ruhig sagen, ich werde Sie nicht verraten.»

Der Chauffeur zerknitterte den Geldschein in der Hand, er biß nervös abwechselnd die Unterlippe, dann wieder die Oberlippe.

«Nein, Herr Direktor, ich habe niemals etwas bemerkt.»

«Sie verbergen mir etwas. Sprechen Sie ruhig. Ihren Posten sollen Sie nicht verlieren.»

«Herr Direktor, ich spreche die Wahrheit. Ich habe Frau Direktor nur zu Einkäufen und Besuchen bei bekannten Damen gefahren. Wenn etwas Unrechtes geschehen wäre, hätte ich es merken müssen.»

«Schon gut, ich glaube Ihnen.»

Der Chauffeur ging unruhig eine Seitenstraße des Dorfes hinauf. Er mußte die junge Frau warnen. Irgendein Weg mußte, um das Dorf herum, zu dem kleinen, schmucken Haus führen. Unauffällig schlich er davon.

Apotheker Tiegel stand vor dem Kühler und suchte die Dämmerung mit seinen Augen zu durchdringen. Vor der linken Eiche konnte er den Hemdkragen und das Gesicht von Haskerl erkennen. Oh, ein Gefühl der Freude durchrann seinen Körper. Wenn die zwei über Berthold Türmer herfielen, wollte er hinlaufen und sich die Exekution in der Nähe besehen. Berthold sollte wissen, daß er Zeuge seiner Schande war.

Direktor Krämer saß, nervös an der Unterlippe kauend, im Wagen. Es blieb ihm nichts anderes übrig, als gegen Elsbeth die

Scheidung einzureichen. Der Skandal würde sich nicht vermeiden lassen, aber Berthold Türmer durfte niemals erfahren, daß er sich mit dem Überfall einverstanden erklärt hatte. Tiegel würde, das heißt, mußte schweigen, und der Chauffeur war sicher nicht redselig, das hatte er gemerkt. Diesen Burschen wollte er in seinen Dienst nehmen und ihm so den Mund stopfen.

Herr Tiegel war ungeduldig geworden. Er schlich auf Umwegen dem Hause näher. Was hätte er darum gegeben, einen Blick durch die Ritzen der Fensterläden zu tun? Licht schien durch. Besonders das Fenster, welches nach dem Garten ging, war hell erleuchtet. Dort lagen sie jetzt im Bette und trieben Schweinereien. Was sie wohl alles anstellten? Der Apotheker trat nahe an den Zaun heran. Er hörte leises Kichern, dann den Schall von Küssen. Schließlich glaubte er, das Knarren einer Matratze zu vernehmen. Behende, wie man es ihm gar nicht zugetraut hätte, kletterte er über den niedrigen Gartenzaun. Mit leisen Schritten machte er sich an das Haus heran. Der Speichel stand in seinen Mundwinkeln, seine häßlichen Nasenlöcher blähten sich riesenhaft.

Dem Chauffeur war es inzwischen geglückt, unbemerkt um das Dorf herumzulaufen. Er suchte sich zu orientieren. Endlich glaubte er, das Haus entdeckt zu haben. Er hatte noch eine Koppel zu überqueren, auf der einige Kühe und eine Stute mit ihrem Fohlen weideten. Gespenstisch sahen die Tiere in dem Halbdunkel aus.

Ein Blitz erhellte Himmel und Erde, ein Grollen folgte kurz hinterher. Große, vereinzelte Tropfen begannen zu fallen, danach trat völlige Windstille ein.

Der Chauffeur lief im Galopp über die Koppel, überkletterte einen Stacheldrahtzaun und suchte das Tor, welches in den Hof des Hauses führte.

Plötzlich erscholl das wütende Gebell eines Hundes.

Tiegel war um das Haus herumgeschlichen und seinem lüstern suchenden Auge war Erfolg beschieden. Durch eine Fensterladenritze sah er vor einem Ruhebett, ihm den Rücken zukehrend, einen nackten Frauenleib. Bevor er noch imstande war, weitere Entdeckungen zu machen, verspürte er einen großen Schmerz in seinem Gesäß. Der Hofhund hatte den Neugierigen überfallen. Tiegel schrie auf, schleuderte den Hund beiseite und lief um das Haus herum. Er entdeckte den Ausgang, hob einen Knüppel von der Erde und wehrte den ihn verfolgenden Hund ab.

Ein Windstoß erhob sich mit Heulen. Eine Staubwolke, in Haushöhe, kam die Dorfstraße hinab und hüllte alles ein.

Tiegel stürzte aus der Gartentür auf die Straße. Im nächsten Augenblick traf ihn ein Faustschlag mitten ins Gesicht, der die letzten Zahnstummel lockerte, ein zweiter und dritter Hieb schmetterten den Apotheker zu Boden.

Die zwei Raufbolde, in der Meinung, den Richtigen in ihren Händen, besser gesagt, Fäusten zu haben, schlugen und traten unbarmherzig auf ihr nur noch schwach wimmerndes Opfer.

Im Zimmer des Hauses war Elsbeth mit ihrem neuen Verehrer, einem Magistratsschreiber aus Bautzen, heftig erschrocken. Der Jüngling fuhr mit Hast in seinen Anzug. Frau Elsbeth warf schnell ihre Kleider über.

Plötzlich klopfte es an der Türe. Beide «Liebende» erschraken sehr.

«Gnädige Frau, Vorsicht. Ich bin's, Peter. Der Herr Direktor ist Ihnen auf der Spur.»

Elsbeth bekam rasch ihre Geistesgegenwart wieder. Sie öffnete die Tür. Der Magistratsschreiber versuchte vergeblich, in seine Schnürschuhe zu kommen, er hatte den linken Stiefel mit dem rechten vertauscht.

«Peter, Bubi, was ist's?» Erschrocken fragte es Elsbeth.

«Der Herr Direktor ist draußen. Schnell, der Herr soll sich woanders anziehen. Suchen Sie eine Ausrede.»

Peter lief rasch hinaus.

Direktor Krämer hatte sich die Ohren zugehalten, als der Spektakel vor dem Hause begann. Eine große Angst überkam ihn, als die Drescherei kein Ende nahm. Krachende Schläge wechselten mit dumpfen Hilferufen und klatschenden Ohrfeigen. Aneifernde Worte der beiden Exekutoren, wie: «Hier, mein Junge! Gib ihm noch eins! Da haste, du Schwein!» waren hörbar.

Der Bankdirektor rief nach dem Chauffeur, und als dieser sich nicht meldete, lief er, so schnell seine schwachen Beine den Riesenleib trugen, dem Kampfplatze zu. Dort traf er schon Peter, der mit Gewalt Haskerl festhielt, während Dobschitz mit seinen Füßen auf den am Boden Liegenden einhieb.

Krämer stürzte hinzu und stieß den Rohling beiseite. Der Chauffeur ließ seine Taschenlampe aufleuchten, und alle vier erkannten in dem Verprügelten den Apotheker.

Verdutzt blickten sich Dobschitz und Haskerl an. Sie glaubten, nicht richtig zu sehen. Es war doch genau so zugegangen, wie es ausgemacht war. Den ersten, der aus dem Hause kam, sollten sie verkamisolen[23]. Nun, das hatten sie getan. Daß es ihr Auftraggeber war, hatten sie in der Dunkelheit und der Staubwolke nicht gemerkt. Warum hatte er auch nichts gesagt?

Ja, warum nicht? Weil ihm dazu keine Zeit geblieben war.

Apotheker Tiegel lag fast ohnmächtig und leise stöhnend auf der Erde. Er mußte schwer verletzt sein. Ein greller Blitz zuckte auf, ein krachender Donnerschlag folgte. Der Himmel öffnete seine Schleusen, in Strömen kam der Regen herunter. Ein Wolkenbruch.

Keiner der Anwesenden bemerkte den Radfahrer, der mit offenen Schuhbändern und flatternder Krawatte durch eine andere Türe, die Regenwolken durchschneidend, davonfuhr.

Der Chauffeur hatte seinen Wagen herangeholt, und mit Hilfe von Haskerl und Dobschitz wurde der besinnungslose Apotheker, dessen Anzug mit Kot- und Blutflecken übersät war, in das Auto gehoben. Das Verdeck wurde hochgeschlagen, um das Innere des Autos vor den herabstürzenden Wassermassen zu schützen.

Direktor Krämer war in den Garten getreten. Mit seinem Stock wehrte er den Hund ab und begab sich in das Haus. Eine junge Bauersfrau trat ihm entgegen.

«Wo ist meine Frau?» herrschte der Bankdirektor die vor ihm Stehende an.

«Wer ist denn Ihre Frau? Warum schreien Sie so mit mir?» fragte energisch die Bäuerin.

«Das werde ich Ihnen gleich zeigen, Sie Kupplerin!»

23 veraltend für verprügeln

Die Frau wurde blaß. Sie war sich keiner Schuld bewußt. Es war ihr niemals klar geworden, was die junge Frau hier trieb. Sie hatte nie danach geforscht oder gefragt. Sie setzte das Kind, welches sie im Arm hielt, auf den Boden, trat an den Bankdirektor heran und schlug ihm mit der flachen Hand ins Gesicht.

«Was unterstehen Sie sich, Sie frecher Kerl?»

Krämer bückte sich, ob der Ohrfeige verdutzt, nach seinem Hut. Als er sich erhob, stand im Rahmen einer Türe Frau Elsbeth. Sie sah erstaunt auf ihren Gemahl.

«Du hier? Wie kommst du denn hierher?»

«Das möchte ich lieber dich fragen. Willst du mich nicht eintreten lassen?»

«Bitte!» sagte Elsbeth und gab den Weg frei.

Krämers Blicke gingen suchend in dem Zimmer umher. Sein Auge blieb auf dem Tisch haften, auf dem eine Menge Papiere und einzelne Bücher lagen.

«Nun, Herr Bankdirektor? Was verschafft mir die Ehre Ihres Überfalles? Was soll das bedeuten, daß du mir nachspionierst?»

«Das werde ich dir gleich sagen. Ich weiß, daß du mich betrügst. Was tust du hier?»

«Da du so zärtlich fragst, bin ich gezwungen, dir ein Geständnis zu machen.»

«Aha!»

«Ich schreibe ein Buch.»

«Soso, du willst mich wohl noch zum Narren halten? Du schreibst ein Buch? Wahrscheinlich deine Abenteuer?»

«Oh nein, meine nicht.»

«Wessen Abenteuer denn?»

«Die Abenteuer des ‹Casanovas von Bautzen›! Du hast doch auch schon genug von ihm gehört?»

Krämers Wut stieg. Dieses Weib wollte ihn noch verspotten. Er packte sie an beiden Händen, preßte ihr die Finger zusammen und knirschte: «Bestie, Kanaille! Ich werd' dich lehren, mich zu betrügen. Du weißt wohl nicht, daß ich seine Briefe an dich kenne? Warte nur!»

Er hob die Hand und wollte die geballte Faust auf die Frau niederfallen lassen, als ein Klopfen an der Tür ihn innehalten ließ.

Hastig hatte Elsbeth «Herein» gerufen.

Der Chauffeur öffnete die Türe. Krämer ließ die Faust sinken. Unwirsch wandte er sich herum.

«Was wollen Sie? Warten Sie, bis Sie gerufen werden.»

«Herr Direktor, ich gestatte mir, höflichst darauf aufmerksam zu machen, daß es angezeigt wäre, so rasch wie möglich nach Bautzen zurückzukehren, sonst stirbt uns der Herr Apotheker noch.»

«Schon gut, ich komme gleich.»

Peter verschwand.

«Mach dich fertig!» schrie Krämer Elsbeth zu. «Du fährst mit mir sofort nach Bautzen zurück. Das Weitere wird sich finden!»

Apotheker Tiegel mußte unverzüglich operiert werden. Mehrere Rippenbrüche, eine schwere Gehirnerschütterung und innere Verletzungen waren der Lohn für sein häßliches Beginnen.

Der Chauffeur hatte Haskerl und Dobschitz noch in derselben Nacht zur böhmischen Grenze gebracht. Am folgenden Morgen kamen die beiden mit einem sächsischen Grenzer in Streit, schlugen den Mann nieder, wurden von einer Schar Bauern überwältigt und eingesperrt.

44

Berthold Türmer, der, nichtsahnend, schweren Verletzungen entgangen war, hatte am gleichen Abend die Sieben-Uhr-Vorstellung der Palast-Lichtspiele besucht. Der Inhaber des Kinos hatte mit großer Reklame den amerikanischen Film «Die Furcht vor der Ehe», mit Colleen Moore in der Hauptrolle, annonciert.

Als Berthold das Inserat zu Gesicht bekam, beschloß er, sich den Film anzusehen. Seine New Yorker Zeit kam ihm in Erinnerung, und Träume von schönen Frauen wurden in ihm wach. Die Köpfe von Agnes Ayres, Alice Terry, Leatrice Joy, Nita Naldi, Anita Stewart usw. sah er im Geiste lebhaft vor sich. Ein unsagbares Sehnen überkam ihn. Warum war es ihm versagt, von einer wirklich schönen Frau um seiner selbst willen geliebt zu werden? Welcher körperliche Defekt haftete ihm an? Doch keiner. Es konnte nur an seiner Mentalität liegen. Er sehnte sich so nach der Liebe einer schönen Frau, nach wahrer, echter Liebe. Nicht seiner angeblichen Abenteuer halber. Er wollte es dieser Frau tausendfach vergelten, wenn sie ihn mit ihrer Liebe beglückte. Sicher war er, daß ihn bei dieser Frau seine blöde Schüchternheit verlassen würde. Wie schämte er sich nach jedem Rendezvous mit Elsbeth Krämer! Immer tölpelhafter hatte er sich benommen. Es war ihm zum Beispiel nicht möglich gewesen, im Tête-à-tête das zärtliche «Du» zu finden. In den intimsten Augenblicken war ihm oft das «gestatten Sie, Gnädigste» entschlüpft. Elsbeth hatte ihn einmal vor Wut darüber, daß er sie damit aus den heißesten Träumen gerissen, geprügelt und ihm verboten, in gewissen Momenten zu sprechen.

All diese Dinge nagten und zerrten an Berthold. Was nützte es, daß er ein gutgehendes Geschäft besaß, ein reicher Mann war und in dem Ruf eines Schwerenöters stand? Er war jetzt bald vierundzwanzig Jahre alt und hatte außer der Jugendeselei mit Tilda Hasselmann die wahre Liebe, nach der sich sein Herz sehnte, nicht kennengelernt.

«Die Furcht vor der Ehe» rief in großen Lettern das Plakat von den Zäunen und vor dem Kino. Der Kopf Colleen Moores, mit dem bubenhaften Ausdruck und den sprechenden Augen, war gut getroffen.

Berthold erinnerte sich. Als er, vor nicht ganz zwei Jahren, Hollywood besuchte, war der Stern der jungen begabten Darstellerin erst im Aufsteigen. Ganz Hollywood war des Lobes voll, und Colleens Prognostikon war, mit einigen Ausnahmen neidischer Konkurrentinnen, allgemein als erstklassig bezeichnet worden.

An einem herrlichen Abend, beim Strandkonzert in Santa Barbara, hatte Berthold Colleen Moore zum ersten Male gesehen. Alle Anwesenden waren von dem Persönchen, das mehr einem Jungen als einer jungen Dame glich, begeistert. Doch nur der Kopf, durch den bizarren Schnitt des Haares, war knabenhaft. Der Körper der Künstlerin war weiblich, ihr Gang, ihre Bewegungen verrieten ihr Geschlecht.

Nun ist sie der große Star, dachte Berthold, jetzt hat sie das Ziel ihrer Karriere erreicht. Sie ist die berühmte, die beliebte Künstlerin geworden.

Obwohl sich Berthold in der damaligen Zeit für viele der Filmstars begeisterte, zu Colleen Moore zogen ihn niemals die Gefühle, die er für die anderen Damen des Films gehegt. Nur Bewunderung hatte er für sie, sein leicht entflammbares Herz blieb von ihr unberührt.

In einer Loge sitzend, ließ Berthold das Vorprogramm an seinem Auge vorbeiziehen. Eine Naturaufnahme in Farben. Die Fahrt über die Stromschnellen eines japanischen Flusses mit schwer aussprechbarem Namen. Darauf der allgemeine Wochenbericht, wie er meist in geschmackloser, unzusammenhängender Reihenfolge gezeigt wird. Selten Dinge von allgemeinem Interesse. Eine französische Modenschau mit ausgesucht häßlichen Mannequins in fabelhaften Kleidern, und da es Hochsommer war, in Pelzen von großem Wert.

Felix, der Kater, und seine wunderlichen Abenteuer. Diese unerreichten, von einem naiven, aber äußerst gesunden Humor strotzenden amerikanischen Trickzeichnungen, rissen Berthold und fast das gesamte Publikum zu Lachorkanen hin. Nur Frau Konsistorialrat Hackepeter und das ältliche Fräulein Knieblech, die dicht vor Bertholds Loge saßen, stimmten nicht in die Lustigkeit ein.

Als der Film abgelaufen war, sagte Frau Konsistorialrat zu ihrer Nachbarin: «Mir unverständlich, wie man über solchen Blödsinn lachen kann.»

«Mir auch», erwiderte mit zusammengekniffenen Lippen Fräulein Knieblech und drückte ihre knochigen Hände an ihre noch knöcherigere Brust.

«Die Furcht vor der Ehe», leuchtete der Titel auf. Unendlich langweilige Informationen folgten. Es wurden Dinge genannt, für die kein Mensch Interesse hatte. Nach der Fabrikationsfirma folgte die Vertriebsstelle, darauf machte sich der ursprüngliche Käufer breit, dem der Provinzverleiher mit wenig geschmackvoller Schutzmarke folgte.

Als diese Tortur für die Zuschauer beendigt war, kam ein endloses Namensverzeichnis der Darsteller, von denen Berthold eine ganze Anzahl persönlich kannte. Darunter ein Frauenname, der ihm wohl manchmal zu Ohren gekommen, dessen Trägerin er in Amerika aber nie von Angesicht gesehen hatte.

«Myrtle Bird.»

Sie wurde als Mutter dreier Töchter in dem Verzeichnis aufgeführt.

Der Name Myrtle hatte für Berthold etwas eigentümlich Anziehendes.

Endlich, endlich begann die Filmhandlung. Berthold wartete fiebernd auf die Introduktion von Myrtle Bird.

Als diese Junogestalt auf der Bildfläche erschien, war Berthold fasziniert. Obwohl die Künstlerin bereits eine Frau in der Mitte der Dreißig schien, packte sie Bertholds Gedanken mit aller Gewalt.

Diese oder keine, sagte er sich.

Der leidende Zug in Frau Birds Gesicht weckte heiße Gefühle in des jungen Mannes Brust. Er folgte in keiner Weise der Handlung, immer wieder erwartete er das Erscheinen seiner Angebeteten auf der Leinwand.

Als Myrtle Bird in der Mitte des Films starb, verließ Berthold ganz benommen das Haus. Wie im Traum schritt er in den Straßen umher. Der Name Myrtle Bird und ihr Bild gingen ihm nicht aus dem Sinn. Kam er an einem Plakat vorbei, das den Film anzeigte, verschwammen die Buchstaben zu einem Bilde der schönen Frau.

Berthold lenkte seine Schritte durch die Straßen dem Bürgergarten zu. Er wußte nicht, daß dort für den Abend ein großes Militärkonzert angesetzt war. Ohne zu überlegen, trat er ein. Fernes Donnergrollen übertönte ein Adagio des Orchesters. Man verhunzte soeben, mittels Blechmusik, «La Traviata».

Vieler Augen fielen auf den Eintretenden. Die Frauen und Mädchen waren wie elektrisiert.

«Der Casanova von Bautzen» wurde von Tisch zu Tisch geflüstert, daß Berthold es ganz gut vernehmen konnte.

Blonde Frauenköpfe tanzten vor seinen Augen. Überall sah er Myrtle Bird, die große, junonische Gestalt.

Plötzlich stockte Bertholds Fuß. Ein Gesicht war vor ihm aufgetaucht, das ihn um einige Jahre zurückwarf in die Vergangenheit.

War das nicht Tilda Hasselmann, die starr zu ihm herüberblickte? Er nahm an einem leeren Tische Platz. Das Gesicht Tildas rief ihn in die Wirklichkeit zurück. Jawohl, es war kein Zweifel, es war seine erste Liebe, die dort bei jenem strohblonden, breitschultrigen Manne saß.

Ein wehes Gefühl beschlich Berthold. Nicht, daß sein Herz nochmals für Tilda Hasselmann entbrannte, nein, aber die Zeit wurde wieder lebendig in ihm und die liebeleeren Jahre, die jenen Stunden gefolgt waren. Was hatte er um Tilda Hasselmann leiden müssen! Jetzt saß sie dort, wahrscheinlich bei ihrem Manne. Welche Gefühle wohl ihr Inneres bewegten? Ob sie noch seiner gedachte, oder ob sie ihn aus ihrem Gedächtnis gestrichen? Warum sah sie so starr herüber und war so bleich geworden? Fürchtete sie ihn? Glaubte sie, daß er sich ihr wieder nähern, ihr Ungelegenheiten machen würde? Da konnte sie beruhigt sein. Tilda Hasselmann war für ihn nur eine traumhafte Erinnerung. Ein Schemen. Er bedauerte es, daß er sie nun so an der Seite dieses Mannes sah. Dadurch wurde ein letztes illusionshaftes Bild zerrissen. Er entsann sich jetzt, daß er zu grüßen vergessen. Hastig zog er den Hut und verneigte sich.

Tilda erwiderte den Gruß und senkte gedankenvoll den Kopf.

Hätte Berthold in ihr Inneres sehen können, wäre sein Urteil weniger hart gewesen.

Die junge Frau hatte Berthold Türmer niemals vergessen. Trotzdem sie damals, in der ersten Enttäuschung, sich von ihm losgesagt, hatte sie nie aufgehört, ihn zu lieben. Sie trug diese Liebe wie ein Heiligtum in ihrem Herzen und hegte sie, wie eine unvergeßliche schöne Erinnerung. Oft überkam sie eine tiefe Wehmut, dann schloß sie sich in ihrem Zimmer ein und erleichterte ihr Herz durch Tränen. Sie verdammte sich, daß sie den guten Zinnicke in Gedanken betrog und immer an einen anderen denken mußte. Deshalb blieb ihr auch wohl der Kindersegen versagt. Gott strafte sie für die Berthold Türmer gebrochene Treue. Nie würde sie ein Kind haben und dadurch immer gezwungen sein, an Berthold zu denken. Sie hatte ihn damals in höchster Not im Stich gelassen.

Ein krachender Donnerschlag, und gleich hernach ein Sturzregen, ersparte den Besuchern des Bürgergartens das schlecht gespielte Finale der Traviata-Ouvertüre.

Alles flüchtete in den Saal und in die Restaurationsräume. Plötzlich stand Berthold neben Tilda. Der Zufall hatte ihn dahin geführt.

Wieder suchten alle Damenaugen die Aufmerksamkeit Bertholds zu erregen. Man sah plötzlich, wie er sich grüßend vor der ehemaligen Bäckerstochter, die den wenigsten bekannt war, verneigte. Man merkte den Farbenwechsel in Tildas Gesicht und machte sich sofort einen Vers darauf.

Tilda konnte nicht umhin, die Herren einander vorzustellen. Der junge Ehemann horchte schmunzelnd bei der Nennung von Bertholds Namen auf.

«Aha! Sie sind ja der Herr, den man den ‹Casanova von Bautzen› nennt», sagte er in breitlachender, bäuerlicher Weise.

Tilda war über die Taktlosigkeit ihres Mannes empört. Ein Gefühl des Hasses gegen ihn überkam sie. Sie stieß ihn unter dem Tisch mit dem Fuße.

«Na, was fehlt dir, Tildchen, warum stößt du mich denn?»

Das Gesicht der Frau wurde über die neue Ungeschicklichkeit ihres Mannes blutrot. Dies veranlaßte Zinnicke zu neuem Lachen. Er stieß derbzärtlich seine Frau an den Arm und rief: «Na, na, Alte! Du wirst doch nicht auch in deiner ledigen Zeit mit dem Casa …, ah, mit Herrn Türmer poussiert[24] haben?»

Tränen traten in Tildas Augen. Berthold zog seinen Hut, er wollte nicht Zeuge weiterer Taktlosigkeiten des jungen Mannes sein. Mit einer Verbeugung empfahl er sich. Er schritt durch den Saal, achtlos an begehrlichen Frauenaugen vorbei, zur Türe hinaus. Die Blicke der jungen und älteren Männer folgten ihm neidisch. Viele fragten sich, wo dieser Bursche die Eleganz und das Selbstbewußtsein herhabe. Kein Schneider in Bautzen war imstande, solche Anzüge herzustellen. Obwohl einige Meister sich Zuschneider aus Berlin beriefen, die Machart und Modernität von Bertholds Garderobe erreichten sie nicht.

24 veraltend für flirten

Im strömenden Regen ging Berthold durch die Straßen Bautzens seinem Heim am Kornmarkt entgegen. Er fühlte sich ob der Begegnung mit seiner ersten Liebe todunglücklich. Nicht, daß die Liebe zu ihr zurückgekehrt wäre, nein, aber daß sein Leben so liebeleer blieb, das wollte ihm nicht aus dem Sinn.

Ein Plakat des Palast-Kinos brachte ihn wieder auf Myrtle Bird. Seine alte Krankheit, der pathologische Zustand von Berlin, New York und Hollywood, imaginäre Herzensköniginnen zu haben, hatte ihn wieder befallen.

Kopfhängerisch betrat er sein Heim, und ohne dem lecker gedeckten Tisch auch nur die geringste Aufmerksamkeit geschenkt zu haben, kroch Berthold Türmer in sein Bett. Der Schlaf überfiel ihn, und noch im Halbschlummer sprachen seine Lippen den Namen: «Myrtle Bird».

45

Apotheker Tiegel war nicht vernehmungsfähig. Die Ärzte meinten, daß Lebensgefahr nicht mehr bestehe, aber größte Vorsicht geboten sei.

Eine zweite Operation war noch notwendig geworden, da eine der gebrochenen Rippen den linken Lungenflügel leicht verletzt hatte.

Über die Ursache des Überfalls kursierten in Bautzen die seltsamsten Gerüchte. Allseitig wurde eigentümlicherweise Berthold Türmer als Anstifter des Attentats genannt. Von welcher Stelle das Gerücht ausging, konnte niemand sagen, aber Tatsache war, daß er damit in Verbindung gebracht wurde.

Einige bestritten entschieden Bertholds Mitschuld. Sie erklärten, den jungen Mann am Abend des Überfalles im Bürgergarten gesehen zu haben, also konnte er nicht zur selben Stunde, so weit ab von Bautzen, bei der Ausführung des Verbrechens dabeigewesen sein.

«Was heißt dabeigewesen?» schrien die Unentwegten, deren lästernde Zungen alles um sich her zu vergiften schienen. «Warum kann er nicht im Bürgergarten gewesen sein? Er hat die Sache angestiftet und sich feigerweise davon ferngehalten. Hat er nicht schon genug Unheil angerichtet, der famose ‹Casanova von Bautzen›? Habt Ihr die arme Marta Hechner, die sich seinethalben von der Kronprinzenbrücke gestürzt hatte, vergessen?»

Obwohl Bertholds Unschuld an dem Tode des armen Mädchens längst erwiesen war, wollten die meisten gewaltsam die Wahrheit verdrehen und suggerierten sich brutale Lügen, nur um nicht Gutes sagen zu müssen, wogegen ihr häßlicher Charakter sich sträubte.

Haskerl und Dobschitz waren nach Bautzen eingeliefert worden. Sie behaupteten, das bei ihnen gefundene Geld von einem reichen Mann und vom Vorstand des «Vereins zur Besserung und zum Fortkommen entlassener Sträflinge» erhalten zu haben. Da der genannte Verein die Verpflichtung hatte, entlassene Sträflinge, deren er sich annahm, sofort an die vorher besorgten Arbeitsstellen zu transportieren oder auf jeden Fall aus dem Stadtbereich Bautzens zu bringen, war es rätselhaft, daß, acht Tage nach der Entlassung der beiden Inhaftierten, diese sich ungestört in der Stadt aufhalten konnten.

Beide Häftlinge blieben bei ihrer ersten Aussage und erzählten von der Rolle, die der Herr Vereinsvorstand, Apotheker Tiegel, in der Affäre gespielt hatte.

Selbstverständlich fand sich niemand, der Haskerl und Dobschitz glaubte.

Der Besitz von je zweihundertundfünfzig und einigen Mark war zu verdächtig.

Die Polizei forschte nach dem Chauffeur und dem Herrn im Auto. Man wußte nur, daß der Herr Landeseffektenbankdirektor Krämer mit Frau Gemahlin einen Ausflug gemacht hatte, unweit Köblitz bei Schirgiswalde (Krämer und sein Chauffeur hatten bei der Einlieferung Tiegels ins Krankenhaus absichtlich eine falsche Ortschaft, die in ganz entgegengesetzter Richtung lag, angegeben) den Schwerverletzten gefunden und von dort in größter Eile nach Bautzen gebracht hatte. Von den Tätern habe weder das Ehepaar Krämer noch der Chauffeur etwas gesehen.

Zwei Kriminalbeamte fuhren mit Peter nach Köblitz, konnten aber nichts erforschen. Eigentümlich erschien den Beamten nur, daß Tiegels Anzug Lehmspuren und Straßenkot aufwies, daß es aber an dem fraglichen Abend in Köblitz nicht geregnet hatte und auf der von Peter angegebenen Stelle Lehm überhaupt nicht vorhanden war.

Auch der Hundebißspur an Tiegels Gesäß wurde nachgeforscht. In keinem Hause wußte man etwas von dem bissigen Hunde und dem Überfall. Wohl war der Himmel bewölkt gewesen, geregnet hatte es aber nicht, und an der von Peter angegebenen Stelle, sagten die Ortsbewohner, gingen um diese Stunde häufig Menschen, und es wäre doch einigen der dort liegende Mann aufgefallen.

Auf Herrn Landeseffektenbankdirektor fiel trotzdem kein Verdacht. Die Kriminalpolizei am Burgplatz gab sich die erdenklichste Mühe, das Haus ausfindig zu machen, von dem ein Auto dem anderen aufgelauert hatte.

Haskerl wurde unauffällig an einen Kriminalbeamten gefesselt und, von einem zweiten Beamten begleitet, in den verschiedenen Ausfahrtsstraßen und den dort befindlichen Ausspannungen herumgeführt, um den Gasthof festzustellen.

Vergebens.

Eines Morgens suchte man Peter, um ihn den beiden Verbrechern gegenüberzustellen. Die Beamten erhielten den Bescheid, daß Peter am vorhergehenden Abend zu seiner kranken Mutter nach Böhmen abgereist sei.

Auf Herrn Landeseffektenbankdirektor Krämer fiel noch immer kein Verdacht.

Ein Bautzener Blatt brachte einen langen Artikel über den Fall. Der Apotheker Tiegel wurde in den siebenten Himmel gehoben. Seine aufopfernde Tätigkeit für die abscheulichen Verbrecher, deren sich der Mann stets mit großer Wärme angenommen, und seine Menschenfreundlichkeit wurden über alles gelobt.

«Und ein solch ehrenwerter Bürger, dessen Verdienste keine Gemeinde der Welt bezahlen könnte, ist ein Opfer seiner Güte und seines allerbarmenden Herzens geworden. Denen er Gutes tat, die haben ihn zum Dank dafür fast ermordet.»

Dies waren die Schlußworte des wunderbar schwulstigen Zeitungsartikels, in dem sich Herr Tiegel wahrscheinlich selbst kaum erkannt hätte.

Der Verlag hatte einen seiner Redakteure mit dem Artikel beauftragt und erhoffte zumindestens ein Jahresinserat des über den Klee Gelobten.

Die Kriminalpolizei sah sich, infolge der immer stärker auftauchenden Gerüchte über Berthold Türmers Zusammenhang mit dem Überfall auf den Apotheker, veranlaßt, den jungen Kaufmann zu vernehmen.

Berthold wurde eines Tages von einem Schutzmann gebeten, mit auf das Hauptbüro zu kommen.

Der verhörende Beamte war zu Berthold sehr höflich, aber von der Schuld des jungen Mannes schon überzeugt.

«Herr Türmer, Sie werden schon verzeihen müssen, daß wir Sie hierher zitieren, aber wir müssen unsere Pflicht tun.»

«Bitte, bitte. Welches Verbrechens beschuldigt man mich?»

«Wer sagt Ihnen denn, daß man Sie eines Verbrechens beschuldigt?» Lauernd blickte der Beamte auf Berthold.

«Herr Kriminalkommissar, wenn die Polizei so liebenswürdig ist, einen hierherzurufen und noch dazu in Begleitung ...»

«Herr Türmer, wo waren Sie am Sonnabend nachmittag?»

«Am Sonnabend nachmittag?» Berthold dachte nach. «Im Geschäft, in meinem Büro am Kornmarkt.»

«Sie entschuldigen schon, Herr Türmer, wenn ich die Frage stelle, ob Sie einen Zeugen dafür angeben können?»

«Eine ganze Menge! Meine Sekretärin, Fräulein Claußen. Nein, die nicht, die ging ja am Sonnabend schon um drei Uhr fort.»

Aha! dachte der Kriminalkommissar, ließ sich aber nichts anmerken.

«Meine Kommis, die Lehrlinge, der Hausdiener Musch.»

«Können Sie noch jemand nennen, der nicht in Ihren Diensten steht?» Wieder der lauernde Blick.

Berthold dachte angestrengt nach. Sein Gesicht erhellte sich plötzlich.

«Richtig, ja, jetzt entsinne ich mich. So gegen fünf Uhr kam der Malermeister Herpich aus Kamenz und blieb fast eine Stunde bei mir.»

«War es bestimmt um fünf, als der Malermeister zu Ihnen kam, Herr Türmer?»

«Bestimmt, denn Frau Gips brachte nachher meinen Kaffee herab, und ich lud den Meister noch ein, eine Tasse mitzutrinken.»

Das Gesicht des Kriminalkommissars wurde um einen Zentimeter länger. Eine Masche im Netz löste sich. Er mußte achthaben, daß ihm der Aal nicht entschlüpfte.

«Blieb der Malermeister bis sechs Uhr, oder ging er früher?»

«Es wird sogar noch nach sechs gewesen sein, denn es dauerte geraume Weile, bis ich seiner Bitte Gewähr leistete.»

«So.» Wieder leuchtete es in des Kriminalbeamten Gesicht auf. «So, er bat sie um etwas? Darf man wissen, was es war?»

«Wenn Sie mir die Antwort erlassen könnten ... es ist rein geschäftlicher Natur.»

«Bei uns bleibt alles geheim, Herr Türmer.»

«Nun, er bat mich neuerdings um Kredit, und da er kein prompter Zahler ist, ließ ich mich nicht gleich darauf ein. Aber ich bitte, die Sache diskret zu behandeln. – Dann wäre es mir interessant, doch zu erfahren, weshalb ich hier bin.»

Der Kriminalkommissar ging auf die Frage Bertholds gar nicht ein.

«Sie haben ihm schließlich den Kredit erneut bewilligt. Weshalb?»

«Das, Herr Kommissar, ist eine reine Geschäftssache. Herpich hat schon von meinem Vater die Ware bezogen, und dann versprach er, diesmal pünktlich zu zahlen.»

«Mußte, mußte er nicht», der Kommissar klopfte mit dem Bleistift auf den vor ihm liegenden Briefbogen, «mußte er sich nicht zu irgendwelchen Gegenleistungen verpflichten?»

Berthold sah erstaunt auf.

«Wie meinen Sie das? Im kaufmännischen Leben gibt es nur eine Gegenleistung, und die heißt bezahlen.»

«Man kann sich auch ein Versprechen oder dergleichen über eine Schweigepflicht geben lassen.»

Der junge Kaufmann fuhr hoch.

«Ich verstehe Sie nicht. Ihre Anspielungen prallen an mir ab, da ich nicht weiß, wohin Sie zielen.»

«Nur ruhig bleiben, Herr Türmer, ich tue nur meine Pflicht.»

«Aber, zum Teufel noch mal, warum bin ich denn eigentlich hier?»

«Geduld, Herr Türmer. Was taten Sie, als Herr Herpich Sie verließ?»

«Dann, ja, da warteten schon wieder zwei, drei Leute.»

«So, wer denn?»

«Ach, der Gärtner vom Schloß Oelsa kam mit einem Buche und bestellte eine Auswahl seltener Orchideensamen für die Treibhäuser seines Herrn.»

Das Gesicht des Verhörenden verzog sich wieder etwas in die Länge.

«War sonst noch wer da?»

Berthold zog seine Stirne gedankenvoll in Falten, er dachte nach.

«Doch, jetzt entsinne ich mich. Der Besitzer der Ölmühle von Öhlisch war noch da und wollte Werke über die neuen Ölgewinnungsmethoden in Amerika haben.»

Das Kinn des Herrn Kriminalkommissars fiel etwas herab. Sein Kartenhaus begann zu wanken.

«Wie spät mag es da gewesen sein, als der Herr Ölmühlenbesitzer aus Öhlisch Sie verließ?»

«Oh, dann muß es kurz vor sieben Uhr gewesen sein, denn schon um sieben saß ich in den Palast-Lichtspielen.»

Das Kartenhaus des Kriminalkommissars krachte und wankte nun bedrohlich.

«Hat Sie wer das Kino betreten sehen, oder sind Sie während der Vorstellung Bekannten begegnet?»

«Vor dem Theater traf ich einen befreundeten Gutsbesitzer aus Förstgen, der sich die ausgestellten Photographien besah. Ich lud ihn ein, mitzukommen, er aber lehnte lachend ab. Für solchen Mumpitz hätte er keine Zeit.»

«Und dann gingen Sie ins Kino?»

«Selbstverständlich. Man zeigte dort einen amerikanischen Film, und den wollte ich mir ansehen.»

«Waren Bekannte im Saal?»

«Ja, vor mir saß die Frau Konsistorialrätin Hackepeter, über deren laute Unterhaltung mit ihrer Nachbarin, dem mageren Fräulein Knieblech, ärgerte ich mich und bat nach dem zweiten Akt die Damen ganz energisch zu schweigen.»

Der Beamte wollte nun seinen letzten Trumpf ausspielen.

«Nachher gingen Sie in den Bürgergarten. Sie wollten wohl gesehen werden?»

Die Geduld Bertholds hatte fast ihr Ende erreicht; er erhob sich brüsk von seinem Stuhl.

«Wenn Sie mir jetzt nicht sagen, weshalb Sie mich hier wie einen Verbrecher verhören, so verlasse ich das Zimmer!»

«Aber, Herr Türmer, ich sagte Ihnen doch schon, daß ich nur meine Pflicht tue. Immer ruhig bleiben, Sie werden sogleich von mir über die Sache aufgeklärt und entlassen werden.» Er drückte den Tastknopf auf seinem Schreibtisch.

Ein Zivilbeamter trat mit Haskerl und Dobschitz in das Zimmer.

So, mein Bürschchen, dachte der Kommissar, jetzt wird es klappen.

Berthold Türmer sah ebenso verdutzt auf die beiden Häftlinge, wie diese ihn beäugten.

«Das ist also der Herr, der euch beauftragt hat, den Herrn Apotheker Tiegel zu schlagen.»

Mit erstauntem Gesicht horchte Berthold auf. Er hörte zum ersten Male von einer Affäre Tiegel. Er hatte bis heute nichts davon gewußt.

«Den kenn' ich nich», sagte Dobschitz.

«Nee, den kenn' ich och nich», brummte Haskerl.

«Los, los, ihr könnt es ruhig sagen! Der Herr gibt es ja zu.»

Die beiden Häftlinge schüttelten die Köpfe.

«Das kann er nich gesagt haben, denn ich seh' ihn zum ersten Male.»

Krachend stürzte das Kartenhaus des Kriminalkommissars zusammen.

Berthold schlug mit der Faust auf den Tisch.

«Das ist infam von Ihnen, Herr Kommissar! Wie können Sie es wagen, den Leuten zu sagen, ich hätte etwas eingestanden? Ich habe diese beiden Menschen in meinem Leben noch nicht gesehen!»

«Ich möchte Sie ersuchen, jeden Lärm zu unterlassen», sagte der blamierte Beamte. «Führen Sie die Leute ab!» rief er dem Begleitbeamten zu.

«Darf ich mich jetzt entfernen?»

«Bitte, Herr Türmer.»

Berthold schmetterte die Türe hinter sich zu. Was wollten die Menschen stets von ihm? Was war mit dem Apotheker Tiegel passiert? Er wußte von nichts. Seit letzten Sonnabend hatte er nur eins im Kopfe: «Myrtle Bird».

Weder hatte er eine Zeitung gelesen, noch war er mit jemandem in Berührung gekommen, der ihm Neuigkeiten zutrug. Frau Gips, Fräulein Claußen und seine anderen Angestellten taten es nicht. Onkel Heinrich, der ihm immer die Stadtneuigkeiten erzählte, befand sich zur Pflege eines Zipperleins in dem Moorbad Muskau.

«Fräulein Claußen, bitte, kommen Sie in mein Büro.»

Inge Claußen folgte Berthold mit dem Stenogrammheft.

«Sagen Sie, Fräulein Claußen, wissen Sie etwas über eine Schlägerei des Apothekers Tiegel?»

«Schlägerei kann man nicht sagen. Der Herr Apotheker ist schwerverletzt in bewußtlosem Zustande, unweit Bautzens, vom Herrn Landeseffektenbankdirektor Krämer, der mit seiner Frau einen Autoausflug machte, aufgefunden worden.»

Berthold sah vor sich hin. Er war ganz verwirrt. Ihn hatte man deshalb im Verdacht gehabt. Er sollte zwei Strolche angestiftet haben, den Apotheker zu verprügeln. Dahinter steckte etwas, womit er in Verbindung gebracht wurde. Aber was war es? Warum fiel der Verdacht auf ihn? Sollte etwa Elsbeth sich verraten haben? Die zwei Strolche sagten doch aus, daß sie einen ihnen fremden jungen Mann verhauen sollten, der Apotheker sei ihnen nur unglücklicherweise in die Hände gerannt und in der Dunkelheit nicht erkannt worden.

Berthold ging ein Licht auf. Er sollte das Opfer des ränkesüchtigen Apothekers sein, und das Schicksal hatte den Schurken bestraft.

Ironie des Schicksals.

Aber, was hatte der Bankdirektor dabei zu tun? Wie kam der mit Elsbeth so zufällig an die Stelle des Überfalles?

Berthold beschloß, der Sache nachzuspüren. Er wollte rein bleiben, nichts mit den schmutzigen Affären zu tun haben. Selbstverständlich mußte sein Verhältnis zu Elsbeth Krämer ein Geheimnis bleiben.

Inge Claußen stand noch immer in dem Raum. Berthold merkte es erst, als er aufsah.

«Haben Sie noch etwas, Fräulein Claußen?»

Inge trat verlegen etwas zurück. Sie rollte den Bleistift nervös in das Stenogrammheft. Es schien ihr schwer zu fallen, zu sprechen.

«Herr Türmer, ich möchte Ihnen mitteilen, daß ich in vier Wochen meine Stellung verlassen muß.»

Erstaunt sah Berthold auf. Gab es denn so etwas, daß man eine Stelle in seinem Hause kündigte? Seit er das Geschäft übernommen, war Wenzel der einzige, der das Haus verlassen hatte. Und auch nur deshalb, weil die Pferde abgeschafft wurden und der alte Kutscher sich weigerte, eine andere Arbeit zu übernehmen. Berthold bezahlte weit höhere Gehälter als irgendein Kaufmann oder Gewerbetreibender in Bautzen. Inge Claußen bekam dreihundert Mark monatlich, außerdem hatte sie durch ihn große Reisen gemacht und in den fremden Ländern für ihre guten Arbeitsleistungen stets wertvolle Geschenke erhalten. Sein Buchhalter und Herr Zeck verdienten nur zweihundertfünfzig Mark und waren äußerst zufrieden.

Die Kündigung Inge Claußens kam Berthold sehr ungelegen. Er wollte in den nächsten Tagen auf mindestens zwei Monate fort. Nach Amerika, Hollywood, um Miss Myrtle Bird zu erobern. Das ging nicht, wenn Inge Claußen fehlte. Sie war doch seine rechte Hand.

«Warum wollen Sie so plötzlich fort, Fräulein Claußen? Gebe ich Ihnen denn zu wenig Gehalt oder müssen Sie zu viel arbeiten? Ich kann Ihnen ja noch eine Hilfskraft einstellen.»

«Nein.» Inge wußte nicht, was sie sagen sollte. «Oh, das Gehalt ist groß genug, auch kann mich keine Hilfskraft entlasten. Ich will, ich muß verreisen.»

«Ah, Sie haben sich verlobt, wollen sich verheiraten?»

Fast entrüstet wehrte das junge Mädchen ab. «I wo! Ich denke nicht daran.»

«Läßt sich denn Ihre Kündigungsfrist nicht hinausschieben, um einige Wochen?»

«Ich will sehen, daß ich noch einige Wochen länger bleiben kann, Herr Türmer.»

Als die Sekretärin das Zimmer verlassen hatte, war Berthold ganz verstört. Alles ging ihm gegen den Strich, nichts wie Galle und Ärger. Mißmutig begann er die an ihn persönlich adressierten Briefe zu lesen.

Betteleien, Liebesbriefe, Liebesbriefe. Manche mit Namensnennung der Absenderin, andere mit heißbrünstigen Chiffreworten. Gutsbesitzerinnen der Umgegend, und von weit her, fragten ihn um Rat in verschiedenen Angelegenheiten. Eine wollte ein Mittel gegen Sommersprossen, eine zweite gegen rote Wangen, eine dritte betreffs kleiner roter Pünktchen auf Hals und Brust. Fragen über Hals-, Mund-, Bade-, Haarwasser und allerlei Tinkturen wurden von den plötzlich eitel gewordenen Damen gestellt.

Alle, alle ohne Unterschied baten, ihn persönlich konsultieren und ihm ihr Anliegen mündlich vortragen zu dürfen.

Die Geburtstagsfeier der Frau von Erz trug böse Früchte.

Eine Dame schrieb:

«Sehr geehrter Herr Türmer!

Man sagt, daß Sie sich auf Ihren Reisen zum Schönheitsdoktor ausgebildet hätten. Sie seien in die Geheimnisse der Toilettekünste der schönsten Frauen von Amerika eingeweiht. – Auf meiner Brust, die trotz einer gewissen Fülle noch hart und alabasterweiß ist, haben sich kleine rote Bläschen gebildet, die mich gewaltig irritieren. Gestatten Sie mir, Meister der Schönheit, daß ich komme und Ihnen den Defekt zeigen darf. Ich weiß, Sie werden mir helfen.»

Angeekelt warf Berthold diese geilen Briefe beiseite. Ein Pastor sandte ein sonderliches Schreiben. Es war der Seelsorger der Frau von Erz.

«Im Namen des Herrn», begann der Brief, «Gott ist gnädig und verzeiht dem ärgsten Sünder. Haben Sie gesündigt, so geben

Sie sich in Gottes Hand. Der Allmächtige wird Ihnen den Weg weisen, der als einzig richtig begangen werden muß. Ich handle im Auftrage des Höchsten, der mich seiner Gnade würdig gefunden.

Meine Gutsherrin, Frau von Erz, ist Satan in die Hände geraten. Der Böse hat Besitz von ihr ergriffen; eine Sündenfrucht wird die Folge des Verhältnisses mit Beelzebub sein.

Gott nur allein kann helfen. Gehen Sie in sich, junger Mann, bevor Ihnen die Rückkehr zur Gnade des Allmächtigen verschlossen und ewige Verdammnis Ihr Los ist.

Frau von Erz gestand mir, daß Sie nicht der Richtige wären, und daß sich ein anderer in Ihrer Maske bei ihr eingeschlichen. Ich kenne Sie, Ihre sündhafte, männliche Schönheit, die vielen armen Sünderinnen zum Verderb ward und wird.

Ein blonder Mann war der Schurke, der unsere gute, gläubige Gutsherrin in den sündigen Pfuhl der fleischlichen Lust getrieben. Sie aber kenn' ich und weiß, daß Ihr Haar dunkel.

Überzeugen Sie mich, daß Sie nicht mit gefärbtem Haar, wo Sie doch diese teuflische Ware führen, die eitle, gottlose Frau zu sündigem Tun verleitet.

Schicken Sie mir eine Probe Ihres Haares, damit ich mich durch wissenschaftlich gebildete Personen von der Wahrheit der Worte unserer Herrin überzeugen kann.

Gott segne Sie, junger Mann, und bringe Sie von dem Wege des Lasters ab.

Ihr …»

Eine gelinde Wut packte Berthold. Nichts als Ärger, nichts als Ungemach! Wird dies ewig dauern?

Er klingelte.

«Musch, gehen Sie in den Hof, heben Sie Hektors Schwanz hoch, und schneiden Sie von dort ein Büschel Haare ab. Das bringen Sie mir dann herauf.»

Musch stand mit vorgeneigtem Oberkörper. Sein weißes Haar schien sich zu sträuben. Halboffenen Mundes stotterte er: «Herr Berthold be… be… belieben zu scherzen. Der Hektor würde mich schön beißen, wenn ich das täte.»

«Legen Sie ihm halt einen Maulkorb um! Aber Sie, Musch, beißt doch der alte Hofhund nicht. Gehen Sie und bringen Sie das Haarbüschel.»

Kopfschüttelnd und verstört stieg der alte Diener die Treppe hinab.

«Mit dem Herrn Berthold ist etwas nicht richtig», sagte er zu der Amme, die mit der Adoptivtochter seines Herrn von einem Ausflug zurückkam. Obwohl das Kind der Brust längst entwöhnt war und schon laufen konnte, hatte Berthold die Amme im Hause behalten.

«Was fehlt denn dem jungen Herrn?» fragte die dralle Wendin.

Musch deutete respektlos auf seine Stirne und sagte: «Da ist eine Schraube los bei ihm. Vom Hektor sein' Hintern soll ich ein Büschel Haare abschneiden.»

Die Amme machte ein ernstes Gesicht.

«Oh, das ist sicher ein Sympathiemittel. Wenn man Hundshaare mit einem halben Knoblauch, in den man eine abgebrochene Stecknadel bohrt, in eine Schweinsblase näht und das Ganze bei Neumond am Fuße einer Erle vergräbt, verliert man Warzen und Hämorrhoiden.»

Musch spuckte nur aus und setzte seinen Weg fort.

Berthold sandte ein Büschel Haare von Hektor, dem Hofhunde, ohne ein Begleitwort an den Pastor. Dessen Brief schickte er an die Gutsherrin.

Dem Seelsorger wurden von Frau von Erz in der Folge alle Bezüge, die das Gut freiwillig an ihn geliefert hatte, entzogen. Er wurde schriftlich davon verständigt und außerdem gebeten, seine Besuche im Schlosse auf keinen Fall zu erneuern.

Das Laboratorium ließ dem eifrigen Priester ein sehr grobes Schreiben, dem das Haarbüschel von Hektors Hinterteil beigefügt war, zugehen. Der Chef des Laboratoriums teilte dem würdigen Herrn mit, daß wohl des Pastors Angesicht mit dem Hintern eines Hundes in engere Berührung gekommen sei, und fragte, ob der Herr Seelsorger dort eigenmündig die Haare abgebissen hätte. Im übrigen verbitte sich die Leitung des Laboratoriums dergleichen Scherze und lege die Rechnung über Mark 30,– für die Untersuchung bei.

Der Ärger Bertholds sollte kein Ende nehmen.

Ein Dresdner Blatt fragte an, ob es Türmer nicht einen seiner Redakteure zu einem Interview schicken dürfe, um eine Artikelserie unter dem Titel: «Die Abenteuer des ‹Casanovas von Bautzen›» veröffentlichen zu können. Man biete pro Zeile dreißig Pfennige und beabsichtige später, die Serie in Buchform herauszugeben.

Um der Anfrage Nachdruck zu verleihen, war dem Briefe eine Notiz aus dem Blatte beigelegt, die vor einigen Tagen bereits erschienen war und dem verehrten Leserkreise die erfreuliche Mitteilung machte, daß es in Kürze mit der Veröffentlichung der Serie «Die Abenteuer des Casanovas von Bautzen» beginnen werde.

Als der Redakteur sich von Fräulein Claußen nicht abweisen ließ und fast gewaltsam bei Berthold eindrang, wurde er von dem erzürnten jungen Mann in ganz grober Weise vor die Tür gesetzt.

Auch eine Berliner Zeitung, die durch sensationell aufgefärbte Geschichten ihren Leserkreis fesseln wollte, trat mit demselben Ansuchen an Berthold heran, hatte aber nicht mehr Erfolg als ihre Dresdner Kollegin. Das Berliner Blatt offerierte generös fünfzehn Pfennige pro Zeile.

Berthold wußte fast keinen Ausweg aus all den Kalamitäten.

Die Frauen liefen ihm den Laden ein und quälten ihn. Er hatte sich in letzter Zeit auch noch bei zwei anderen Damen, denen er Stelldicheins gewährte, wie ein Tölpel benommen. Ohrfeigen hätte er sich können. Immer wieder hatte ihn die Schüchternheit befallen.

Plötzlich tauchten Hausierer auf, die Berthold Türmers Bild auf Postkarten verkauften.

Als Text stand darunter: «Berthold Türmer, der schönste Mann der Welt, genannt: der Casanova von Bautzen!»

Die Bilder fanden reißenden Absatz.

Berthold fand heraus, daß man den Schaukasten des Photographen am Gickelsberg erbrochen, dort ein von ihm ausgestelltes Bild gestohlen und dann vervielfältigt hatte. Der Drucker war nicht zu ermitteln.

Die Affäre Tiegel-Haskerl-Dobschitz erfuhr eine plötzliche Aufklärung.

Der Apotheker befand sich auf dem Wege der Besserung und war vernehmungsfähig. Der Kriminalkommissar sagte dem Verletzten nichts von der Inhaftnahme der zwei Täter.

Tiegel erzählte eine Schaudermär von einem Überfall durch zehn Banditen. Er gab Talpenberg als den Ort des Attentats an und log ein Lexikon zusammen. Der Beamte sah jetzt seinen Weg offen. Er erkannte, daß der Bankdirektor, dessen Frau und der verschwundene Chauffeur ihn belogen hatten. Ohne Tiegel Gelegenheit zu geben, mit Krämer, der übrigens verreist war, in Verbindung zu treten, konfrontierte er ihn mit den zwei Inhaftierten.

Der Apotheker sah sofort, daß man ihn in eine Falle gelockt. Er suchte sich herauszureden, als ihm die zwei Sträflinge seine Untat vorhielten.

Der Kriminalkommissar teilte Tiegel mit, daß der Landeseffektenbankdirektor Krämer alles eingestanden hätte. Von der Anstiftung des Apothekers und von der unvorhergesehenen Verwechslung.

Tiegel ging in die Falle. Er legte los und erzählte alles. Von dem Brief Berthold Türmers an die Frau Direktor, daß die beiden ein Verhältnis hätten und daß der Bankdirektor an ihn herangetreten sei mit der Bitte, ihm zu helfen; deshalb habe er den zwei armen Teufeln etwas zu verdienen geben wollen. Berthold Türmer sollte nur ein paar tüchtige Ohrfeigen bekommen.

«Ist nicht wahr!» schrie Dobschitz.

«Ein Lügenmaul ist er!» brüllte Haskerl. «Er hat gesagt, wir sollen den Kerl, der aus der Tür kommt, so zurichten, daß er nicht mehr aufstehen kann und einen ewigen Denkzettel behält!»

Tiegel brüllte, blau im Gesicht: «Lügner, Lügner!»

«Sie sind ein größerer Lügner», schrie Dobschitz und spuckte nach Bauernart aus. «Ins Gesicht soll'n wir ihn treten, hat er gesagt, die Larve soll'n wir ihm verschandeln!»

Gegen Apotheker Tiegel wurde, nachdem die Polizei ihre Untersuchung abgeschlossen hatte, von der Staatsanwaltschaft ein Verfahren eingeleitet, ebenso gegen den flüchtig gewordenen Landeseffektenbankdirektor Krämer.

Elsbeth Krämer war in der Stadt geblieben und sah ihrer Aburteilung wegen Irreführung der Behörden entgegen.

Der Apotheker Tiegel spie Gift und Galle. Er verfaßte einen Artikel über Berthold Türmer und Frau Krämer und gab ihn einer Revolverzeitung, die das Blatt in einigen tausend Exemplaren umsetzte, nachdem Berthold Türmer sich geweigert hatte, Schweigegeld zu zahlen.

Der Artikel erzählte von dem Liebesnest in Talpenberg und von der nackten Frau Direktor, die vor dem auf einem Sofa liegenden und ebenso wenig bekleideten Berthold Türmer obszöne Tänze aufgeführt habe.

Herrn Tiegel ward das Recht entzogen, eine Apotheke zu führen. Er verkaufte Haus und Geschäft und verschwand, noch bevor der Prozeß begann. Seine Familie ließ er ohne Geld in Bautzen zurück.

Berthold hatte seinen Paß in Ordnung bringen lassen, da er beabsichtigte, ebenfalls vor Eröffnung des Prozesses, Bautzen zu verlassen und nach Amerika zu reisen, um Frau Myrtle Birds Herz zu gewinnen.

Eine lustige Stunde sollte Berthold noch mit Wenzel, seinem früheren Kutscher, erleben.

Der alte Wende trat eines Morgens in einer neuen Chauffeurlivree, mit einer langen Peitsche in der Hand, in Bertholds Büro. Ohne eine Frage seines früheren Chefs abzuwarten, legte er los: «Da können Sie gleich den frechen Berliner hinausschmeißen, den, der mit dem viereckigen Kasten fährt.» Berthold einen Briefumschlag hinreichend, sprach Wenzel weiter: «Da ist das Papier, daß ich meine Prüfung abgelegt hab' und einen solchen Maschinenwagen fahren kann. Wenn was kaputt ist, kann ich's neu beschlagen, und wenn was in Pfanne is, kenn ich mich aus. Nur eins müssen Se mir erlauben: Eine Peitsche muß ich dabeihaben.»

Berthold nahm die Papiere und lachte herzlich.

«Aber Wenzel, was willst du denn mit der Peitsche bei dem Auto?»

«Eine Peitsche muß ich haben, sonst fahr' ich nicht. Eine Peitsche gehört zu jedem Wagen, ob Roß, Esel, Ochs, Hund oder Benzin, eine Peitsche muß sein.»

«Schön, Wenzel. Du kannst den großen Wagen haben, aber da ist kein Peitschenhalter dran.»

«Ich war schon beim Sattler drüben, der macht schon einen.»

Berthold lachte Tränen.

«Also, du warst so sicher, daß du wieder bei uns anfangen kannst?»

«Sicher, ganz sicher. War doch nur auf Urlaub. Drei Monate hat's gedauert, bis ich alles gelernt hab'. Aber jetzt kann ich dem Auto die ganzen Därme rausnehmen, wenn's Kolik hat, und wieder zusammensetzen.»

«Was ist denn mit dem Haus, das du geerbt hast?»

«Ja, Herr Berthold, das is so eine Geschichte mit der Lebendigkeit drinnen.»

«Was für eine Lebendigkeit?»

«Na, wissen Se, die Wanzen. Verflucht. Die haben damals alles verdorben auf der Polizei, wie sie mich am Friedhof erwischt haben! Alles is daneben gegangen. Die Frau Tuschler hat ein Kind gekriegt, der Bettnässer macht jetzt auch noch was anders ins Bett, und die Wanzen sind immer mehr geworden.»

«Soso.»

«Ja, und da is so eine alte Jungfer zu mir gezogen und hat immer geglaubt, ich würd' se heiraten, aber die Wanzen haben se aufgefressen.»

«Was?»

«Freilich nicht, wie Sie glauben, Herr Berthold, aber se is gestorben, da hab' ich eine ganze Zigarrenkiste voll mit Wanzen ihr im Sarg unter die Knie geschoben.»

«Und hat es geholfen?»

«Natürlich», Wenzel lachte über das ganze Gesicht, «sind keine Wanzen mehr da.»

«Was du nicht sagst! Alle der Toten ins Grab nachgekrochen?»

«Nee, verbrannt.»

«Verbrannt?»

«Ja, mit dem ganzen Häusl. Vor drei Wochen is es abgebrannt.»

Berthold schüttelte sich vor Lachen, und Wenzel grinste über das ganze Gesicht.

«Das hat die Tote gemacht, mit der Zigarrenkiste voll Wanzen?»

«Ganz gewiß», sagte Wenzel mit ernstem Gesicht. «Ganz gewiß. Von der Versicherung hab ich achttausend Mark gekriegt.»

46

Zwei Tage nach Wenzels Wiedereintritt ins Haus von Türmers Erben, wobei es, nebenbei bemerkt, zu einem großen Streit zwischen dem alten Kutscher und Musch kam, nahm Berthold von seiner kleinen Pflegetochter herzlich Abschied.

Frau Gips weinte, was der alten Dame häufig passierte, und steckte damit die lachende Kleine an.

«Geben Sie gut acht auf die kleine Mietzekatze, damit sie mir gesund bleibt.»

«Da können Sie beruhigt sein», erwiderte die Amme anstelle der gerührten Wirtschafterin.

Unten im Büro stand Onkel Heinrich, dem die Moorbäder und der Skat in Muskau gutgetan hatten. Der alte Herr sah rosig aus und ärgerte sich nur über seinen Neffen, der schon wieder in die Welt hinaus reisen wollte.

«Kannst dir doch einen Reisenden engagieren. Brauchst doch nicht selbst nach Amerika zu fahren. Soviel bringt dein Geschäft noch ein. Nicht wahr, Fräulein Claußen?»

Inge Claußen nickte ernst.

«Ich habe meine Apotheke nicht verkauft, um bei dir auf meine alten Tage Geschäftsführer zu spielen.»

«Aber Onkel, Fräulein Claußen ist ja hier, auch der Buchhalter und der Kassierer. Du brauchst ja nur immer ein bißchen nachzusehen.»

«Das kann ich schon, aber Fräulein Claußen sagte mir soeben, daß sie gekündigt hat. Was soll denn dann werden?»

«Fräulein Claußen wird schon so gütig sein und mit ihrem Abgang bis zu meiner Rückkehr warten.»

«Nur, wenn Sie nicht zu lange fortbleiben, Herr Türmer.»

«Ich hoffe, bald zurückzukehren und dann nicht wieder zu verreisen. Ist noch Post da?»

«Jawohl, Herr Türmer. Hier, bitte sehr.»

Berthold nahm die Briefe aus Inge Claußens Händen und öffnete sie.

Gleich das erste Schreiben brachte eine Überraschung. Es enthielt die Verlobungsanzeige Doris von Gräzingens mit dem Grafen Axel von Hagenburg. Mit roter Tinte standen in einer Ecke die Worte: «Siehst Du, Du dummer Junge, das hast Du davon!»

Der Tag schien Berthold nur Briefe von Damen zu bringen. Frau von Erz machte Mitteilung von der Geburt eines kleinen, süßen Mädchens. Sie schrieb, daß sie sehr krank und dem Tode nahe gewesen. Nun sei alles wieder gut. Sie nähre sogar ihr Kind selbst, im Verein mit einer kräftigen Bauersfrau aus Diehsa. In drei Wochen solle die Taufe der kleinen Dame im Schloßpark vor sich gehen. Der Pastor aus Weigersdorf würde die kleine Weltbürgerin in das Reich der lutherischen Kirche einführen. Frau von Erz rechne fest mit des jungen Paten persönlichem Erscheinen. Sämtliche Gutsbesitzersfrauen und deren Töchter hätten sich bereits zu der Zeremonie angesagt.

«Liebes Fräulein Claußen, da müssen wir lügen. Schreiben Sie an Frau von Erz, daß ich vor einigen Tagen Bautzen, respektive Europa verlassen habe, und daß mein guter Onkel Heinrich mich bei der Feier vertreten werde.»

«Du, laß mich bloß bei deinen Weibergeschichten aus dem Spiele. Hier will ich dich gerne vertreten, aber sonst, Hände weg!»

«Herr Türmer», wandte sich Inge an Berthold, «das wird sich nicht machen lassen. Sie haben das Postskriptum übersehen.»

«Was, wo?»

«Hier unten, auf der letzten Seite.»

Inge Claußen las vor:

«Verzeihen Sie, aber bei Frauen ist das nun einmal nicht anders. Immer, nachdem ein Brief unterschrieben, fällt ihnen noch etwas ein. Also: Wenn Sie das Datum des Briefkopfes betrachten, so muß Ihnen auffallen, daß dieser Brief schon vor achtzehn Tagen geschrieben wurde. Die Arterienverkalkung macht bei mir kolossale

Fortschritte, und aus diesem Grunde lag der Brief unter meiner Mappe vergessen. Also, bester Freund und Herr Pate, wie ich unsere Lausitzer Dorfpostverhältnisse kenne, werden Sie dieses Schreiben gerade einen Tag vor der Taufe erhalten, aber es bleibt Ihnen noch genug Zeit, Ihren Zylinder in Bautzen aufbügeln zu lassen und in großer Gala und zum allgemeinen Enthusiasmus der Gutsfrauen, Fabrikantinnen und deren erlauchten Töchtern, aus einem Fünfzig-Kilometer-Umkreis Bautzens, mit Ihrem schönen Horchwagen submissest[25] in persona zu erscheinen.

Bitte, enttäuschen Sie eine alte Frau und junge Mutter, als auch eine Corona von einigen Dutzend, Sie verehrender und liebender, Frauen und Jungfrauen nicht.

Ihre Ilse von Erz.»

Onkel Heinrich lachte herzlich, während Berthold mit einem gelinden Wutanfall kämpfte.

«Fräulein Claußen», sagte Berthold, da klopfte es an der Türe und Herr Zeck ließ, ohne erst anzumelden, einen kleinen, mageren, sympathischen Herrn von blasser Gesichtsfarbe eintreten.

«Verzeihung die Herren, wenn ich störe», begann er, und mit einem Blick auf Inge Claußen, «auch die gnädige Frau wird mir vergeben.» Er richtete wieder seinen Blick auf Berthold. «Wenn ich nicht irre, Herr Berthold Türmer? Gestatten, daß ich mich vorstelle. Ich bekleide das Amt des Pastors von Weigersdorf und komme im Auftrage der Frau Baronin von Erz.»

Berthold hatte nur mit dem Kopfe genickt. Eine gelinde Verzweiflung befiel ihn. Wie bereute er jetzt seine der Frau von Erz gegebene Zusage. Nun gab es kein Zurück mehr, er sah keinen Ausweg.

Der kleine Pastor aus Weigersdorf, ganz das Gegenteil seines Amtsbruders, des Herrn Pastor der Frau von Erz, dachte nicht daran, seine Hände nach Art der Bühnengeizhälse ineinander zu reiben, es fiel ihm auch nicht ein, den Kopf heuchlerisch zur Seite zu neigen, und noch weniger imitierte er seinen zelotischen Amtsbruder im Augenverdrehen. Er sah Berthold treuherzig, ein wenig schelmisch schmunzelnd ins Gesicht und sagte: «Herr Türmer, ein

25 veraltet ehrerbietig, ergeben, unterwürfig

Mann, ein Wort. Sie gaben der Frau Baronin Ihr Versprechen, Pate zu sein und persönlich zu der Tauffeierlichkeit zu erscheinen, folglich können Sie nicht umhin, Ihr Versprechen zu halten.»

«Ja, mein Junge», mischte sich Onkel Heinrich schmunzelnd ein, «da mußt du schon morgen hinfahren. Das darfst du der Frau Baronin nicht antun, daß du so ohne genügende Entschuldigung wegbleibst.»

«Aber Onkel, mein Hotelzimmer in Paris ist bestellt, am Donnerstag geht mein Schiff von Southampton.»

«Das Hotelzimmer kann Fräulein Claußen telegraphisch abbestellen, und bis zum Donnerstag ist noch Zeit genug.»

«Ich darf also der Frau Baronin sagen, daß der Herr Pate morgen pünktlich zur Stelle sein wird?»

«Jawohl, Herr Pastor», Berthold mußte nun lachen, als er dem kleinen Herrn die Hand zum Abschied reichte.

Als Wenzel in seiner Chauffeurtracht, mit einer langen, neuen Fuhrmannspeitsche ins Kontor trat, um zu melden, daß er bereit sei, die Koffer auf dem Auto zur Bahn zu bringen, ergriff Berthold den Alten an einem Metallknopf der Livree und rief: «Wenzel, wenn wieder jemand von deiner Bekanntschaft stirbt, so laß es mich wissen, ich habe eine Menge Sachen, die ich der Leiche ins Grab mitgeben möchte, damit ich Ruhe davor bekomme.»

«Wanzen? Haben Sie auch Wanzen, Herr Berthold?»

«Ja, auch Wanzen, aber große mit zwei Beinen. Das Gepäck brauchst du heute noch nicht zu verstauen.»

47

Elsbeth Krämer war nicht nur in Bautzen geblieben, sie zeigte sich ostentativ überall und tat, als merke sie nicht, daß sie von den jungen und alten Damen, auch den alten Weibern männlichen Geschlechts, geschnitten wurde.

Bei allen Veranstaltungen erschien die junge Frau. Sie konnte sich wirklich rühmen, die am geschmackvollsten gekleidete Dame in Bautzen, ja vielleicht in ganz Sachsen zu sein.

Als der Bankdirektor geflüchtet war und all seine Depots mitgenommen hatte, telefonierte Elsbeth Berthold an und erpreßte von ihm die weitere Gehaltszahlung für den flüchtigen Gatten. Da die Aufsichtsräte der Landeseffektenbank sich weigerten, Frau Krämer irgendwelche Gelder auszufolgen, ließ Berthold Elsbeth fünftausend Mark durch seinen Onkel auszahlen, wobei sich die junge Frau verpflichtete, keinerlei Ansprüche mehr zu stellen.

Diese kleine lüsterne Frau dachte nicht daran, ihr schriftlich gegebenes Versprechen zu halten und erneuerte ihre Forderungen zwei Wochen später. Sie befahl in einem kurzen Schreiben Berthold, er möge ihr, zur endgültigen Abfertigung, noch zehntausend Mark anweisen, sie würde dann Bautzen für immer verlassen.

Inge Claußen brach kurzerhand das Briefgeheimnis, trotzdem auf dem Umschlag der Vermerk «Nur an Herrn Türmer persönlich auszuhändigen» deutlich mit Rotschrift umrahmt war.

Inge Claußen besaß Postvollmacht, und der Briefträger übergab ihr anstandslos auch die eingeschriebene Privatpost an den Chef. Bis zur Stunde hatte die Sekretärin nur die Geschäftsbriefe geöffnet und all die duftenden Grüße von Damenhand – aus Bautzen und Umgebung, Berlin, Paris, London, New York und Hollywood als auch Los Angeles – uneröffnet Berthold auf den Schreibtisch gelegt.

Das nach dem einzigartigen «Excelsior-Parfum» duftende Briefchen, dessen Odeur Inge kannte und von dem sie wußte, daß nur Elsbeth Krämer es im Laden vorne erstand, erbrach sie nach kurzer Überlegung und begab sich damit, als sie von dem Inhalt Kenntnis genommen, nach der Seidau zu Onkel Heinrich.

Der alte Herr befand sich in seinem Garten und räsonnierte mit einem Bienenvolk, das eben im Begriffe gewesen, auszuwandern.

«Habt ihr es vielleicht nicht gut bei mir?» brummte er und schob einige Untertassen mit flüssigem Zucker und verdünntem Honig, in die er kreuz und quer Strohhalme legte, um die Bienen vor dem Ertrinken zu bewahren, vor den Ausflug. «Gerade so wie mein Neffe, immer ausfliegen, kein Sitzfleisch. Na, bei euch kann man es noch eher verstehen, ihr habt hinten einen giftigen Stachel, und da sitzt es sich nicht gut darauf. Der verflixte Bengel hat sicher auch einen Stachel, der ihn ewig umherwandern läßt.»

Onkel Heinrich bemerkte plötzlich, wie das Bienenvolk unruhig wurde, und drehte sich, aufmerksam geworden, herum.

Inge Claußen kam lächelnd grüßend näher. Die Bienen begannen langsam auszuschwärmen. Rasch ergriff Onkel Heinrich einen neben den Stöcken stehenden Bienenschutzhelm aus Gaze und stülpte ihn der erstaunten jungen Dame über den Kopf.

«Immer im Leben vorsichtig sein, liebes Fräulein Inge. Wer sich in Gefahr begibt, kommt darin um. Wirst du!» schrie er plötzlich auf und schlug Inge kräftig klatschend auf die Hand.

«Autsch!» Inge ließ erschrocken den in ihrer Hand befindlichen Brief Elsbeth Krämers fallen.

«Autsch, es ist besser, Sie autschen, als daß Ihre kleinen Patschhändchen von den Bienen zerstochen werden. Mindestens dreihundert Stück saßen auf den schönen Fingern.»

Inge rieb sich lachend die Hand.

Onkel Heinrich zog die Sekretärin Bertholds beiseite und wollte ihr den zu Boden gefallenen Brief überreichen.

«Herr Türmer, eben dieses Briefes halber kam ich zu Ihnen. Sie werden mir recht geben, daß ich dieses Schreiben Herrn Berthold unterschlagen habe.»

Onkel Heinrich sah erstaunt auf das junge Mädchen; er zog einen Kneifer aus der Tasche und klemmte ihn, sie dabei immer scharf anblickend, auf seine Hakennase.

Inge errötete unwillkürlich, sie deutete des alten Herrn Gebaren falsch.

«Wenn ich unrecht getan habe, dann bitte, lesen Sie den Brief nicht, ich werde ihn Herrn Berthold übergeben und mein Vergehen eingestehen.»

Der alte Apotheker senkte den Blick, strich mit seinen Fingern über Inges Hand und begann zu lesen.

Inge Claußen war froh, daß der häßliche Bienenhelm ihr Gesicht verschleierte, sie glaubte, der alte Herr könne so ihr Erröten nicht bemerken.

Der Onkel hob wieder seine Lider über die Brille, nachdem er von dem Inhalt des Schreibens Kenntnis genommen.

«Sie sind ein braves, tüchtiges Mädchen, Fräulein Claußen. Wenn ich nicht schon die Hälfte meines Vermögens an ein junges Mädchen, das jetzt längst Frau ist, verschenkt hätte, würde ich Ihnen testamentarisch die Summe vermachen. Hm, Sie sollen nicht leer ausgehen, denn der Schlingel, der Berthold, verdient es nicht, daß zu seinen Kröten meine Batzen noch hinzukommen.»

«Aber, Herr Türmer, ich tue es doch nicht um des Geldes willen!»

«Das weiß ich.» Und wieder flog des alten Herrn Blick forschend über Inges Gesicht.

«Herr Türmer, soll Herr Berthold denn immer von dieser Frau in Unruhe gehalten werden?»

«Lassen Sie mich nur machen, mein Kind. Verlieren Sie kein Wort darüber zu meinem Neffen, den der Teufel holen mag. Gehen Sie ruhig zurück ins Geschäft, dieser Dame werde ich einen Besuch abstatten.»

Inge ergriff die entgegengestreckte Hand, dann hob sie das häßliche Drahtgestell von ihrem Kopf.

«Ich danke Ihnen, Herr Türmer; nicht wahr, Sie verraten mich nicht?»

«I woher denn!»

«Dann guten Tag, Herr Türmer.» Inge wandte sich und schritt den schmalen Kiesweg entlang.

«Einen Augenblick, mein Fräulein, einen Augenblick!»

Inge wandte sich um. Onkel Heinrich trat auf sie zu.

«Sie können doch sicher einen schönen Blumenstrauß binden, Fräulein Claußen?»

Fragend sah das junge Mädchen in die spitzbübisch lachenden Augen des alten Herrn.

«Ich spaße nicht, aber ich will Sie bitten, mir einen geschmackvollen Strauß zurechtzumachen. Nicht für Sie, mein Kind, den brauch' ich für jemand anderen.»

In einigen Minuten hatte Inge Claußen einen schönen Strauß La France- und Maréchal-Nilrosen gebunden.

«So, Fräuleinchen, ein andermal bekommen Sie die Erlaubnis, den Garten für sich selbst zu plündern. Vielleicht kommen Sie einen Sonntag nachmittag und kochen mir einen starken Mokka, so, wie ihn der Strick, mein Neffe, trinkt. Schmeicheln Sie Frau Gips das Rezept ab.»

«Gut, Herr Türmer, kommenden Sonntag erscheine ich, koche Mokka und lasse Ihnen einen Garten zurück, von dem die Leute glauben sollen, ein Heuschreckenschwarm hätte ihn überfallen.»

48

«Wollen Sie der gnädigen Frau melden, Herr Türmer wünsche sie zu sprechen.»

Die Zofe Elsbeth Krämers sah erstaunt auf den alten Herrn im langen Gehrock, mit dem in rosa Papier eingehüllten Blumenstrauß in der Hand. Sie kannte nur einen Herrn Türmer, den jungen, schönen Besitzer des Drogeriegeschäftes am Kornmarkt, von dem sie häufig träumte. Nach solchen Nächten erwachte sie mit dunkelumränderten Augen und versah mißmutig ihren Dienst. Wie oft war sie schon in das Materialwarengeschäft gelaufen! Sie besaß bereits zwei Dutzend Zahn- und fünfzehn Nagelbürsten, außerdem eine Riesenbatterie von Zahnpasten in Tuben, Mundwasser in Flaschen, Pulver in Büchsen, Tiegel und Dosen; Schwämme, Puder, Seifen, Lockennadeln, Gesichtscreme und Nagellack lagen im Koffer in großen Massen. Da der Lohn nicht reichte, bestahl sie ihre Herrin, um nur einen Blick auf Berthold Türmer werfen zu dürfen. Dieses Mädchen verzehrte sich in grenzenlosem Verlangen nach dem jungen Besitzer des Hauses am Kornmarkt und hatte in ihrer großen Leidenschaft alle Anzeichen einer Liebestollen.

Sie war erstaunt, daß es noch einen Mann namens Türmer gab. Es war ihr wie eine Entweihung ihres, wie einen Gott angebeteten Idols. Dieser alte Herr, mit dem roten Gesicht und dem weißen Schnauzbart, besaß die Dreistigkeit, Türmer zu heißen?

«Mein schönes Kind, ich sehe, daß ich Ihnen gewaltig imponiere, doch darf Sie dies nicht hindern, mich Ihrer Herrin zu melden», dabei griff Onkel Heinrich in die Westentasche und wollte dem Mädchen zehn Pfennige überreichen.

Die Zofe sah den alten Herrn von oben bis unten an und drehte sich auf den hohen Absätzen herum.

«Gott, und so etwas heißt auch Türmer! Den schenk' ich der Gnädigen», monologisierte die Maid und begab sich, nachdem sie noch schnippisch ein langes «Bhhh» zwischen ihren sinnlichen Lippen hervorstieß, zu ihrer Herrin.

«Gnädige Frau, Herr Türmer ist draußen und wünscht Sie zu sprechen.»

«Dumme Pute, das sagst du so einfach daher? Schnell, ich muß mich umziehen.»

Wie eine Besessene raste Elsbeth im Zimmer herum.

«Rasch, Anne, geben Sie mir das seidene Morgenkleid! Das aus indischer Seide. Nein, nicht dies, das cremefarbige, dünne, durchsichtige.»

Die Zofe biß die Zähne zusammen, um nicht herauszuprusten. Sie lief von einer Ecke des Ankleidezimmers zur anderen.

«Die kurze Hemdhose mit den Valenciennesspitzen[26]! Gott, sind Sie doch nicht so langsam! Die lachsfarbenen Seidenstrümpfe! – Wo sind denn die Strumpfhalter mit den Opalschnallen? Anna, Sie machen mich krank. Legen Sie die japanische Decke auf die Causeuse[27], bringen Sie das große Album vom Flügel hierher auf die Vitrine. Jetzt möchte' ich wissen, wo wieder mein Extrakt ‹Excelsior› ist. Das kleine Taschentuch mit den Chenillesspitzen! Nein, das mit dem Brüsseler Einsatz. Die türkischen Babuschen, fix, fix!»

Anna lief und holte alles mit Übereifer. Sie freute sich auf den Hereinfall der Herrin.

«So, geben Sie noch einmal den Spiegel und Puder. Gott im Himmel, meine Lippen! Wie sehen die bloß aus? Geben Sie doch die Schatulle mit den Stiften her! Die goldene Bonbonniere! Dann

26 sehr feine Klöppelspitze
27 veraltet kleines Sofa

Zigaretten, den Stein mit den buntköpfigen Streichhölzern. Sie haben gar kein Geschick, Anna, eine Gans sind Sie. Den Spray rasch über das ganze Zimmer. So passen Sie doch auf, Sie bespritzen mir ja das ganze Haar und Gesicht; nun kann ich noch einmal Puder auflegen! – Gehen Sie schon, durch Sie kann man sich die Gelbsucht an den Hals ärgern! Machen Sie schon, lassen Sie den Herrn herein.»

Elsbeth studierte genau ihre Lage auf der Causeuse. In der gegenüberliegenden Ecke stand ein riesiger Paravent[28], dessen Mittelstück einen Spiegel enthielt, der die ganze Causeuse wiedergab. Oh, sie hatte es sich schon lange überlegt gehabt! Sie wollte im Falle, daß es einmal hier zu einem Liebeskampf käme, alles im Spiegel beobachten. Dies würde den Reiz um ein Tausendfaches erhöhen, ihre Extase auf die Spitze treiben.

Das durchsichtige Morgenkleid aus indischer Seide verhüllte nichts. Es war der Gipfel der Raffiniertheit. Über dem Strumpf schimmerte das rosige Fleisch durch, die Brüste zeichneten sich prall ab und ließen die Warzen stark hervortreten. Bei einer geschickt einstudierten Bewegung glitt das Hemd von der Brust und enthüllte die weißgepuderte Halbkugel und rotgeschminkte Warze.

Oh, Elsbeth Krämer wußte, wie man die Männer fing! Diesmal sollte der gute Berthold dran glauben. Sie wollte ihn schon kirre kriegen.

Rasch rückte sie ihren Leib zurecht. Ihr Blick berauschte sich im Spiegel an den eigenen Reizen, sie sah absichtlich nicht zur Türe.

«Herr Türmer», meldete Anna und ließ Onkel Heinrich ein.

«Meinen Handkuß, gnädige Frau.»

Onkel Heinrichs Stimme ähnelte der Bertholds in keiner Weise. Eine ewige Bronchitis von unglaublicher Anhänglichkeit hatte die Stimmbänder des alten Herrn seit Jahren mit einer Millimeterschicht Mehltau überzogen und die Aussprache ihrer Klangfülle beraubt.

Elsbeth war bei dem Gruß blitzschnell herumgefahren. Etwas verdutzt starrte sie auf den alten Herrn.

28 veraltet Ofenschirm, spanische Wand

Onkel Heinrich glaubte, sein treuherzigstes Gesicht aufgesetzt und mit dem feinsten Lächeln geschmückt zu haben. In Wirklichkeit, um der Wahrheit die Ehre zu geben, sah er etwas blöde drein.

Die junge Frau erholte sich von ihrer Verblüffung rascher, als sie selbst gedacht hatte. War das nicht der Oheim des jungen Türmers? Was wollte der hier? Sollte Berthold in seiner Verlegenheit den alten Herrn mit dem Überbringen des Geldes beauftragt haben oder – in ihrem kleinen Gehirn blitzte es zornig auf – wollte der Feigling vielleicht auf diesem Wege versuchen, sich ihrer Bitte um Geld zu widersetzen?

Kampfbereit setzte sich Elsbeth auf. Die Herren sollten sich vorsehen. Oho! Sie ließ sich auf kein Verhandeln ein.

«Sie gestatten, gnädige Frau, daß ich Ihnen diese kleinen wohlriechenden Kinder Floras überreiche.»

Elsbeth sah zu Onkel Heinrich hinüber. Sie rückte ihren kleinen, wollüstigen Körper auf dem weichen Kissenlager zurecht. Auf ganz feine Art wollte sie den alten Trottel einwickeln. Er sollte für das Opfer, welches er dem schlappen Neffen bringen wollte, selbst ein solches werden. Eine Falle wollte sie stellen, in die der alte Tanzbär sich rettungslos verfangen würde. Nachdem sie sich im Spiegel des japanischen Paravents versichert hatte, daß ihre Lage verführerisch, das linke Bein über dem Knie entblößt und die rechte Schulter bis tief auf die Brust jeder Hülle bar sei, setzte sie ein feines Lächeln auf und sprach mit leicht lachendem, gurrendem Ton: «Sieh da! Was verschafft mir die Ehre Ihres Besuches? Welche Bedeutung darf ich dem schönen Rosenstrauß zumessen? Weiß und Rot. Die Unschuld mit der brennenden Liebe gepaart. Sollten Sie, Herr Türmer, beabsichtigen, für Ihren Herrn Neffen um meine Hand anzuhalten, so muß ich Ihnen das Geständnis machen, daß, obwohl ich Bertie über alles liebe, an eine Veröffentlichung der Verlobung, solange ich nicht geschieden bin, nicht gedacht werden kann.»

«Es ist doch gestattet, daß ich Platz nehme, gnädige Frau?»

«Bitte, Herr Türmer.»

Onkel Heinrich breitete die beiden Schöße seines Gehrockes links und rechts an den Seiten des Hockers aus, während er die Blumen von einer Hand in die andere legte.

«Ich bin leider gezwungen, Ihnen – aber bitte, gnädige Frau, wollen Sie nicht so gütig sein und mir die Blumen abnehmen?»

Mit diesen Worten reichte Onkel Heinrich Elsbeth den Strauß über das kleine Tischchen. Dem alten Herrn traten die Schweißtropfen auf die Stirne. Elsbeths cremefarbenes Kleid, aus transparenter indischer Seide, hatte sich an mehreren Stellen verschoben. Blößen traten zutage, die ihm die Augen übergehen ließen. Diese kleine, raffinierte Kokette kannte ihre Pappenheimer, sie wußte, welche Macht sie über die Männer – außer Berthold Türmer – besaß und war überzeugt, daß ihre «Kunst» auch bei dem alten Herrn nicht versagen würde.

Onkel Heinrichs Brust hob sich um einige Zentimeter mehr als sonst. Seine Lippen waren heiß und trocken, und die Zunge strich kühlend einige Male darüber hinweg. Unruhig rutschte er auf dem Hocker hin und her. Donnerwetter! Das hatte er selbst nicht mehr von sich geglaubt. Er war doch schon über sechzig Jahre alt. Gab es eine Rückkehr der Jugend?

Elsbeth Krämer hatte ihr Näschen in den Rosenstrauß vergraben und schielte zwischen den Blüten auf ihr Gegenüber. Aha! Er zappelte schon, hing schon an der Angel, die Falle war eingeschnappt. Sie hob das entblößte Knie ein wenig, damit die Seide straff die Schenkel umspannte, ein kleiner, unmerklicher Ruck ließ die Brust mehr ans Tageslicht treten, die Nasenflügel bebten. Leise flog der Blick in den Spiegel. Sie ergötzte und erregte sich an ihrem eigenen wollüstigen Gebaren. Wenn jetzt Bertie hier wäre, dachte sie. Oh, wie wollte sie ihn an sich reißen, mit ihren Zähnchen zerfleischen! Unwillkürlich verzog sie die Lippen und wand sich wie eine Schlange.

Die sechs überschrittenen Dezenien besiegten Beelzebubs Fleischeslust in Onkel Heinrich nach kürzester Frist. Gleich einer Fata Morgana schwand sie dahin. Falscher, trügerischer Schein! Im Innern hatte sich der Umschwung von der Lava zum Gletscher vollzogen, das Äußere blieb davon noch unberührt. Reflexe. Wetterleuchten. Ferner, verhallender Donner. Die gutgeratenen Nasenflügel waren noch in Bewegung geblieben. Letzte Schwingungen des Pendels eines ablaufenden Uhrwerks. Langsam kehrte Mutter Vernunft aus anderen Körperregionen – in die sie auf Augenblicke abgeirrt – in die Gehirnzellen zurück, nahm ihren angestammten Platz ein und begann in altgewohnter Funktion sich zu betätigen.

Die Teufelin, ihres Sieges sicher, streckte die sammetweiche Hand über das Tischchen und legte sie auf die gestreifte Tuchhose des Herrn Exapothekers. Animalische Wärme rieselte auf die etwas runzelige Haut des alten Beines. Kleine Flämmchen flackerten kurz im Innern auf, um gleich darauf mit leisem Zischen zu verlöschen.

Circe war selbst in Brand geraten und atmete schwer. Ein Schleier legte sich über die schweren Lider. Gleichgültig, welcher Mann ihr gegenüber saß. Schon, daß er ein Mann war, genügte. Vergessen Berthold, der Heißersehnte, ins Nichts zerflogen Pläne um Geld, Ränke. Königin Wollust hatte von dem durchpeitschten Leib Besitz ergriffen. Der Blick, getrübt, sah nicht mehr das Greisenantlitz. Zuckende Nasenflügel sogen den Duft des Mannes ein, das spitze Zünglein hing zwischen den Zähnen, im Rahmen purpurgeschminkter Lippen.

Der Schleier, den Gott Eros webte, zerriß jäh. Des alten Mannes Stimme brach gleich Donnergrollen in die Wellen der Erregung und zerstörte den lüsternen Traum.

«Meine liebe Frau Direktor, es ist mir peinlich, Sie aus einem Irrtum aufrütteln zu müssen. Ich komme nicht als Werber.»

Zu kraß die Rückkehr in die Wirklichkeit, zersetzend im letzten Augenblick die hervorbrechende Extase! Zornesglut über entgangenen, geraubten Genuß packte die sich betrogen Wähnende. Geifernde Wut schwang sich an Stelle aller anderen Gefühle. Blick und Miene wechselten blitzartig, Hassesflammen huschten über Mundwinkel und Stirne. Kümmerliche Reste edler Regungen versanken im Unflat der Gemeinheit. Das Gift des Häßlichen bespie das Fünklein Licht des Menschlichen, verlöschte es und ließ der Bestie freie Bahn.

Elsbeth zog ihre Hand langsam von des alten Herrn Bein, knirschend glitten die rosig manikürten Fingernägel über den rauhen Stoff. Aus der hübschen, jungen Frau trat das Megärenhafte sprunghaft zutage. Scharf zogen zwei harte Linien seitlich der Nase an den Mundwinkeln vorbei.

«Was wollen Sie hier?» Zischend, dem Zünglein der Schlange gleich, brach es aus ihr hervor: «Was wollen Sie?»

«Es wäre zwecklos, mit meiner Mission hinter dem Berge zu halten. Ich bin hier, um freie Bahn für Bertholds Lebensweg zu schaffen, ihm alle Hindernisse ein für alle Mal aus dem Wege zu räumen. Reiner Tisch soll werden, und wenn der Skandal zum Himmel stinken würde.»

Scham über den kurzen Augenblick der Schwäche, die ihn vorhin befallen, goß die Worte in härtere Form, als ursprünglich beabsichtigt war. Die Wirkung entsprach keineswegs der Erwartung.

Elsbeth Krämer hatte sich aufrecht vor ihren Gegner gesetzt, ihr Auge sprühte stahlharte Blitze in des alten Mannes Gesicht. Die Lippen lagen aufeinander gepreßt, und der Atem flog pfeifend durch die Nase.

«Skandal», zischte sie, «Skandal?! Ich fürchte keinen Skandal. Der Herr Neffe, dieser Kretin, der nicht einmal weiß, wie man eine Frau richtig umarmt, dieses blamable, idiotische Individuum, das sich wie ein Schuljunge benimmt und es sich gefallen läßt, ein Casanova genannt zu werden, soll nun erfahren, was es heißt, anstatt bewundert, von aller Welt verlacht und verspottet zu werden! Ich, ich werde es in die Welt hinausschreien. Pfui, pfui, pfui, Ihr Tiere!»

Onkel Heinrich hatte sich erhoben, sein Gesicht war bei dem Schimpf, von dieser Megäre angespien zu werden, weiß, wie sein Bart.

«Sie sind eine Frau, deshalb verbietet es sich von selbst, Ihnen die gebührende Lektion zu erteilen.»

«Schlagen Sie mich doch, setzen Sie Ihrer Schandtat die Krone auf, Sie alter Wüstling! Wenn ich mich hingeworfen und Ihnen Ihren Willen getan hätte, dann würden Sie vor mir auf den Knien herumgerutscht sein und sich alle Ferkeleien erlaubt haben. Hier aber …»

Die Rasende erhob ihre Hand und ließ sie klatschend auf des alten Mannes Gesicht fallen. Ein zweites Mal holte sie aus, da erfaßte Onkel Heinrich, über die Gemeinheit dieser Furie ergrimmt, ihre Hände und warf sie auf das Ruhebett zurück. Das Tischchen mit all den Nippes, Bronzen und Porzellanen fiel um, und krachend zerbarsten die Kostbarkeiten auf dem Parkett.

Elsbeth schrie auf. Onkel Heinrich warf sich auf sie und drückte seine Hand auf ihren Mund. Sie wäre erstickt, wenn nicht Geistesgegenwart und Bosheit ihr geraten hätten, ihre scharfen Zähne in sein Fleisch zu bohren. Er riß die blutende Hand von ihrem Mund. Ihre Augen sahen ihn stier an, sie erblickte das rote Naß und lachte wie irr auf. Ihre Wut ließ sie die Situation vergessen.

«Wenn Sie schreien», keuchte Onkel Heinrich, «so sind Sie in fünf Minuten in den Händen der Kriminalpolizei. Ich war, bevor ich zu Ihnen kam, im Polizeibüro am Burgplatz. Sehen Sie aus dem Fenster. Auf der gegenüberliegenden Straßenseite stehen die Zivilbeamten. Erpressung ist das, was Sie treiben!»

Schwer und in langen Zügen atmend, hob sich Elsbeth Krämers Brust, an ihrem Kinn sickerte ein Blutstropfen aus Onkel Heinrichs Bißwunde herab.

«Alle Welt soll erfahren, wie gemein Ihr seid. Lassen Sie mich nur verhaften, ich werde es schon hinausschreien, wer Ihr seid. Ihr famoser Neffe soll es büßen!»

«Sie täuschen sich, wenn Sie glauben, daß man öffentlich gegen Sie verhandeln würde», sagte Onkel Heinrich, während er sich ein Taschentuch um die Hand legte. Er war ruhiger geworden.

Mit glühenden Augen sah Elsbeth die Blutflecke auf dem weißen Tuch. Ein Zittern ergriff sie, ihre Zähne schlugen wie im Schüttelfrost aufeinander.

«Lassen Sie mich das Blut abküssen, geben Sie mir Ihre Hand, ich will nicht mehr beißen.» Ihre Finger streckten und krümmten sich dem alten Herrn entgegen.

Angewidert von dem häßlichen Gebaren der hysterischen Frau, wich Onkel Heinrich zurück. Unwillkürlich versteckte er die verletzte Hand hinter seinem Rücken.

Elsbeth hatte sich erhoben, sie kam näher an den Mann heran. Oh, wie sie diesen alten Mann, vor dem sie sich solche Blöße gegeben, haßte! Wie gerne hätte sie ihn angesprungen, ihm ihre Zähne in den Hals geschlagen, bis er nicht mehr atmen konnte. Ihr Mann, dieses Scheusal, fiel ihr ein, der ihre bösen Instinkte durch seine brutalen Triebe geweckt hatte, der sie widerlich schamlose Dinge gelehrt und ihre Sinne vergiftet hatte. Rache wollte sie an allen Männern nehmen, sich wie ein Vampir an sie klammern und ihnen in qualvollster Weise den Tod bereiten.

«Was wollen Sie noch hier?» Kaum wie ein Hauch entschlüpfte es ihrem Munde. «Sie will ich nicht sehen, den Feigling, Ihren famosen Neffen, werd' ich mit tödlichem Schlage treffen! Noch heute, noch in dieser Stunde.»

«Sie werden ihn nicht zu Hause finden, außerdem will ich Ihre gefährlichen Drohungen der Kriminalpolizei melden.»

«Ich werde ihn zu finden wissen. Ihr Drohen mit der Polizei fürchte ich nicht. Der Skandal soll ganz Bautzen in Bewegung setzen. Den Herrn Casanova, ha ha, werde ich hier unmöglich machen!»

«Seien Sie vernünftig, ich biete Ihnen einen Ausweg. Ihr Haus und alles, was Sie zu veräußern beabsichtigen, will ich Ihnen gut bezahlen, Sie sollen befriedigt von Bautzen wegziehen.»

«Das könnte Ihnen so passen, daß ich von hier verschwinde, damit haben Sie bei mir wenig Glück, und jetzt hinaus, aber fix, sonst fliegt Ihnen was an Ihren Kopf. Ich werde in die Welt hinausschreien, daß Sie mir schmutzige Anträge gemacht haben, Sie alter Wüstling. Hier haben Sie Ihren Blumenstrauß, alter Betrüger!»

Mit voller Gewalt warf sie die Rosen Onkel Heinrich ins Gesicht.

Ohne noch ein Wort zu verlieren, verließ der alte Herr das Zimmer.

Wutentbrannt riß Elsbeth Überkleid und Hemdhose in Fetzen. Nackt, nur mit den lachsfarbenen Seidenstrümpfen angetan, lief sie schreiend im Zimmer auf und nieder. Vasen zerkrachten am Fußboden, Gläser barsten und Bronzen klirrten mit metallischem Geräusch.

Die Zofe sah schreckerfüllt durch die Türspalte auf die rasende junge Frau.

Elsbeth erblickte das junge Mädchen in der Türe. Mit einem Sprung war sie ihr nahe, zerrte sie an den Haaren in das Zimmer, warf die Schreiende auf das Ruhebett, krallte ihr die Nägel ins

Kleid, daß es in Fetzen vom Körper flog, dann schlug, kratzte und biß sie die sich heftig Wehrende, bis sie erschöpft neben dem Sofa zusammenbrach. Die Hand der Zofe preßte sie zwischen ihren kleinen Fäusten und drückte Kuß um Kuß darauf, während ein hysterisches, fast lautloses Schluchzen ihren Körper schüttelte. Wimmernd lag das geschundene Mädchen in sich zusammengekauert in der Ecke der Causeuse. Rote Striemen an Schulter, Rücken und Brust zeigten Kratzmale von Elsbeth Krämers scharfen Fingernägeln, blutunterlaufene verfärbte Stellen, mit weißen Flecken, ließen die Spuren der Zähne erkennen.

«Annie, Annie, bitte, bitte, sind Sie wieder gut. Bitte, Anniele, nicht mehr weinen», stieß Elsbeth unter Schluchzen hervor. «Ich gebe Ihnen ein neues Kleid, Schuhe und Wäsche, nur sind Sie wieder gut.»

«Oh, gnädige Frau, ich bin ganz zerschlagen.» Konvulsivisches Schluchzen warf die Zofe wie im Fieber.

Elsbeth kroch auf das Ruhebett hinauf, drückte sich an die Gemarterte und küßte die wunden Stellen an Brust und Hals.

«Wieder gut sein, Annie, bitte, wieder gut sein.»

Eine halbe Stunde später fuhr die ehemalige Frau Landeseffektenbankdirektor, ihren eigenen Wagen steuernd, durch die Muskauer Landstraße im Siebzig-Kilometer-Tempo aus Bautzen hinaus.

Am Himmel stand die Sonne als glutroter Ball und tauchte die wogenden Ährenfelder in Purpur. Goldumrandete, rosagetönte Wolken lagen unter der sinkenden Sonne, ein Strahlenkranz brach darunter hervor und schoß silbrig seine Lichtbündel in Wald und Feld.

Elsbeth Krämer sah von alldem nichts. Ihr Blick lag starr auf die glatte Chaussee gerichtet, irre Funken glühten in ihren Augen. In ihrem Kopfe vollführten Rachegedanken einen Hexentanz.

Vor einer Viertelstunde hatte die Wahnwitzige durch den Fernsprecher erfahren, daß Berthold Türmer als Gast und Pate der Taufe seines eigenen Bastards – wie die Auskunftgeberin, Lene Mayer, das Kind der Frau von Erz nannte – auf Schloß Erz weile und noch am selben Abend mit dem letzten Zug Bautzen auf längere Zeit verlassen wolle.

«Er wird nicht abreisen, dieser Schuft», sprach Elsbeth vor sich hin. «Er soll nicht fort, der Betrüger. Bei mir hat er sich wie ein dummer Junge angestellt, und diese alte Frau wurde Mutter durch ihn. Er, er und sonst niemand ist schuld, daß ich im Unglück bin, er hat mich zur Untreue getrieben.»

Das Auto hüpfte und sprang über die eingefahrenen Löcher im Fahrdamm.

Achtzig Kilometer Geschwindigkeit zeigte der Tachometer.

49

Keiner wollte das Ereignis missen, jeder wollte dem «Feste» beiwohnen. Nicht die Tauffeierlichkeit war der Magnet, auch nicht mehr Frau von Erz.

Des «Casanovas von Bautzen» persönliches Erscheinen hatte alle in Bewegung gesetzt.

Von Norden, Süden, Osten und Westen hatten sich die Autos, Phaetons, Buggies, Landauer, Pony- und Kutschierwagen nach Schloß Erz aufgemacht.

Wagen um Wagen fuhr die kurze Allee zum Schloß hinauf. Die Kutscher und Pferdeknechte hatten alle Hände voll zu tun, um die Gespanne im Gutshof unterzubringen, Holzschuppen, Scheunen und Kuhställe wurden für die Pferde der Gäste freigemacht. Man hatte alle Arbeit zu Hause stehen- und liegengelassen und war nach Schloß Erz gefahren.

Frau von Erz empfing die Gäste persönlich an der Schloßtreppe. Der große Rasenplatz vor dem Gebäude war mit Rohrmöbeln dicht belegt. Große und kleine Tische mit duftenden Blumenarrangements aus Treibhaus, Garten und Feld luden zum Verweilen ein. Ein alter Diener und zwei Mägde reichten erfrischende Getränke.

Die Gutsherrin war schlank geworden und sah verjüngt aus. Eine schwere Zeit lag hinter ihr. Die Ärzte hatten sie bei der Geburt schon fast aufgegeben. Das Alter der Frau stand dem Körper feindlich gegenüber. Die Natur sträubte sich gegen die späte Empfängnis.

Tagelang hatte Frau von Erz zwischen Leben und Tod gelegen. Ein zusammengeballtes Taschentuch im Munde, das sie in ihrem Schmerz in Fetzen zerbiß, die Stirne schweißbedeckt, hatte sie sich im Bett leise stöhnend gewunden. Zwei Tage und drei Nächte dauerten diese entsetzlichen Krämpfe, bis endlich die junge Erdenbürgerin das Licht der Welt erblickte.

Die Ärzte waren in großer Besorgnis gewesen, daß das überanstrengte Herz der Mutter zum Stillstand kommen könnte.

Später folgten bange Tage, als Frau von Erz darauf bestand, sich mit einer Amme in die Stillung des Kindes zu teilen, ja deren Baby mitzusäugen. Kein Bravourstück, sondern rein mütterlicher Instinkt.

Mit weit aufgerissenen Augen berichtete eine Besucherin die unerhörte Tatsache, daß die Gutsherrin sich beide Kinder bringen ließ und zu gleicher Zeit an die Brüste nahm.

Vier Wochen nach der Geburt des kleinen Komteßchens war Frau von Erz vollkommen gesundet, nur hatte sie die frühere Körperfülle nicht mehr erlangt. Die einzelnen Silberfäden im Haar gaben ihrem Gesicht einen eigenartigen Reiz, die Augen sahen frisch, fröhlich und kampfesmutig in die Welt.

Weit über hundert Gäste waren erschienen. Die Damen wollten alle den Täufling sehen, doch die Neugierde wurde in keiner Weise befriedigt. Das Kindlein schlafe, hieß es, und dürfe nicht gestört werden.

Die Herren betrachteten die Dame des Hauses mit ganz neuen Augen. Sie erschien ihnen jetzt interessant und begehrenswert. Monokels und Stielaugen taxierten die Reize mit Röntgenblicken. Indiskret durchbrachen die X-Strahlen derber Sinnlichkeit die den Leib verhüllenden Stoffe. Stumme Monologe wurden gehalten und Entschlüsse gefaßt, später einmal bei der furchtlosen Dame anzuklopfen.

Alles blieb vor dem Hause versammelt. Man wollte den Augenblick nicht versäumen, wenn der Herr Pate, von dem die Uneingeweihten flüsterten, daß er auch der Vater des Täuflings sei, eintraf und seine Freundin begrüßte. Inzwischen vertrieb man sich die Zeit mit Schnäpsen, Likören und kleinen Leckerbissen.

Nachdem man die Gastgeberin genügend durchgehechelt, über die Familie gefachsimpelt und seinen lieben Nächsten etwas am Zeuge geflickt hatte, geriet man ins Landwirtschaftliche. Roggen, Schweine, Klee, Lupinen, die zu niedrigen Milchpreise, so daß man lieber Kälber und Schweine damit füttere; dem Weizen wurde ein gutes Prognostikon erstellt, große Hoffnungen setzte man auf Rüben und Kartoffeln, während man fand, daß der Stand des Hafers manches zu wünschen übrig lasse. Wie ihre Rinder auf den Koppeln, so waren auch sie Wiederkäuer. Sie kauten ein und dasselbe Thema unausgesetzt durch, ohne daß ihnen ihre Gedankenarmut zum Bewußtsein kam. Die Damen kehrten zum Ausgangspunkt ihrer Unterhaltung zurück. Die Hausfrau wurde unter die Lupe genommen, und kein Zentimeter ihrer Person blieb unbekrittelt. Die eigenen körperlichen Defekte wurden der «Wöchnerin» angedichtet. Hochgezogene Brauen, bedeutsame Blicke, weit aufgerissene Augen, über mehr oder minder starken Brüsten gekreuzte Arme und schüttelnde Köpfe gaben Zeugnis von der nicht zur Ruhe kommenden Aufregung der ehrbaren Gutsfrauen. Als man sich über den Fall müde geredet und die Akten vorläufig beiseite gelegt hatte – denn geschlossen würden sie nie werden –, kamen die lieben Dienstmädchen an die Reihe, die nichts schaffen und nur verdienen wollen, die sich erdreisten, Florstrümpfe zu tragen und an Sonntagsvergnügungen zu denken. Auch die Arbeitsscheu der Knechte und Kutscher wurde scharfer Kritik unterzogen, und man rühmte vergangene Zeiten, in denen das Recht der körperlichen Züchtigung dem Gutsherrn gestattet war.

«An modernen Gesetzen kehr' ich mich nicht», sagte Gerda von Langen, «bei mir regnet es heute noch Backpfeifen, wenn nicht pariert wird.»

«Ich mach' mir die Hände an dem Gesindel nicht schmutzig», fiel eine andere ein, «wozu besitzt man Hundepeitschen?»

«Ach, es ist vorbei mit den schönen Zeiten», sprach zornig eine dritte, «mich hat man mit zweihundert Mark bestraft, weil ich so ein Aas die Treppe hinabgeworfen habe.»

«Nur Geduld, Kinder», erklärte die hagere Witwe Stangenberg, «nur Geduld, die Zeit ist nicht mehr ferne, in der wir wieder in unsere angestammten Rechte eingesetzt werden, aber dann gnade Gott ihnen allen.»

Hoffnungsfreudig blitzten aller Augen.

«So eine Frechheit», wiederholte die erste, «Florstrümpfe tragen die Biester am Sonntag!»

Immer wieder flogen die Blicke zu dem großen Rondell, an welchem ein alter Diener stand, der die neuankommenden Gäste zu melden hatte.

Die Augen der Herren begannen bereits infolge der kontinuierlichen Schnapskostproben zu glänzen, und die Damen waren gerade in die Besprechung wichtiger Koch- und Backrezepte eines neuen Einweckapparats vertieft, als das Rattern eines Autos hinter dem Herrenhause die Aufmerksamkeit der Anwesenden in Anspruch nahm.

«Herr Berthold Türmer», meldete mit lauter Stimme der Diener.

Tiefe Stille folgte seinen Worten. Alle Augen waren auf den jungen Mann im eleganten Cutaway gerichtet, der galant Frau von Erz die Hand küßte.

Großes Schweigen, das peinlich wirkte.

Berthold merkte, daß er wie ein fünfbeiniges Kalb mit zwei Köpfen, in der Sideshow eines amerikanischen Riesenzirkusses, begafft wurde. Dies machte ihn für einige Augenblicke unsicher.

Eine junge Dame, die einen großen, jungen Mann an der Hand nachzog, drängte sich durch die Reihen: Doris von Gräzingen.

«Guten Tag, Bertie!» rief Doris ostentativ laut, damit es ja alle Umstehenden hören sollten. «Guten Tag, wie geht es dir? Gestattest du, daß ich dir meinen Verlobten vorstelle?»

Berthold hatte erschreckt aufgehorcht. Die Stimme seiner ehemaligen «Braut» drang wie Donnerschlag zu ihm. Seine Verlegenheit wuchs. Er verbeugte sich vor dem blonden Riesen und murmelte einige Worte.

«Und mich begrüßt du nicht, Bertie?» setzte Doris ihre Frechheit fort.

«Doch, ich bitte um Verzeihung.» Die Hand der jungen Dame wurde fast bis zum Munde geführt.

Frau von Erz entriß Bertie seiner Exbraut und stellte ihn der Gesellschaft vor.

Die Damen, die Berthold Türmer noch nicht von Angesicht kannten, waren durchweg von ihm entzückt. Man hatte viel über den charmanten «Casanova von Bautzen» gehört, aber alle Beschreibungen seiner Person für übertrieben gehalten. Nun überzeugte man sich selbst und machte aus seiner Bewunderung der männlichen Schönheit des Vielgeliebten keinen Hehl.

«Nun wundert mich nicht mehr, wenn die Frauen auf ihn hereinfallen!» schrie laut die alte Gräfin von Büscheburg nach der Art der Schwerhörigen, indem sie mit ihrem Hörtrichter, von der Größe eines Miniaturlautsprechers, in der Luft herumfuchtelte.

Berthold hatte seine Sicherheit zurückgewonnen. Von Hand zu Hand wurde er präsentiert. Seine Augen erhellten sich, als er dem Gutsbesitzer Häberlin die Hand schütteln durfte.

«Junger Freund, es freut mich, Sie so wohl zu sehen. Was machen die Abenteuer?»

Bertholds Gesicht rötete sich.

«Na, na! Nur nicht verlegen werden.»

«Vera, du erinnerst dich doch Herrn Türmers, des echten ‹Casanovas von Bautzen›?»

Frau Häberlin hatte die ganze Zeit in Angst gelebt, daß ihr Mann sie bloßstellen würde; sie hatte ihn gebeten zu Hause bleiben zu dürfen, er aber bestand darauf, daß sie mitkomme. Sie sah nun ihre Befürchtung zur Wahrheit werden. Vor Scham hätte sie in den Erdboden versinken mögen. Sie bereute ihr Kommen. Längst war die Zeit des Einweckens dahingegangen, schon viele Male hatten sich die Waschtage wiederholt, und in all der Zeit war der Unfriede im Hause Gast geblieben. Bei jeder Gelegenheit wurde ihr der Fehltritt vorgehalten. Der Gatte hatte sich ein Schlafgemach am anderen Ende des Hauses einrichten lassen und bedachte seine Frau nur mit Schimpfworten und verachtungsvollen Blicken. Seine Sticheleien nahmen kein Ende. Immer wieder fing er von neuem an und wollte Genaueres über die intimen Vorgänge der vier Liebeswochen wissen. Der Betrug nagte an ihm, er konnte nicht darüber hinwegkommen. Ganz vergessen hatte er seine eigenen Schandtaten; daß er seine Frau die letzten zwanzig Jahre nur wie ein Arbeitstier und als Bettgenossin behandelt hatte. Als die Mägde im Dorfe durch eine gewitzte Erfahrene aufgeklärt wurden, regnete es Alimenteklagen, und zwei Urteile zuungunsten Herrn Häberlins ließen ihn in Zukunft mehr Vorsicht bei seinen Abenteuern mit den Dorfschönen walten. Er nahm das alte Herrenrecht für sich in Anspruch, daß er als Mann tun und lassen könne, was er wolle. An ihm bliebe nichts hängen, erwiderte er seiner gequälten Frau stets auf Gegenvorwürfe.

Als Berthold Türmer sich auf die Hand der Frau Häberlin niederbeugte, fühlte er ihr Zittern, und Mitleid mit der Armen durchzog sein selbst so liebebedürftiges Herz.

«Es ist mir ein großes Vergnügen, Sie wiederzusehen, gnädige Frau», sprach Berthold. Fest drückte er ihre Hand, bevor er sie losließ. Ein inneres Gefühl sagte ihm, daß er der Frau mit dem Handkuß und Händedruck einen Trost gespendet hatte.

Doris von Gräzingen ging Berthold nicht von der Seite. Wohin auch der junge Mann von Frau von Erz geführt wurde, sie folgte auf dem Fuße. Sie mischte sich häufig mit Scherzworten in die Unterhaltung und vergaß nicht, den Namen Bertie sehr oft und vernehmbar auszusprechen.

Der Bräutigam der jungen Komtesse stand bei Herrn und Frau von Gräzingen und war über das Benehmen seiner Braut empört. Der Vater zerbiß in nervöser Wut seine Zigarre und konnte es nicht unterlassen, seiner Frau zuzuflüstern: «Deine Erziehungsmethode».

Frau von Gräzingen beruhigte sich, indem sie von dem hinter ihr auf einem Tische stehenden Likör in rascher Reihenfolge drei Gläschen trank. Ihre einundvierzig Jahre hinderten sie nicht, den Casanova mit glühenden Blicken zu verschlingen. Sie war noch immer eine schöne und begehrenswerte Frau. Eine Tochter des rassigen Grafen von Gambossy. Heißes, ungarisches Blut, aus dem fruchtbaren Banat.

In ihrer langen Ehezeit hatte Frau von Gräzingen es verstanden, ihrem Herrn und Gebieter, dem selbst der Begriff eheliche Treue vollkommen fremd war, eine Geweihsammlung aufzusetzen, die das in Schloß Gräzingen von drei Generationen gesammelte

Gehörne an Zahl übertraf. Äußerst geschickt war sie immer bei ihren Abenteuern vorgegangen, hatte sich niemals mit Bekannten eingelassen, sondern die Bewunderer aus ihr gänzlich fernstehenden Gesellschaftsschichten genommen, ihnen die Gunst einer Schäferstunde nur einmal gewährt und war stets ohne Namensnennung wieder verschwunden. Begegnete ihr zufälligerweise einer ihrer Seladons ein zweites Mal und versuchte sich ihr zu nähern, so verstand sie es durch einen einzigen Blick, den Mann in seine Schranken zu weisen.

Auf ihren vielen «einsamen» Badereisen in früheren Jahren hatte sie oftmals die Lust angewandelt, Nachttouren zu unternehmen und dabei mit drei und oft mehr «Bewunderern» in der einen Nacht glückliche Stunden zu verleben.

Äußerst raffiniert war sie immer vorgegangen, und so konnte es nicht verwundern, daß sie in dem Rufe einer unnahbaren Frau stand. Niemand hätte es gewagt, sich ihr unehrerbietig zu nähern, und die Oberlausitz wäre wie durch ein Erdbeben erschüttert gewesen, hätte sie erfahren, daß Doris von Gräzingen einem Kuckucksei entschlüpft, daß sie die Tochter eines belgischen Schlafwagen-Kondukteurs[29] war.

Die Augen von Frau von Gräzingen folgten Berthold überall hin, sie überhörte des Gatten Vorwürfe. Jetzt verstand sie ihre Tochter. Dieser Mann, auch ohne den Ruf des Casanovas, mußte alle Frauenherzen betören. Wie stachen doch die anwesenden Herren ab! Schade, daß Doris sich bereits mit Berthold Türmer kompromittiert hatte, sonst hätte sie den Versuch unternommen, ihn für sich zu gewinnen.

Herr von Gräzingen, das Urbild deutscher Ehemannstreue – bis auf ganz geringe, kleine Abenteuer auf den Agrariertagen in Berlin –, war äußerst stolz auf sein Kind und fragte alle ihm neu vorgestellten Leute, ob sie die große Ähnlichkeit zwischen ihm und seiner Tochter wahrnähmen.

In einer wundersamen Waldnische, die von vielhundertjährigen Eichen umrahmt war, hatte Frau von Erz inmitten des Rasenplatzes eine große, auf Karyatiden[30] ruhende Marmorschale aufstellen

29 veraltet für Schaffner
30 weibliche Säulenfigur (griechische Architektur)

lassen. Im Halbkreis herum standen Stühle und Bänke, hinter der als Taufbecken dienenden Schale war ein niedriger Podest für den Pastor, Täufling und Paten. Große Oleanderbäume, Palmen, Blumen und seltene Pflanzen aus dem Treibhaus zierten und schlossen den Platz nach außen ab.

Punkt fünf Uhr wurde der in einem großen Korbsessel schlummernde Herr Pastor aus Weigersdorf geweckt, und Frau von Erz erschien, gefolgt von der Amme und ihren Mägden im Taufhain, wie sie den Platz benannt hatte.

Die kleine Dame, in duftende Wäsche und Spitzen gehüllt, war den besonders neugierigen Damen noch nicht sichtbar. Ein Schleier aus echten Brüsseler Spitzen, ein Geschenk Berthold Türmers, bedeckte ihr Gesicht.

Alles war Aug' und Ohr. Viele hatten den Skandal der Entstehung des Täuflings vergessen. Der Platz unter dem blauen Sommernachmittagshimmel erschien viel weihevoller denn jeder Dom. Gottes Kirche. Die Stimmung ergriff, mit Ausnahme einiger unverbesserlicher Skeptiker, fast alle.

Frau von Erz legte, auf einen Wink des Pastors, das Kindlein in des verlegen dreinblickenden Paten Arme.

Kurz war die Zeremonie, als aus der Namenlosen Ulrike Annaliese – und dem Paten zu Ehren – Bertha von Erz wurde.

Hinter den Büschen stand der Kantor des Dorfes mit den Schulkindern und dem Kirchenchor. Ein Harmonium präludierte, Kinderstimmen hell und klar, zu denen sich der Chor gesellte, erklangen, und selbst die Gäste sangen:

«Gott und Vater, nimm jetzund
Dieses Kind von unsern Armen.»

Ergriffen knieten die katholischen wendischen Bauern und Bäuerinnen in ihrer malerischen Tracht hinter den Herrschaften.

Tiefe Stille herrschte nach dem Lied. Der kleine, bleiche Pastor faltete die Hände, sprach ein Gebet und hielt darauf eine kurze Ansprache: «Die Sonne neigt sich dem Abend zu. Wir stehen unter Gottes Dom. Hier schweigt jedes Wort, das Menschen Schmerz zufügen könnte. Jedes Menschenkind, das Gottes Licht erblickt, hat ein Recht aufs Dasein, das ihm niemand schmälern darf. Wer ohne Sünde und Fehl, der werfe den ersten Stein auf andere, die er Sünder schilt. Das Dichten und Trachten des menschlichen Herzens ist böse von Jugend auf. Rein solltet ihr denken, rein von allen anderen, wenn selbst ihr rein seid. Haß und Niedertracht schweige, üble Nachrede verstumme, wo selbst die Sünde Einkehr gehalten. Brüder und Schwestern sind wir alle und sollen die wenigen Tage, die uns auf Erden bestimmt sind, nicht mit Hader und Zank vergiften.

Ein Kindlein wurde geboren, ein Kindlein, rein und unschuldig, dem die Schlechtigkeit Übelwollender noch fremd ist. Ein Kindlein wurde heute in Gottes große Gemeinde aufgenommen, und dieses unschuldige Wesen möge seinen Lebensweg auf Rosen gebettet entlangschreiten, möge aufwachsen unter dem Schutze seiner Mutter, deren gerader Sinn, deren Gerechtigkeitsgefühl und wahre Offenheit den Weg zum ewigen Seelenheil, trotz menschlicher Schwäche, finden wird. Möge üble Nachrede nie des Kindes Ohr und Herz vergiften, möge es bewahrt bleiben vor der Schlechtigkeit böswilliger Menschen. Amen.»

Mit gesenkten Köpfen hatten alle dem liebenswürdigen Prediger gelauscht. Wenigen gingen die Worte zu Herzen, kein einziger fand sich getroffen. Sie alle vermeinten, ohne Fehl zu sein, immer das Richtige getan und daher das Recht zu haben, den lieben Nächsten zu zerpflücken.

Viele von den Damen hatten Tränen in den Augen, weil es zum guten Ton gehörte, Rührung zu heucheln.

Frau von Erz dankte dem Pastor für die schönen Worte, die Damen kamen herbeigestürmt und wollten den Täufling sehen.

Ausrufe des Entzückens und Erstaunens wurden laut. Die Blicke wandten sich von dem Kinde zu Berthold Türmer.

Wundersames Spiel der Natur! Das Kind sah trotz seiner Kleinheit dem Paten sprechend ähnlich. Weiches, kastanienbraunes Haar, große dunkle Augen, das Grübchen im Kinn, eine genaue Kopie Berthold Türmers. Welche dem Menschen unbekannte Kraft war hier geheimnisvoll tätig gewesen und hatte das Kind dem ähnlich werden lassen, der ihm vollkommen fernstand? Waren der Mutter des Kindes bei ihrem Zusammensein mit Adolf Steger die

Züge Berthold Türmers gegenwärtig gewesen, oder hatte das Bild Bertholds solch gewaltigen Eindruck auf die in gesegneten Umständen befindliche Frau gemacht? Hier stand man einem der vielen unlösbaren Rätsel der Natur gegenüber.

Für die meisten der Gäste war die Ähnlichkeit des Kindes mit Berthold Türmer kein Rätsel; auch diejenigen, denen die Mär von dem falschen Casanova – aus der Frau von Erz selbst kein Geheimnis machte – bekannt war, hatten sich sofort mit der Tatsache befreundet, daß Berthold Türmer wohl noch nachträglich an der Fertigstellung des Babys seinen Anteil hatte, was durch die frappante Ähnlichkeit erwiesen sei.

«Er hat den Kopf gemodelt», zischte die spindeldürre, zwerghafte Gräfin von Blitzburg.

Die anderen, denen die Geschichte mit dem falschen Casanova nicht bekannt war, schmunzelten verständnisinnig und verfehlten nicht, ihrer Meinung Ausdruck zu geben, daß der junge Mann eine tadellose Arbeit geliefert hätte.

Doris von Gräzingen, die zwei Minuten zuvor den Vorwürfen ihres Bräutigams entgegnet hatte, daß sie noch nicht verheiratet sei, und auch wenn sie es schon wäre, tun und lassen wolle, was ihr beliebe, war auf Berthold zugetreten und hatte kaum einen Blick auf das Kind – welches eben von Frau von Erz coram publico, zum Entsetzen der Scheinheiligen, an die Mutterbrust gelegt wurde – geworfen, als sie einen leisen Schrei ausstieß, Bertholds Kopf herunterzog, ihren Mund dicht an sein Ohr legte und flüsterte: «Du Schuft, du, du warst es ja doch!» Sie drückte dabei einen Kuß auf sein Ohrläppchen und sah ihn danach voll an.

Berthold Türmer war das Blut wieder ins Gesicht geschossen. Jetzt hielt ihm Doris einen kleinen Spiegel, den sie aus ihrer Handtasche gezogen, vors Gesicht und sagte leise: «Da schau hinein, du Verbrecher, und versuche noch zu leugnen, daß du bei deinem eigenen Kinde Pate gestanden hast.»

Verstört blickte Berthold in den Spiegel. Eine kleine Photographie aus seiner Babyzeit, die zu Hause in Mutters Nähtisch lag, kam ihm in den Sinn. Jetzt wurde ihm die Ähnlichkeit mit dem Patenkind klar. Es war nicht abzuleugnen, daß der Säugling ihm wie aus dem Gesicht geschnitten schien. Fast wurde ihm unheimlich zumute, und er fühlte sich erlöst, als Frau von Gräzingen, nicht ohne Absicht, auf ihn zutrat.

Frau von Gräzingens Hand brannte fieberheiß, als Berthold sich darüber beugte. Ihre fast schwarzen Pusztaaugen bohrten sich in sein Gesicht.

Berthold hatte ein unbehagliches Gefühl. Frau von Gräzingen erinnerte ihn an, – er wußte nicht warum – an Elsbeth Krämer.

Frau von Erz bat zu Tisch. Zwanglos ging man zurück zum großen Rasenplatz vor dem Schloß.

Am Ende der großen Allee sah Berthold, der Frau von Erz am Arme führte, ein schlankes junges Mädchen, das ihn starr, mit großen Blauaugen anblickte. Er erinnerte sich nicht, der Dame vorgestellt worden zu sein. Im Vorbeischreiten weckte die Hausfrau das Mädchen aus ihrer Erstarrung.

«Nun, Irmgard, hat dein Tischherr dich noch nicht gefunden?» Frau von Erz bemerkte die Fremdheit in des Mädchens Zügen. «Kennst du Herrn Türmer?»

«Nein, Tante, Herr von Türmer ist mir noch nicht vorgestellt worden.» Keine Sekunde ließ sie ihren Blick von Bertholds Antlitz.

«Oh, ich bitte um Entschuldigung. Gestatten Sie, meine Nichte Irmgard von Hartenau. Irmgard, Herr Türmer legt sicher keinen Wert darauf, von dir in den Adelsstand erhoben zu werden.»

Helle Röte schoß der jungen Dame ins Gesicht.

Die Gesellschaft hatte sich an den Tischen gruppiert. Vorbei war der Gesprächsstoff über den Fall Frau von Erz – «Casanova von Bautzen». Man war wieder bei Ernte, Ferkeln, Jungvieh und Dienstboten angelangt.

Mitten hinein in die schwatzende, essende Gesellschaft drang das Rattern eines näherkommenden Autos, plötzlich hörte man einen gellenden Schrei, dann das Krachen und Zersplittern von Holz, von einem mächtigen Knall begleitet.

Entsetzt waren alle aufgesprungen. Einige Damen begannen zu schreien, die Herren und die beherzten Frauen liefen um das Schloß herum.

Berthold Türmer war einer der ersten, der die Straße erreichte.

Ein Auto lag umgestürzt und zertrümmert zwischen der Parkmauer und einem Riesenkastanienbaum. Leute aus der gegenüberliegenden Wirtschaft rannten mit Wasserkübeln herbei und begossen das zertrümmerte Gefährt, aus welchem Rauchwolken hervorbrachen.

Unter den Trümmern sah man einen Frauenkörper liegen.

«Rasch, hierher!» kommandierte Berthold und stemmte sich mit ganzer Kraft gegen das in die Luft ragende Chassis.

Die Herren der Gesellschaft, im Verein mit den Knechten, hoben den Wagen hoch und warfen ihn zur Seite. Berthold bückte sich, ohne weiter zu überlegen, hob die ohnmächtige Frauengestalt, deren Gesicht beschmutzt und blutbeschmiert war, auf und lief mit ihr in das Schloß. Der ihm bekannte Duft eines seltenen Parfums ging von der wie tot auf seinen Armen Liegenden aus. Er erkannte es als «Fleurs de Lilas de la Maison Excelsior». Sofort wußte er, daß Elsbeth Krämer in seinen Armen lag. Unwillkürlich stiegen die Worte in seine Kehle: «Gott, laß sie nicht sterben, laß mich nicht die Schuld an dem Tode eines Menschenlebens tragen.»

Es war Berthold klar, daß die Verunglückte nur seinetwegen gekommen war. Hatte es das Schicksal gefügt, daß sie an der Ausführung einer Tat im letzten Augenblick gehindert ward?

Frau von Erz lief voraus ins Schloß und dirigierte Berthold in ein großes Zimmer. Auf einem Sofa wurde die Unglückliche gebettet.

«Irmgard, telefoniere an Dr. Pfitzner, er soll auf seinem Motorrad sofort mit dem Besteckkasten herkommen.»

Irmgard lief eiligst aus dem Zimmer. Bald kehrte sie zurück und half der Tante, der schwer Stöhnenden das beschmutzte Gesicht abzuwaschen. Das junge Mädchen hatte einen Samariterkursus absolviert und benahm sich sehr geschickt.

Frau von Erz schickte alle Neugierigen hinaus.

«Bitte, liebe Freunde, lassen Sie sich nicht stören, ich bin gleich wieder bei Ihnen, der Arzt ist schon unterwegs.»

Betroffen und bleich lehnte Berthold an einem Fenster. Als das Zimmer von den anderen geräumt war, trat Frau von Erz auf den Verstörten zu.

«Kennen Sie die Verunglückte?»

«Wieso kommen Sie darauf?»

«Ich hörte doch, wie Sie – Elsbeth – flüsterten, als Sie die Arme hereintrugen.»

«Es ist die Frau Landeseffektenbankdirektor Krämer.»

«So! Die ist es?» Frau von Erz verstand, aber ihr Taktgefühl ließ sie schweigen.

Kurz darauf erschien der Arzt. Nach einer gründlichen Untersuchung erklärte er, daß die Frau schwere innere Verletzungen erlitten habe und so rasch wie möglich operiert werden müsse.

Berthold fand sich bereit, die Schwerverletzte in seinem Wagen nach Bautzen ins Krankenhaus zu bringen. Der Arzt solle ihn begleiten.

Irmgard von Hartenau erbot sich, mitzufahren und die Kranke im Wagen zu stützen.

Mittels Matratzen, Kissen und Decken war schnell ein Lager in Bertholds großem Tourenwagen hergestellt und Elsbeth Krämer – die das Bewußtsein noch nicht wieder erlangt hatte – sorgfältig darauf gebettet. Irmgard und Dr. Pfitzner nahmen im Auto zu Seiten der Kranken Platz. Berthold verabschiedete sich von Frau von Erz flüchtig. Unten stand Doris von Gräzingen und rief ihm leise zu: «Erwarte mich morgen vormittag bestimmt bei dir im Geschäft.»

Mit Siebzig-Kilometer-Geschwindigkeit sauste der Wagen durch die Dämmerung. Berthold saß am Volant und betete ununterbrochen für Elsbeths Leben. Nicht, daß ihn die Liebe zu der Frau zog, aber er wollte unbekümmert nach Hollywood reisen, ohne sich den Vorwurf machen zu müssen, schuld an ihrem Tode zu sein. Myrtle Bird stand vor seinem Auge. Unbelastet von allem Schweren sollte sein Gewissen sein, wenn er um sie werben wollte.

Hätte der junge Mann geahnt, daß hinter ihm im Wagen noch ein anderes weibliches Wesen saß, welches in jugendlicher Exaltiertheit, sich im Laufe des Nachmittags mehrere Male im Selbstgespräch gesagt hatte, daß sie ohne die Liebe dieses Mannes nicht leben könne, Entsetzen hätte ihn erfaßt.

Daß Frauenschönheit Männern Verderben bringt, war Berthold bekannt, fremd war ihm aber, daß auch ein Mann solch unheilvollen Einfluß ausüben könne. Er grübelte nach, wie Elsbeth Krämer das Unglück passieren konnte. Daß es Selbstmord war, daran zweifelte er. Dazu war die junge Frau, trotz aller Verderbtheit und Exzentrizität, zu lebenslustig. War sie wahnsinnig geworden? Die Straße vor dem Schloß war doch breit genug. Er wußte nicht, daß Elsbeth Krämer in halber Raserei zweimal irre gefahren war und zum Schluß mit neunzig Kilometern Geschwindigkeit die Kurve vor dem Schlosse genommen hatte, daß die Bremse versagt hatte, als sie einem vollbeladenen Wagen ausweichen und zwei an den Eichen spielende Hunde nicht überfahren wollte. Ihr Wagen war mit voller Wucht gegen Baum und Mauer gerast und dann umgestürzt.

Als Bertholds Wagen in das Tor des Bautzener Krankenhauses einfuhr, erwachte Elsbeth einen Augenblick aus der Ohnmacht, ihre Augen waren unnatürlich weit offen, sie sah Berthold vorne sitzen und flüsterte seinen Namen.

Im Krankenhaus waren die Ärzte mittlerweile telefonisch von Schloß Erz aus verständigt worden, und Elsbeth Krämer wurde sofort einer Operation unterzogen. Mehrfache Rippenbrüche und ein Schädelbruch hieß die Diagnose.

Der diensttuende Beamte des Aufnahmebüros im Bautzener Krankenhause hatte die Pflicht, alle Unfälle, die der Anstalt bekannt wurden, der Polizei zu melden. Einen Nebenverdienst erzielte er mit den Meldungen an die Bautzener Zeitungen.

Die Götter hatten sich gegen Berthold Türmer wieder einmal verschworen. Es schien sein Schicksal zu sein, daß alle Unannehmlichkeiten, die ihm begegneten, aufgebauscht und weit schneller, als es die Zeitungen imstande waren, in der Stadt verbreitet wurden.

Über den Unfall von Frau Landeseffektenbankdirektor Krämer (wie der Aufnahmebeamte niederschrieb) gab Berthold Türmer alles – was er darüber wußte – zu Protokoll. Es war inzwischen neun Uhr abends geworden. In den Redaktionen hatte der Nachtdienst noch nicht begonnen, somit war es dem Spitalsbeamten nicht möglich, die Nachricht telefonisch aufzugeben. Eine alte Aufwärterin mußte die Briefe in die Redaktionen tragen. Diese Gelegenheit wollte die Frau benutzen, schnell nach Hause zu laufen, um die Kartoffeln aufzusetzen; bis sie zurückkäme, würde das Wasser kochen.

In der Seidau begegnete der Aufwärterin Lene Mayer. Die Leichenwäscherin roch nach gutem Schwarzwälder Kirschwasser.

«Frau Mayer, ein großes Unglück ist geschehen!»

Die Stadttratsche war ganz Ohr.

«Die Frau Direktor Krämer, Sie wissen doch, die, welche mit dem Lausejungen, dem Casanova, was hat, die ist bereits tot im Krankenhaus eingeliefert worden!»

«Was Sie nicht sagen?!»

«Und wissen Sie, wer sie gebracht hat?»

«Na?» Lene Mayers Nase leuchtete in der Botin Gesicht, aus den Mundwinkeln trat der Speichel: «So reden Sie doch. Wer denn?»

«Na, das Luder, er!»

«Wer? Der Mann von ihr?»

«Ach wo.» Silbenweise, mit wichtiger Miene, wobei das an der Nase hängende Tröpfchen bedenklich wackelte, antwortete sie: «Das Luder, der Drogist!»

Lene Mayers Mund stand offen und legte die häßlichen Zahnstummel bloß.

«Hat er sie umgebracht?»

«Das weiß ich nicht, aber seine Manschetten waren blutig. Da hat noch einer mit drinn' gesessen im Auto.»

«War der von der Polizei?»

«Ja, das glaub' ich sicher.»

«Sooo? Da haben sie ihn gleich hopp genommen.»

«Sicher, sicher.»

«Mit was hat er sie denn umgebracht?» Lene Mayers Augen glänzten. Einen solchen Braten hatte sie schon lange nicht gehabt.

«Mit einer andern vielleicht. Da hat noch so eine, na, Sie wissen schon, was für eine, im Wagen mit drinn' gesessen. Die hat ihn immer angeschaut.»

«Solche Luder! Wo hat er sie denn hineingestochen?»

«Wahrscheinlich von hinten, denn im Gesicht war kein Blut. Aber, wie weiß die war!»

«Von hinten, ja so macht er's ja immer! Die Hechner Marta, Sie wissen ja, die hat er auch so von hinten ...»

«Aber, die ist doch von der Brücke hinuntergesprungen.»

«Das ist bei ihm alles eins, er bringt alle von hintenrum um.»

«Jetzt muß ich aber laufen, weil die Zeitungen die Briefe haben müssen.»

«Haben Sie die Brief' da? Lassen Sie doch anschaun!»

Die eilige Botin zog aus ihrer schmutzigen Schürzentasche die vier Briefe an die verschiedenen Bautzener Blätter.

«Ah! Die sind ja offen!» schrie die Leichenwäscherin und riß einen Bogen aus einem der Umschläge. «Was, mit dem Automobil ist es geschehen?»

«Geben Sie her, Frau Mayer, das dürfen Sie nicht lesen!» Mit diesen Worten riß die Alte ihrer Freundin den Bogen aus der Hand und lief den Scharfenweg hinan.

Und so kam es, daß die Bautzener lange vor Ausgabe der Morgenblätter die Geschichte von Elsbeth Krämer, in etwas übertriebener Form, durch Frau Lene Mayer und deren Gefolge erfuhren.

Jedem, der der Leichenwäscherin in den Weg lief, wurde die Geschichte von der Gemeinheit des «Casanovas von Bautzen», dem Luder, der das Automobil seiner Geliebten umgeworfen und die Frau mit einer neuen Geliebten, so einer, na, man weiß ja, umgebracht hatte, erzählt. Der Lump säße schon im Gefängnis, und seine neue Geliebte hätte im Arrest einen Selbstmordversuch verübt.

Wer weiß, wie weit die Mär durch Lene Mayers Phantasie ins Ungeheuerliche gewachsen wäre, wenn nicht, als Vorbote eines über den Protschenberg heraufziehenden Gewitters, der Sturmwind einen Dachziegel vom Bürgergarten heruntergefegt hätte. Ein Stück des berstenden Ziegels fiel Lene Mayer auf den Kopf und brachte den beweglichen Mund, der gerade, vor dem Hexenhäuschen, zwei anderen Stadttratschen die Geschichte erzählen wollte, zum Schweigen.

So kam es, daß die Leichenwäscherin Lene Mayer nicht lange nach Elsbeth Krämers Einlieferung, ebenfalls mit einem Schädelbruch, ein Bett im Krankenhause beziehen mußte.

Im Ratskeller, Landwirtschaftlichen Kasino, Fuchsbau, Schloßkeller, Schweizerhaus, in den Weinstuben und Kneipen hatten die Stammtische unerschöpflichen Gesprächsstoff über den «Casanova von Bautzen».

Die Frauen und Mädchen bedauerten, daß das Unglück so spät am Abend passierte und es ihnen somit unmöglich war, den Laden am Kornmarkt aufzusuchen, um den näheren Sachverhalt zu erfahren.

50

Irmgard von Hartenau hatte Berthold versprochen, ihm nach der Operation Kunde von dem Befinden der armen Elsbeth Krämer zu bringen.

Die Ärzte konstatierten schwere Verletzungen, die aber nicht unbedingt lebensgefährlich waren. Traten keine Komplikationen auf, so konnte die Patientin in sechs bis acht Wochen wiederhergestellt sein.

Wie im Traum schritt Irmgard durch Bautzens abenddunkle Straßen. Seit sie Berthold Türmer gesehen hatte, war mit ihr eine Veränderung vorgegangen. Den ganzen Nachmittag hatte sie den Blick nicht von ihm zu wenden vermocht. Wie hypnotisiert folgten ihm ihre Augen. Sie vermeinte, daß sie diesem Manne verfallen sei und nie wieder von ihm loskommen könne.

Vor dem Hause von Türmers Erben stand ein kleines Lastauto, vor dem sich ein alter Chauffeur, der eine lange Peitsche in der Hand hielt, mit einem anderen alten Manne stritt.

Wenzel und Musch lagen sich in den Haaren.

Auf dem Bürgersteig standen zwei große Schrankkoffer. Die beiden Alten konnten sich nicht darüber einig werden, welcher Koffer zuerst auf den Wagen sollte.

Irmgard war stehengeblieben. Bunte, ovale Etiketten am Kopfende der Koffer zeigten an, daß der «First Class Cabin Passenger Mr. Berthold Türmer» Passage auf dem in drei Tagen von Southampton abgehenden Schnelldampfer «Mauretania» nach New York belegt hatte. Das junge Mädchen erblaßte. Er, dem ihr ganzes Sein gehörte, wollte fort, über See, nach Amerika. Ein leises Stöhnen drang aus ihrer Brust. Dann würde sie sterben. Es schien ihr gewiß, daß es ohne Berthold Türmer für sie kein Leben mehr gab. Langsam schritt sie dem Hauseingang entgegen.

Musch, der eine fremde Frauensperson auf das Tor zukommen sah und glaubte, ein neuer weiblicher Überfall auf seinen Herrn stehe bevor, sprang zur Türe, stellte sich davor und fragte: «Wo wollen Sie hin, Fräulein?»

«Herr Türmer erwartet mich.»

«Ah, das kenn' ich schon, auf den Schwindel fall' ich nicht mehr herein.»

«Melden Sie Herrn Türmer, die Dame aus dem Krankenhaus sei hier und bringe Nachricht von der Verunglückten.»

Musch sah ein, daß er sich geirrt, neigte entschuldigend den Kopf und sagte: «Bitte zu entschuldigen, ich werde Sie sofort Herrn Berthold melden.»

Oben im großen Herrenzimmer saß Inge Claußen am Schreibtisch, während Berthold diktierend auf und nieder schritt.

Onkel Heinrich rauchte krampfhaft eine kalte Zigarre und brummte grimmig vor sich hin.

Musch öffnete die Türe und ließ, während er das Fräulein aus dem Krankenhaus meldete, Irmgard von Hartenau eintreten.

Berthold ging der Komtesse entgegen und bot ihr einen Platz an.

«Ich danke, Herr Türmer. Ich bin nur, wie versprochen, gekommen, um Ihnen mitzuteilen, daß die Operation glücklich verlaufen ist. Lebensgefahr besteht nicht.»

Irmgard sprach die Worte wie ein Automat, fast tonlos. Ihre großen Augen hatte sie fest auf Bertholds Gesicht geheftet.

Erstaunt blickte Inge Claußen auf die junge Dame, ihr weiblicher Instinkt verriet ihr die Gefahr, in der sich das Mädchen und vielleicht auch Berthold befand. Sie fühlte fast einen physischen Schmerz in der Herzgegend.

«Ich danke Ihnen, Fräulein von Hartenau. Gestatten Sie, daß meine Hausdame Ihnen eine Erfrischung bringt?»

«Besten Dank, aber wenn ich Sie bitten dürfte, mir einen Wagen zur Verfügung zu stellen … da ich nach Hause zurück muß.»

«Selbstverständlich, Fräulein von Hartenau, sofort.»

Berthold klingelte nach Musch.

«Musch, der kleine Wagen soll Fräulein von Hartenau nach Schloß Erz bringen. Verständigen Sie Hermann.»

Irmgard ließ sich langsam in einen Stuhl fallen.

Das Gebaren der jungen Aristokratin kam Onkel Heinrich seltsam vor. Er erhob sich aus seiner Sofaecke und schritt auf Berthold zu.

«Willst du mich nicht dem gnädigen Fräulein vorstellen?»

«Verzeihung, Fräulein von Hartenau, das Autounglück hat mich konfus gemacht. Mein Onkel, Heinrich Türmer.»

«Vielleicht ist es dem Fräulein von Hartenau angenehm, wenn ich sie auf der Fahrt begleite. Ein Unwetter steigt herauf, von allen Seiten wetterleuchtet es.»

Irmgard nickte apathisch. Ihre Augen verfolgten immer den in der anderen Ecke des Zimmers auf und nieder gehenden Berthold, der mit leiser Stimme Inge Claußen diktierte.

Als der alte Diener ins Zimmer trat und das Vorfahren des Autos meldete, sprang Irmgard auf. Berthold kam auf sie zu und beugte sich über ihre ihm dargereichte Hand.

«Ich hätte gerne selbst den Wagen gesteuert, Fräulein von Hartenau, aber in einer Stunde geht mein Zug, der mich nach Berlin führt, da ich den Frühzug nach Paris erreichen muß.»

«Danke, Herr Türmer, Ihr Herr Onkel ist mir Schutz genug!»

«Wollen Sie so gütig sein und Frau von Erz und meinem Patenkinde meine Empfehlung ausrichten?»

Inge Claußen zerbiß den Bleistift, als Berthold Irmgard hinabbegleitete. Onkel Heinrich warf einen eigentümlichen Blick auf die Sekretärin, bevor er das Zimmer verließ.

Gleich darauf kehrte Berthold zurück, und vor dem Hause hörte man die kleine Maschine davonrattern.

«So, Fräulein Claußen, ich glaube, das war alles. Sie sind so gut und erkundigen sich täglich im Krankenhaus nach dem Befinden von Frau Krämer, aber bitte, ohne daß die Dame es erfährt, und telegrafieren oder funken mir die Berichte nach.»

«Jawohl, Herr Türmer.» Inges Stimme klang ein wenig belegt.

«Was fehlt Ihnen, Fräulein Claußen? Sie sehen blaß aus. Bitte, engagieren Sie noch eine Hilfe, welche die allgemeine Korrespondenz versieht.»

«Danke, Herr Türmer, mir fehlt nichts. Die Arbeit kann ich auch allein machen.»

«Also, leben Sie wohl, Fräulein Claußen.» Berthold ergriff seiner Sekretärin Hand, «und bitte, bleiben Sie bis nach meiner Rückkehr, dann können Sie ja Hochzeit machen.»

«Ich werde bleiben, Herr Türmer, glückliche Reise.»

«Danke, danke!»

Der Wind blies Inge das dünne, kurze Seidenkleid eng an die Glieder, als sie durch die nachtdunklen Straßen ihrem Heim am Scharfenweg über der Spree zustrebte; die kurzgeschnittenen Haare wehten um Stirne und Ohren. Sie biß die Zähne zusammen und drückte die linke Hand an das heftig pochende Herz.

«Gut, daß er wegfährt», dachte sie. «Bevor er zurückkehrt, verschwinde ich aus Bautzen.»

Seit Monaten kämpfte Inge Claußen gegen diese aussichtslose Liebe zu ihrem jungen Chef. Hatte sie am Anfang selbst über ihr Gefühl gespottet, so war sie jetzt machtlos. Sie hatte sich heftig dagegen gewehrt, wollte es nicht wahrhaben, aber immer stärker umfing es sie.

Acht Jahre stand sie bereits im Dienste Bertholds, war mit ihm gleichaltrig. Er hatte sie immer für eine gute Mitarbeiterin gehalten, ihr ein hohes Gehalt gezahlt und alle Freiheiten gelassen, da er von ihrer Gewissenhaftigkeit überzeugt war. Sie konnte gehen und kommen, wann sie wollte, machte aber von dieser Vergünstigung selten oder nur im Interesse des Geschäfts Gebrauch.

Wie hatte sie stets über die Frauen und Mädchen gespottet, die Berthold nachliefen! Niemals hatte sie diese Aufdringlichkeit verstehen können. Wenn man sie verdächtigte, die Geliebte des Chefs zu sein, hatte sie im stillen gelacht und die Frauen dumm gescholten. Dann war es mit einem Male über sie gekommen. Wie, wußte sie selbst nicht. Vor einem halben Jahr hatte sie sich bei eifersüchtigen Gedanken ertappt. Auch damals hatte sie noch nicht an Liebe gedacht, doch das Gefühl wuchs, wurde von Tag zu Tag stärker und ließ sich nicht mehr bändigen. War es auch nicht kleinliche gemeine Eifersucht, die sie plagte, so bereitete es ihr doch großen Schmerz, wenn Gerüchte von einer neuen Liebe Bertholds auftauchten. Wie befreit atmete sie auf, wenn deren Unhaltbarkeit zutage trat.

Über den Skandal der Affäre Elsbeth Krämer hatte Inge schlaflose Nächte verbracht und nur aus diesem Grunde den Drohbrief unterschlagen und zu Onkel Heinrich gebracht.

Auf der Kronprinzenbrücke blieb Inge Claußen stehen und versuchte, die dunkle Tiefe zu durchdringen. Der Wind heulte um die Ecke der Ortenburg und brach sich am Gebäude des Bürgergartens. Unten rauschten die Wasser der Spree über das Wehr. Die kleinen Fensterchen der Häusler am Wendischen Kirchhof waren erleuchtet und ließen die vereinzelt wachsenden Bäumchen, mit Lichtflecken bedeckt, gespensterhaft erscheinen.

Ein Blitz erhellte die Tiefe. Inge sah das Wasser und die Rasenstelle, auf der die arme Marta Hechner zerschellt war. Das häßliche Fabrikgebäude an der Spree, welches die ganze romantische Gegend verunzierte, lag wie ein Riesentier mit vielen blinden Augen unter der Brücke.

Die Gäßchen am Fuße des Berges sahen mit ihren alten Häusern in dem Schein der wenigen Laternen wie Spitzweggemälde aus.

Inge Claußen gedachte der armen Marta Hechner. Die hatte ausgelitten, war von allem Erdenleid erlöst und ruhte im ewigen Frieden auf dem Taucherfriedhof. «Wer es doch auch schon überstanden hätte!» seufzte Inge und lenkte ihre Schritte über die Brücke.

Bis heute abend hatte sie geglaubt, Bertholds Herz wäre noch frei; obwohl ihr nie der Gedanke kam, daß der junge Chef sich in sie verlieben könnte, war sie glücklich, ihn frei zu wissen. Sie war wohl die einzige, die wußte, daß all die Geschichten mit den Filmstars

Bertholds Phantasiegespinste und Erfindung waren, hatte sich über seine harmlosen Liebesträume gefreut und sich absichtlich von ihm beim Durchlesen von Postkarten aus Amerika «ertappen» lassen.

Nun da sie aber diese Komtesse mit den großen Augen, mit dem ängstlich verliebten Blick gesehen, glaubte sie Bertholds Schicksalsstunde der Liebe sei gekommen. Es war, als ob eine innere Stimme ihr sagte, daß diese Frau Siegerin über den armen «Casanova von Bautzen» sein werde.

Weinend erreichte Inge ihre Wohnung; sie schämte sich der Tränen. Was wollte sie denn? Sie, die ebenso alt wie Berthold war, sie, die kleine Sekretärin und der reiche, vielumworbene Berthold Türmer, dem sich die schönsten Frauen an den Hals warfen?

Möge er glücklich werden. Gleich morgen wollte sie ein Inserat aufgeben und eine Stelle im Auslande, wenn möglich Übersee suchen, um weit, weit fort und nicht Zeuge seines Glückes zu sein.

51

Die «Mauretania» dampfte den langen Buchtweg aus dem Hafen von Southampton. Leiser Sprühregen hüllte die englische Küste in einen Nebelschleier.

Pinassen, Schlepper und Motorboote schossen wie Zwerglein an dem Ozeanriesen entlang. Ein Militär-Hydroplan hob sich mit knatterndem Geräusch aus dem Wasser, segelte in die Lüfte, und von dem Fort am Ufer klang dumpfer Kanonendonner der Küstenartillerie herüber. Flieger-Abwehrmanöver.

Wenige Passagiere waren zu sehen, die meisten hatten noch mit ihrem Gepäck in den Kabinen zu tun.

Um ein Uhr lief der Steward über Deck und blies zum Lunch.

Berthold Türmer, der sein Gepäck längst in Ordnung gebracht hatte, kam aus der Kajüte des Funkers, dem er soeben einen Funkspruch nach Bautzen aufgab, um Inge Claußen für die drahtliche Mitteilung von Elsbeth Krämers fortschreitender Genesung zu danken.

Berthold war sehr aufgeräumt; er hatte Mut gefaßt und an Frau Myrtle Bird in Hollywood einen Funkspruch geschickt, der ihr kundtat, daß sich auf hoher See ein Mann auf der Reise nach Kalifornien befinde, um ihr sein Herz zu Füßen zu legen. Namensnennung hatte der Verliebte unterlassen.

Mit eiligen Schritten begab sich Berthold nach dem Speisesaal. Der Obersteward fragte nach dem Namen des Herrn und wies ihn nach einem runden Tisch in der Ecke des Salons, an dem bereits eine Dame saß. Der junge Bautzener wand sich zwischen den Stühlen hindurch, dem bezeichneten Tische zu.

Eine schlanke Dame mit dunklem Bubipagenkopf, in einem weißen Wollpullover, saß, dem Näherkommenden den Rücken zuwendend, über den Teller gebeugt. Berthold trat an den Tisch, grüßte mit kurzer Kopfneigung, drehte seinen Stuhl herum und starrte verblüfft auf die lachende Doris von Gräzingen.

«Gell, da schaust du, Bertie? So ein Zufall, daß wir beide auf dem gleichen Schiff fahren und am selben Tisch sitzen.»

Verstört ließ sich Berthold in den Stuhl fallen, und um dem neugierig herantretenden Tischsteward keine Gelegenheit zu Beobachtungen zu geben, nickte er nur und bestellte, nach einem Blick auf die Karte, bei dem jetzt heranschleichenden Getränkesteward eine Flasche Basses Ale.

«Fräulein von Gräzingen», Berthold sah sich vorsichtig um, «was sind das für Kindereien?»

«Bertie, immer werd' ich dich so nennen, wenn du mich auch siezst. Seit ich dich bei Frau von Erz gesehen, ist es vergebens, mir etwas auszureden. Ich bin dieses Mal sterbensverliebt in dich und gehe dir nicht von der Seite, bis du ‹ja› sagst.»

«Fräulein von Gräzingen, bedenken Sie doch den Eklat.»

«Wenn du fortwährend Fräulein von Gräzingen und nicht Doris zu mir sagst, so springe ich auf und beginne zu schreien. Hier sitzt eine Anzahl Amerikaner, ich kenne deren Manieren Frauen gegenüber. Ohne zu fragen, schlagen diese Stiefels jeden nieder, wenn eine Frau ihnen klagt, daß man sie beleidigte ...»

Berthold trat der Schweiß auf die Stirne. Er befürchtete, dieses verrückte Weibsbild würde ihre Drohung wahrmachen. Im stillen beschloß er, sich nach Tisch an den Kapitän zu wenden, inzwischen aber nachzugeben.

Doris schien seine Gedanken zu erraten, sie hob halb drohend den Löffel und sagte: «Junge, wenn du glaubst, du kannst etwas gegen mich unternehmen, so sage ich dir nur eines: Ich gehe über Bord bei der ersten Gemeinheit, die du begehst. Du kennst mich!»

Berthold kannte sie und wußte, daß sie in ihrer Exaltiertheit zu allem fähig war.

«Sag ‹liebe Doris› zu mir», befahl sie mit spitzbübischem Lachen.

«Liebe Doris, du bist ein verzogenes Kind und wirst mich nie zu einer unsinnigen Tat zwingen können.»

«Ich bin jetzt schon mit dir zufrieden, du hast ‹liebe Doris› gesagt und mich geduzt. Das ist für den Anfang genug.»

Ein langbeiniger, in weißem Anzug steckender Herr war an den Tisch getreten, besah sich die Namenskarte auf dem dritten Platz, nickte zufrieden mit dem Kopf und grüßte die beiden anderen.

«Helmut Strumpf», stellte er sich mit schlechter englischer Aussprache vor.

Berthold nannte seinen Namen.

«Na, und wo bleib ich, Bertie? Warum stellst du mich nicht vor?»

«Gestatten Sie, Fräulein von Gräzingen.»

«Warum fügst du nicht hinzu, meine Verlobte?»

Berthold warf einen grimmigen Blick auf Doris. Herr Strumpf enthob ihn weiterer Reden.

«Ah, die Herrschaften sind Deutsche, ich fürchtete schon, Engländer oder Malörikaner. Mit meinem Englisch hapert es nämlich.» Er grinste, kniff ein Auge zu und fuhr fort: «Wohl auf der Hochzeitsreise, vor der Trauung?»

Fast blieb Berthold das Hummerstück im Halse stecken.

«Erlauben Sie ...»

«Aber, aber», sagte verlegen lachend Herr Strumpf. «I bin a Schwabinger, wissen S', Innenstadt von München. Mir machen immer solchene G'spaß.»

«Fein», lachte Doris, «machen Sie nur immer G'spaß. Mein Bräutigam tut das nicht, der kann nicht lachen.»

«Ja, was war denn dös? Nöt lachen könna? Dann geben S' ihm den Laufpaß, schöne Braut. I kann lachen, aber wie.»

Danach schlug Herr Strumpf aus Schwabing ein Gelächter an, daß es bis in die fernste Ecke des riesigen Raumes zu hören war. Er verschluckte sich dabei, prustete, hielt seine beiden roten Fäuste in die Luft gestreckt und schrie, blau im Gesicht, der neben ihm sitzenden Doris zu: «Haun S' mich am Buckel; fest, mit der Faust, sonst derstick!»

Doris hämmerte mit ihrer kleinen, geballten Faust auf Herrn Helmut Strumpfs knöchernen Rücken.

Berthold saß wütend und rot im Gesicht über seinen Teller gebeugt und stocherte auf dem vor ihm liegenden Hammelkotelett herum. Er schämte sich. In welche Lage hatte ihn dieses verrückte Menschenkind gebracht? Warum läßt sie diesen bajuwarischen Trottel nicht ersticken? fragte er sich roh. Dann wäre er diese Tischzugabe losgeworden.

Von den anderen Tischen waren erstaunte, indignierte und amüsierte Blicke an den Tisch der drei geflogen.

«Wissen S'», sagte Herr Strumpf aus Schwabing unter krampfhaftem Atemholen, «wissen S', das krieg i oft, mir sind nämlich, wie a Bub war, die Mandeln herausgenommen worden. Weil s' immer angeschwollen war'n. Wissen S', das hat g'spaßig ausg'schaut. Als wie wann i zwei Kröpf hätt!»

Einem neuen Lachanfall kam der Steward zuvor, der einen frischen Teller vor Strumpf hinsetzte und die über den Tisch geprusteten Krümel mit der Serviette diskret wegstreifte.

Doris amüsierte sich weit mehr über Bertholds Zorn denn über Strumpfs Ungeschicklichkeiten.

Nach Tisch schloß sich Berthold in seine Kabine ein. Trotz mehrmaliger Aufforderung des Decksstewards, der von Doris beauftragt war, Herrn Türmer auf Deck zu bitten, zeigte er sich nicht. Er ließ sich mit der Funkerkabine verbinden und gab eine Depesche nach Schloß Gräzingen auf, worin er den neuesten Streich der Komtesse berichtete und jede Verantwortung für deren Schritte ablehnte.

Majestätisch steuerte das Schiff der französischen Küste zu, um in Boulogne die vom Kontinent eintreffenden Passagiere aufzunehmen.

Herr Strumpf hatte sich Doris auf Deck anschließen wollen. Auf ihre Bitte, allein gelassen zu werden, zeigte der bayrische Herr seinen Stolz und begab sich in den Rauchsalon, um seinen Ärger mit Spatenexportbier hinabzuspülen.

Die Sonne hatte den Sieg über die Regenwolken errungen und schien prall auf den Hafen von Boulogne, als der Schiffskoloß auf der Reede vor Anker ging.

Doris war an die Türe von Bertholds Kabine geeilt und hämmerte mit beiden Fäusten darauf herum.

«Komm heraus, Bertie. Ich habe durch mein Glas auf dem Verbindungsdampfer Papa und Graf Axel gesehen. Sie müssen mir auf den Schwindel, daß ich zu Onkel Max gefahren bin, draufgekommen sein. Mach auf, du Feigling! Schämst du dich nicht?»

In der Kabine rührte sich nichts. Doris lief wieder auf das Deck. Der Dampfer hatte Anker geworfen, und das Dampfboot mit den Passagieren näherte sich langsam von der Seite.

Berthold stand auf dem Sonnendeck zwischen zwei Rettungsbooten und suchte mit seinem Glas die Menschen auf dem näherkommenden Schiffe ab. Er entdeckte bald die hohen Gestalten Herrn von Gräzingens und dessen Schwiegersohnes in spe. Beider Augen waren ebenfalls mit Gläsern bewaffnet.

Doris hing weit über die Reling geneigt und fletschte den Ankommenden die Zähne entgegen.

Herr von Gräzingen schüttelte nur bedenklich den Kopf.

Kurz darauf stand Doris vor ihrem Vater und dem Verlobten.

«Was wollt ihr hier? Ich bin keine Unmündige mehr. Mit Gewalt könnt ihr mich nicht von hier fortschleppen. Ich habe meine Passage bis New York bezahlt!»

«Komm'», sagte der Vater, sich zur Ruhe zwingend, «wir wollen nicht vor allen Leuten eine Familienszene aufführen.»

«Ich bleibe hier und schreie um Hilfe, wenn ihr mich anfaßt.»

«Doris, sei vernünftig, komm auf das Sonnendeck mit uns.»

Wie der Blitz fuhr Doris bei diesen Worten herum. Berthold war, von ihr unbemerkt, herangetreten, hatte sich vorerst durch einen Wink mit Herrn von Gräzingen verständigt und nahm des Mädchens Arm, um sie wegzuführen.

«Bertiebubi, beschütz mich. Du hast mich geduzt, vor allen, jetzt wissen sie es.»

An einer unbelauschten Ecke des Sonnendecks hielt die Gruppe.

«Was wollt ihr von mir?» fuhr Doris ihren Vater an.

«Daß du vernünftig nach Hause zurückkehrst. Herr Türmer will ja von dir nichts wissen.»

«Wie kannst du so etwas behaupten? Hast du nicht gehört, wie zärtlich er mich ansprach? Sei ruhig, Bertie, ich gehe nicht mit. In New York lassen wir uns sofort trauen. – Und du» – sie wandte sich mit blitzenden Augen an den wie verdattert dastehenden Verlobten, «und du, daß du es nur weißt, dich heirate ich niemals.»

«Bitte, bitte, ich verzichte gerne. Nur auf Bitten des Papas bin ich mitgekommen.»

«Wer ist Ihr Papa, mein Herr? Das ist mein Papa! So weit sind wir noch nicht.»

Der alte Herr nahm die herumfuchtelnden Hände seiner exzentrischen Tochter.

«Doris, du kommst nicht nach New York hinein, ich habe bereits an die Einwanderungsbehörde gekabelt.»

«Mr. Türmer!» Ein Steward lief rufend über Deck.

«Hier!» antwortete Berthold.

«There is a radiogramm for you.»

Berthold öffnete den Umschlag und las.

«Doris, Ihre Frau Mama ist infolge Ihrer Eskapade erkrankt. Seien Sie doch vernünftig.»

«Sooo! Die Mama depeschiert dir? Da hast du sie sicher verständigt.» Sie riß ihm das Papier aus der Hand.

«Aber, Doris!» rief Herr von Gräzingen empört.

Die Erzürnte las:

«Dank für Ihre Depesche, die Herren nach Boulogne unterwegs stop erfuhren vom Britischen Konsulat Bautzen und Cunardlinie Berlin Doris' Weg.

Ilona von Gräzingen.»

«Du Verräter!» schrie Doris exaltiert Berthold entgegen, warf die Depesche zu Boden, und bevor es einer der Anwesenden verhindern konnte, schwang sie sich auf ein Rettungsboot und sprang mit hochgehaltenen, gefalteten Händen in großem Bogen aus der enormen Höhe von über zwanzig Metern ins Wasser.

Entsetzte Aufschreie ertönten von allen Seiten, als der Körper der jungen Dame am Wasserspiegel aufschlug und die Springerin in den Fluten verschwand.

Berthold warf seinen Rock ab und ging mit kühnem Kopfsprunge über Bord, auch der Verlobte folgte. Der Vater wurde von einigen hinzugeeilten Passagieren am Nachspringen verhindert.

Von allen Seiten sprangen Retter ins Wasser. Rettungsringe und Schwimmgürtel flogen zu Dutzenden ins Meer, kleine Boote schossen herbei.

Helmut Strumpf, der ebenfalls ins Wasser gesprungen war, fluchte greulich, als ihm in rascher Reihenfolge drei Rettungsringe an den Kopf flogen und ein Kahn ihm in die Rippen ruderte.

Doris war etwas entfernt vom Schiff aufgetaucht, in ohnmächtigem Zustand von Berthold in ein herbeigeeiltes Motorboot und dann auf den kleinen Boulogner Dampfer der Cunardlinie gebracht worden. Dort fanden sich der Vater und auch der Verlobte ein. Der Schiffsarzt und eine Stewardeß von der «Mauretania» waren um die Bewußtlose bemüht.

Berthold verabschiedete sich von Herrn von Gräzingen und dem Grafen und begab sich auf den Dampfer zurück, um seine Kleider zu wechseln.

Doris von Gräzingens Gepäck war mittlerweile aus ihrer Kabine nach dem kleinen Dampfer gebracht worden.

Als Berthold in trockenen Kleidern auf Deck erschien, setzte sich eben der kleine Dampfer, nach dem Lande zu, in Bewegung. Herr von Gräzingen antwortete auf Bertholds fragende Geste, daß Doris vor Erschöpfung eingeschlafen sei. Nach einigen Minuten verschwand das Fahrzeug hinter der Hafenmole.

Die weiblichen Passagiere der «Mauretania» blickten mit aufrichtiger Bewunderung auf den Lebensretter. Trotz aller Zurückhaltung des jungen Mannes ließen sie sich nicht von Lobeshymnen abhalten. Sogar die Herren anerkannten Bertholds Leistung.

Einige Amerikaner traten an ihn heran, gratulierten ihm, und einer sagte: «Pretty good dive you did my boy, quite a jump.[31]»

Im Rauchsalon traf Berthold Herrn Strumpf hinter einem Glas Bier, das er, unter schrecklichen Grimassen, auf einen Zug leerte.

«Pfui Deifi, pfui Deifi. A so a gräuslichs G'söff, der Ozean, pfui Deifi!»

Berthold mußte lachen.

«A so a damische Gretl, hupft ganz von oben in das gräusliche Wasser.»

«Ich bitte Sie, Herr Strumpf, von der Dame nicht unehrerbietig zu sprechen.»

«Aber, das ist doch keine Beleidigung. A damische Gretl ist's, sonst wär s' nöt runterg'hupft. Kathi, no a Halbe. Ah, richtig, da gibts ja ka Kathi. Das ganze Bier werd' austrinken müssen, um den G'schmacken wegz'bringen.»

Am folgenden Morgen, als das Schiff weit draußen im Atlantik seinen Weg zog, wurde Berthold eine neue Depesche ausgehändigt. Absenderin war Frau von Erz, die seine Kabeladresse in Bautzen erfragt hatte.

«Irmgard seit drei Tagen verschwunden, sandte von Blissingen Brief, daß sie Ihnen folge. Antwortet, ob Irmgard auf ‹Mauretania›.

Frau von Erz.»

Verstört blickte Berthold die lange Reihe der Deckstühle entlang. Ein Furchtgefühl bemächtigte sich seiner. Sind denn alle Frauen vom Teufel besessen, wenn sie mit ihm zusammenkommen? Rasch erhob er sich, legte das Magazin auf die Reiseplaids und begab sich auf die Suche. Was wollte er denn machen, wenn Irmgard von Hartenau sich wirklich auf dem Schiff befand? Vor New York legte die «Mauretania» nicht mehr an. Eiligst schritt er von Deck zu Deck. Auch die zweite Kajüte und den Damensalon suchte er ab. Die Gesuchte war nirgends zu finden. Er atmete beruhigt auf, sicher war er aber seiner Sache nicht; nach kurzer Überlegung begab er sich in das Büro des Pursers[32], der die Passagierlisten führ-

31 «Ziemlich guter Kopfsprung, den Sie da gemacht haben, mein Junge, wirklich toller Sprung.»
32 Zahlmeister

te. Schon auf dem Wege dahin fiel ihm ein, daß eine gedruckte Passagierliste in seiner Kabine liege. Rasch, von Angst getrieben, lief er dorthin. Hastig blätterte er in dem kleinen Heft.

«First Cabin Passengerlist.»

Alphabetisch waren die Namen geordnet. Mit dem Finger fuhr Berthold die Namensreihen hinab.

«A, B, C, D, E, F, G, H.» Richtig, Berthold wollte seinen Augen nicht trauen. Hier stand: «Miß Irmgard von Hartenau, Cabin number 428.»

Tief atmend lehnte sich Berthold in das kleine Ecksofa zurück. Er fühlte ein physisches Unbehagen über seinen Rücken gleiten. Das große, schlanke Mädchen mit den traurigen Blauaugen stand vor seinem Geiste. Ein inneres Gefühl sagte ihm, daß dieser Fall weit schwerer zu behandeln war als der Doris von Gräzingens. Dieses melancholische Geschöpf würde sich ihm nicht impulsiv an den Hals werfen, aber möglicherweise an der Liebe zugrunde gehen. Was sollte er tun? Alles Grübeln half nichts. Er mußte mit ihr ins reine kommen, ihr den Kopf zurechtsetzen, lange bevor das Schiff New York erreichte. Kurz entschlossen ergriff er das Telefon und ließ sich mit Kabine 428 verbinden. Der Anschluß war sofort hergestellt.

«Fräulein von Hartenau? Hier ist Berthold Türmer.»

Einen Augenblick herrschte am anderen Ende des Apparates Stille, dann antwortete eine zaghafte, leise Stimme: «Ja, Herr Türmer.»

«Könnte ich Sie einige Minuten persönlich sprechen, gnädiges Fräulein?»

Erst nach einer Weile erfolgte die Antwort: «Bitte, Herr Türmer, wo, wo soll es denn sein?»

«Seien Sie so gütig und kommen Sie in einer Viertelstunde auf das Sonnendeck. Ich werde mir erlauben, Sie dort zu erwarten.»

«Sind Sie mir böse, Herr Türmer?»

«Gewiß nicht, Fräulein von Hartenau.»

«Danke, ich bin in fünfzehn Minuten oben.»

Berthold ging Irmgard entgegen, als er sie zögernd, suchenden Blickes über das Deck kommen sah.

«Guten Tag, Fräulein von Hartenau!»

«Guten Tag, Herr Türmer. Sie sind wohl sehr böse?»

«Wollen wir uns nicht setzen? Ich habe dort im Schutze der Rettungsboote zwei Deckstühle plazieren lassen.»

«Bitte, Herr Türmer.»

Die großen, traurigen Augen des Mädchens quälten Berthold. Bei Doris war trotz des heftigen Temperaments eine etwas schroffe Haltung möglich. Hier, im Angesicht dieser Melancholie, war delikates Vorgehen geboten.

«Mein liebes Fräulein von Hartenau», begann Berthold, nachdem er Irmgards Beine sorgfältig mit seinem Plaid umhüllt hatte, «Sie haben Ihrer Tante große Sorge bereitet.»

Irmgard atmete tief. Sie fühlte ein heißes Brennen in ihren Augen, doch versagten die Tränen, und ihre Brust schmerzte.

Berthold nahm ihre Hand in die seine. Er drückte sie zart.

«Fräulein von Hartenau, Sie müssen vernünftig sein und von New York gleich wieder zurückkehren. Wir werden nachher an Ihre Frau Tante einen diesbezüglichen Funkspruch aufgeben.»

Das blasse Mädchen saß mit auf die Brust geneigtem Haupt. Plötzlich löste sie ihre Hand aus der seinen, hob den Kopf und sah ihm voll ins Gesicht.

«Also, Sie wollen mich zurückschicken?»

«Bestes, gutes Fräulein Irmgard, ich schicke Sie nirgends hin, aber Ihr Gefühl muß Ihnen sagen, daß Sie Ihren guten Ruf auf diese Weise gefährden.»

«Bitte, bitte, Herr Türmer, seien Sie nicht böse, Sie dürfen mich nicht fortschicken.» Nun schossen ihr die Tränen in die Augen. «Ich will doch weiter nichts, als daß ich in Ihrer Nähe weilen darf. Herr Türmer, verdammen Sie mich nicht, ich bin nicht hysterisch, wie Sie vielleicht annehmen, ich weiß nicht, was es ist, aber von dem Augenblick, wo ich Sie gesehen habe, hat es mich gepackt. Ich weiß, ich dürfte so etwas nicht sagen, aber ich kann mir nicht helfen, ich muß, ich muß bei Ihnen sein.»

Ratlos sah Berthold das junge Mädchen an, er bangte um sie, befürchtete Schlimmes. Wie sollte er sie zur Vernunft bringen?

«Herr Türmer, ich verlange keine Liebe, nur lassen Sie mich in Ihrer Nähe weilen, ich will Ihnen auch nicht zur Last fallen.»

«Das ist doch nicht gut möglich, liebes Fräulein, ich darf doch nicht Ihren guten Ruf gefährden, was würde Ihre Frau Tante, was die Welt sagen?»

«Darum kümmere ich mich nicht, wenn Sie mich nur nicht fortschicken. Oh Gott, ich kann ja nicht mehr ohne Sie sein!»

«Ah, da sitzen S' ja! Das ist aber guat, nun ist schon wieder eine andere da. Ha, ha!» Herr Helmut Strumpf schlug sich klatschend auf die Schenkel, «dös sag i Ihner glei, nachspringen tu i nimmer, dös war mir gnua.»

Herr Strumpf amüsierte sich höchlichst und sprach halb hochdeutsch, halb münchnerisch.

Berthold hatte sich zornig erhoben.

«Ich möchte Sie denn doch bitten, Ihre unzeitgemäßen Scherze anderweitig anzubringen. Das ist doch unglaublich.»

«Oho! Der Herr Preuß wird ungemüatli, ah, den schaug an. – Na schön, werd' Sie nicht mehr inkommodieren[33].»

Irmgard von Hartenau saß von diesem Tage an auf Doris von Gräzingens Platz im «diningroom». Sie aß fast nichts und sah kränklich aus. Berthold sprach gütig auf sie ein, doch half dies sehr wenig. Sie war zur Erkenntnis des unsinnigen Schrittes, den sie getan, gekommen. Ihre Liebe zu Berthold war die echte und starke erste Zuneigung, die sie zu einem Manne gefaßt hatte. Ihr Traum, daß der junge Mann ihre Liebe erwidern würde, war ins Nichts zerflogen. In ihr lebte der Tod, der langsam von ihrem Körper Besitz ergriff.

Herr Strumpf, der sich seit der auf dem Sonnendeck erhaltenen Lektion etwas diskreter verhielt, versuchte durch allerlei harmlose Dummheiten, das melancholische Mädchen zu erheitern. Er konnte aus der Serviette sehr drollige Puppen falten, wobei der Daumennagel meist den Kopf bildete. Es gelang ihm auch einige Male, auf Irmgards Gesicht ein Lächeln hervorzuzaubern, wofür ihm Berthold sehr dankbar war und sogar eines Abends, als Irmgard längst in ihrer Kajüte schlief, dem Münchener Gesellschaft leistete und sich fast betrank.

33 veraltend für belästigen

52

Hatte Bautzen viel von Berthold Türmers Abenteuern genossen, so war in letzter Zeit das Interesse daran ein wenig abgeflaut.

Die Taufe auf Schloß Erz, der Unfall Elsbeth Krämers hatten neuen Gesprächsstoff geliefert.

Wie eine Bombe wirkte da der Bericht über Fräulein von Gräzingens Sprung ins Meer, im Hafen von Boulogne, den eine Bautzener Zeitung an auffallender Stelle brachte. Die Rettung der «Selbstmörderin» durch Berthold Türmer war der Clou.

Anstelle des verschwundenen Apothekers Tiegel war ein halbes Dutzend anderer Klatschbasen, männlichen Geschlechts, getreten.

Aus dem Selbstmordversuch der jungen Aristokratin wurde eine Flucht vor dem Wüstling Berthold Türmer, dem «Casanova von Bautzen»; ja man flüsterte sogar, daß der – na – Herr Drogist gewisse Häuser, da unten in Pernambuco, mit neuer Ware beliefere, daß Doris von Gräzingen, die ihm freiwillig gefolgt, von dieser Perfidie erfahren und gerade noch in letzter Stunde von dem nachgereisten Vater aus den Klauen des Mädchenhändlers gerissen worden sei. Von einer Verhaftung des Verbrechers mußte Abstand genommen werden, da die «Mauretania» englischer Boden … – und was des Unflats noch mehr getratscht wurde.

Auf der Postagentur in Förstgen hatte der Postagent Liebsch keine ruhige Minute mehr. Das Telefon klingelte den ganzen Tag, und jedesmal wollte irgendein Neugieriger wissen, ob es wahr wäre, daß man in der Agentur eingebrochen, um die Beweise zu beseitigen, die angeblich in Telegrammformularen aus Berthold Türmers Hand dort lagern sollten und nun, weil stark belastend, geraubt worden seien.

Irgendein Witzblatt hatte diesen Unsinn ausgestreut, worauf vom Burgplatz ein Kriminalpolizist nach Förstgen radelte, um dort von dem Postagenten, dem nichts dergleichen bekannt war, aufgeklärt zu werden.

Als einige Tage später durchsickerte, daß noch ein anderes adeliges Fräulein verschwunden, beziehungsweise von Berthold Türmer entführt und auf die «Mauretania» verschleppt worden sei, ging Onkel Heinrich auf das Hauptpolizeibüro und verlangte energisch, daß man dem Unfug, durch den sein Neffe und der Name Türmer in den Kot getreten werde, ein Ende mache. Die Polizei solle endlich eine amtliche Richtigstellung an die Zeitungen ergehen lassen, die den wahren Sachverhalt klarlege.

Man zeigte dem alten Herrn einen von der «Mauretania» eingegangenen Funkspruch, der auf Anfrage der Bautzener Polizei bestätigte, daß ein Fräulein von Hartenau, deren Traurigkeit allgemein auffalle, auf dem Schiffe ständig in Gesellschaft Berthold Türmers sei.

Onkel Heinrich war wie vor den Kopf geschlagen.

«Aber, meine Herren», schrie er, «Sie werden doch nicht glauben, daß mein Neffe dieses Mädchen gewaltsam verschleppt hat?»

«Nein, das glauben wir auch nicht», sagte der Polizeirat, «aber auch wenn sie ihm freiwillig gefolgt ist, kann die Sache für ihn kitzlich werden. Das Fräulein ist noch nicht großjährig und auf ihre Aussage kommt es an.»

«Teufel noch einmal, was wollen denn diese Weibsbilder alle von dem Jungen? Er will doch von ihnen nichts wissen!»

Ein Beamter trat an den Polizeirat heran und brachte eine Meldung. Gleich darauf wurde Frau von Erz in das Zimmer geführt.

Onkel Heinrich kannte die Dame und wollte mit Fragen auf sie einstürmen. Der Polizeirat bat ihn, sich zu beruhigen.

Die Baronin legte den Abschiedsbrief Irmgards vor.

«Herr Polizeirat, heute morgen wurde ich von der Sekretärin des Herrn Türmer telefonisch von den unsinnigen Lügen, die über diesen Herrn verbreitet werden, verständigt. Hier, bitte, das ist der Brief meiner Nichte, der dummen verliebten Pute, und hier ist das Radio, das mir Herr Berthold Türmer vor drei Tagen funken ließ.»

Der Beamte nahm Einsicht in die Papiere und schüttelte das Haupt. Nach kurzem Nachdenken wandte er sich an Frau von Erz.

«Frau von Erz, es wäre am besten, Sie schickten einen Funkspruch an Ihr Fräulein Nichte und machten sie darauf aufmerksam, daß sie Herrn Türmer in Gefahr bringe, bei der Ankunft in New York wegen Entführung einer Minderjährigen verhaftet zu werden.

Ich glaube, daß dies der beste Weg ist, das kleine Fräulein zur Vernunft zu bringen.»

Ein Funkspruch von über hundert Worten, den Frau von Erz mit Inge Claußen und Onkel Heinrich aufsetzte, ging eine Stunde später an Irmgard von Hartenau an Bord der «Mauretania» ab.

Die Bautzener Abendblätter brachten eine Drohung des Herrn Heinrich Türmer an alle männlichen und weiblichen Klatschbasen, jedweden, wer immer es auch sei, gerichtlich verfolgen zu lassen, der sich erdreiste, die über Herrn Berthold Türmer verbreiteten Lügen und Verleumdungen weiterzutragen oder neue zu erfinden.

Die Polizei sah sich ebenfalls veranlaßt, diesem Unfug ein Ende zu setzen, und erließ ein Kommuniqué, das alle über einen Bautzener Bürger ausgestreuten Verleumdungen für erfunden erklärte und davor warnte, dieselben weiterzuverbreiten.

Erfolg: Man flüsterte sich heimlich zu, daß Onkel Heinrich mit einer Brieftasche voll Geld auf der Polizei war.

Noch am selben Abend erstattete ein Kriminalpolizist gegen drei Bautzener Bürger Anzeige, die in einer Weinstube ganz offen von Bestechung gesprochen hatten.

Als dies kund wurde, verstummten die losen Mäuler ein wenig, aber nicht ganz.

Lene Mayer lag, noch halb dösig, mit operierter Schädeldecke im Krankenhaus und versäumte große Zeiten. Wie hätte sie in diesen Tagen geschwelgt!

53

Irmgard von Hartenau war entsetzt, als sie die Depesche ihrer Tante in Händen hielt. Sie schloß sich in ihre Kabine ein und lief in dem kleinen Raum ruhelos auf und ab. Es war ihr nicht möglich, einen klaren Gedanken zu fassen. Sie machte sich die bittersten Vorwürfe, Berthold in Gefahr gebracht zu haben.

Erschöpft warf sie sich endlich auf das kleine Ecksofa. Vor Müdigkeit schlief sie ein und erwachte erst, als die Glocke zum Lunch rief.

Verwirrt blickte sie auf das Telegramm in ihrer Hand. An Berthold konnte und durfte sie sich nicht wenden, er sollte niemals erfahren, daß sie ihn in Gefahr gebracht hatte. Sie ordnete ihr Haar, kleidete sich um und lief auf Deck. Dort erblickte sie Helmut Strumpf. Wie ein Blitz schoß ihr der Gedanke durch den Kopf: Der Bayer muß helfen!

Herr Strumpf war sehr erstaunt, als Fräulein von Hartenau seinen Arm nahm und ihn bat, mit ihr zum Zahlmeister zu gehen.

«Aber, liebes Fräulein, der wird doch sei' Würstelbude schon zug'macht hab'n.»

«Bitte, bitte kommen Sie, es wird schon noch gehen. Sie müssen für mich sprechen.»

«Alsdann, dann gehen ma.»

Stolz, ein solch hübsches und noch dazu aristokratisches Fräulein an seinem Arm zu haben, schritt Herr Strumpf mit Irmgard über Deck und die Stufen zum Büro des Pursers hinab.

Der beleibte Zahlmeister wollte eben sein Büro schließen, als Irmgard mit Herrn Strumpf erschien. Immer zuvorkommend, stand der Offizier und horchte auf das Begehren des kleinen Fräuleins.

«Ich möchte gleich nach der Ankunft in New York ein anderes Schiff zur Rückreise nehmen. Ist dies möglich? Geht eines Ihrer Schiffe am gleichen Tage zurück nach Europa?»

Der Purser sah in der Liste nach und schüttelte den Kopf. «Nein, erst am folgenden Tag.»

Ob ein Schiff einer anderen Linie kurz nach der Ankunft der «Mauretania» New York verlasse?

«Jawohl, die ‹St. Paul› der American Line fährt kurz nach unserer Ankunft ab. Nach Cherbourg und Hamburg. Aber da müßte sich das Fräulein in New York sehr beeilen und das Gepäck unter Zollverschluß raschest expedieren lassen.»

Mittels Funkspruch bestellte Irmgard auf Anraten des Zahlmeisters eine Motorbarkasse, die sie mit dem Gepäck nach der «St. Paul» bringen sollte. Ein Billett erster Kajüte wurde auf demselben Wege beordert.

Berthold war erstaunt, daß Irmgard erst am Schlusse der Lunchzeit mit Herrn Strumpf erschien. Ihre Erregtheit fiel ihm auf, und er befürchtete neue Unannehmlichkeiten.

Aus seiner Ungewißheit wurde Berthold durch Herrn Strumpf gleich nach Tisch, als Irmgard sich zurückgezogen, gerissen.

«Sö san auslogiert, Herr Türmer, bei der Fräul'n Irmgard.»

Fragend sah Berthold sein Gegenüber an.

«Alsdann, daß Sie's wissen, aber Sie derf'n mi nöt verrat'n. Das Fräul'n Irmgard fahrt glei wieder z'ruck, wann wir nach Newiorg kommen.»

In kurzen Worten erzählte der diskrete Schwabinger Berthold alles Wissenswerte.

Während der ganzen Überfahrt war Berthold für die Damenwelt der ersten Kajüte ein interessantes Gesprächsthema. Nicht nur seine Tat, die Rettung Doris von Gräzingens in Boulogne, auch sein Äußeres fiel hier wie überall auf.

Berthold merkte wenig von alldem. Die glühenden, aufdringlichen, bewundernden und einladenden Blicke machten ihn nur verlegen. Über diese Hemmungen kam er nicht hinweg. Darum wich er allen Blicken, wenn er auf Deck lag oder spazierenging, dadurch aus, daß er stets ein Buch vors Gesicht hielt. Oftmals las er gar nicht, tat nur so.

Sein stetes Beisammensein mit Irmgard war allen in der ersten Kajüte aufgefallen. Der Fall wurde auch dem Kapitän gemeldet, den die Sache erst dann zu interessieren begann, als eine Anfrage der Bautzener Polizei, betreffs der Komtesse, auf gefunktem Weg das Schiff erreichte.

Als die Emigrationsoffiziere noch vor der Einfahrt in New York an Bord kamen, wurde ihnen der Fall Türmer–Hartenau unterbreitet.

Irmgard erschien vor den Gestrengen im Salon erster Kajüte.

«Wo wollen Sie in den USA hin?» lautete die erste Frage.

«Nirgends, ich fahre gleich wieder mit der ‹St. Paul› zurück. Ich möchte um einen Zollbeamten bitten, der mich mit meinem Gepäck auf dem bereits bestellten Motorboot nach dem Schiff bringt.»

Die Beamten sahen sich gegenseitig an.

«In welchem Verhältnis stehen Sie zu Herrn Berthold Türmer?»

«In gar keinem. Ich kenne ihn nur von der Heimat her flüchtig.»

«Herr Türmer hat Sie bewogen, mit ihm nach Amerika zu fahren?»

Irmgard ereiferte sich.

«Das ist nicht wahr. Herr Türmer erfuhr erst am zweiten Tag der Ausreise, daß ich an Bord des Schiffes bin.»

Die Beamten ließen Irmgard gehen, instruierten sie aber dahin, daß sie auf keinen Fall landen dürfe. Ein Beamter würde an ihrer Seite bleiben, bis die «St. Paul» die Anker lichte.

Langsam zog die «Mauretania» ihre Furchen durch das graue Wasser der Hudsonbay. Vorbei an den grünen Inseln, der Freiheitsstatue, an Ellis Island, der Marterstation der armen Einwanderer.

Die Riesensteinkasten tauchten hinter dem winzigen Aquariumsgebäude am Batteriepark auf. Die Wolkenkratzer wurden immer größer, Singer- und Woolworthgebäude überragten alles.

Die häßlichen Anlegeplätze am Hudson wurden sichtbar. In der Ferne die gigantische Brooklyn-Brücke. Fährboote zogen über den Hudson nach Jersey-City, Hoboken und Brooklyn, Williamsburg usw. Eine Unmasse von kleinen Booten schoß durch die aufgeregten Wellen des Flusses. Ein Ausflugsdampfer, auf dem eine greuliche Jazzband die verräucherte Luft mit krächzenden Mißtönen erfüllte, fuhr stromaufwärts.

Sirenen, Glocken, Dampfpfeifen und Tausende anderer Lärminstrumente erschütterten die Luft, und von Hoboken fuhr ein deutscher Passagierdampfer aus, dessen Kapelle in diese Kakophonie das Lied «Muß i denn, muß i denn zum Städtele hinaus» mehr laut als melodisch hineinschmetterte.

Berthold stand an die Reling gelehnt und betrachtete das ihm bekannte Bild. Seine Gedanken weilten bei Myrtle Bird, von der er durch Irmgard während der Reise für zu lange Zeit abgelenkt worden war.

Myrtle Bird. Welch ein Zauber lag für ihn in diesem Namen! Ob sie ihn anhören würde? Sie mußte.

Aus seinem Sinnen schreckte ihn die Berührung von Irmgards Hand. Das Gesicht der jungen Dame war blaß, die Augen unnatürlich groß.

«Herr Türmer, ich komme, um Abschied zu nehmen. Ich habe das Unmögliche meines Vorgehens eingesehen. Können Sie mir verzeihen?»

Berthold ergriff die dargereichte Hand. Wenn bloß Myrtle Bird ihn so lieben würde, wie dieses schöne, junge Mädchen. Er seufzte.

«Ich habe Ihnen nichts zu verzeihen. Im Gegenteil. Ich muß um Vergebung flehen, daß Sie durch mich zu solchem Schritt bewogen wurden.»

«Nein, nein. Sie dürfen sich nicht anklagen, alle Schuld liegt bei mir.»

«Kehren Sie zu Frau von Erz zurück?»

«Fürs erste wohl nicht. Ich reise zu Verwandten nach Österreich.»

«Ich wünsche Ihnen viel Glück, Fräulein von Hartenau. Viel, viel Glück.»

«Danke, Herr Türmer. Wollen Sie mir noch eine Bitte erfüllen? Dann kommen Sie auf einen Augenblick in meine Kabine. Fürchten Sie nichts. Ich begehe keine Dummheit, die sie in Ungelegenheiten bringen könnte. Bitte, gewähren Sie mir diesen einzigen Wunsch. Das Schiff muß gleich anlegen, dann muß ich eiligst fort.»

Langsam folgte Berthold Irmgard. Ein Beamter der Einwanderungsbehörde beobachtete unauffällig das Paar.

Der Kabinensteward verließ eben mit dem Handgepäck die Kabine, als Irmgard mit Berthold hereintrat. Drinnen warf das Mädchen beide Arme um Bertholds Hals und bat: «Küß mich, Berthold, küß mich! Nie wieder soll eines Mannes Mund meine Lippen berühren.»

Berthold küßte Irmgard auf den brennenden Mund. Sie preßte seinen Kopf krampfhaft an sich und gab ihm Kuß auf Kuß, dann ließ sie ihn los.

«Denken Sie nicht schlecht von mir, Berthold, ich habe Sie so unendlich lieb.»

Sie lief aus der Kabine, und traumverloren stieg Berthold die Treppen hinauf. Er suchte sie auf Deck vergebens. Helmut Strumpf bemerkte den suchenden Blick seines Tischnachbarn und schrie: «Do unt' fod's scho, in dem kloana Boot!»

Berthold lief zur Reling.

In der Motorbarkasse stand Irmgard von Hartenau und blickte zu dem Ozeanriesen auf. Sie mußte Berthold gesehen haben, denn kein anderer Passagier stand mehr auf dieser, dem Hudson zugekehrten Seite. Der junge Mann schwang grüßend die Hand.

Unbeweglich stand Irmgard im Boot. Kein Auge ließ sie von der «Mauretania», sie wollte Berthold sehen, so lange es ihr vergönnt war.

Zwei Stunden später verließ die «St. Paul» New York, und schon am gleichen Abend wurde der Schiffsarzt zu einer jungen Passagierin gerufen, die erkrankt war. Der Arzt konstatierte ein schweres Nervenfieber.

«Bertie, Bertie, küß mich», flüsterten die fieberheißen Lippen immerfort.

54

Der Prozeß gegen Tiegel und Genossen, wie es so klassisch in Gerichtsakten heißt, brachte die lieben Bautzener wieder in Erregung. Obwohl die Anklage gegen Tiegel, Krämer, Haskerl und Dobschitz lautete, konzentrierte sich alles Interesse auf Berthold Türmer und Elsbeth Krämer.

Man erwartete wieder einmal, mit Bettgeheimnissen bekannt gemacht zu werden. Es hätte eines mittelgroßen Stadions bedurft, um die Zuschauer, resp. Zuhörer zu fassen, welche die Gerichtskanzlei um Eintrittskarten bestürmten.

Über achttausend Personen baten um Einlaß, zweihundertundfünfzig Plätze standen nur zur Verfügung.

Ein Wettrennen um Protektion setzte ein. Alle Hebel wurden in Bewegung gesetzt. Die Ehemänner der sensationslüsternen Bautzener Damen hatten schwere Tage. Vom frühen Morgen bis in die späte Nachtstunde wurden sie gequält. Versprechungen wurden gemacht, Verzichte auf Geburtstags- und Weihnachtsgeschenke und Badereisen geleistet, wenn der Gatte imstande sei, eine Eintrittskarte zur Verhandlung zu verschaffen.

Die Behörden befanden sich in Verlegenheit. Man wollte niemanden vor den Kopf stoßen und beschloß einfach, überhaupt keine Karten auszugeben und die Pressevertreter zu verständigen, daß für sie ein anderer Eingang zu benützen wäre. Im übrigen sei der Zutritt für ebenso viele Personen, als Platz vorhanden, ohne Karten gestattet.

Das löste große Empörung unter der Bevölkerung aus, die sich in wenig liebenswürdigen Bemerkungen Luft machte.

Die Gutsbesitzer der ganzen Lausitz und weit drinnen in Sachsen, die sich bester Beziehungen rühmen konnten, hatten ebenfalls vergeblich um Plätze nachgesucht. Auch dort war man über das Vorgehen der Gerichtsbehörde entrüstet und fluchte, wie man eben auf Gütern zu fluchen pflegt.

Alles Zetern half nichts, und so waren die lieben Bautzener und die ebenso neugierigen Gutsherrschaften gezwungen, sich rechtzeitig einen Platz zu sichern.

Der Prozeß war auf einen Sonnabend angesetzt und sollte vier Wochen nach dem Unfall Elsbeth Krämers stattfinden. Die Verunglückte wurde von den Gerichtsärzten für vernehmungsfähig erklärt, obwohl sie noch nicht imstande war, sich fortzubewegen.

Am Abend vor dem Prozeßbeginn war in keinem der Bautzener Hotels ein Bett zu haben. Von weit und breit waren die Menschen herbeigeeilt, um sich ja nur zeitig morgens einen Platz zu erobern.

Schon um Mitternacht rückten einige Damen mit kleinen Feldstühlen an und nahmen vor dem Tor des Justizgebäudes Platz. Handarbeiten, die nur durch das Fingergefühl bewerkstelligt werden konnten, wurden hervorgeholt und die umfangreichen Eßvorräte und Thermosflaschen im Schoß verstaut.

Nachtschwärmer, denen die Anwesenheit der Damen vor dem Kriminalgebäude auffiel, liefen nach Hause und alarmierten ihre Frauen, die es sich wieder angelegen sein ließen, ihre Freundinnen zu verständigen. Man beeilte sich, einen Platz zu ergattern.

Schon um fünf Uhr früh setzte der große Zuzug durch die Lessing-, Wilhelm-, Taucher-, Mättig-, Hindenburg- und Paulistraße ein.

Die zum Wochenmarkt eintreffenden Landwirte und Händler konnten sich nur schwer einen Weg bahnen.

Um sechs Uhr morgens waren die Anlagen auf dem König-Friedrich-August-Platz und auf der entgegengesetzten Seite des Gebäudes schwarz von Menschen. Die später Kommenden fluchten und schimpften, erregte Szenen waren die Folge.

Um halb sieben Uhr zog die Polizei mit ihren Reserven auf. Der riesigen Menschenmenge stand sie machtlos gegenüber.

Die zum Amt eilenden Angestellten, Richter, Anwälte, auf freiem Fuß befindliche Angeklagte, Zeugen und sonstige Prozeßteilnehmer mußten fast unter Lebensgefahr ins Gebäude geführt werden. Der freiwillige Hilfsdienst der Samariter wurde aufgeboten, da viele in dem Gedränge Ohnmachtsanfälle bekamen.

Bautzen war ganz auf der Höhe modernster Städte. Vierzehn Taschendiebstähle und eine Zopfabschneidung wurden zur Anzeige gebracht.

Um acht Uhr morgens mußten die Zugangsstraßen zum Justizgebäude abgesperrt werden. Es kam zwischen dem Publikum und der Polizei zu unliebsamen Zwischenfällen.

Als die Uhr von der Marien- und Marthenkirche am Albert-Platz halb neun schlug, wurde das große Tor des Gerichtsgebäudes geöffnet. Ein Sturm der vorne Stehenden setzte ein. Die rückwärts Befindlichen drängten nach und eine Panik entstand. Frauen schrien und fielen in Ohnmacht, man schlug mit Fäusten, Schirmen und Stöcken aufeinander los, und ein gefährlich aussehender Tumult war die Folge.

Die Polizei versuchte vergeblich, die rasende Menge zurückzuhalten. Sie wurde überrannt, und ein riesiger Knäuel von Menschen drang in das Gebäude ein. Vielen der Frauen, die sich schon nachts angestellt hatten, war es nicht möglich gewesen, hineinzukommen.

Mit zerrissenen Kleidern, ohne Hüte – auch die Eßvorräte waren in dem Kampf verlorengegangen – erreichten die Neugierigen das große Treppenhaus.

Im Inneren des Gebäudes war es den Beamten leichter, die Menge in Schach zu halten. Niemand konnte ohne Kontrolle zu dem großen Schwurgerichtssaal gelangen. Einzeln wurden die Leute die Treppen hinaufgelassen.

Draußen vor dem Tore tobte die Menge.

Als die ersten oben ankamen, waren sie sehr erstaunt, die Hälfte des Saales bereits mit Zuschauern gefüllt zu sehen. Meist prominente Bürgersfrauen der Stadt und viele Gutsbesitzerinnen. Auch einige Männer waren da. Auf welche Weise diese Herrschaften ins Haus gekommen waren, blieb allen Uneingeweihten für ewig ein Geheimnis.

Die Bauern und Händler auf dem Wochenmarkt hatten schmale Einnahmen zu verzeichnen. Den Bautzenerinnen blieb heute keine Zeit für Einkäufe. Die Ehegatten hatten Befehl, ins Wirtshaus zu gehen, und für Sonntag war bereits am Freitag vorgesorgt worden.

Elsbeth Krämer wurde mittels eines Privatkrankenwagens nach dem Justizgebäude gebracht.

Der Vorhang des Wagens war von der Leidenden ein wenig beiseite geschoben worden. Elsbeth sah die ihr bekannten Straßen im Morgensonnenschein liegen. Rasch fuhr der Wagen, nachdem er das Stadtkrankenhaus verlassen, durch die Ziegelstraße über den Holzmarkt, an den Anlagen der Wallstraße vorbei und bog in die Wilhelmstraße ein.

Als Elsbeth die Menschenmenge vor und um das Justizgebäude sah, bemächtigte sich ihrer eine große Angst. Vor dem Tore mußte die Polizei mit der Waffe die Menge vertreiben.

Die erregten Menschen errieten sogleich, wer sich in dem Krankenwagen befand. Sie versuchten mit Gewalt an das Gefährt heranzukommen. Mit Mühe und Not gelang es, die Kranke auf der Bahre in das Haus zu schaffen.

«Da ist sie. Das ist sie!» Diese harmlosen Ausrufe paarten sich mit häßlichen Reden und Schimpfworten.

Erschöpft lehnte Elsbeth in den Kissen der Tragbahre, als sie, von ihrem Arzt begleitet, in dem für sie reservierten Zeugenzimmer ankam.

Punkt halb zehn Uhr eröffnete der Vorsitzende die Verhandlung.

Die Luft in dem Raum war stickig und von einem Konglomerat von Parfumdüften geschwängert. Die Fenster nach dem Hofe waren weit geöffnet. Der Lärm der Menschenmassen drang über die Dächer bis in den Verhandlungssaal und klang wie dumpfes Brausen einer fernen Brandung.

Dobschitz und Haskerl erregten keinerlei Interesse. Beide grinsten in das Publikum und zeigten nicht die geringste Aufregung.

Der Prozeß war für die Juristen sehr interessant. Es lag eine Anklage wegen Anstiftung zum Überfall gegen einen der Angeklagten vor, der selbst, wenn auch irrtümlich, der Überfallene und Leidtragende war.

Gleich zu Beginn erklärte der Vorsitzende, daß das Verfahren gegen den Hauptangeklagten, Apotheker Tiegel, und den Angeklagten Bankdirektor Krämer, abgetrennt worden war, da beide flüchtig seien.

Gegen Dobschitz und Haskerl lautete die Anklage auf schwere Körperverletzung.

Die Verlesung der Anklage war schnell beendet, und es wurde zur Zeugenvernehmung geschritten.

Der zuerst aufgerufene Zeuge Peter Eifel, Chauffeur, war nicht erschienen. Der Vorsitzende verhängte gegen den seit zwei Monaten in Rio de Janeiro weilenden Zeugen wegen Nichterscheinens eine Ordnungsstrafe.

Die Zeugen Malermeister Herpich aus Kamenz, der Gärtner des gräflichen Gutes Nieder-Ölsa und der Müller aus Öhlisch bestätigten nur kurz, daß sie sich zur Zeit des Überfalles im Büro des Herrn Berthold Türmer befunden und mit dem genannten Herrn verhandelt hatten. Dann kamen die Frau Konsistorialrat Hackepeter und Fräulein Knieblech, die beide voll Wichtigkeit bestätigten, daß Herr Berthold Türmer in der Sieben-Uhr-Vorstellung hinter ihnen im Palast-Kino gesessen, aber noch vor Schluß der Vorführung, so gegen Viertel nach acht, das Theater verlassen hätte. Hierbei gerieten die beiden Zeuginnen über die angegebene

Zeit in einen kleinen Disput, da beider Angaben um zehn Minuten differierten. Der Vorsitzende machte dem Wortgeplänkel ein rasches Ende. Fräulein Knieblech ließ es sich aber nicht nehmen, noch zu erklären, daß Herr Türmer beim zweiten Akt des Dramas hörbar geseufzt hätte.

«Ja», fiel hier ungefragt die Frau Konsistorialrat mit ihrer tiefen Altstimme indigniert ein, «und vorher bei dem Quatsch von einem Lustspiel hat er laut gelacht.»

Ein Oberkellner des Bürgergartens bestätigte dann Bertholds Anwesenheit in dem genannten Etablissement, um ungefähr neun Uhr, denn er wäre schon vor dem Gewitter, das kurz vor halb zehn ausbrach, dagewesen.

Diese Zeugenaussagen sollten bekunden, daß der zu Überfallende gar nicht am Ort der Tat war.

Die Inhaberin des kleinen Häuschens in Talpenberg, auf deren Aussage alles gespannt war, konnte nur belanglose Dinge bekunden. Sie erzählte, daß Elsbeth Krämer den unteren Teil des Häuschens gemietet hatte. Die junge Frau kam zwei- bis dreimal die Woche mit ihrem Auto hinaus; oft fuhr sie allein vor, dann wieder war ein Chauffeur mitgekommen. Andere Herren hatte sie nie gesehen, sich auch nicht darum gekümmert. Auch sei sie vielfach auf Arbeit gewesen und oft erst spät abends nach Hause gekommen, wenn die Dame schon längst wieder fort war.

Ob sie irgend etwas gehört hatte, was in den Zimmern vorging, oder ob Zeichen von der Anwesenheit eines Mannes nachher zu sehen waren, fragte der Vorsitzende.

«Nein. Ich habe nie gehorcht, und auch die Zigarettenstummel waren von der gnädigen Frau, die auch einige Male rauchend in den Hof gekommen war.»

«War der Chauffeur in den Zimmern?»

«Da hab' ich nicht aufgepaßt.»

Dies war die erste große Enttäuschung der Zuhörerschaft. Man hatte bestimmt erwartet, daß diese einfache Bauersfrau aussagen und die Dinge beim richtigen Namen nennen würde.

Allgemein wurde von der ersten bestochenen Zeugin im Zuschauerraum geflüstert.

Der Zeuge Berthold Türmer ließ sich durch ein Zeugnis, das seine dringende Anwesenheit in Amerika begründete, entschuldigen.

Es wurde die protokollarische Vernehmung Berthold Türmers verlesen, die weiter nichts ergab, als daß er zu der angegebenen Zeit in Bautzen und nicht in Talpenberg gewesen war. Über seine Beziehungen zu Frau Krämer stand nichts in dem Schriftstück.

Enttäuschung Nummer zwei.

Haskerl und Dobschitz blieben bei der ersten Aussage.

Die ganze Schlechtigkeit des Apothekers Tiegel trat klar zutage. Seine Heuchelei, mit der er sich in karitative Ämter gedrängt – auch Schul- und Kirchenvater war er gewesen – und sich als Bürger mit dem edlen Herzen offenbart hatte.

Die lieben Bautzener im Verhandlungssaal entsetzten sich ob so viel Verworfenheit, man schüttelte sich vor Grauen, und sie alle vergaßen, daß sie mitleidlos in dieselbe Kerbe gehauen und ohne zu denken geholfen hatten, ihre Mitmenschen zu verunglimpfen, sie mit Kot zu bewerfen.

Auch über den ehemaligen Landeseffektenbankdirektor brach man den Stab, hielt aber für ihn die Entschuldigung bereit, daß er als betrogener Ehemann ein gewisses Recht hatte, den Liebhaber seiner Frau zu züchtigen, wenn auch der eingeschlagene Weg, insbesondere die Verbrüderung mit Tiegel, Haskerl und Dobschitz verdammt wurde.

Die Spannung war aufs höchste gestiegen, als zur Vernehmung von Frau Elsbeth Krämer geschritten wurde.

Der Staatsanwalt beantragte Ausschluß der Öffentlichkeit im Interesse von Moral und Sitte.

Halbunterdrückte Angstrufe wurden im Publikum in vorgehaltenen Taschentüchern erstickt. Um Gottes willen, man würde sie doch nicht um die große Sensation des Tages bringen? Hatte man sich deshalb die Nacht um die Ohren geschlagen, sich die Kleider vom Leibe reißen und die Rippen eindrücken lassen? Man atmete auf, als die Verteidiger der zwei Angeklagten sich dem Antrag des Vertreters der Anklage widersetzten. Recht hatte Herr Anwalt Müllermaier, als er erklärte, die Öffentlichkeit habe ein Recht darauf, den wahren, ungeschminkten Sachverhalt zu erfahren.

«Richtig!» ließ sich eine Damenstimme im Publikum vernehmen, sogleich sekundierte ein männliches Organ, und eine sichtbare Bewegung war im Auditorium zu bemerken.

Der Vorsitzende rügte die Zwischenrufer und ordnete an, den Saal räumen zu lassen.

Es half nichts, daß man sitzenblieb, bis die Beamten an einen herantraten, es war vergebens, sich zu sträuben.

Das Gericht hatte den Ausschluß der Öffentlichkeit während der Dauer der Aussage der Zeugin Elsbeth Krämer beschlossen und nicht einmal der Presse gestattet, zu bleiben.

In den Korridoren staute sich die Menge, und den Beamten war es schwer gemacht, Ordnung zu halten.

Der Gerichtshof hätte ruhig dem Publikum das Verweilen im Saale gestatten können. Elsbeth Krämers Aussage war harmlos. Sie machte von dem Rechte Gebrauch, in der Sache ihres Mannes die Aussage zu verweigern. Weiter bekundete sie, daß Berthold Türmer niemals ihr Geliebter war (dabei sagte sie in Wirklichkeit keine Unwahrheit) und daß sie sich in Talpenberg mit einem Manne, dessen Namensnennung sie verweigerte, in ganz ehrbarer Absicht getroffen habe. Der Racheakt gegen Berthold Türmer sei ganz unmotiviert gewesen.

Elsbeth Krämers schwerer Unfall hatte sie in die Hände der Chirurgen geführt. Die Zeit der Schmerzen und Heilung war mit Stunden der Selbsterkenntnis verbunden gewesen und hatte auch zur Gesundung ihres Charakters beigetragen. Sie war eine andere geworden, und sollte sie jemals ganz genesen, so würde ihr Leben in geregelterer Bahn verlaufen, als dies bisher der Fall gewesen.

Dem Publikum wurde der Saal wieder freigegeben. Wie rasend zwängte es sich durch die Türen und stürmte die Plätze. Enttäuschte Gesichter allenthalben, als man von Frau Elsbeth Krämer nichts mehr sah.

Der Staatsanwalt begann seine Absprache. Er trug mit grobem Pinsel auf und malte ein in tiefes Dunkel gehaltenes Verbrecherbild, das schaurig anzusehen war und Grauen erregte.

Die Verteidiger hatten sich ebenfalls ihre schablonenmäßigen Reden aus alten Akten hervorgeholt und verwandelten das von dem

Staatsanwalt entworfene, düstere Bild mit scharfen Pinselstrichen und Spachtelauftrag in sonnige Landschaft. Nach ihrer Rede waren die beiden heimlich grinsenden Angeklagten «kein Rohlinge», wie der Herr Vertreter der Anklage sie zu nennen beliebte, sondern arme, irregeleitete, von bösen Menschen durch materielle Lockungen verführte Wesen, die der Milde des Gerichtes empfohlen wurden.

Das Gericht ging in Anbetracht des kuriosen Umstandes, daß der Geschädigte selbst der Anstifter gewesen, gnädig vor und verurteilte die beiden Angeklagten zu je sechs Monaten Gefängnis. Die Zeit der Untersuchungshaft wurde angerechnet und ihnen das abgenommene Geld zugesprochen.

Die Bautzener Herrschaften, denen es nicht vergönnt gewesen war, der Verhandlung beizuwohnen, und die deshalb den ganzen Tag kampfwütig die Stadt unsicher gemacht hatten, freuten sich, als sie vernahmen, daß es keinerlei Sensationen gegeben hatte. Sie verspotteten die anderen, die sich so vorgedrängt, und hatten bereits vergessen, daß sie selbst an dem Sturm auf das Justizgebäude teilgenommen.

Als die Abendblätter den Verhandlungsbericht brachten, warf man sich Blicke zu, die besagten, daß das Geld der Türmers auch diese Sache erstickt hatte.

55

In New York hatte sich Berthold Türmer wieder in seinem früheren Logis einquartiert. Diesmal wollte er in seinem Vorhaben sichergehen. Er verständigte keinen seiner alten Bekannten. Sie hatten ihn alle nur ausgenützt. Die Jahre hatten seinen Verstand in vielem reifen lassen, nur in puncto Liebe zu berühmten Fimstars schien sich nichts geändert zu haben.

Fürs erste nahm er oftmals seinen Nachmittagstee mit der Angebeteten. Das heißt, er hatte sich, wie in früheren Zeiten, alle erreichbaren Bilder seines Ideals besorgt, sie in Rahmen gehüllt und an allen Ecken und Enden in seiner Wohnung aufgestellt.

Ein Photograph in der sechsten Avenue erhielt Auftrag, drei Bilder auf ein riesiges Format zu vergrößern. Allein hundertundzwanzig Dollar kostete eine dieser gigantischen Photographien, die im Parloir[34] vom Kamin bis fast unter die Decke reichte und Myrtle Bird in grandioser, geschmackvoller Abendkleidung zeigte. Auch Reklamebilder aus Filmen besorgte sich der Verliebte und hing sie in seiner Wohnung auf. Er war wieder in den Zustand zurückgefallen, aus den ihn seinerzeit Inge Claußen mit List gerissen hatte.

Dieses Mal nahm die Sache noch ärgere Dimensionen an. Berthold vernachlässigte seine Geschäfte und ließ aus der Heimat eingelaufene wichtige Briefe, ja sogar Depeschen, unbeantwortet. Er versank ganz in seine Liebe zu der schönen Filmschauspielerin. Tagtäglich brachte eine Blumenhandlung in Hollywood einen kostbaren Strauß in das Heim von Myrtle Bird, die sicherlich keine Erklärung für die duftenden Grüße, ohne irgendeine Notiz, fand.

Seine Werbung verschob Berthold von Tag zu Tag. Er wollte erst ein Training in Heiratsanträgen absolvieren. Stundenlang saß er über seinen Schreibtisch gebeugt und entwarf schriftliche Anträge oder schrieb die Rede auf, die er bei der Werbung zu halten gedachte.

War es ihm nach seiner Meinung gelungen, eine zündende Rede zu verfassen, so nahm er auf seinem kosigen Ecksofa Platz, ließ servieren, baute eine Anzahl Bilder seiner schönen Geliebten auf, unterhielt sich kurz damit und legte plötzlich mit der liebeglühenden Werbung los.

«Myrtle, darling, love, you are the only woman on earth ...[35]»

Er geriet in Extase, bat, drang in sie und beantwortete die selbstgestellten Fragen, um schließlich das gesprochene Jawort in tausend dankerfüllten, heißen Worten zu stammeln.

Es folgten Stunden und Tage, in denen Berthold zur Vernunft kam und das Lächerliche seines ganzen Beginnens einsah. Dann schalt er sich einen Narren, lief zu Paul Taussig in die vierzehnte Straße und bestellte ein Billet für den nächsten nach Europa fahrenden Dampfer. Eine halbe Stunde später telefonierte er ab. Bei

34 Besuchszimmer
35 «Myrtle, Liebes, du bist für mich die einzige Frau auf der Welt ...»

Taussig hatte man sich an die Schrullen des jungen Mannes gewöhnt und dachte nicht daran, seinen Befehlen zu folgen.

In Stunden der Erkenntnis, wenn Berthold mit Scham seines Tuns gedachte, besann er sich auch auf die Geschäfte und erledigte die Korrespondenz sowie alle anderen geschäftlichen Arbeiten. Dann überfiel ihn wieder die Sehnsucht nach der schönen Myrtle Bird, und er beschloß, nach Hollywood zu fahren, aber immer wieder schob er die Reise auf. Ein inneres, banges Gefühl sagte ihm, daß ihn im sonnigen Kalifornien eine Enttäuschung erwarte. Wie, wenn die Erkorene nein sagte? Was dann? Ausgeschlossen! Vor so viel Liebe würde auch ihr Herz entbrennen.

Eines Tages befiel ihn ein großer Schreck. Als er durch die fünfte Avenue schritt, sah er vor der St. Patricks-Kathedrale eine Ansammlung von Menschen.

Oleanderbäume und Zwergpalmen standen zu beiden Seiten eines bunten Läufers, der von der Türe des Domes bis zum Rande des Bürgersteiges führte. Rosenblätter bedeckten den Teppich. Eine lange Reihe eleganter Automobile wartete abseits und füllte zwei Häuserblocks.

Berthold, der in Gedanken des Weges gekommen war, stockte plötzlich, als neben ihm jemand von der Trauung sprach, die eben in der Kathedrale stattfand.

«It is one of these crazy filmactresses, she gets married the fourth time.»[36]

Bertholds Fuß blieb vor Schreck an dem Bürgersteig haften. Welche Filmschauspielerin heiratet zum vierten Male? Um Gottes willen, doch nicht Myrtle Bird? Er wollte warten, seine Füße versagten fast den Dienst. Schweiß trat auf seine Stirne. Wenn es auch nicht Myrtle Bird war, die soeben getraut wurde, war es denn nicht möglich, daß sie schon verheiratet ist? Was dann? Heiß und kalt überlief es ihn. Er durfte nicht darüber nachdenken. Es wäre sein Tod.

Aus dem Portal traten einige Herrschaften, dann kam der Usher[37] mit seinem Stab und schaffte Platz. Nun erschien das neuvermählte Paar.

36 «Eine dieser verrückten Filmschauspielerinnen heiratet zum vierten Male.»
37 Platzanweiser

Berthold atmete erleichtert auf. Es war nicht Myrtle Bird. Eine kleine unansehnliche Person, die Braut. Nichts von der stattlichen Figur einer Myrtle Bird. Er schritt rasch weiter, dachte über das eben Geschaute nach. Auf alle Fälle wollte er sich versichern, daß Myrtle Bird noch frei war. Wenn nicht – nun dann würde sie sich seinethalben scheiden lassen müssen. Hatte der Mann nicht eben auch gesagt, daß dies die vierte Eheschließung der Filmschauspielerin sei?

Zu Hause angekommen, setzte sich Berthold vor seine Bildergalerie und betrachtete die verschiedenen Aufnahmen aufmerksam. An ihren Zügen wollte er erforschen, ob sie verheiratet sei. Er untersuchte ihre Hände, um daran einen Trauring zu entdecken. Aufatmend setzte er die Bilder wieder hin.

«Darling, love, are you married?»[38]

Als das tote Bild die Antwort verweigerte, gab er sie sich selbst.

«No, dear, but if I was, it would not matter, I would get divorced at once.»[39]

Berthold entschloß sich, Erkundigungen einzuziehen, schob es aber immer wieder auf. Lieber Ungewißheit als schreckliche Wahrheit, die vielleicht all seine Träume zerstörte.

Eine Woche später fuhr der Verliebte mit dem «Southern Express» nach Kalifornien, nachdem ihm beim letzten Tee, auf seine Frage kommen zu dürfen, die Photographie umgefallen war, was er als «Ja» deutete.

56

Wer es zuerst bemerkt hatte, konnte niemand sagen, immerhin wußten plötzlich alle Damen – und von diesen wurde es brühwarm den Herren zugetragen –, daß der «Casanova von Bautzen» sich verheiraten würde.

Vor der Kirche Zu Unserer Lieben Frauen, auch vor dem Rathaus stauten sich die Leute und starrten mit weit geöffneten

38 «Liebling, bist du verheiratet?»

39 «Nein, Teurer, aber wenn ich es wäre, würde ich mich sofort scheiden lassen.»

Augen auf die ausgehängten Aufgebote. Die meisten lasen lautlos, während andere buchstabierend die Lippen bewegten. Oftmals kamen schwachsichtige Leute, fragten neugierig, was es da zu schauen gäbe und baten dann die Auskunfterteiler, die Notiz vorzulesen.

Es gab Scherzbolde, die da meinten komisch zu wirken, wenn sie mit falscher Betonung vorlasen, daß Herr Berthold Türmer sich mit Hermine Freifrau von Ranking zu vermählen beabsichtige und hingen der allgemeinen üblichen Aufforderung, ob jemand Einspruch gegen die Verbindung zu erheben gedenke, ihre wenig geistvollen Bemerkungen an.

Im Geschäft am Kornmarkt hörten die Kommis Anspielungen, bis sie, aufmerksam geworden, fragten, ungläubig bei der Auskunft über das Aufgebot lächelten und sich Herr Zeck eigenfüßig zur Kirche Zu Unserer Lieben Frauen und zum Rathaus begab, um mit bebrillten Augen von der Tatsache überzeugt zu werden.

Niemand war mehr erstaunt als Inge Claußen, als sie von dem alten Kommis über die bevorstehende Eheschließung Bertholds erfuhr. Nachdem auch sie den Anschlag gelesen hatte, ging sie zu Onkel Heinrich.

Hatten alle bisher der Neuigkeit Glauben geschenkt, so waren sich Onkel Heinrich und Inge Claußen darüber klar, daß es sich hier um einen Scherz oder einen neuen Betrug des falschen Casanovas handle.

Vierundzwanzig Stunden später wußte Onkel Heinrich Bescheid. Als er in das Büro am Kornmarkt kam, um Inge zu verständigen, traf er dort Herrn Gutsbesitzer Häberlin. Der Riese hatte ein brennrotes Gesicht, schlug sich klatschend auf den Schenkel, daß man vermeinte, ein Freiballon wäre geplatzt, zog den alten Apotheker zu sich heran, beugte sich zu dessen Ohr und flüsterte, daß Onkel Heinrich fast das Trommelfell platzte, die ereignisreichen Worte: «Mensch! Mensch! Alter Pillendreher z. D. oder a. D., nun haben wir ihn, und fest sitzt er in der Klemme. Er wollte schon ausreißen, aber dem hab' ich die Tour vermasselt. Mars la Tour! Die olle Jungfer hat ihn eingesperrt und läßt ihn wie einen professionellen Verbrecher bewachen!»

Onkel Heinrich machte sich unter dem brüllenden Gelächter des Gutsbesitzers frei und versuchte das Dröhnen in seinem Ohr zu überwinden.

«Verzeihen Sie. Mit wem habe ich das Vergnügen?»

«Mensch, Sie haben wohl ein großes Loch im Gedächtnis? Sie sind doch der Onkel, der mir für mein Viehzeug all die Salben, Tränklein und Pillen verkauft hat. Häberlin, Gutsbesitzer Häberlin auf Klein Knaake. Nun wird's aber Tag! Geht Ihnen jetzt ein Feuerwerk auf?»

Onkel Heinrich konnte sich nicht entsinnen. Klein Knaake hatte er durch Jahre beliefert, aber dieser Riese war ihm fremd. Um sich keine Blöße zu geben, tat er so, als ob die Erinnerung zurückkehre.

«Richtig, ja! Sie müssen schon verzeihen, Herr Knaake.»

«Häberlin, Mensch, Häberlin!»

«Verzeihung, Herr Häberlin. Aber Sie gestatten doch, daß ich frage, um was es sich handelt? Wer sitzt in der Falle?»

«Da fragt ein Mensch noch! Wer anders sonst als der ‹Casanova von Bautzen›!»

«Waaas? Wo sitzt er denn?»

«Hab' ich Ihnen das noch nicht gesagt? Bei der ollen Jungfer, der Ranking, auf Telepow. Die läßt ihn, bevor der Pfaffe seinen Segen gegeben hat, nicht mehr aus.»

Endlich hatte Onkel Heinrich erfaßt, daß es sich um die Aufgebotsanzeige handle.

«Herr Häberlin, wollen Sie mir nicht sagen, wen Sie mit dem Casanova meinen? Mein Neffe, den man so nennt, ist doch in Amerika.»

«Weiß ich, weiß ich. Der andere ist's, der Gauner, der sich dafür ausgibt, den hat die Ranking gefangengesetzt. Er hatte ihr einige Tausender bereits abgeknöpft und wollte, als man anfing, sich näher für seine Papiere zu interessieren, auskneifen. Die Olle hat ihn aber im Gutshaus einsperren lassen und bewacht ihn. Erst heiraten, hat sie gesagt, dann kann er sehen, wo der Zimmermann das Loch gelassen hat. Sie wäre schon selbst nach Bautzen gekommen, getraut sich aber nicht weg, weil sie Angst hat, er reißt in der Zwischenzeit aus.»

Onkel Heinrich war nun im Bilde. Er kannte ja die Geschichte.

«Also, lieber Herr Apotheker. Übermorgen ist Hochzeit. Die Ranking hat es bei dem Dorfpastor durchgesetzt, daß die Papiere des pp. Bräutigams erst nach der Trauung beigebracht werden. Gestern war ich in Telepow, hab' mir den Vogel per Distanz angesehen. Ein ganz dämlicher, gelbhaariger Bengel. Weiß der Teufel, wie da die Weiber hängenbleiben können. Aber, er hat sie alle in der Westentasche. – Na, Sie kommen doch am Sonntag mit zu dem Klamauk?»

«Was soll ich dort? Ich werde den Burschen noch heute verhaften lassen.»

«Das werden Sie nicht, mein Herr! Das wird am Sonntag von mir, sogleich nach der Trauung besorgt.»

Onkel Heinrich wollte widersprechen, Inge Claußen gab ihm versteckte Zeichen, zu schweigen. Der alte Herr sah verdutzt auf die Sekretärin. Sie nickte nochmals und legte den Finger auf den Mund.

Häberlin, der von der stummen Verständigung nichts merkte, dachte angestrengt nach.

«Was interessiert Sie denn die Sache so stark?» fragte Onkel Heinrich.

«Was mich das ...? Mensch, wissen Sie denn nicht, daß ...»

Häberlin besann sich.

Onkel Heinrich ahnte nun alles und wartete, bis der Gutsbesitzer weitersprach.

«Es liegt auch im Interesse Ihres Neffen, daß der Bursche unschädlich gemacht wird. Dann soll die alte Schachtel ihren Denkzettel haben. Als ich sie gestern warnen wollte, ließ sie mich hinauswerfen.»

Der Sonntag wurde von Herrn Häberlin als Schicksalstag Adolf Stegers, des falschen «Casanovas von Bautzen» bestimmt, und Onkel Heinrich sagte zu.

«Es ist doch besser, wenn der Mann auf der Tat überführt wird», antwortete Inge Claußen auf Onkel Heinrichs Frage, warum sie ihm geraten, dem Gutsbesitzer zu folgen.

Mutter und Vater Hasselmann ließen keinen Menschen in ihre Wohnung. Tilda sollte von der Hochzeit Berthold Türmers nichts erfahren. Die alten Leute konnten nicht wissen, daß Herr Steger diese «Falschmeldung» veranlaßt hatte. Sie glaubten wirklich, daß Berthold Türmer sich zu verheiraten gedenke.

Tilda Zinnecke, geborene Hasselmann, war in das Elternhaus zurückgekehrt, um dort zu sterben.

Die Krankheit der jungen Frau war den Landärzten, die Willy Zinnecke zu Rate gezogen hatte, ein Rätsel. Diesen alten Herren war von Psychoanalyse nichts bekannt, besser gesagt, sie wollten nichts davon wissen und diagnostizierten nach ihrem Ermessen.

Während der eine auf die Leber riet, meinte der zweite, daß es die Kinderlosigkeit sei.

Tilda starb an gebrochenem Herzen. Seit ihr Berthold Türmer im Bürgersaal wiederbegegnet war, marterte sie sich mit Selbstvorwürfen und quälte sich langsam zu Tode. Des Liebsten trauriger Blick verließ sie nicht mehr. Sie siechte dahin.

Willy Zinnecke brachte Spezialisten nach seinem Hause. Tilda ließ sich nicht mehr untersuchen. Nächtelang lag sie wach, ihre Gedanken weilten bei Berthold und immer mehr verbohrte sie sich darin, des Jünglings Lebensglück zerstört zu haben. Wochen-, ja monatelang schleppte sie sich dahin, bis sie eines Tages vor ihren Gatten hintrat, ihm alles gestand und ihn bat, sie gehen zu lassen.

Willy Zinnecke, der an ein Verhältnis Tildas zu Berthold glaubte, stieß sie zurück und fuhr nach Bautzen. Er wollte ihn töten. Ernüchtert kehrte er nach Hause zurück, als er erfahren hatte, daß Berthold seit Monaten in Amerika weile. Er fand Tilda nicht mehr vor. Die junge Frau war inzwischen zu ihren Eltern gefahren. Willy war in Burk an dem geschlossenen Gefährt, welches seine kranke Frau barg, ahnungslos vorbeigerast.

Der Vater wollte Tilda hinauswerfen, als Frau Hasselmann zu ihm ins Geschäft gelaufen kam und von der Tochter Heimkehr und ihrem Willen, nicht mehr zu ihrem Manne zurückzukehren, berichtete. Der Bäckermeister änderte seinen Entschluß, als er sein Kind sah. Er erkannte sofort, daß Tildas Tage gezählt seien, und als Willy Zinnecke spätabends eintraf und seine Frau zu sehen verlangte, verweigerte er ihm den Zutritt zu der Kranken.

Sorgfältig wachten die Eltern über Tilda. Blutenden Herzens sahen sie ihr Kind dahinwelken und versuchten, sich gegenseitig Trost zuzusprechen. Trost und Hoffnung, ohne selbst daran zu glauben. Des Bäckermeisters Herz wurde weich. Er konnte stundenlang Gott um Hilfe anflehen, trotzdem er wußte, daß seiner Tochter nicht zu helfen war. Er gab sich selbst die Schuld an deren Unglück und Krankheit.

58

«Ich gebe dir meine Lederjoppe und die braunen Gamaschen, wenn du mich durchschlüpfen läßt.»

«Ja, das ist man so eine eigene Sache», meinte Eduard, der Stallknecht Fräulein von Rankings, und kratzte mit knatterndem Geräusch seinen geschorenen Kopf. «Wenn das gnädige Fräulein mir erwischt, dann geht es mich schlecht.»

«Aber Ede», flüsterte Adolf Steger, «kein Mensch erfährt etwas, und vor dem Morgen bin ich wieder zurück.»

«Ede!»

Fräulein von Rankings Stimme erschallte schrill. Mit einem Ruck war der Stallknecht aus dem Zimmer und drehte den Schlüssel zweimal im Schloß herum.

Von draußen hörte man klatschende Schläge. Fräulein von Ranking hatte das Gespräch belauscht und trieb Ede alle weiteren Gedanken an Lederjoppe und braune Gamaschen mit der Hundepeitsche aus.

Steger fluchte in seinem «Gefängnis» und schalt sich einen Trottel, daß er sich diesem Idioten von Stallknecht anvertraut hatte, anstatt ihn niederzuschlagen und zur Türe hinaus zu flüchten.

Der Gentleman, Adolf Steger, von Beruf Sattler und Tapezierer, hatte sich eine schöne Suppe eingebrockt. Vor einigen Monaten hatte ihn die wahre Liebe zu einem jungen, einfachen Mädchen erfaßt, der er das Blaue vom Himmel vorgelogen. Zum ersten Male seit langer Zeit nannte er sich bei seinem richtigen Namen und versprach seiner Angebeteten, daß er sie in Kürze zu heiraten gedenke. Da er von seinen großen Reichtümern gefaselt, stets elegant gekleidet und im Besitze eines Motorrades war, wurde ihm Glauben geschenkt.

In Königstein a. d. Elbe beneidete man Guste Rauch allgemein um den reichen Bräutigam. Die Eltern des niedlichen Mädchens, einfache Leute, waren vertrauensselig und durch Stegers Rednergabe und Auftreten geblendet. Man dachte nicht daran, Erkundigungen einzuziehen.

Stegers ergaunertes Geld war in den Monaten seines Königsteiner Aufenthalts zusammengeschmolzen. Sein Aufgebot, unter dem Namen Adolf Steger, – denn hier hatte er keine Heiratsschwindeleien versucht – mit Guste Rauch war bestellt, und in sechs Wochen sollte Hochzeit sein. Es hieß nun, einen großen Coup zu vollbringen. Eine Summe von mindestens zwanzigtausend Mark wollte er von irgendeiner alten, liebebedürftigen Dame ergattern, um damit sein neues Glück zu gründen.

Die letzte Gaunerei sollte es sein, dann wollte der falsche «Casanova von Bautzen» diese Würde ablegen, mit der Beute spekulieren und als ehrsamer Geschäftsmann seine Tage in Königstein, an der Seite seiner Guste, beschließen.

Steger hatte sich wieder in sein altes Jagdrevier, die Oberlausitz, begeben, denn dieses stille Ländchen war der beste Acker für seine Saaten.

Hermine Freifrau von Ranking hatte einundfünfzig Lenze gesehen. Nach eigener Aussage waren es nur achtunddreißig. Sie mußte also dreizehn Jahre blind gewesen sein.

Obwohl Hermine über dreißig Jahre Alleinbesitzerin der Herrschaft Telepow war, hatte sich bis jetzt kein Mutiger gefunden, der die edle Jungfrau gefreit hätte. Ihr etwas heißes Temperament, das sich nicht in Liebeständeleien, sondern in Streit- und Prügelszenen äußerte, ihr Abenteuer mit dem ersten Verlobten – die Sache lag weit über zwanzig Jahre zurück –, bei welchem der Liebste drei komplizierte Rippenbrüche und eine nie mehr korrigierbare Trommelfellzerreißung an beiden Ohren davontrug, war in aller Freier Erinnerung geblieben.

Hermine hatte den Verlobten dabei ertappt, wie er ein hübsches Bauernmädchen küßte. Ein Schnellfeuer klatschender Ohrfeigen und sein etwas unfreiwilliger saltomortaleartiger Abgang von der ersten Etage ins Parterre war der Liebsten letzter Gruß an den Bräutigam, der erst nach zwei Tagen im Bautzener Stadtkrankenhaus für die Nachricht der Entlobung aus seiner zeitweiligen Bewußtseinstrübung empfänglich wurde.

Die handgreifliche Schlagfertigkeit Hermine von Rankings war ein Abschreckungsmittel für alle Freier der deutschen und angrenzenden Lande und auch ein steter Quell belustigender Unterhaltung. Die Dame beschäftigte die Gerichte sehr häufig, und bei einer Verhandlung war es der Jungfrau nicht möglich gewesen, ihr überschüssiges Temperament zu zügeln, so daß eine Ordnungsstrafe verhängt werden mußte. Sogar die Richter fürchteten die streitbare Gutsbesitzerin. Nicht einmal eine vierzehntägige Haftstrafe hatte es vermocht, Hermine von Ranking abzukühlen. Sie vertobakte[40] während dieser Tage den Gefängnisaufseher und mußte dafür weitere vier Wochen brummen. Auch der Geldbeutel des Fräuleins, das nebenbei gesagt, immens reich war, litt viel und mußte häufig für Ärztekosten, Straf- und Schmerzensgelder geöffnet werden.

Adolf Steger hatte oftmals von der Amazone auf Telepow gehört, war aber stets dem Gut ferngeblieben. Nun hatte er sich doch Fräulein von Ranking als Opfer ausersehen.

Die «schöne» Hermine fiel auf Adolf Steger nicht gleich herein, als der sich eines Abends mit einem Messer die Hand ein wenig aufritzte, das Gesicht mit Blut beschmierte und nach schwachen Hilferufen «ohnmächtig» neben seinem Motorrad, vor dem Eingang zum Gutshof von Telepow zusammenbrach.

Zuerst wollte die Gutsherrin die zwei Mägde und den Stallknecht Ede samt dem «Ohnmächtigen» die Treppe hinabwerfen, als aber Steger bei ihrem Gekeife aus seiner «Ohnmacht» erwachte und sie aus seinen treuen Blauaugen ansah, ihre Hand ergriff und

40 veraltend für verprügeln

an seine fieberkalten Lippen drückte, gestattete sie es, daß der «Schwerverletzte» in eines der seit Jahrzehnten nicht mehr benutzten Fremdenzimmer geschleppt wurde.

Zwei Wochen später verlobte sich das glückliche Liebespaar und das Aufgebot wurde bestellt.

Hermine von Ranking hielt ihr Temperament im Zaume.

Vor dem Verlobten benahm sie sich zart, soweit dies ihre Veranlagung zuließ. Überkam sie aber bei den Prahlereien Stegers über seine «Casanova von Bautzen»-Abenteuer eine große Wut, dann ging sie in den Stall und verprügelte irgend jemand, der das Unglück hatte, ihr in den Weg zu laufen.

Hatte Steger geglaubt, die Braut brandschatzen und durch Drohungen zur Herausgabe von Geld veranlassen zu können, so hatte er sich gewaltig verrechnet. Einige tausend Mark hatte er erhalten, aber sonst blieb Hermine von Ranking verschlossen wie eine Auster. Als aber Steger aggressiv wurde und drohte, die Verlobung abzubrechen, da machte die Jungfrau kurzen Prozeß und sperrte ihren Bräutigam einfach in ein fest vergittertes Gelaß. Dort sollte er seine Tage bis zum Hochzeitstermin verbringen.

Ede, der von seiner Herrin halb dämlich verprügelte Stallknecht, teilte sich mit Hermine in die Bewachung Adolf Stegers.

Alles Bitten und Betteln half nichts. Die Braut blieb von allem ungerührt. Auf Drohungen reagierte sie schon gar nicht. Auch die Bestechungsversuche bei Ede mit Lederjoppe und ebensolchen Gamaschen blieben durch die Wachsamkeit der Geliebten fruchtlos.

So nahte der Hochzeitstag heran.

Der Pastor der Gemeinde, der die Freifrau von Ranking ebenso fürchtete, wie ihre Umgebung es tat, ließ sich von ihr einschüchtern, als er die Beibringung der Dokumente des «Herrn Berthold Türmer» verlangte.

Fräulein von Ranking erklärte dem Pastor kurz, daß die Trauung stattzufinden habe. Dabei sah sie dem Vertreter Gottes in die Augen und trommelte mit ihren Fäusten auf den Tisch.

Alle Verdächtigungen gegen den Bräutigam – wie sie die Warnungen zu nennen beliebte – verbat sie sich. Als man ihr über die Abenteuer des «Casanovas von Bautzen» Mitteilung machte, erklärte sie, daß die Verehelichung sein letztes Abenteuer auf dem Gebiete der Eroberungen bedeuten werde.

Der Gendarmeriewachtmeister aus Stürza zog die Stirn kraus und kratzte sich bedächtig den Kopf, als am Hochzeitsmorgen Herr Häberlin, in Begleitung Onkel Heinrichs, in seinem Amtszimmer die Verhaftung des falschen Casanovas verlangte.

«Verflucht noch einmal, bei der Ranking eine Verhaftung vornehmen? Das ist eine kitzliche Geschichte. Noch dazu ihr den jungen Ehemann wegzuholen. Donnerwetter! Donnerwetter!»

Onkel Heinrich bestand auf Festnahme des Betrügers, und so blieb dem Beamten nichts anderes übrig, als, in Anbetracht der Reizbarkeit der Dame Ranking, den beiden Herren zwei kräftige Gendarmen mitzugeben.

Auf dem Gut hatte man keine großen Vorbereitungen zum Festtage getroffen. Die Braut hatte ein graues Seidenkleid ihrer verstorbenen Mutter hervorgeholt und ein wenig abändern lassen. Für den Bräutigam hatte der Dorfschneider einen Gehrock, schwarze Weste und ebensolche Hose machen müssen. Dann hatte die «Liebende» ein zweites Bett in ihr Zimmer stellen, das Türschloß reparieren und die Fensterladen von außen mit einem Vorhängeschloß, zu dem nur sie den Schlüssel besaß, versehen lassen.

Der Pastor hatte alles in der Kirche zur Trauung bereitgestellt. Der Kantor und der junge Schullehrer waren von Fräulein von Ranking zu Trauzeugen bestimmt worden.

Steger fluchte mit heiser gewordener Stimme. Er ahnte, daß diese Geschichte ihn die Freiheit kosten werde. Seit Wochen hatte er seiner Guste in Königstein keine Nachricht zukommen lassen können. Er hatte sich vorgenommen, noch vor der Trauung auszureißen. So rasch wie möglich wollte er aus der Gegend und der Nähe dieses Drachens verschwinden.

Als Ede mit dem vom Dorfschneider gelieferten Hochzeitsanzug erschien, bekam Steger Wutanfälle. In Gegenwart der jungen Braut wurde der Gehrock angetan. Auch Hose und Stiefel.

«Wenn du denkst, du kannst auf dem Wege zur Kirche ausrücken, so gib diese Idee auf. Die Bauern habe ich aufgestellt, und mit Hunden würde ich dich hetzen lassen. Bei mir werden deine Schliche keinen Erfolg haben. Ich bin auf der Hut.»

Steger dachte nach. Vielleicht war es besser, gute Miene zum bösen Spiel zu machen, und es ergab sich dann die Gelegenheit, mit einer größeren Beute zu verschwinden.

Auf dem kurzen Wege vom Gutshof zur Kirche standen auf beiden Seiten des Weges die Dorfbewohner und sahen das sonderbare Brautpaar mit den zwei Trauzeugen vorbeidefilieren.

Man konnte nicht behaupten, daß Stegers Miene einen glücklichen Ausdruck hatte, aber auch die Braut sah etwas verstimmt drein.

Die Trauung ging schnell vonstatten. Die Freifrau Hermine, Dorothea, Johanna, Marie, Elisabeth von Ranking antwortete dem Priester mit einem deutlichen «Ja», nachdem der Bräutigam, «Berthold Türmer», ein gepreßtes «Ja» seinen Lippen entfleuchen ließ.

Vor der Kirche waren inzwischen vier ungebetene Gäste eingetroffen.

Herr Häberlin, Onkel Heinrich und die zwei Gendarmen.

Die Bauern sperrten Mund und Augen auf.

Die Glocken läuteten das Glück des jungen Paares ein.

Alle Augen waren auf die Kirchentüre gerichtet, als die Neuvermählten erschienen.

Steger erblaßte, als er die Gendarmen sah. Er wollte fliehen, jedoch seine Beine versagten. Der Gendarmeriewachtmeister Merzbach schritt auf die indigniert aufschauende junge Ehefrau zu. Sein Kamerad Hitzer folgte.

«Im Namen des Gesetzes muß ...»

Steger wollte das Ende des Satzes nicht abwarten, die Beweglichkeit seiner unteren Extremitäten war zurückgekehrt. Sein nur leise angedeuteter Versuch, auszureißen, wurde von seiner Angetrauten jedoch im Keime erstickt. Fest hielt sie seine geballte Faust in ihrer Hand und zerbrach ihm fast die Finger.

Merzbach hatte inzwischen seinen Satz vollendet und war auf Steger zugetreten.

«Nicht anrühren!» schrie die Freifrau.

Die Beamten hatten von ihrem Chef die strikte Anweisung, fest zuzugreifen. Keine Rücksicht sollte auf die rabiate Gutsbesitzerin genommen werden.

Noch bevor Merzbach seine Hand an Steger legen konnte, hockte er, beide Hände an seinen, von einem Faustschlag der Braut mißhandelten Magen gepreßt, auf dem Rand eines Grabens und versuchte die vor seinen Augen flimmernden imaginären Sterne zu zählen. Seinem Kollegen erging es nicht besser, nur mit dem Unterschied, daß dieser seine blutende Nase rieb und die aus den Augen fließenden Tränen ihn daran hinderten, die Tracht Prügel mitanzusehen, die der junge Ehemann von seiner ihm soeben Angetrauten erhielt.

Hermine von Ranking wollte nämlich lieber selbst Gericht halten.

Ob Steger alle Engel singen hörte, wie der Volksglaube bei solchen Gelegenheiten annimmt, war nicht zu ermitteln, denn schon die unartikulierten Laute der ihn züchtenden Ehefrau hätten sie übertönt; überdies waren die Ohren des Unglücklichen ununterbrochen von den nicht gerade kleinen Händen der Braut belegt, die ein Schnellfeuer von Schlägen und Fußtritten auf Steger niedersausen ließ.

Merzbach hatte seinen Schwächeanfall überwunden. Häberlin sprang ebenfalls hinzu, und die beiden entrissen den halb totgeprügelten Delinquenten den Händen der Rasenden. Der zweite Gendarm half, trotz geschwollener Nase, und machte mit einem schmerzhaften Jiu-Jitsu-Griff die Amazone kampfunfähig.

Schnell waren über des Verhafteten Hände ein paar Handschellen gestreift, und noch bevor die verlassene Braut etwas dagegen unternehmen konnte, flitzte das Auto mit den Herren davon.

Entsetzt flüchteten die Bauern, als die Gutsherrin sich nach anderen Opfern umsah.

59

Berthold Türmer saß seit Tagen in Hollywood. Tausenderlei Pläne hatte er geschmiedet, wie er sich der Auserwählten nähern wollte. Nach reiflicher Überlegung verwarf er Plan um Plan. Alles erschien ihm zu nüchtern, zu banal. Er hatte in Erfahrung gebracht, daß Myrtle Bird zur Zeit in Hollywood weile und in einem Film bei «Cecil de Mille» beschäftigt sei. Bis jetzt war es ihm nur einmal geglückt, sein Ideal flüchtig im Auto vorbeikommen zu sehen. Tagelang hatte Berthold vor Frau Myrtle Birds Heim zugebracht, aber immer war sie gekommen und gegangen, ohne daß es ihm vergönnt gewesen wäre, die Angebetete länger vor sein Angesicht zu bekommen.

Ein Brief Onkel Heinrichs verlangte unverzüglich Bertholds Heimkehr, da Fräulein Claußen auf jeden Fall ihren Posten verlassen wolle und kein passender Ersatz bis jetzt gefunden sei.

Der Verliebte befand sich in einer argen Klemme. Myrtle Bird mußte die Seine werden. Bevor er dieses Ziel nicht erreicht hatte, war an eine Rückkehr nach Bautzen nicht zu denken.

Jeden Abend erdachte er neue Wege, holte die Photographien der Geliebten hervor und hielt lange Zwiegespräche mit ihnen. Energisch trat er vor das Bild und sah es lange an. Bittend, verlangend blickten die Augen auf das tote Bild.

«Myrtle, Darling», zärtlich kamen die Worte von seinen Lippen. «Willst du mein Weib sein? Auf Händen will ich dich tragen, dir alles Schwere aus dem Wege räumen und nur für dich, ganz für dich leben. Ja, Lieb?»

Berthold legte sich dann zu Bett und spann die Gedanken weiter. Bilder prächtigster Art zauberte er vor sein Auge: Wie er mit seiner angetrauten Frau die Kirche verließ und alle Menschen ihn anstaunten. Wie die Männer ihn um die schöne Frau beneideten. Einem Triumphzug glich seine Hochzeitsreise durch die Vereinigten Staaten. Die Presse hatte vorgearbeitet. In allen größeren Orten knipsten Reporter und kurbelten Filmoperateure das neuvermählte Paar für den Wochenbericht. Die großen fettgedruckten Überschriften der Tagesblätter sah er vor sich. Dort stand breit und dick zu lesen, daß «Mrs. Myrtle Türmer, formerly Myrtle Bird, the celebrated cinemaactress»[41], mit ihrem Ehegemahl die Stadt besucht und dem X. Z. Reporter ein Interview über ihre Zukunftspläne ge-

41 «Frau Myrtle Türmer, früher Myrtle Bird, die gefeierte Filmschauspielerin», …

währt hatte. Das Bild mit ihrem und seinem Namen wanderte in hundertfacher Variation an Bertholds geistigem Auge vorüber.

Lange verdrängten diese Wachträume den Schlaf, und dann erwachte Berthold mit schweren, schmerzenden Gliedern, wenn die Sonne längst am Himmel stand.

Verflogen war aller Nachtspuk. Nüchtern und kalt stand die Wirklichkeit vor ihm. Der moralische Katzenjammer demütigte ihn, führte ihm immer wieder das Lächerliche seines Beginnens vor Augen. Er schalt sich einen Narren, einen Feigling und nahm sich fest vor, diesen Phantastereien ein Ende zu machen. Oftmals hatte er die Bilder Myrtles in seinen Koffer verschlossen, ja einige Male in Fetzen gerissen, um nach einigen Stunden in der Stadt umherzulaufen und eine neue Serie zu kaufen.

Tiefe Melancholie bemächtigte sich Bertholds oft, dann schloß er sich tagelang ein und rührte sich nicht aus dem Bett. Er magerte ab, sein Appetit hatte ihn verlassen, sein Allgemeinbefinden versetzte ihn in eine Art Dämmerzustand.

Der Brief Onkel Heinrichs riß ihn aus der Lethargie. Nach Hause sollte er. Dies war unmöglich. Erst heiraten. Erst sein Lieb besitzen. Er grübelte, wie er seine Rückkehr nach Europa hinausschieben könne. Da kam ihm eine Idee. Er könnte zwei Fliegen mit einem Schlage …, ja, so ging es.

Kaum war der Gedanke gefaßt, wurde er auch schon in die Tat umgesetzt.

Im Büro der «Western Union Telegraph Comp.» in der Broadstreet, gab Berthold eine lange Depesche nach Bautzen auf. Der Inhalt war dringend gemacht: Inge Claußen sollte mit dem nächsten Schiff, das in drei Tagen von Queenstown nach New York dampfte, abreisen, um in längstens vierzehn Tagen in Hollywood zu sein. Ein großes Geschäft müßte abgeschlossen werden, und er, Berthold, brauche unbedingt Fräulein Claußens Hilfe. Die junge Dame sollte an dem Tage nach Eintreffen des Funkspruches von Berlin nach London fliegen. Sie würde noch genug Zeit haben, das Schiff in Queenstown zu erreichen. Gepäck sollte wenig mitgenommen werden; Fräulein Claußen könne einiges in London, das übrige würde Berthold in Hollywood besorgen, wenn sich der Aufenthalt der Sekretärin in Kalifornien in die Länge zöge.

Der Clerk im Telegraphenbüro errechnete zweiundvierzig Dollar und sechzig Cent für die lange Depesche.

Berthold fühlte sich, nachdem er den Funkspruch aufgegeben, wie neugeboren. Inge Claußen mußte von Hollywood aus die Geschäfte erledigen, dadurch behielt er sie länger; dann sollte sie ihm mit Rat und Tat in seiner Liebesaffäre beistehen. Sie war ein kluges Mädchen und würde ihm den richtigen Weg weisen, die Geliebte zu erringen.

Als er am folgenden Morgen Inges Zusage in Händen hatte, erfüllte ihn große Freude. Seine Gesundung zeigte sich in dem ungeheuren Appetit, den er an diesem Tage entwickelte. Ein Porterhousesteak von Riesendimensionen und sechs andere Gerichte verschwanden in dem ausgehungerten Magen, während zwei Flaschen Mosel – trotz Antialkoholgesetz – die Verdauung beschleunigten.

60

Es war für Inge nicht leicht gewesen, ihre Zusage zu geben. Lange hatte sie geschwankt und Onkel Heinrichs Bitten widerstanden, jedes Für und Wider reichlich erwogen. Eines befürchtete sie sehr, daß sie sich Berthold gegenüber vielleicht verraten könnte. Als er nach Amerika abgereist war, tröstete sie sich mit dem Gedanken, nun ihre Liebe überwinden zu können. Sie glaubte, das tägliche Beisammensein trüge die meiste Schuld, und dadurch sei die Liebe erst geschürt worden. Würde sie ihn nicht mehr täglich sehen, dann wäre ein Überwinden des verliebten Zustandes sicherlich leichter.

Als Berthold nicht mehr ihr Büro betrat, geriet sie in einen merkwürdig nervösen Zustand. Vergebens wartete sie auf das Klingelzeichen, welches sie in das Privatbüro rufen sollte. Es zog ihre Blicke gewaltsam zur Verbindungstüre. Sie konnte sich nicht mehr dareinfinden, daß er verreist war. Kam Onkel Heinrich, so lenkte die Arbeit etwas ab. Erscholl dann aber die Klingel, so sprang Inge hastig auf, lief mit dem Stenogrammheft zur Türe und besann sich erst, wenn ihr Blick auf den alten Apotheker fiel. Gar oft schlich sie in das leere Privatbüro und ließ ihrer Phantasie freien Raum. Sie sah Berthold in dem großen Sessel am Schreibtisch. Er diktierte und klopfte dabei mit dem Füllfederhalter auf den vor ihm liegenden Brief.

Ärgerlich über sich selbst, schüttelte Inge diese dummen Wachträume ab. Sie schalt sich eine Törin, die unerfüllbaren Phantasien nachhing, konnte es aber trotzdem nicht verhindern, daß nach einer Viertelstunde Räsonierens die krausen Gedanken wieder von ihr Besitz ergriffen. Oftmals stellte sie sich vor die in Reihen hängenden Bilder der amerikanischen Filmschauspielerinnen und schüttelte drohend die Fäuste. Diesen schönen Frauen mit den Puppenköpfen gab sie alle Schuld, aus Berthold einen Träumer gemacht zu haben. Dann wieder ergriff sie unbändiger Zorn, daß sie nicht imstande war, ihre unsinnige Neigung zu meistern.

Aller Kampf war vergebens. Auch die Abwesenheit Bertholds hatte Inges Gefühle nicht erkalten lassen. Ihr Verlangen, den heimlich Geliebten zu sehen, wurde krankhaft. Sie war launisch und gab Onkel Heinrich zu verstehen, daß sie nicht gewillt sei, bis zu Bertholds Rückkehr im Geschäft zu verbleiben.

Der alte Herr bekam es mit der Angst. Was sollte er ohne Inge anfangen? Sie hatte alle Fäden des Geschäfts in der Hand. Ersatz hatte er nicht gesucht, und der wäre auch nicht so leicht zu finden gewesen. Es würde Monate dauern, eine neue Kraft einzuarbeiten, und es war fraglich, ob man so schnell eine solch tüchtige Sekretärin bekäme.

Als Inge Claußen darauf bestand, den Posten in allerkürzester Frist zu verlassen, schickte Onkel Heinrich den Brandbrief an Berthold und stellte ihn vor die Alternative, entweder sofort zurückzukehren, oder er würde gleichzeitig mit Inge Claußen das Büro am Kornmarkt verlassen.

Stundenlang hatten die Kämpfe zwischen Inge und Onkel Heinrich gedauert.

Als die lange Depesche von Berthold eintraf, hatte Inge ein Gefühl der Freude nicht zu unterdrücken vermocht. Im ersten Impuls war sie nahe daran, Onkel Heinrich um den Hals zu fallen und ja zu sagen. Später wurde sie ruhiger und überlegte. Was hatte sie davon, wenn sie nach Amerika reiste? Dort sah sie Berthold wieder und riß die Wunde von neuem und tiefer auf.

Auf alle Überredungskünste Onkel Heinrichs antwortete Inge stets mit einem trotzigen «Nein». Der alte Herr verließ schließlich zornig das Büro. Kaum war er draußen, so meldete Inge ein Blitzgespräch mit dem Zentralflughafen in Berlin an. In der Zeit, in der sie auf den Anruf wartete, sandte sie eine Eildepesche an dieselbe Gesellschaft und bestellte einen Platz in dem abends nach London abgehenden Flugzeug. Doppelt hält besser, dachte sie.

Der neue Lehrling mußte mit seinem Rade nach der Seidau fahren, Onkel Heinrichs Unterschrift auf einen Scheck besorgen und dem alten Herrn bestellen, daß Inge ihn bitten lasse, sofort ins Büro zu kommen.

Fred, der Chauffeur von Bertholds Privatauto, befand sich auf Urlaub, und so bekam Wenzel den ehrenvollen Auftrag, den großen Wagen für eine Fahrt nach Berlin bereitzustellen. Inge hatte bei Durchsicht des Kursbuches entdeckt, daß sie den Dresdner Zug nicht mehr erreichen und mit dem nächstfolgenden zu spät in Berlin eintreffen würde. Das Auto könne sie jedoch noch rechtzeitig zum Flugplatz bringen.

Onkel Heinrich war erstaunt, als er beim Eintritt ins Büro Inge zappelnd am Telefon fand.

«Jawohl!» schrie Inge, «einen Platz für heute abend! Nein, I wie Igel, N wie Nase, G wie Geliebter und E wie Einziger!»

Die Sekretärin errötete, als sie Onkel Heinrich erblickte. Um ihre Verlegenheit zu verbergen, sprach sie hastig: «Nur Ihnen zuliebe, Herr Türmer, fahre ich, nur Ihnen zuliebe!»

«Ich habe gar nicht geahnt, daß Ihr Interesse für mich so groß ist, Fräulein Claußen.»

Das Rot kehrte in Inges Wangen zurück.

«Soll ich die Sache rückgängig machen?»

«Nein, Kind, nein! Wie kann man denn einen harmlosen Scherz gleich so übelnehmen?»

«Ich hab' mir schon sagen lassen, wie ich fahren muß, mir kummen noch immer zurecht nach Berlin.»

Wenzel war, auf sein altes Recht pochend, ohne anzuklopfen eingetreten und brach dem Zorn Inges die Spitze ab.

«Bitte, Herr Türmer, seien Sie so gut, und lassen Sie mir eine genügend große Summe von der Bank abheben, auch englisches und amerikanisches Geld brauche ich. Wenzel soll mich in einer Stunde von meiner Wohnung abholen.»

Ohne auf Onkel Heinrichs Antwort zu warten, stürmte Inge hinaus, und gleich darauf konnte er sie auf ihrem Fahrrad am Fenster vorbeisausen sehen.

Während der stundenlangen Fahrt nach Berlin, versuchte Inge vergebens einen klaren Gedanken zu fassen. Immer wieder drängte sich der Name Berthold in ihr Denken. Sie schloß resigniert die Augen und ließ sich von dem eintönigen Brummen des Motors einschläfern.

Wenzel saß am Volant und hatte seine eigenen Gedanken. Ein Bild tauchte vor seinen Augen auf. Er sah seinen jungen Chef Berthold in diesem großen Wagen und an seiner Seite, im Brautgewand und Myrtenkranz, Inge Claußen. Sein Herr hatte einen großen Zylinder auf dem Kopf und war mit einem langen Gehrock bekleidet. Eine Myrte stak im Knopfloch.

Wenzel konnte sich einen Hochzeiter nur im langen Rock vorstellen. «Die sind gar nicht verheiratet», sagte er einst zu Musch, als ein frischgetrautes Paar in einfachen Kleidern am Geschäft vorbeikam.

«Also dann, grüßen Se den Herrn Berthold, wenn Se ihn sehn und sagen Se ihm, daß er wieder nach Haus kummen soll. Die Luder in Bautzen haben schon alles vergessen und halten jetzt die Gusche.»

«Danke, Wenzel, ich werde es Herrn Türmer bestellen.»

«Wissen Se, Fräulein Inge, was das Beste wäre?»

«Na, was denn? Was meinen Sie?»

Wenzel kicherte in sich hinein.

«Wenn Sie den Herrn Berthold heiraten würden.»

Erschrocken sah Inge auf den alten Kutscher. Hatte sie sich so wenig in Gewalt? Las man ihr die Liebe bereits vom Gesicht ab? Hatte sie sich irgendwie verraten?

«Wissen Se, Fräulein, weil halt der Musch dann sich ärgern tät und die ganzen verrückten Frauenzimmer in Bautzen vor Wut zerspringen würden.»

In siebenstündiger Flugzeit war London erreicht.

Tags darauf kaufte Inge für die Seefahrt einige Kleider und Wäsche. Abends fuhr sie mit dem Expreß nach Queenstown.

Sechseinhalb Tage dauerte die Überfahrt. Stürmisches Wetter verzögerte das Eintreffen in New York um einen halben Tag. Spätabends sichtete man die Tausenden Lichter von Coney Island.

Das Boot der Einwanderungsbeamten brachte einen Brief Bertholds an Inge. Eine größere Summe in Dollars lag dem Schreiben bei, mit der Bitte, Fräulein Claußen möge sich in New York einkleiden und nach ein oder zwei Ruhetagen die Fahrt nach Kalifornien antreten.

Während der ganzen Reisezeit hatte Inge darüber nachgedacht, wie sie Berthold gegenübertreten wolle. Zuweilen bereute sie ihren Entschluß, die Reise angetreten zu haben. Sie sah die Zwecklosigkeit des ganzen Unternehmens ein. Berthold würde sie nie im Leben als Liebste betrachten. Für ihn war sie Inge Claußen, die Sekretärin, die ihn im Geschäft ersetzte.

In ihrer Kajüte stand Inge vor dem Spiegel der Waschtoilette und besah kritisch ihr Gesicht. Zum ersten Male im Leben überkam sie ein Gefühl der Eitelkeit. Der Spiegel sagte ihr, daß sie schön sei. Beim Schiffsfriseur erstand sie Schminke, Augenstift und Lippenrouge. In die Kajüte zurückgekehrt, begann sie, sich zu schminken. Mit dem Augenstift verlängerte sie die Brauen und verbreiterte schwach die Wimpern. Diskretes Rot auf den Wangen wurde mit zartem Rosenpuder verschleiert, der schön geschwungenen Lippen Rot verstärkt. Aufmerksam betrachtete sie ihr Spiegelbild. Sie verglich ihr Gesicht mit den Bildern der Schönheiten von Gesellschaft, Bühne und Film in den Zeitschriften und Magazinen. Ehrlich gestand sie sich, daß sie es mit vielen der Damen aufnehmen könne. Der Reiz der Unverbrauchtheit und Jugend stand in ihrem Antlitz. Sie sah weit jünger aus, als sie es in Wirklichkeit war.

Tagtäglich saß Inge einige Zeit vor dem Spiegel und lernte die Kunst des Schminkens. Inge wurde zusehends hübscher. Die frische Seeluft und die Liebe wirkten verschönend. Am Tage vor der Ankunft hatte das junge Mädchen beschlossen, um Berthold zu kämpfen, ihn zu erringen. Die Herren auf dem Dampfer hofierten der jungen Deutschen, sie liefen ihr auf Deck nach und waren von ihrer Unterhaltungsgabe und ihrem Charme entzückt. Ein junger Amerikaner verstieg sich zu dem Kompliment, daß Inge unmöglich eine Deutsche sein könne, da es nach seiner Meinung in Deutschland nur häßliche, geschmacklose Frauen gäbe. Zu seiner Entschuldigung sei angeführt, daß er niemals in Deutschland war, sondern von Europa nur Paris – bei Nacht – kannte.

Ein anderer, reicher Amerikaner machte Inge einen ernsten Heiratsantrag. Er bat sie, seine Frau zu werden. Als Besitzer großer Fabriken in Pittsburg und Harrisburg in Pennsylvania biete er ihr das Wohlleben der reichen amerikanischen Frau.

Inge Claußen lehnte Mr. Kimbleys Antrag ab, versprach aber, sollte sie sich in materieller oder seelischer Not befinden, ihm davon Mitteilung zu machen.

In New York blieb Inge nur zwei Tage. Sie hatte Berthold von ihrer Ankunft verständigt und machte ihm von ihrer Abfahrt nach dem Westen Mitteilung.

Viertausendundachthundert Mark waren Inges ererbtes und erspartes Geld. Sie hatte diesen Betrag von der Bank abgehoben und den größten Teil in London und New York für die elegante Ausstattung ihres eigenen Ichs ausgegeben. Berthold sollte sein Wunder erleben. Wie gerne hätte sie sich schon in Bautzen eleganter gekleidet, da waren es aber die Klatschbasen, die schon beim Anblick hoher Absätze die Hände zusammenschlugen und bei Seidenstrümpfen Krampfanfälle bekamen. Berthold und dem Geschäft zuliebe hatte sie sich stets schlicht gekleidet. Da sie auf keinen Fall gedachte, nach Bautzen zurückzukehren, vielmehr beabsichtigte, in Amerika zu bleiben, hatte sie alle Rücksichten beiseite gelassen und sich äußerst schicke Kleider, Hüte, Kostüme, Schuhe, Seidenstrümpfe und Wäsche angeschafft. Ihr Haar ließ sie bei einem ersten New Yorker Friseur nach der neusten Mode schneiden.

Am Morgen des dritten Tages bestieg Inge den «Southern Pacific Express» und machte es sich in ihrem Sitz bequem, um von der Observations-Plattform die abwechslungsreichen Bilder des amerikanischen Kontinents an ihrem Auge vorbeiziehen zu lassen und dabei in Wachträumen Luftschlösser zu bauen.

61

Mit Ausnahme einiger Frauen und Mädchen hatten fast alle in Bautzen Berthold Türmer vergessen. Nur wenn eine Dame am Kornmarkt vorbeikam oder den Laden betrat, wurde des schönen Jünglings gedacht.

Bertholds Base, Mimi, fuhr an schönen Tagen noch immer das Adoptivtöchterlein ihres Verwandten in den Schilleranlagen oder am Königswall spazieren. Es kränkte sie, daß der Ruhm des «Casanovas von Bautzen» im Erblassen war, und sie erfand stets neue Geschichten und fingierte Nachrichten von Bertholds Siegeszug über Frauenherzen in den Vereinigten Staaten.

Das große Interesse an Berthold Türmer war erloschen. Am besten konnte man dies an der Halbjahrbilanz erkennen. Der Geschäftsgang ließ im allgemeinen nichts zu wünschen übrig, nur die Rekordeinnahmen früherer Tage fehlten. Der Absatz an kosmetischen Mitteln hatte stark nachgelassen. Die Damen hatten zum Teil vergessen, daß es ausländische Schönheitsmittelchen gab. Die in den Haushalten eingelagerten Vorräte an Seifen und Putzmitteln wurden jetzt, zur Zufriedenheit der Hausväter, nach und nach aufgebraucht.

Eine kleine Schar Unentwegter ließ sich auch jetzt nicht abhalten, besuchte häufig den schönen Laden am Kornmarkt und zog stets Erkundigungen nach Berthold ein.

Mimi erdichtete vielfach neue Abenteuer ihres Vetters, aber man schenkte ihr wenig Glauben, weil sie zu sehr aufschnitt. So flüsterte sie, mit hochgezogenen Brauen, einer Freundin ins Ohr, daß Berthold sich im geheimen mit einer Enkelin Vanderbilts[42] verheiratet hätte. Ein andermal erfand sie eine Duellgeschichte mit dem Marquis, dem Gatten Gloria Swansons. Ursache des Zwistes sei die temperamentvolle Filmschauspielerin, die, seit Bertholds Wiederauftauchen in Hollywood, ihrem adeligen Gemahl mitgeteilt, daß sie nicht daran denke, länger bei ihm zu verweilen, sondern die Scheidung beantrage, um Mr. Bert Türmer zu ehelichen.

Nur wenige fielen auf die Münchhausiaden Mimis herein. Man lachte sie aus und sagte ihr auf den Kopf zu, daß sie flunkere.

Ein Ereignis, das die Bürger Bautzens an Berthold Türmer erinnerte, war der angesetzte Prozeß gegen Adolf Steger, den falschen «Casanova von Bautzen».

Einige durch den Fall kompromittierte Frauen und deren Angehörige hatten es durchgesetzt, daß die Untersuchung geheim geführt wurde und die Zeitungsblätter nichts darüber berichteten.

Der schlaue Adolf hatte jedoch durch einen entlassenen Häftling einen Kassiber[43] aus dem Gefängnis schmuggeln lassen. Dieses denkwürdige Dokument geriet in die Hände eines Journalisten, der, nachdem er von den großen Tageszeitungen abgewiesen worden war, seine Arbeit – zu zehn Pfennig die Zeile – an eine linksradikale Zeitung verkaufte.

Trotz fetter Überschrift und lungenzerreißendem Gebrüll der Zeitungsverkäufer erstanden nur wenige das Blatt. Der angeborene Ordnungssinn der Bautzener Bürger, der in den anderen Zeitungen die staatserhaltenden Organe der öffentlichen Meinung sah, ließ es nicht zu, das Blatt einer radikalen, umstürzlerischen Richtung zu kaufen. Man dachte nicht daran, den Anarchismus zu unterstützen. Infolgedessen nahm man nur von dem fettgedruckten Titel und dem Gebrüll der Händler Kenntnis und kombinierte sich einen eigenen Text dazu.

Ohne die radikale Zeitung wäre der Prozeß gegen Adolf Steger gänzlich unbeachtet verlaufen, da niemand von dem Termin eine Ahnung gehabt hätte.

Die radikale Zeitung schrieb von Korruption und Unterdrückung eines Skandals, der die sonst so gepriesene «Gesellschaft»

42 vermögender amerikanischer Unternehmer
43 heimliches Schreiben zwischen Gefangenen

bloßgestellt und die Abenteuer der liebeslüsternen Gutsbesitzerinnen an den Tag gebracht hätte.

Ein Sturm auf Eintrittskarten begann. Vergebens. Es war beschlossen, die Sache infolge des heiklen Themas unter Ausschluß der Öffentlichkeit zu verhandeln.

Die Enttäuschung war allerseits groß und machte sich in erbitterten Ausfällen gegen die Gerichtsherren Luft.

Die durch den Angeklagten kompromittierten Gutsbesitzerinnen verwünschten Herrn von Häberlin wegen seines tölpelhaften Übereifers.

Steger bestand auf Vernehmung all der Damen, die ihm zum Opfer gefallen. Das Gericht mußte demnach verfügen, und es ergingen an achtzehn Gutsbesitzerinnen Vorladungen.

Heulen und Zähneklappern herrschte.

Einige Gutsherren, denen der Seitensprung der Ehegattinnen bisher ein Geheimnis war und die sich stets über die «Opfer» lustig gemacht hatten, gerieten in nicht geringe Aufregung, als die gerichtliche Vorladung ins Haus kam. Die Gehörnten schüttelten das «geweihte» Haupt, rasten, und Scheidungsanträge wurden gegen die «Treulosen» eingebracht.

Die Überraschung sollte erst am Verhandlungstage erfolgen.

Auf Antrag von Stegers Anwalt hatte das Gericht seinen Beschluß, Ausschließung der Öffentlichkeit während der gesamten Verhandlung, aufgehoben, nur bei einigen heiklen Aussagen sollte der Ausschluß aufrechterhalten bleiben.

Der Andrang zur Verhandlung war gewaltig. Fast wie bei dem Prozeß gegen Tiegel und Genossen.

Adolf Steger hatte die Vorladung von weiteren hundert Zeugen verlangt. Zeugen, die imstande waren zu beeiden, daß die liebeshungrigen Damen es ihm sehr leicht gemacht hatten, daß er sich nur einmal für Berthold Türmer ausgegeben, in allen anderen Fällen aber als «Casanova von Bautzen» aufgetreten war. Diesen Beinamen konnte sich jeder geben, er habe dadurch niemanden geschädigt. Das Geld sei ihm von den in Frage kommenden Frauen aufgedrängt worden. Die Anklage wegen Erpressung bestehe nicht zu Recht. Nur in dem Falle der Eheschließung mit Fräulein von

Ranking habe er sich des versuchten Betruges schuldig gemacht und Berthold Türmers Namen mißbraucht.

Viele der Zeuginnen hatten es vorgezogen, zu der Verhandlung nicht zu erscheinen. Krankheit und Auslandsreisen waren die Entschuldigungsgründe.

Fräulein von Ranking aber saß auf der Zeugenbank. Ihre in Männerstiefel steckenden Füße streckte sie weit vor. Die Fäuste lagen geballt im Schoß. Sie hielt fortwährend leise Selbstgespräche, ihre Lippen bewegten sich ununterbrochen. Gespannt wartete sie auf das Erscheinen ihres Exbräutigams. Wehe ihm! Sie hatte sich vorgenommen, ihn aus der Anklagebank herauszureißen und ihm sämtliche Knochen im Leibe zu zerbrechen.

Der Gerichtssaal war überheizt, die Damen waren die meiste Zeit damit beschäftigt, sich den Schweiß von der Stirne zu wischen und neue Schichten Puder aufzutragen.

Alles war in zitternder Spannung, als der Gerichtshof erschien. Ein Diener trat an den Gerichtstisch und meldete leise dem Vorsitzenden, daß man, in dem kleinen Wartezimmer für die Gefangenen, soeben den Begleitposten Adolf Stegers gefesselt und geknebelt vorgefunden habe und der Häftling verschwunden sei.

Das Gericht beschloß zu warten. Das ganze Gebäude wurde durchsucht. Von Steger fand man keine Spur. Er war und blieb verschwunden.

Die Vertagung der Verhandlung wurde beschlossen, und es kostete die Gerichtsdiener große Mühe, die Zuhörerschaft aus dem Saale zu bringen. Allerseits glaubte man an einen Trick des Gerichtshofes, um die Verhandlung doch noch geheim durchzuführen. Erst durch die Abendblätter erfuhr man von der Flucht Stegers. Sofort war es allen Klatschbasen Bautzens klar, daß die reichen Gutsbesitzerinnen durch Bestechung die Flucht ermöglicht hätten.

Der Begleitpolizist wurde in Haft genommen, da man seine Aussage, drei Herren wären plötzlich in das Wartezimmer, das er von innen verschlossen hatte, eingedrungen und hätten ihn, bevor es ihm möglich gewesen wäre, von der Waffe Gebrauch zu machen oder um Hilfe zu rufen, gefesselt und geknebelt, sehr bezweifelte.

Man hat niemals erfahren, daß es eine große Summe Geldes war, die den Beamten dazu veranlaßt hatte, die Komödie mit Steger zu inszenieren. Woher das Geld stammte, hat auch Steger nicht erfahren. Er blieb verschwunden.

Fräulein von Ranking bekam Wutanfälle, als sie von Stegers Flucht erfuhr. Sie raste im Gerichtsgebäude wie eine Furie umher und mußte schließlich von vier Polizisten gewaltsam auf die Straße gebracht werden. Sie schlug bei der Heimfahrt wütend auf die Pferde ein, bis die gepeinigten Tiere durchgingen, in Guttau den Wagen umwarfen und ihre Herrin in weitem Bogen in einen Tümpel schleuderten. Mit vier Knochenbrüchen brachte man die «Edle» ins Bautzener Krankenhaus.

Das Interesse an Berthold Türmer begann wieder abzuflauen. Der fröhliche Flockenfall lenkte aller Gedanken auf das nahende Weihnachtsfest.

Wenn Berthold Türmer auch von allen vergessen wurde, eines Menschenkindes Sinnen und Denken füllte er ganz aus.

Tilda Zinneckes Zustand hatte sich verschlimmert. Sie siechte langsam dahin. Der alte Doktor Schmelling schüttelte jedesmal den Kopf, wenn er das kleine Häuschen am Wendischen Kirchhof verließ. Mit bittend fragenden Augen hing der Mutter Blick an seinem Munde. Er vertröstete die Verzweifelte mit nichtssagenden Worten. Endlich faßte er Mut und fragte Frau Hasselmann nach dem Namen des Mannes, der ihres Kindes Herz gebrochen. Als sie ihm Berthold Türmer nannte und ihm zugleich mitteilte, daß es nicht dessen Schuld sei, schüttelte der Doktor mißbilligend den Kopf.

«Wie viele hat denn der Lump schon auf dem Gewissen?»

«Er ist unschuldig, Herr Doktor, hier liegt der Fall anders», und in kurzen Worten klärte Frau Hasselmann den Arzt auf.

«Wenn noch etwas zu hoffen ist, dann kann es nur von dem Manne kommen, den ihr Kind liebt.»

Als Mutter Hasselmann am nächsten Tage, im Geschäft am Kornmarkt, Onkel Heinrich unter Schluchzen alles erzählte, war der alte Herr stark erschüttert. Er versprach, sofort an seinen Neffen zu depeschieren und einen ausführlichen Brief der Kabelnachricht folgen zu lassen.

Der alte Apotheker hielt Wort. Er sandte ein langes Kabelgramm an Berthold, klärte ihn in einem Briefe über Tilda Hasselmanns Zustand auf und bat ihn, doch zu kommen, um einem Menschenkinde das Sterben zu erleichtern.

62

Suchend flogen Bertholds Blicke den Bahnhofsperron entlang. Die Passagiere liefen mit den Gepäckträgern. Er wurde angerannt, hin und her gestoßen und gescholten, der Blumenstrauß ihm zweimal aus der Hand gerissen. All diese Menschen hasteten in großer Eile an ihm vorbei. Man war froh, die anstrengende, mehrtägige Reise hinter sich zu haben.

Aus den Fenstern des Expreß sahen noch eine Menge Passagiere. Berthold lief am Zuge entlang. Inge würde doch nicht so ungeschickt sein und bis hinüber nach San Francisco fahren? Sie wußte doch, daß er sie in Oakland erwartete.

«Herr Türmer!»

Berthold wandte sich mit raschem Ruck um. Vor ihm stand Inge Claußen. In seinen Augen prägte sich Erstaunen aus.

War das seine Sekretärin? Er war an ihr bereits zweimal vorbeigelaufen, hatte sie flüchtig angesehen, aber nicht erkannt.

Inge freute sich über Bertholds Verblüffung. Es war das erste Mal, daß er sie überhaupt interessiert ansah.

Bertholds Erstaunen war in seinen Zügen deutlich zu lesen. Endlich ermannte er sich, reichte Inge die Hand, dann den Strauß und begrüßte sie herzlich. Frage folgte auf Frage. Immer wieder sah er sie von der Seite an, als sie im Auto neben ihm saß. Was war mit ihr vorgegangen? Das war nicht die Inge Claußen, die er in Bautzen zuletzt gesehen. Sie war so ganz anders als früher. In ihrem Äußern und auch in ihrem Wesen. Nicht die kleine Provinzlerin, sondern eine Dame von Welt, oder was noch besser paßte, eine mondäne Künstlerin saß neben ihm. Eine gewisse Blasiertheit lag auf ihrem Gesicht. Während er mit ihr sprach und sie das Treiben in den Straßen Oaklands interessiert beobachtete, machte er die Entdeckung, daß Lippen und Augenbrauen eine künstliche Auffrischung zeigten. Ihr Kleid, der Hut, die Schuhe paßten nicht zu dem Bild der Inge Claußen, wie er sie in Erinnerung hatte. Sie war auch in Bautzen stets adrett, mit gutem Geschmack gekleidet gegangen, aber ihre heutige Aufmachung war jeder eleganten Amerikanerin würdig. Berthold mußte sich gestehen, daß seine Sekretärin sehr vornehm aussah. Ein gewisses unbehagliches Gefühl beschlich ihn. Diese elegante Dame würde bestimmt nicht mehr nach Bautzen zurückkehren. Sicherlich hatte sie einen reichen Freund, der sie so vornehm ausstattete. Deshalb wollte sie also ihren Posten aufgeben?

Inge beantwortete alle Fragen, sie war äußerlich ruhig, während ihr Inneres sich in starker Aufregung befand. Sie wollte kalt bleiben, sich nichts anmerken lassen. Am leichtesten war ihr dies dadurch möglich, daß sie ihren Blick stets auf dem Straßengewimmel ruhen ließ und ihren Chef nicht ansah.

In Los Angeles, wohin sich Berthold gleich am nächsten Tag mit Inge Claußen begab, waren die ersten Tage mit Besprechungen und Diktaten ausgefüllt. Der Kaufmann hatte von dem Verliebten Besitz ergriffen, und er vergaß auf Stunden sein Leid und seine hoffnungslose Liebe.

Inge Claußen hatte schon am Bahnhof in Oakland die Beobachtung gemacht, daß Berthold an derselben Melancholie litt, aus der sie ihn bei ihrer letzten Amerikareise gerissen. Sie beabsichtigte nicht, ihn auch diesmal durch ein Telegramm Onkel Heinrichs heimrufen zu lassen, der Trick wäre sicher mißlungen.

Berthold war sich über Inge Claußen nicht im klaren. Er hatte sich auf ihr Kommen so gefreut, gehofft, daß sie ihm helfen, ihm mit Rat und Tat beistehen würde, und war nun über ihr verändertes Wesen bitter enttäuscht. Sie machte ihm den Eindruck einer kalten Kokette, die nur für ihr Äußeres Interesse hatte.

Inge Claußen erregte sogar in Los Angeles Aufsehen, und dies will bei der großen Anzahl schöner Frauen viel besagen.

Berthold hatte für sich und Inge im Ambassador-Hotel Zimmer belegt. Er lud seine Sekretärin am zweiten Abend zum Diner ein und ward von neuem äußerst verblüfft, als Inge in einem entzückenden Abendkleid in der Empfangshalle erschien.

Im großen Speisesaal des Ambassador-Hotels speisten an vielen Tischen berühmte Filmstars. Sie wurden nur von den neueingetroffenen Reisenden beachtet, sonst nahmen lediglich die Damen voneinander Notiz und taxierten sich gegenseitig auf ihren äußeren Wert. Vergleiche mit den Toiletten, dem Schmuck und der persönlichen Schönheit der Nebenbuhlerin wurden gezogen und fielen stets zugunsten des eigenen Ichs aus.

Die Damen und Herren betrachteten interessiert Inge Claußen. Ihren Begleiter, den melancholischen Jüngling, dessen traurige Augen in manch schöner Frauenbrust ein Sehnen hervorriefen, kannte man seit Monaten. Niemand wußte, weshalb er in Los Angeles weilte und sich so viel in Hollywood herumtrieb. Zuerst hatte man geglaubt, einen engagementsuchenden Filmschauspieler vor sich zu haben, doch einige Hilfsregisseure klärten die Neugierigen dahin auf, daß der junge Mann schon vor zwei Jahren in Los Angeles gewesen, aber sich niemals um ein Engagement bemüht habe. Man hielt Berthold für einen vermögenden Sonderling, der seine Befriedigung im Betrachten der Filmstars fand. Als man nun den jungen Mann in Begleitung einer schönen, höchst eleganten Dame sah, erging man sich in Vermutungen.

Die Regisseure erklärten sofort, daß der Mann der Impresario der Dame sei und wahrscheinlich vorhabe, sie bei irgendeiner Filmgesellschaft unterzubringen.

Die namhaften weiblichen Stars waren ehrlich genug, der «Neuen» alle für einen Filmstar notwendigen äußerlichen Qualitäten zuzubilligen.

Der Casting-Manager der «Famous-Players» zog im Hotelbüro Erkundigungen ein und erfuhr, daß der junge Mann Kaufmann und die Dame seine Sekretärin sei. Man lächelte über Chef und Angestellte! Obwohl jedermann wußte, daß im Ambassador-Hotel strenge Ordnung herrsche, glaubten viele, daß trotz Aufsicht Liebende Mittel und Wege fänden, um einander nahe zu sein.

Die Hoteldirektion hielt auf den guten Ruf des Hauses. Sie hatte auch Berthold Türmer und Inge Claußen unter Beobachtung der Etagenaufsicht gestellt. Inge bewohnte zwei Zimmer im vierten Stock, während Bertholds Suite im zweiten lag.

Als Inge in Bertholds Parloir arbeitete, wurde einige Male an die Tür geklopft, und ohne auf das «Herein» zu warten, waren abwechselnd das Zimmermädchen, die Aufsicht, der Porter und der Etagenkellner eingetreten, hatten nach dem Begehr der Herrschaften gefragt oder sonst eine Ausrede erfunden.

Schon daß die Türe unverschlossen war, die junge Dame stets an der Schreibmaschine saß und Berthold im Zimmer auf- und abging, entkräftete jeden Verdacht. Abends, wenn sich die Hotelgäste auf ihre Zimmer begaben, achtete die Etagenaufsicht genau darauf, daß die einzeln wohnenden Herrschaften allein ihre Räume betraten. Nur den gleichen Geschlechtern wurde eine Ausnahme zugestanden.

Drei Tage hatten Berthold und seine Helferin intensiv an der Erledigung der geschäftlichen Korrespondenz gearbeitet und die wichtigsten Sachen erledigt. Für Inge Claußen gab es vielleicht noch einige Tage zu tun, dann war ihre Anwesenheit in Amerika überflüssig.

Jeden Abend, nachdem Inge auf ihr Zimmer gegangen, lief Berthold in den mondhellen Straßen rastlos umher. Er suchte die schönen Parkanlagen auf und, seine Lage überdenkend, setzte er sich häufig auf eine der Bänke unter den Palmen und grübelte über einen Ausweg nach. Wie kam er an die schöne Myrtle Bird heran? Nur flüchtig hatte er sie zweimal gesehen. Stets verbarg der Hut, den seine Angebetete trug, oder der aufgespannte Sonnenschirm ihr Angesicht.

Er hatte sich doch vorgenommen, Inge Claußen zu seiner Helferin zu machen. Nun war sie schon über eine halbe Woche hier, und er wußte nicht, wie er sein Anliegen vorbringen sollte. In welcher Weise konnte sie etwas für ihn tun? Ob überhaupt eine solche Hilfe möglich war? Er konnte sie doch nicht als Brautwerber zu der geliebten Frau schicken. Doch wie, wie sollte sie den Weg für ihn ebnen? Er wußte sich keinen Rat und ging langsam nach Hause zurück.

Unruhig und schlaflos wälzte er sich im Bett umher. Von der Straße tönte der Lärm der Autos und der Passanten herauf. Silberhelles, glockenähnliches Lachen aus Frauenkehlen vermischte sich mit dem Baß der Männerstimmen. Eitel Lust und Freude schien die Welt und die Menschen zu erfüllen. Das paradiesische Süd-Kalifornien wirkte auf kranke Menschenseelen wie Balsam. Der ewige blaue Himmel, der immerwährende Sommer, die tropische Flora und das Meer verscheuchten alle trüben Gedanken.

Berthold seufzte. Nur er, er konnte nicht fröhlich sein, ihn quälte unerfüllte Liebessehnsucht. Nur mit einer geliebten Frau wollte er seinen Einzug in die Heimatstadt halten, die Stadt, die ihn wie einen Aussätzigen behandelt hatte und wo man ihm nur häßliche Dinge zumutete. Den Spießern wollte er ein Beispiel geben, wie man an der Seite einer geliebten Frau lebte und eheliche Treue hielt.

Bevor Berthold einschlief, faßte er den Entschluß, sich Inge anzuvertrauen und ihren Rat zu erbitten. Sie war klug und mußte einen Ausweg finden.

63

In der Nacht erhob sich ein starker Sturm. Blitz auf Blitz zuckte hernieder. Die Donnerschläge mischten sich krachend in das Heulen des Orkans.

Berthold Türmer schlief fest. Die Stores vor dem Fenster seines Parloirs wehten weit in das Zimmer hinein. Ihr Saum glitt über die Platte des Schreibtisches, erfaßte einen dort liegenden kleinen, dünnen, hellbraunen Briefumschlag und streifte ihn ungeöffnet in den daneben stehenden Papierkorb.

Das dringende Kabelgramm Onkel Heinrichs, welches den kritischen Zustand der armen Tilda schilderte und Berthold unverzügliche Rückkehr zur Pflicht machte, verschwand ungelesen.

Der Floorboy hatte die Depesche spätabends auf den Schreibtisch gelegt. Berthold war zu Bett gegangen, ohne einen Blick auf die Schreibtischplatte zu werfen.

Inge Claußen schlief den Schlaf gesunder Jugend. Sie hatte, nachdem Berthold sich unten am Lift von ihr verabschiedet hatte, noch lange sinnend am Fenster des Zimmers gesessen und in tiefen Zügen die salzige Meeresluft, die der Abendwind herübertrug, eingeatmet.

Von Zeit zu Zeit warf sie einen Blick auf den Brief in ihrer Hand, der die Aufforderung des Castingmanagers der «First National Film Corp.» enthielt, sich morgen um acht Uhr vormittags in dessen Büro in Hollywood vorzustellen.

Inge hatte beschlossen, dem Ruf Folge zu leisten. Sie war begierig, zu hören, was man von ihr wolle. Statieren würde sie auf keinen Fall. Gab man ihr eine kleine Rolle, so wollte sie annehmen. Eignete sie sich nicht, so war damit nichts verloren. Dann war sie neugierig, zu sehen, welches Gesicht Berthold machte, wenn sie ihm davon erzählte.

Mit dem Brief in der Hand schlief Inge ein.

Berthold hatte verschlafen. Es war bereits neun Uhr, als er erwachte. Rasch sprang er in sein Bad, ließ darauf eine kalte Brause über Kopf und Körper, die den letzten Rest von Müdigkeit vertrieb. Er war sehr erstaunt, als der Kellner ihm im Frühstückszimmer meldete, daß Miss Claußen schon um halb acht Uhr nach Hollywood gefahren sei und ihn beauftragt habe, Mr. Türmer dies mitzuteilen.

Was machte, was wollte sie in Hollywood? Die Anlagen besichtigen? Sie wußte doch, daß dies nur mit besonderer Erlaubnis der betreffenden Gesellschaft möglich war. Na, nach ihrer Rückkehr würde er wohl erfahren, was sie dazu veranlaßte. Sicherlich hatte sie nur eine Spazierfahrt nach der Filmstadt gemacht.

Erst kurz vor Mittag kehrte Inge in das Hotel zurück. Berthold war nicht im Hause. Die Sehnsucht nach seinem Ideal hatte ihn gepackt. Er stand dem Heim Myrtle Birds gegenüber und wartete mit sehnsüchtigen Augen auf ihr Erscheinen. Nach längerem Verweilen schritt er über den Fahrdamm und zog Erkundigungen ein. Eine schwarze Dienerin erklärte, daß die «Missus» seit frühmorgens in Hollywood bei der Aufnahme sei.

Langsamen Schrittes entfernte sich Berthold. Er wünschte, er hätte Inge nach der Filmstadt begleitet, vielleicht wäre es ihm geglückt, seine Angebetete zu sehen und Mut zu einer Erklärung zu finden.

Im Hotel angekommen, ließ er sich mit Inges Zimmer verbinden. Sie meldete sich sofort und versprach, gleich hinunterzukommen.

Berthold erstaunte, als die Sekretärin in sein Zimmer trat. Sie trug schon wieder ein neues Kleid. Seit sie sich in Kalifornien befand, wechselte sie ununterbrochen ihre Garderobe. Oft zwei- bis dreimal am Tage. Wo sie das nur alles herhat? fragte er sich. Alles erstklassige Qualitätsware. Höchst schick. Nicht auffallend und doch von auserlesenem Geschmack zeugend.

Inge merkte den fragenden Blick, der über ihre Gestalt flog, und konnte auch die Anerkennung darin lesen.

«Herr Türmer, Sie müssen schon entschuldigen, daß ich ungefragt wegblieb.»

«Oh, das ist nicht so schlimm, Fräulein Claußen, ich hatte verschlafen.»

«Ich versuchte noch gestern abend, Sie zu erreichen, aber Sie waren nicht im Hause.»

«Warum? Ist von zu Hause ein Telegramm eingelaufen? Wollten Sie mich deshalb sprechen?»

«Nein, das nicht.» Inge stockte und zog den Brief des Castingmanagers hervor. «Ich habe von der ‹First National› einen Antrag erhalten.»

«Was?» Berthold nahm das Schreiben und las die kurze Aufforderung an Inge, im Atelier zu erscheinen. Fragend sah er zu ihr auf. «Wie kommen die Menschen dazu? Das ist doch geradezu lächerlich.»

«Warum, Herr Türmer? Die Leute sind stets auf der Suche nach neuen Gesichtern.»

«Haben Sie sich denn dort um Arbeit beworben?»

Sie sah ihn groß an.

«Nein! Glauben Sie nicht, daß man auch so auf mich aufmerksam werden kann?»

Berthold sah sie starr an. Wer war dieses Mädchen? Unmöglich Inge Claußen. Sie konnte sich doch nicht in solch kurzer Zeit derart verändert haben?

«Warum sehen Sie mich so starr an, Herr Türmer?»

«Wenn ich nicht bestimmt wüßte und es an Ihrer Arbeit erkannt hätte, daß Sie Fräulein Claußen sind, würde ich dies fast bezweifeln.»

«Wie kommen Sie darauf?»

«Sie sind nicht mehr die Inge Claußen aus Bautzen. Ich weiß nicht, durch welche Umstände diese Änderung hervorgerufen wurde, aber ich erkenne Sie fast nicht mehr.»

«Ich wüßte nicht, inwiefern ich mich so gewaltig verändert hätte. Machen es vielleicht die amerikanischen Kleider oder die abgeschnittenen Haare?»

«Oh, es ist nicht nur Ihr Äußeres, nein, Sie sind auch sonst eine andere geworden.»

«Sie haben in Bautzen zu wenig Gelegenheit gehabt, sich mit meiner Person zu befassen, deshalb falle ich Ihnen hier auf.»

«Nein, nein, Fräulein Claußen. Sie waren doch in Berlin, Paris und New York mit mir zusammen, aber damals fiel mir nichts auf.»

«Ist Post gekommen, Herr Türmer?»

«Danach habe ich noch gar nicht gesehen. – Fräulein Claußen, Sie wollen also Filmschauspielerin werden?»

«Ich will es versuchen. Vielleicht habe ich Talent und ein wenig Glück.»

«Sie sind aber noch in meinen Diensten, Fräulein Claußen. Wenn ich es nun nicht gestatte?»

«Ach Gott, Herr Türmer, das werden Sie ja doch nicht tun, und verzeihen Sie, auch wenn Sie es mir verbieten würden, ich ließe mich nicht abhalten.»

«Wie kommen Sie nur auf diese Idee?»

«Ich kam ja gar nicht darauf. Sie haben es ja gelesen. Der Castingmanager hat mich gestern abend im Speisesaal mit Ihnen gesehen. Er fragte mich heute in seinem Büro, ob Sie mein Impresario oder mein Gatte wären.»

Berthold sah immer wieder in Inges Gesicht. Seit fast acht Jahren war das Mädchen in seinen Diensten, und er hatte sie nicht gekannt. Kannte er die Frauen überhaupt? Jede, die in seinen Lebensweg trat, gab ihm zu denken, sie alle waren Rätsel, die er niemals zu lösen vermochte.

«Wann wollen Sie dort beginnen? Welche Rolle spielen Sie?»

«Das weiß ich noch nicht. Nach der Aussage des Regisseurs soll es bald losgehen. Morgen habe ich eine Probeaufnahme.»

«So, so. Also, schon morgen.» Eine Idee schoß durch Bertholds Kopf. «Bitte, Fräulein Claußen, wollen wir nicht zu mir hinaufgehen? Ich möchte noch einiges mit Ihnen besprechen. Oder haben Sie für mich keine Zeit mehr übrig?»

«Oh, bitte, Herr Türmer. Verfügen Sie über mich. Sie sind noch immer mein Chef.»

Während sie im Lift vor ihm stand, betrachtete er sie durch den Spiegel. Welch eine Orchidee war in dem Bautzener Gemüsegarten gewachsen? fuhr es ihm durch den Sinn.

Inge legte ihren Hut auf den Kaminsims in Bertholds Parloir und setzte sich an die Schreibmaschine. Er ging nervös im Zimmer auf und nieder.

«Da liegt ja die ganze Post noch uneröffnet, Herr Türmer.»

«Schon gut, das hat noch Zeit.»

Inge zog ihren kleinen Taschenspiegel und beobachtete darin Berthold. Plötzlich kam er auf sie zu.

«Fräulein Claußen. Sie waren mir durch viele Jahre eine treue Mitarbeiterin, mehr eine Freundin, und so möchte ich auch von Ihnen die Hilfe einer solchen erbitten.»

Inge sah zu ihm auf.

Berthold nagte nervös an der Unterlippe.

«Sie sind jung, Fräulein Claußen, und verzeihen Sie jetzt, wenn ich vielleicht in taktloser Art einen wunden Punkt in Ihrem Leben berühre.»

Inges Augen weiteten sich.

«Aber, ich will im voraus mich nochmals entschuldigen. Meine Bitte hängt indirekt mit jener Sache zusammen.»

Berthold hielt in seinem Lauf inne und blieb vor Inge stehen, unwillkürlich erhob sie sich. Er sah ihr etwas verlegen in die Augen.

«Fräulein Claußen, Sie waren vor einigen Jahren mit einem Schulfreund von mir verlobt.»

Inge wußte nicht, worauf er hinaus wollte, fragend ruhte ihr Blick auf seinem Gesicht.

«Es ist kindisch, vielleicht ungeschickt, Fräulein Claußen, ja, ich müßte mich schämen, tue es auch, wenn man bedenkt, daß ich in dem Rufe eines großen Wüstlings stehe. Aber Not lehrt beten. Fräulein Claußen, ich muß Ihnen ein Geständnis machen.»

Das junge Mädchen horchte auf. Was würde kommen? Vielleicht eine Liebeserklärung? Ihr Herz schlug schneller.

«Liebes Fräulein Claußen, ich rechne auf Ihre Verschwiegenheit, ich weiß auch, daß Sie schweigen können. Fräulein Claußen, ich bin ja gar kein Schwerenöter, es ist alles Lüge, was man über mich erzählt und – und auch meine Abenteuer mit den berühmten Filmstars sind erfunden, von – von – mir erdichtet.»

Er hielt seine Augen auf den Boden geheftet und stützte sich auf den Schreibtischrand.

«Ich bin ein Feigling, Fräulein Claußen. Ein großer Feigling.»

«Das kann ich nicht glauben, Herr Türmer.»

«Doch, doch, Fräulein Claußen. In puncto Frauen bin ich ein großer Feigling und Schwächling; ich bin ungeschickt und nicht imstande, einer Frau meine Liebe zu gestehen. Noch niemals habe ich, was die jungen Leute so nennen, eine Geliebte erringen können, da ich nicht fähig bin, in Gegenwart einer Frau, die ich anbete, zu sprechen. Liebes Fräulein Claußen, Sie waren mir durch Jahre ein treuer Helfer im Geschäft, helfen Sie mir, bevor Sie mich verlassen, auch noch im Leben. Wollen Sie?»

«Wenn es in meiner Macht liegt, von Herzen gerne.»

«Nun, ich habe Ihnen ja schon zu Anfang meiner Rede gesagt, daß es vielleicht taktlos ist, die Angelegenheit zu berühren, aber, da Sie schon Erfahrung besitzen, werden Sie mich verstehen und mir verzeihen.»

Worauf will er bloß hinaus? dachte Inge, deren Herz bis zum Halse hinauf schlug.

«Wie, wie macht man es, wie benimmt man sich, was sagt man, wenn man eine geliebte Frau erringen will?»

In Inges Augen blitzte es auf. Vor ihr stand der Mann, den sie liebte, so liebte, wie nur eine Frau lieben kann, und verlangte von ihr, sie solle ihn belehren, wie er einer anderen seine Liebe erkläre. Sie ahnte, daß er sich wieder in eine Filmschauspielerin verliebt hatte, die er sicherlich nie von Angesicht gesehen, viel weniger gesprochen hatte. Ihr Blick flog zu dem Kaminsims. Dort stand in einem schmalen Mahagonirahmen das Bild Myrtle Birds. Imposant, in großer Abendtoilette. Diese wunderschöne Frau, die den Typ der Dame der Gesellschaft in vielen Filmen lebenswahr darstellte. Also die war es. Ein Gefühl der Erleichterung durchzog ihr Herz. Diese Frau würde Berthold Türmer niemals erhören, das stand für Inge Claußen fest.

«Nun, Fräulein Claußen, können Sie mir helfen?»

Das Telefon klingelte. Ärgerlich über die Störung ergriff Berthold den Hörer.

«Hello, yes? Yes, Miss Claußen is here, just one moment.»[44]

Inge war erstaunt, daß man sie anrief.

«Hello, here is Miss Claußen speaking. – I can not understand quite well – yes, yes, tonight? One second please.»[45]

Inge drückte die Gabel des Apparates nieder.

«Herr Türmer, heute abend ist unten im Auditorium ein Filmfest, ich bin dazu eingeladen, möchte aber nicht allein gehen, würden Sie mit mir kommen wollen, wenn ich die Bitte auszusprechen wage?»

Berthold dachte sofort daran, daß es ihm bei dieser Gelegenheit möglich sein könnte, seine Angebetete zu sehen.

«Aber mit dem größten Vergnügen, wenn Sie mich mitnehmen wollen.»

Inge sprach rasch in den Apparat hinein: «Hello, are you still there? Well, I certainly would like to come, if you will permit me to be accompanied by Mr. Türmer? Allright then.»[46]

«Nun müssen Sie mich aber entschuldigen, Herr Türmer, ich habe noch einiges für den heutigen Abend zu besorgen.»

Er hielt sie an der Hand fest.

«Fräulein Claußen, Sie sind mir noch, Sie müssen …»

«Ich vergesse es nicht, das hat doch noch bis morgen Zeit? Bestimmt morgen vormittags.»

44 «Hallo, ja bitte? Ja, Fräulein Claußen ist da, einen Moment bitte.»

45 «Hallo, Fräulein Claußen am Apparat. – Ich verstehe nicht sehr gut … ja, heute abend? Eine Sekunde bitte.»

46 «Hallo, sind Sie noch da? Ja, ich würde gern kommen, wenn Sie gestatten, daß Herr Türmer mich begleitet.»

Eilig huschte sie hinaus. Oho, so leicht sollte es ihm nicht werden, sie wollte erst überlegen, was sie ihm antworten würde.

Bertholds fortgesetztes Erstaunen über Inge Claußen steigerte sich um viele Grade, als die junge Dame ihn in der Hotelhalle traf.

Schon eine halbe Stunde vor Festbeginn hatte er sich in der Halle aufgestellt, um die berühmten Stars Revue passieren zu lassen. Eine Parade der schönsten Frauen, aber auch der schönsten Männer zog an seinem Auge vorbei. Alles, was einen oder auch keinen Namen hatte, erschien zu dem Feste.

Eine Augenweide. Ein Reichtum an Schönheit mit ebensoviel Geschmack. Kultur des Körpers in höchster Potenz.

Die Toiletten der Damen waren nicht nur für den Fachmann, den Kenner, von Interesse, jedem Laien entrangen sich Ausrufe der Bewunderung.

Ein Riesenvermögen in Gold, Platin, Steinen, Pelzen und Spitzen wurde zur Schau gestellt. Die Trägerinnen dieser Wertsachen verstanden diese Dinge richtig zu verwenden.

Berthold sah die Frauen, die er alle im stillen geliebt und angebetet, mit denen er in seiner Phantasie wunderschöne Stunden verlebt. Agnes Ayres, Alice Terry und Gloria Swanson gingen an ihm vorbei. Sie ahnten nicht, daß dieser schöne Jüngling, mit den traurigen Augen, um sie bitteres Leid erduldet, sich mit ihren Photographien stunden-, tage-, ja monatelang unterhalten und mit ihnen die zartesten Liebesgespräche geführt hatte.

Diese Frauen verstanden es, ihre Schönheit zur Geltung zu bringen.

Kein Ende wollte der Aufmarsch nehmen.

Neben Berthold stand ein alter Herr mit dickem, weißem Schnauzbart, grimmig die schönen Frauen und Männer betrachtend. Sein Blick fiel auf Berthold. Er maß ihn von oben bis unten.

«Sind Sie auch Filmschauspieler?» Fast grob erklang die Frage.

«Bedaure, nein.»

«Dann sind Sie wohl der Gatte einer dieser Frauen?»

«Leider nicht.»

«Sagen Sie nicht ‹leider›, junger Mann. Seien Sie froh.» Die dichten Augenbrauen zusammenziehend, sprach er weiter: «Ist es nicht eine Schande, daß diese vollkommenen Kreaturen gewollt steril sind? Keine Kinder haben wollen? Hier wäre der Grundstock zu einer neuen Rasse. Einer Rasse der Vollkommenheit. Pfui! Schande über die Menschheit! Sind das noch Frauen oder Blumen, die fruchtlos vertrocknen?»

Bertholds Gedanken weilten bei Myrtle Bird. Wo blieb sie? Eine große Zahl blonder, imposanter Frauen hatte sich bereits in den Festsaal begeben; vergebens hatte er nach seinem Ideal Ausschau gehalten. Gibt es vielleicht noch einen anderen Eingang? Er wandte sich suchend um, wollte einen Boy fragen, da blieb sein Blick an der großen Treppe haften. Eine bildschöne junge Frau in einem Spitzengedicht, welches auf nilgrünem Seidenunterkleid ruhte, schritt langsam Stufe für Stufe abwärts. Bertholds Staunen wuchs. War es denn die Möglichkeit? Er beugte den Kopf vorwärts. Es hatte seine Richtigkeit. Die Schönheit war niemand anders als Inge Claußen. Fast hätte er sie nicht erkannt.

Inge kam langsam auf Berthold zu. Sie weidete sich an seiner offenkundigen Verblüfftheit, freute sich über den Eindruck, den sie auf ihn machte. Fast ihr ganzes Geld hatte sie heute ausgegeben. Das Kleid allein hatte fünfhundertundachtzig Dollar gekostet, die zarten, falschen Perlen, der geschmackvolle Haarschmuck, die Schuhe und der Marabufächer rissen ein großes Loch in ihre Kasse. Der Friseur hatte eine volle Stunde gebraucht, um ihren Wünschen gerecht zu werden.

«Guten Abend, Herr Türmer, warten Sie schon lange?»

«Ja, sind Sie es denn wirklich? Sie werfen mich aus einem Staunen ins andere. Wie machen Sie das bloß?»

Er war sich wirklich nicht klar, ob er tatsächlich Inge Claußen vor sich hatte. Wieso war ihm dies nie in Bautzen aufgefallen? Hatte sie dort ein Doppelleben geführt? War als einfaches Bürofräulein ins Geschäft gekommen und hatte sich abends aus dem Aschenbrödel in die Prinzessin verwandelt? Doch da würde man sie ja gesehen, ihn darauf aufmerksam gemacht haben. In einer Kleinstadt ließ sich derartiges doch nicht unbemerkt vollführen?

«Da wird sich Ihr Herr Regisseur aber freuen», sagte Berthold nicht ohne Ironie.

«Wenn sich nur irgend jemand freut, bin ich schon zufrieden.»

«Sie haben aber in diesen paar Tagen in Hollywood tüchtig gelernt, Fräulein Claußen.»

«Wollen wir nicht in den Saal gehen? Verzeihen Sie, wenn ich so prosaisch bin, aber ich habe einen gewaltigen Hunger.»

«Entschuldigen Sie vielmals meine Ungezogenheit, daß ich Sie hier so lange festhalte.»

Feenhafte Blumen- und Blattpflanzendekorationen hatten den Saal, in dem bereits getanzt wurde, in einen farbenprächtigen Märchenhain verwandelt. Rund um den Parkettboden saßen in den Logen die berühmten Filmstars, Regisseure und Direktoren.

«Wo befindet sich Ihre Gesellschaft, Fräulein Claußen, in welche Loge darf ich Sie führen?»

«In Ihre, Herr Türmer. Ich habe den Castingmanager gebeten, uns eine kleine Nischenloge zu reservieren. Ich möchte mit Ihnen speisen, später wird mich Herr de Mille schon suchen.»

Bertholds Blicke gingen während des Essens fortwährend suchend im Saale umher.

«Verzeihen Sie, Herr Türmer, erwarten Sie noch jemand?»

Verlegen schüttelte Berthold den Kopf und stocherte in seinem Suppenteller mit der Fischgabel herum.

Ein Gent trat in die Loge und forderte Inge zum Tanz auf. Auf echt amerikanische Manier, ohne den Tischherrn der Dame zu beachten. Inge wies ihn an Berthold. Der Herr sah sie groß an, wandte seinen Kopf Berthold zu und empfahl sich, ohne ein Wort zu sagen.

Inge lachte leise auf.

«Wollen Sie es mit mir versuchen, Herr Türmer?»

Als sie wieder an den Tisch zurückkehrten, kam der Geschäftsführer des Hauses vorbei. Berthold bat ihn, er möge ihm doch einige Auskünfte erteilen.

«Wenn es in meiner Macht steht.»

«Sagen Sie, Herr Direktor, wer ist die schöne Frau dort in der Eckloge bei den Zwergpalmen?»

«Mrs. Pauline Frederick.»

«Und die dort, rechts von der Fontaine, in dem wunderbaren Paradiesreiherkostüm?»

«Miss Leatrice Joy.»

«Verzeihen Sie, ist Miss Myrtle Bird auch im Saale?»

Der Direktor sah sich flüchtig um, er kannte die schöne Frau nicht, denn sonst würde er nicht gesagt haben, daß sie nicht anwesend sei, obwohl sie nur drei Logen vor Berthold und Inge saß und ihnen das Gesicht zuwandte.

«Nein, ich sehe die Dame nicht im Saal, aber sie wird sicher noch kommen.»

Er wollte sich nicht die Blöße geben, daß ihm die vielgenannte Filmschauspielerin nicht bekannt war.

Inge beugte sich über ihren Teller und verbiß sich das Lachen. Sie hatte Myrtle Bird, deren Bild sie heute zum ersten Male in Bertholds Zimmer gesehen, sofort erkannt. Sie freute sich diebisch. Er reiste viele tausend Meilen, um eine Frau zu gewinnen, in deren Bild er sich verliebt hatte, die er sicher auch im Film gesehen, und nun saß sie ihm in vier Metern Entfernung gegenüber, und er erkannte sie nicht.

Was ist er doch für ein großes Kind, sagte sie sich.

Berthold suchte seine Trauer im Tanz mit Inge zu vergessen.

Der große Regisseur trat in die Loge. Inge stellte vor.

Berthold verfolgte Inge durch den Saal, als sie mit dem eleganten Rod la Roque und gleich darauf mit dem Schwerenöter Adolphe Menjou tanzte. Er kam wieder ins Verwundern.

Neben Inges und Bertholds Loge saßen ein paar lustige Journalisten. Sie hatten ihre alkoholfreien Getränke selbst mitgebracht und waren in Stimmung geraten. Die Gesellschaft wurde durchgehechelt, die Chronique scandaleuse aufgerollt. Weder Mann noch Frau verschont.

Berthold und Inge bekamen Dinge zu hören, die eigentlich nicht für ihre Ohren bestimmt waren. Die Direktoren, Regisseure, Aktionäre, die großen, mittleren und kleinen Stars beiderlei Geschlechts wurden verrissen, ihre «Affären» laut besprochen und bekrittelt, alles wurde in den Kot gezerrt, kein gutes Haar an den Beklatschten gelassen.

Berthold wollte Inge bestimmen, den Platz zu verlassen, sie bat ihn zu bleiben.

«Was ich nicht hören will, das erreicht nicht mein Ohr.»

Die Stars hatten ihre Augen und Lorgnons auf Inge gerichtet, als der Regisseur an ihren Platz trat, man flüsterte sich Vermutungen zu, und als die allgemein beliebten Filmhelden mit ihr tanzten, war es eine ausgemachte Sache, daß ein neuer Star in Hollywood eingetroffen sei. Inges äußere Vorzüge wurden einer eingehenden Kritik unterzogen und manche Fehler, für andere Augen bestimmt unsichtbar, an ihr entdeckt. Die Damen fanden sich aber leicht mit der Tatsache ab. Sie saßen alle fest im Sattel, in Hollywood war noch Platz für schöne Frauen, und Inge war schön, das wurde neidlos anerkannt.

Saß Berthold still und ließ seine traurigen Augen im Saal suchend umherwandern, so fand Inge immer wieder irgend etwas, um ihn von seinen Gedanken abzulenken. Sie wartete darauf, daß er Myrtle Bird erkennen werde, aber so oft er auch hinübersah, sogar seinen Blick auf der schönen Frau ruhen ließ, sein Auge schweifte wieder suchend von ihr ab.

Berthold sah Inge am nächsten Tag erst nach dem Lunch. Sie hatte ihre Probeaufnahme hinter sich und sollte noch im Laufe des Nachmittags Bescheid erhalten. Telefonisch fragte sie bei Berthold an, ob er sie zu sprechen wünsche, und als er dies bejahte, fuhr sie mit dem Lift hinab in die zweite Etage.

Ganz verstört stürzte Berthold auf Inge zu, als sie in sein Zimmer trat. Er vergaß zu grüßen und sprudelte die Worte hervor: «Sie war ja doch da, ganz unfern unseres Tisches soll sie gesessen haben.»

Erstaunt sah Inge zu ihm auf. Sie zog langsam die Handschuhe von den Fingern.

«Guten Morgen, Herr Türmer. Wer war da? Von wem sprechen Sie?»

«Sie, Myrtle Bird, der Oberkellner erzählte es mir heute beim Frühstück, in der dritten Loge links von uns, an der Säule, hat sie sich mit ihrer Gesellschaft befunden. Können Sie sich nicht entsinnen, Fräulein Claußen?»

«Warten Sie, Herr Türmer», sie zog die Augenbrauen wie im Nachdenken zusammen, «jetzt entsinne ich mich, an dem von

Ihnen bezeichneten Tisch saß eine bildschöne Frau, eine imposante Erscheinung.» Inge wandte den Blick der Photographie auf dem Kaminsims zu, sie wies mit dem Finger darauf: «Diese Dame war es.»

«Das ist sie ja, das war sie ja, warum haben Sie es mir nicht gesagt?»

«Was? Was sollte ich Ihnen denn sagen? Ich verstehe Sie nicht?»

Verwirrt senkte Berthold den Kopf. Ohrfeigen hätte er sich können.

«Entschuldigen Sie, Fräulein Claußen, aber ich bin krank, krank. Helfen Sie mir doch.»

«Wenn ich es kann, gerne.»

«Liebes Fräulein Claußen, ich wollte mich Ihnen schon gestern anvertrauen, und dann wurden wir gestört.»

Das Telefon klingelte. Wütend riß Berthold den Apparat hoch.

«Hello, who is there? No, Miss Claußen is not in, tell me what do you want. – Allright I will let her know right when she gets in.»[47] Mit energischem Ruck stellte er den Apparat auf den Schreibtisch.

«Sie müssen schon verzeihen, Fräulein Claußen, wenn ich über Ihren Kopf hinweg disponiere, aber ich will nicht wieder, daß Sie mir weglaufen, wie gestern. Also, soeben hat der Hilfsregisseur angerufen. Sie sollen morgen vormittag um neun Uhr im Atelier sein, Ihren Garderobenzettel erhalten Sie nachmittags. – So, und jetzt muß es mir doch endlich möglich sein, mein Anliegen vorzubringen.»

«Ich warte, Herr Türmer.»

«Sie waren verlobt, Fräulein Claußen, und da, da, ich ... bestimmt hat er Ihnen damals doch einen Antrag gemacht? Fräulein Claußen, obwohl es eine Schande ist, muß ich es Ihnen doch sagen, ich brauche, ich muß wissen, wie man sich da benimmt.»

Berthold war während der hastig gesprochenen Worte im Zimmer auf und ab gelaufen. Jetzt blieb er vor Inge stehen, sah ihr bittend ins Gesicht.

47 «Hallo, wer ist da? Nein, Fräulein Claußen ist nicht da, was wollen Sie denn. Gut, ich werde es ihr sagen, wenn sie kommt.»

«Es ist eine Schande. Bald werde ich fünfundzwanzig Jahre alt, stehe in dem Rufe eines Don Juans, eines Wüstlings, eines Verführers mit einem dreiviertel Dutzend unehelicher Kinder, und bin in Wirklichkeit zu blöde, einer Frau zu sagen, daß ich sie liebe.»

«Ja, Herr Türmer, das ist sehr schwer. Nicht gleich bei jeder Frau, auch sagen die Herren sicherlich nicht immer dasselbe.»

«Wie, wie hat, wie war es denn bei Ihnen? Sie dürfen mich ruhig auslachen, aber einmal im Leben muß ich doch meine Schüchternheit, diese dummen Hemmungen überwinden können. Sehen Sie diese Frau hier auf der Photographie, Frau Myrtle Bird; ich liebe diese Frau, kann nicht leben, wenn sie nicht mein wird – dies ist keine Phrase, Fräulein Claußen –, aber ich weiß nicht, wie ich es ihr sagen soll. – Geben Sie mir einen Anhaltspunkt, die Richtschnur, sonst mache ich mich lächerlich.»

Wie naiv, wie unbeholfen er doch ist, dachte Inge. Glaubte er denn, eine Angestellte zum Versuchskaninchen verwenden zu können? Ihre Gedanken kristallisierten sich während seiner hastigen Rede. Helfen wollte sie ihm, aber nicht um Myrtle Birds willen. Die Liebe zu der schönen Filmschauspielerin war doch nur eine fixe Idee in seinem Gehirn. Würde die wahre Liebe ihn beherrschen, so hätte er seine Angebetete gestern abend erkennen müssen, da sie ihm doch so nahe gewesen. Er sollte eine Lektion im Liebeswerben erhalten, die ihn aufrüttelte, sie wollte eine Lehrerin sein, deren Schüler das Gelernte für immer im Kopfe behalten sollte.

«Ich will versuchen, Ihnen die Sache so vorzumachen, wie ich sie in der Erinnerung habe, denn es sind schon lange Jahre her, seit ich einen Antrag erhielt. Sie dürfen mich aber nicht auslachen und müssen versuchen, auf meine Intentionen einzugehen.»

«Aber, aber, Fräulein Claußen, wie werde ich mir denn erlauben, Sie für Ihre Güte noch auszulachen? Ich bin froh, daß Sie mich nicht auslachen.»

«Gut; also, Herr Türmer. Die moderne Zeit hat längst den altertümlichen Kniefall abgeschafft. Es geht jetzt anders zu. Fürs erste müssen Sie versuchen, in Frau Birds Gesellschaft eingeführt zu werden. Apropos, ist die Dame vielleicht verheiratet?»

Starr, ganz verblüfft sah Berthold auf sein Gegenüber. Daran hatte er schon lange nicht mehr gedacht. Immer wieder hatte er es hinausgeschoben, sich darüber aufzuklären. Aus Furcht, die schöne Frau könnte glücklich verheiratet sein.

«Ausgeschlossen!» Kalt lief es ihm über den Rücken.

«Gut also. Nachdem Sie öfter in der Angebeteten Gesellschaft geweilt haben, stets äußerst liebenswürdig und zuvorkommend waren, gehen Sie eines Tages zum Generalangriff über. Die Dame ist allein, schon, daß sie Sie allein empfangen will, ist ein gutes Zeichen.

«Ja, ja.»

«Sind Sie erst bei ihr, dann bleiben Sie nach dem Handkuß vor ihr stehen, halten die Hand fest. Wollen Sie näher treten, Herr Türmer? So, bitte, nehmen Sie meine Hand, sehen Sie mir in die Augen.»

Berthold tat, wie Inge befahl. Tiefe Röte bedeckte sein Gesicht, er war verlegen, wie ein Gymnasiast.

«Küssen Sie meine Hand noch einmal, und lassen Sie die Lippen etwas länger darauf ruhen. So, jetzt sehen Sie mich wieder an. Ausgezeichnet, der Seufzer war wunderbar, Herr Türmer, den dürfen Sie nicht vergessen.»

«Sie machen sich über mich lustig, Fräulein Claußen.»

«Wie können Sie so etwas annehmen? Die Worte, Herr Türmer, die Sie der Geliebten sagen, formen sich von selbst im Munde, nur lassen Sie die Hand nicht los, und sehen Sie ihr ununterbrochen in die Augen. Bitte, lassen Sie mir Ihre Hand.»

Berthold überlief es heiß und kalt, er schämte sich und wollte der Szene ein Ende machen, Inge aber ließ nicht locker.

«Nun, Herr Türmer, haben Sie das letzte, das große Wort gesprochen. Seien Sie mein, oder was es auch sei. Kann die Frau Ihre Liebe nicht erwidern, so wird sie es schon während des Antrags in Blicken der Verlegenheit und Ungeduld ausdrücken, erwidert sie aber die Neigung – bitte, sehen Sie mir ins Gesicht, drücken Sie die Hand etwas fester –, dann gibt es für die Geliebte keine Hemmung. Sie wird ihre Arme um Sie werfen – lassen Sie doch jetzt meine Hand los –, Ihren Kopf an sich reißen …»

Inge ließ den Worten die Tat folgen und riß Bertholds Kopf an sich. Sie preßte ihre Lippen auf seinen Mund, ließ ihren Kopf auf seine Brust fallen und rief: «So legen Sie doch Ihre Arme um mich!»

Unwillkürlich, noch ganz benommen, folgte Berthold ihrem Befehl. Wieder umfing ihn Inge und rief: «Du Guter, du Lieber, du Süßer, wie lange schon wartete ich auf diesen Augenblick!»

Noch einen heißen Kuß gab sie ihm, dann machte sie sich frei, strich ihr Haar zurecht, nahm ihre Handschuhe und sagte mit schweratmender Stimme: «Sehen Sie, Herr Türmer, so muß es gemacht werden.»

Mit diesen Worten lief sie zur Türe hinaus.

Berthold stand ganz benommen in der Mitte des Zimmers. Er konnte sich über die Situation nicht klar werden. Unwillkürlich fuhr er mit der Zungenspitze über die Lippen. Sein Blick fiel auf Myrtle Birds Bild. Wer ist die fremde Frau dort? Ihm war, als ob er sie zum ersten Male im Leben sähe.

Er trat zum Kamin, nahm das Bild zur Hand und sah verstört darauf, blickte dann in den Spiegel, und seine Verstörtheit mußte einem Lächeln weichen. Sein Mund zeigte purpurne Flecken des Lippenstifts, und auf dem Revers seines Jacketts sah man Puderspuren.

Beim Diner im Speisesaal des Ambassador-Hotels saß Inge Berthold sehr schweigsam gegenüber. Auch er war wenig gesprächig und sah nur von Zeit zu Zeit zu ihr hinüber. Sie wich seinen Blicken aus.

«Würden Sie gestatten, daß ich morgen der Aufnahme beiwohne, Fräulein Claußen?»

«Gerne, ich muß mir dann nur vom Hilfsregisseur einen Passierschein für Sie ausstellen lassen.»

Die Musik spielte das alle Welt verpestende Lied:

«I love you.»

Leise summte Inge die Strophen vor sich hin.

Berthold lauschte ihrer Stimme. Seit Mittag befand er sich in einer sonderbaren Erregung, die er sich nicht erklären konnte. Was war mit ihm, ergriff eine Krankheit von ihm Besitz?

«Wollen wir noch ein wenig spazierengehen, Herr Türmer?»

«Bitte, mit Vergnügen.»

Sie schritten den Broadway entlang. Vor einem Kino blieben sie stehen. Wagen um Wagen fuhr vor. Uraufführung eines neuen Großfilms. In dreißigfußhohen Lettern leuchteten Tausende von Lampen und ließen das Wort «Love» aufflammen und wieder verschwinden.

Berthold erstand mit Mühe zwei Logenplätze.

Das Theater war hell erleuchtet. Viele der prominenten Stars waren anwesend. Zwei Logen rechts von Inge und Berthold, an der Biegung des Saales, saß Myrtle Bird, schöner denn je, im Kreise der Hauptdarsteller des Films.

Inge beobachtete Berthold. Er sah im Saale umher, ließ sich von dem Logenschließer ein Glas geben und musterte das Publikum. Achtlos glitt sein Auge über die Loge rechts.

Der Film rollte ab. Inhaltlich banal und schwach, doch ein Wunder amerikanischer Regiekunst, Darstellung und Technik.

Auch Frau Myrtle Bird hatte eine Rolle in dem Werk.

Berthold konnte es sich nicht erklären, warum ihn das Bild der Frau, derentwegen er monatelang im stillen gelitten, jetzt plötzlich völlig unberührt ließ. Er sah auf Inge an seiner Seite. Im Halbdunkel betrachtete er ihr pikantes Profil und schaute dann wieder gedankenvoll auf die Leinwand.

Bei der Aufnahme am folgenden Tag stand Berthold halbverdeckt hinter einer Säule und beobachtete die Proben. Er sah, wie geschickt Inge sich anstellte, trotzdem sie eine Anfängerin war. Sie hatte nur eine kleine Rolle zu spielen, aber der Regisseur schien sehr zufrieden mit ihr.

Unangenehm berührte es Berthold, daß in der Szene der Held des Filmstückes Inge zu umarmen und zu küssen hatte. Sie sollte sich anfangs sträuben, aber unter seinen heißen Küssen Feuer fangen, ihre Arme um seinen Nacken werfen und sich von dem Verführer auf ein Ruhebett ziehen lassen. In diesem Augenblick betrat die Gattin des Wüstlings das Zimmer. Es folgte ein hochdramatischer Auftritt, in dem die Frau die Nebenbuhlerin erschoß. Als Großaufnahme erfolgte Inges Sterbeszene.

«Verzeihen Sie, Fräulein Claußen, sind das wirkliche Küsse, die Sie da mit dem Liebhaber tauschen oder hält er die Hand dazwischen?»

«Das sind echte Küsse. Der Regisseur duldet da nichts anderes. Das Objektiv des Aufnahmeapparates würde den Schwindel enthüllen.»

Das Megaphon des Regisseurs rief Inge wieder zur Arbeit.

Während einer Wartezeit sah Berthold plötzlich Myrtle Bird durchs Atelier schreiten. Sie kam an ihm vorbei. Unwillkürlich zog er grüßend den Hut. Die Dame bemerkte es nicht, da sie in diesem Augenblick von einem älteren Herrn angesprochen wurde.

Der Anblick der Frau, für die er vor vierundzwanzig Stunden sein Seelenheil und Leben gegeben hätte, ließ ihn nun gänzlich kalt. Hatte er sich getäuscht, war es nicht Liebe gewesen, was ihn zu ihr hingezogen?

«No, no, not so! When you take her in your arms, you have to kiss her right away and keep at it until she catches fire.»[48]

Des Regisseurs Stimme drang durchs ganze Atelier und lenkte Bertholds Aufmerksamkeit wieder der Aufnahme zu.

«Ekelhaft», murmelte Berthold, als er sah, wie die Kußszene kein Ende nehmen wollte.

Tags darauf fuhr Inge mit der Filmgesellschaft nach Santa Barbara zu den Außenaufnahmen. Berthold begleitete sie. Er konnte es sich nicht erklären, warum er nicht zu Hause blieb. Am Abend vorher hatte Inge noch darauf bestanden, die Korrespondenz zu erledigen. Dabei hatte sie so gelegentlich die Frage hingeworfen, ob Berthold sich schon entschlossen habe, seiner Herzensdame den Antrag zu machen. Verlegen hatte er die Ausrede ersonnen, daß er sich die Sache erst überlegen müsse. Seit er heute gesehen, daß die Damen bei den Aufnahmen so lebenswahre Kußszenen zu spielen oder erleben haben, wären in ihm Zweifel aufgestiegen.

Inge hatte heimlich in sich hineingelacht und ihn noch gefragt, ob er denn seinen Aufenthalt in Amerika bald beenden werde.

48 «Nein, nein, nicht so! Wenn Sie sie umarmen, müssen Sie sofort zu küssen beginnen und nicht aufhören, bevor sie Feuer gefangen hat.»

«Warum?» hatte die Gegenfrage gelautet. «Wollen Sie mich loswerden?»

Darauf hatte sie ihm keine Antwort gegeben und auch gar nicht erstaunt getan, als er sie seinen Entschluß, zur Außenaufnahme mitzukommen, wissen ließ.

In der ersten Nacht in Santa Barbara weckten Berthold Entsetzensschreie. Er sprang aus dem Bett und fiel der Länge nach hin. Klirrend und krachend flogen Möbelstücke und Beleuchtungskörper im Zimmer umher. Ein Wasserstrahl schoß aus der Badezimmertüre und brachte Berthold wieder auf die Beine. Die Fensterwand klaffte plötzlich auseinander und stürzte krachend in die Tiefe. Schreie vermischten sich mit donnerähnlichem Brüllen des Orkans.

Erdbeben!

Mit Aufbietung aller Kräfte arbeitete sich Berthold zur Türe. Es war ihm nicht möglich, sie zu öffnen. Die Fensterwand war verschwunden. Blitze erhellten die Nacht, knatternde Donnerschläge folgten in kurzen Abständen.

Von allen Seiten ertönten Hilferufe.

Berthold kroch auf dem schwankenden Fußboden über Möbelstücke zur offenen Fensterwand. Er klammerte sich am Gesims der Fassade fest und begann aufwärts zu klettern. Nur ein Gedanke beherrschte ihn: Inge Claußen! Sie wohnte zwei Stockwerke höher. Er hatte ihr das Gepäck bis in ihr Zimmer bringen helfen. Wo war sie? Lebte sie noch? Er suchte einen Weg nach oben. An herabhängende Balken klammerte er sich und schwang damit zum nächsten Fenster. Vor Angst wahnsinnig gewordene Menschen – Männer, Frauen und Kinder – sprangen aus den Fenstern in die Tiefe und zerschellten auf dem Steinboden.

In dem Zimmer, das Berthold durchschritt, lag die wunderschöne Filmschauspielerin, die in dem Film Inges die Intrigantin verkörperte, mit zerschmettertem Schädel. Durch Holz und Drahtgewirr arbeitete sich Berthold nun wieder nach der Außenwand des fortwährend durch Erderschütterungen schwankenden Gebäudes. Er befreite einen Mann, dessen Beine von einem Balken eingeklemmt waren. Immerfort rief Berthold Inges Namen. Er war nun in der vierten Etage, in der Inges Zimmer lag. Jeden Augenblick schien das stark schwankende Gebäude einzustürzen. Endlich erreichte er die Türe. Mit aller Macht warf er sich gegen sie; nach dreimaligem Anlauf gab sie nach und er fiel in das Zimmer. Noch im letzten Augenblick ergriff er den Fuß eines am Boden befestigten Waschtisches, sonst wäre er durch eine klaffende Öffnung in die untere Etage hinabgestürzt. Der Fußboden des Zimmers war von herabstürzendem Gebälk durchschlagen. Ein Blitz erhellte den Raum und mit Grauen und Entsetzen sah Berthold Inge Claußens Körper an der Außenwand des rechten, noch vorhandenen Fensters, unbeweglich, mit dem Kopf nach unten, hängen. Blut lief über ihre Stirne. Über ihrem Kopf schwebte ein ganzer Fensterrahmen der oberen Etage und konnte jeden Augenblick in die Tiefe stürzen. Ein neuer Erdstoß würde das zentnerschwere Holzgerüst auf Inge werfen und sie mit in die Tiefe reißen.

Auf dem Balken des schwankenden Bodens balancierend, arbeitete sich Berthold, von dessen Händen die Haut in Fetzen hing, mit blutenden Fingern zur Außenwand.

Endlich hatte er Inge erreicht. Mit den Zähnen biß er sich in ihren, an der Brust zusammengeknüllten Pyjama fest, während er sie vor dem sicheren Absturz bewahrte. Er riß sie in seine Arme, die Gefahr vergessend, preßte er sie an sich und bedeckte ihr Gesicht mit Küssen.

Ein Bettlaken zerreißend, wickelte Berthold Inge das Linnen wie einen Schal um den Leib und band sie an seinen Körper fest. Er kroch mit seiner Last an dem Fenster weiter, krallte seine Fingernägel in die Fassade und kletterte vorsichtig zum nächsten Stockwerk hinab. In der zweiten Etage angekommen, sah er, daß ein Weiterklettern nicht möglich war. Er konnte nicht vorwärts, der Weg war versperrt, er wollte zurück, unten schrien die Menschen gellend auf, er wandte sich um, drückte sich rasch mit seiner Bürde an die schmale Simswand, da polterte mit Donnerkrachen ein großes Stück der Hauswand herunter, knapp an ihm vorbei. Der Rückweg war versperrt, unter seinen Füßen gab die Holzleiste nach, mit den Fingerspitzen klammerte er sich an einen Mauervorsprung; seine Kraft begann zu erlahmen, hilfesuchend sah er sich um. Ein großer Lampenmast lehnte einige Meter schräg unter ihm an der Hauswand. Er berechnete den Sprung. Lange konnte er es nicht mehr aushalten, und sonst war ihm jeder Weg abgeschnitten.

Unten liefen Leute hin und her, riefen ihm zu, nicht zu springen. Die Feuerwehr lehnte eine Leiter an das Haus, ein Mann lief die Sprossen hinauf, alles mußte rasch geschehen, denn jeden Augenblick stürzten Häuser ein. Immer neue Erdstöße erfolgten.

Berthold gab Inge nicht aus den Armen, er schrie den Feuerwehrmann an, ließ sich mit Inge auf die Leiter fallen und stieg Sprosse für Sprosse nach unten. Keuchend, pfeifend ging sein Atem, als er unten ankam. Man zog ihn eiligst von dem Gebäude fort, die Feuerwehrleute drehten ihre Leiter herum und im selben Augenblick krachte das Haus in sich zusammen.

Die Rettungsleute der Ambulanzen drängten Berthold, der Inge in seinen Armen trug und wie irr um sich sah, zu der fliegenden Verbandstation. Als man Inge von ihm losband, schrie er, daß man sie ihm nicht nehmen dürfe, setzte sich auf einen Balken und legte das ohnmächtige Mädchen vor sich auf die Knie. Einer der Retter drückte ihm eine Decke um die fast nackten Schultern. Die Pyjamas waren bei der Klettertour in Fetzen zerrissen.

Vor Inge kniete ein Arzt und flößte ihr stärkende Tropfen ein. Berthold schüttelte sich wie im Fieberfrost, seine Zähne schlugen aufeinander. Der Hilfsregisseur stand hinter ihm und führte eine flache, silberne Flasche an des Zitternden Mund. Berthold nahm einen kräftigen Schluck.

«Thank you, thank you.»

Inge schlug die Augen auf. Ringsum schrien die in Hysterie liegenden Menschen. Die Erde begann wieder zu beben. Berthold wollte mit Inge aufstehen, da erkannte sie ihn, schlang ihre Arme um seinen Hals, schrie auf und ließ den Kopf in Ohnmacht zur Seite fallen. Auch er verlor das Bewußtsein. Man trug beide in ein rasch aufgeschlagenes Zelt.

Der Morgen brach mit tropischer Plötzlichkeit an. Berthold erwachte, und seine Augen blickten auf ein grauenhaftes Trümmerfeld.

Dort, wo noch gestern die Sonne ein wunderbares farbenprächtiges Bild dem Menschen offenbart hatte, war heute Verwüstung, Elend und Tod.

64

Die Tat Bertholds war von Augenzeugen in ihrer ganzen Gefährlichkeit geschildert worden, die Zeitungen verbreiteten ellenlange Berichte und priesen den jungen Helden, der eine Tat vollbracht, wie sie die hirnverbrannteste Phantasie eines Sensationsfilmdichters nicht besser erfinden konnte. Man feierte den jungen Mann als Heros.

Inge hatte sich schon am zweiten Tage erholt, während Berthold ins Sanatorium nach Los Angeles gebracht werden mußte und dort fünf Tage und Nächte tobte. Die Ärzte befürchteten ein Nervenfieber, doch erwies sich diese Besorgnis als unbegründet. Am sechsten Tage erwachte der Patient und verlangte nach Inge und einer tüchtigen Mahlzeit. Beides wurde dem Patienten, zu seinem Wohle, gereicht.

Als Inge zu Berthold auf die Terrasse geführt wurde, hob er die verbundenen Hände. Jede Scheu war von ihm gewichen.

«Inge, dummes Mädel, willst du mich heiraten?»

Sie sah ihn von oben herab an.

«Verzeihen Sie, Herr Türmer, wie hoch war Ihre Temperatur diesen Morgen?»

«Achtundvierzig, achtundfünfzig, nein, Siedehitze. Wieviel Grad sind das, Inge? Komm, sei lieb.»

«Herr Casanova, Sie regen sich zu sehr auf.»

Er strich mit der dicken Bandage über ihre Wange.

«Ich bin nicht mehr schüchtern, du bist mir eine zu gute Lehrmeisterin gewesen, hast mir vorzüglichen, praktischen Unterricht erteilt.»

«Ach, Bert, darf ich so sagen?»

Er nickte, seine Augen lachten.

«Welch ein gelehriger Schüler warst du!»

«Fein, wir werden den Unterricht fortsetzen müssen, denn noch kann ich sehr wenig. Aber um allen weiteren Kündigungsgelüsten deinerseits zu begegnen, werde ich mit dir einen Engagementsvertrag auf Lebenszeit machen.»

«Ob ich den unterschreibe?»

«Du wirst. Die Konditionen, die ich dir stelle, sind außerordentlich günstig. Unbeschränkte Prokura.»

«Das könnte mich eventuell reizen. Was habe ich dafür zu leisten? Wie lang ist die tägliche Arbeitszeit?»

«Du mußt mir vierundzwanzig Stunden täglich zu allen möglichen Diensten zur Verfügung stehen.»

«Oho! Die auf dich gestürzten Balken haben ja einen außerordentlich offenen Kopf geschaffen.»

«Komm, Inge, setze das Siegel unter die Unterschrift.»

Sie sah sich vorsichtig um, brachte ihren Mund an seine Lippen und gab ihm einen Kuß.

«Du mußt beide Vertragsformulare unterschreiben.»

«Au, Bert, mein Kopf.»

«Verzeih, hab ich dir weh getan? Bist du verletzt?»

«Ich bin doch aus dem Fenster gekrochen, als der zweite Erdstoß kam und der Fußboden meines Zimmers einbrach. Als ich draußen hing, traf mich ein herabfallendes Brett.»

«Ist es schlimm?»

«Eine tüchtige Beule habe ich davongetragen und eine kleine Schmarre, aber mein Kopf ist echt Bautzener Felsenware. Wie aber kam es, daß du mich gerettet, überhaupt an mich gedacht hast?»

«Mir ist nur in Erinnerung, daß ich, als das Erdbeben mich aus dem Bett warf, den einzigen Gedanken hatte, dich zu finden. Ich dachte an nichts weiter.»

«Nicht an Myrtle Bird?»

Bertholds Gesicht überflutete Röte.

«Erinnere mich nicht an meine krankhaften Träumereien. Die schöne Frau hätte mich sicherlich sehr erstaunt angesehen, wenn ich ihr einen Antrag gemacht hätte. Sie würde mich für einen Geistesgestörten gehalten haben.»

«Wie kamst du auf die Idee, zu glauben, ich liebe dich?»

«Seit der berühmten ersten Unterrichtsstunde in meinem Zimmer war ich ein Verlorener. Drei Tage dauerte die Krise, und es bedurfte eines Erdbebens, mich zur Vernunft und Erkenntnis zu bringen.»

Eine Woche später legte ein Ratsherr in der City Hall von Los Angeles um Berthold Türmer und Inge Claußen die Ehefesseln. Prominente Filmregisseure bildeten die Trauzeugen, und die Stars beiderlei Geschlechts ließen es sich nicht nehmen, das junge Paar nach amerikanischer Manier mit Reis und alten Stiefeln zu bewerfen, als das vor dem Hotel wartende Auto sie zur Bahn bringen sollte.

«Au, Donnerwetter, das schien ein genagelter Gebirgsstiefel gewesen zu sein.» Berthold fuhr mit der Hand ins Kreuz und rieb sich den Rücken. Als er weiter schimpfen wollte, warf ihm jemand eine Handvoll Reiskörner in den Mund, die er fontänengleich in weitem Bogen wieder hinausprustete.

Inge lachte und zog ihn rasch zum Auto vor dem Ambassador-Hotel.

Trotz der Trauer, die das große Erdbebenunglück in Santa Barbara allgemein hervorrief, konnten es sich die Filmleute nicht versagen, ihre Späße mit den Neuvermählten zu treiben.

«Es ist doch gut, daß die Sitte des Stiefelnachwerfens auf Frischgetraute nicht auch in Bayern eingeführt ist», sagte Berthold, indem er vergebliche Versuche machte, seinen schmerzenden Rücken zu reiben.

Während dem größten Teil der Reisenden die fünf Tage dauernde Fahrt, quer durch den amerikanischen Kontinent, qualvoll und unendlich schien, glitt für das junge Paar die Zeit wie im Fluge dahin. Berthold schimpfte über die amerikanischen Pullmancars und Schlafwagen, war aber des Lobes voll über die europäischen Bahnen, deren Wagen Abteile besaßen, in denen Neuvermählte gegen gutes Trinkgeld allein und ungestört sich kleinen Zärtlichkeiten hingeben konnten.

Der «Casanova von Bautzen» war unter der Zuchtrute seiner Lehrerin auf dem besten Wege, ein Meister in der Kunst der Liebe zu werden.

Am Hobokener Pier wurden unter Aufsicht von Postbeamten die schweren Postsäcke aus dem Bauch des soeben eingetroffenen deutschen Schiffes auf einen Leichter[49] verladen. Ein dicker Beutel

49 Seemannssprache: Wasserfahrzeug zum Entfrachten von größeren Schiffen

trug die Etikette «California». Er barg den Brief Onkel Heinrichs an seinen Neffen, mit der Bitte um Rückkehr, da sein rasches Kommen einem armen Menschenkinde Rettung oder letzten Trost bringen könne.

Auf der anderen Seite des Piers lag der zur Abfahrt bereite Riesendampfer.

An der Reling des Sonnendecks lehnte ein junges Paar. Er hatte seinen Arm um ihre Hüfte gelegt. Mit der freien Hand zeigte er auf das Umladen der Postsäcke.

«Siehst du die häßlichen, grauen Beutel, Inge? Sie bringen schon die Weihnachtsgrüße aus Europa.»

«Wieviel Freude und auch Schmerz mögen sie enthalten. Ich bin so glücklich, daß wir unser erstes Weihnachtsfest in der Heimat, in Bautzen feiern dürfen.»

Eisiger Sturm wehte, als das gewaltige Schiff den Hudson abwärts fuhr. Die Ferryboote, Leichter, Schlepper, Barkassen und größeren Fluß- und Küstenfahrzeuge bahnten sich zwischen den Eisschollen mühsam ihren Weg. Die Wolkenkratzer der Downtown lagen silhouettenhaft hinter Nebelschleiern, die Fenster der Büros waren trotz der Mittagsstunde beleuchtet. Die Freiheitsstatue, die Göttin mit der Fackel in hocherhobener Hand, deuteten viele der Reisenden dahin, daß erst nach Verlassen des amerikanischen Festlandes die Freiheit beginne.

Grau und heftig bewegt waren die Wasser des ewig unruhigen Atlantiks.

65

Das nahe Weihnachtsfest beschäftigte die Einwohner von Bautzen. Ob reich, ab arm, ob gut oder schlecht, jung und alt. Man vergaß in diesem Monat allen Hader, allen Streit. Das eigene Heim, die Familie, stand im Vordergrund, und man dachte nicht daran, sich um den lieben Nächsten zu bekümmern.

Nur die unentwegten Klatschbasen beiderlei Geschlechts versuchten ihren alten Gewohnheiten treu zu bleiben, fanden aber wenig willige Ohren. Sie wurden auf Neujahr vertröstet, dann hätte man wieder Zeit, sich mit den anderen zu beschäftigen.

So konnte es auch nicht fehlen, daß der Anschlag des kirchlichen Aufgebotes und die Kundgebung des Hochzeitstages von Berthold Türmer und Margarete, Johanna, Annemarie, Ludmilla, Ingeborg Claußen an der Petrikirche für den 23. Dezember, drei Uhr nachmittags, unbeachtet blieb.

Onkel Heinrich hatte das Seinige dazu beigetragen, daß der Kirchendiener den Aushang durch andere Kundmachungen halb verdeckte. Der alte Herr war ganz überrascht gewesen, als ihm vor drei Wochen Berthold durch ein Telegramm von seiner Heirat Mitteilung gemacht hatte. Er freute sich über die Wahl des Neffen, und so befolgte er gerne dessen Wunsch, der um strengmöglichste Geheimhaltung bat, damit jedes unliebsame Aufsehen vermieden werde. Inges Bitte, die kirchliche Trauung in Bautzen zu vollziehen, ließ den alten Herrn alle guten Vorsätze vergessen. Er lief zum besten Schneider der Stadt und bestellte sich einen modernen Frack, um von seinem schicken Neffen nicht ganz in den Schatten gestellt zu werden.

Tilda, die kranke Tilda fiel Onkel Heinrich ein. Er hatte in seiner Einfalt immer gehofft, Berthold werde zurückkehren, Tilda gesund machen, die dann als Frau Türmer in das Haus am Kornmarkt einziehen würde. Inge Claußen war ihm als Bertholds Frau ja viel lieber, aber was wurde aus Tilda?

Frau Hasselmann sah um viele Jahre gealtert und vergrämt aus. Ein Mutterherz zerriß in Kummer und Gram um ihr sterbendes Kind. Sie empfing den alten Apotheker tränenden Auges. Vor einer halben Stunde war der Arzt fortgegangen und hatte ihr gestanden, daß es nur mehr Tage wären, die ihrem kranken Kinde blieben. Ein Wunder müßte geschehen, und daran glaube er nicht. Die Kranke habe den Willen zum Leben verloren, sie wolle nicht gesunden. Das Herz habe keine Widerstandskraft mehr.

Drinnen im Zimmer kniete Willy Zinnicke neben dem Bette Tildas; automatenhaft strich die gelbliche, abgemagerte Rechte der Kranken über sein Haar, während die Linke, wie suchend und tastend, über die Bettdecke glitt. Nur das Schluchzen des jungen

Mannes war hörbar. Draußen schneite es. Die Flocken trieben ihr lustiges Spiel in der windstillen Luft. Drüben am Protschenberg lag alles unter einer weißen Decke.

Auf der Kronprinzenbrücke bewarfen sich die Jungens mit Schneebällen. Drunten am Hofzaun über den steil abfallenden Felsen plusterte sich ein Sperling auf und äugte nach dem ersten Stock, ob nicht eine mitleidige Seele einige Krumen Brot herauswarf.

Die Kranke wendete ihren Kopf vom Fenster ab und rüttelte, soweit ihr schwacher Arm dies zuließ, an des Mannes Schulter.

«Willy», sie sprach leise und langsam, «Willy, es ist ja gut, daß ich sterbe. Ich habe dich und mich belogen. Nie hätte ich dich heiraten dürfen. Willy, laß mich in Ruhe sterben. Für mich ist die Welt nichts mehr. Du kannst und du mußt wieder heiraten, du bist ja so gut.»

Draußen auf der Küchenbank saß Onkel Heinrich. Der Mutter Tränen rührten auch ihn. Große Kügelchen salzigen Wassers rannen ihm über die Wangen in den Mund. Er sah, daß hier Trost nicht angebracht war. Frau Hasselmann nahm die Nachricht von Bertholds Verheiratung ruhig auf.

«Es war alles umsonst, Herr Türmer. Nie hätte sie sich von Willy scheiden lassen, den Kummer ihm nicht angetan. Sie will sterben, um beiden Männern aus dem Wege zu sein. Vielleicht hat sie gefürchtet, Berthold würde sich wieder in sie verlieben. Es ist Gottes Wille. Besser so, als wenn sie der Marta Hechner Beispiel gefolgt wäre. So stirbt sie einen friedlichen Tod.»

Onkel Heinrich trocknete sich die Augen.

«Dies ist nicht mein einziger Kummer, Herr Türmer. Meine Tochter Agnes ist vor einigen Tagen zurückgekehrt. Sie getraut sich des Vaters wegen nicht nach Hause. Drüben in der Seidau bewohnt sie ein kleines Zimmerchen. Sie ist schon seit Jahren wieder brav geworden und hat sich einige Groschen erspart. Nun arbeitet sie unter unseren Fenstern in der Spinnerei.»

«Ich gehe zu Ihrem Mann, Frau Hasselmann», sagte der ewig hilfsbereite Onkel, «schicken Sie Fräulein Agnes zu mir, sie braucht nicht mehr in die Fabrik zu gehen, ich benötige jemanden in meinem Häuschen.»

«Gott geb's, daß mein Mann Sie anhört.»

Der Bäckermeister horchte auf des alten Apothekers Worte. Er saß hinter dem Ladenpult, es ward dunkel, und man konnte sein Gesicht nicht sehen.

«Sind Sie nicht herzlos, Meister, es ist Ihr Kind und sie ist gut und brav. Davon habe ich mich seit Wochen überzeugt», log Onkel Heinrich.

«Lieber Herr Türmer, Sie sind ein feiner Herr und wissen nicht, wie es in der Brust eines armen, abgerackerten Teufels aussieht. Seit Jahren hab' ich ja schon solch eine Sehnsucht nach der Agnes, nur mein dummer Dickschädel hat mich davon abgehalten, sie zurückzuholen. Der liebe Herrgott hat mir mit der Tilda eine schwere Prüfung auferlegt. Wie froh bin ich, daß die Agnes wieder da ist.»

Frau Gips und auch Herr Zeck wurden über die Hochzeit ins Vertrauen gezogen, und Onkel Heinrich war ihres Schweigens sicher. Anders stand die Sache mit Musch und Wenzel, den beiden Hausfaktotums. Diese beiden machten ihm seit Monaten Kummer. Sie kündigten täglich ihre Stellung und lebten in stetem Kampf. Berthold war imstande gewesen, sie in seinem Büro tüchtig abzukanzeln. Er zwang die Alten, sich die Hand zu reichen, und hatte wenigstens eine Woche Frieden im Hofe. Onkel Heinrich war vor einigen Tagen bei einem neuerlichen Zusammenstoß von Wenzel und Musch die Galle übergelaufen; er hatte deren Kündigung nicht nur angenommen, sondern ihnen auch gesagt, daß er damit einverstanden sei. Am Neujahrsmorgen würden neue Leute eingestellt.

Ursache des Zwistes war, daß Musch Wenzel «Kutscher» geschimpft, worauf Wenzel dem Beleidiger mit Totschlag oder Besprechenlassen durch eine alte Bäuerin gedroht hatte.

«Mich mußt du mit ‹Herr Schauför› anreden», schrie der alte Wende, «ich bin awanschirrt[50], aber du bist ein Hausknecht geblieben.»

Da die beiden stets im Hause zu tun hatten und ihnen die Vorbereitungen kein Geheimnis bleiben konnten, war es notwendig, sie von dem Eintreffen des jungen Paares zu verständigen.

50 von avancieren, frz. befördert werden

Musch stand als reuiger Sünder vor Onkel Heinrich. Daß man endlich seine Kündigung ernst genommen, kränkte ihn sehr. Der einzige Trost, der ihn noch aufrechterhielt, war, daß sein Todfeind Wenzel ebenfalls das Haus verlassen mußte.

«Wie lange sind Sie schon im Hause, Musch?»

«Es werden bald fuffzig Jahr werden.»

«Also hören Sie, Musch. Sie waren fünfzig Jahre ein treuer Diener des Hauses und immer verschwiegen. Ich baue auch jetzt darauf, daß Sie eine Sache, die Sie freuen wird, nicht ausplaudern werden.»

«Ich hab' noch nie was ausgetratscht, bin ja kein Kutscher.»

«Schon gut, also hören Sie zu. Am zweiundzwanzigsten, das ist übermorgen, kommt der junge Herr zurück.»

In Muschens Gesicht leuchtete es. Dann war ja alles gut. Der junge Herr würde ihn nicht gehen lassen, dafür aber den Wenzel bestimmt hinauswerfen.

«Hören Sie mich weiter an, Musch. Herr Berthold kommt nicht allein, er bringt seine junge Frau mit.»

«Hurrah!» brüllte Musch, daß der Buchhalter nebenan die Türe aufriß.

«Sie wollten doch schweigen, Musch.»

«Richtig, richtig, ich bin schon still.»

«Die junge Frau kennen Sie auch, es ist Fräulein Inge Claußen.»

Musch nahm die kleine Josefine, die an Frau Gips' Hand die Treppe heruntergetrippelt kam, und führte mit ihr einen Tanz auf.

«Ich sag' nix, ich sag' nix!»

Wenzel stand mit mürrischer Miene vor Onkel Heinrich.

«Sie brauchen sich keene Mühe geben, solange der Duckmauser, der alte, im Haus bleibt, wird' ich ne mehr weiterarbeiten.»

«Sollen Sie auch nicht, Wenzel, ich habe Ihnen ja auch ganz was anderes zu sagen.»

«Aha, wegen Pension.»

Der Ernst, den Onkel Heinrich, um Wenzel zu imponieren, aufgesteckt hatte, mußte einem herzlichen Lachen weichen.

«Nein, nix Pension, Herr Chauffeur Wenzeslaus. Wenn der Kutscher Wenzel vor zwei Jahren nicht davongerannt wäre, hätte er ein Anrecht auf Pensionsbezug, aber der Herr Chauffeur Wenzel steht zu kurze Zeit in Diensten der Firma Türmer.»

Wenzels Gesicht zog sich in die Länge.

«Also dann nicht. Was wollen Se von mir?»

«Wenzel, können Sie schweigen?»

«Wie's ‹Bautzener Tageblatt›.»

«Keine Späße, Wenzel. Es handelt sich um den jungen Herrn, der zurückkommt.»

«Ah, dann kann ich die Gusche halten.»

«Das ist brav von Ihnen. Hören Sie zu. Übermorgen kommt Herr Berthold mit Fräulein Claußen, die jetzt seine Frau ist, zurück.»

«Maria und Josef! Darf ich Ihnen ein Busserl geben?»

«Danke, danke Wenzel, aber schweigen sollen Sie. Am Tag vor Heilig. Abend ist um drei Uhr nachmittags die Trauung in der Petrikirche.»

«Evangelische Seite?»

«Natürlich, aber kein Mensch darf etwas erfahren.»

«Still werd ich sein, wie ein Friedhof.»

«Gut. Jetzt können Sie gehen.»

Wenzel drehte sich an der Türe um: «Wer wird das Brautpaar vom Bahnhof abholen?»

«Die kommen mit einem neuen Auto direkt von Berlin.»

«Das ist schade. Da hätt' ich die Peitsche sunst zu Hause gelassen.»

Wenzel lief hinüber nach dem Ausspann der Krone. Dort stand zu seinem Mißvergnügen schon Musch.

«Komm her, alter Wende», schrie der alte Hausdiener, «komm her, ich zahl', weißt du auch schon alles? Also nix verraten.»

Der Chauffeur ließ sich nicht lange bitten. Beim fünften Danziger Goldwasser war die Aussöhnung beschlossen. Musch lief wieder zurück ins Geschäft, er mußte oben in der Wohnung Frau Gips die Möbel umstellen helfen.

Wenzel wurde nach der neunten Lage – immer ein Bier nach jedem Schnaps – seiner Schweigepflicht untreu. Er ließ unter Augenblinzeln Andeutungen fallen, die den Kutschern und der rothaarigen Ausspannwirtin bald nichts mehr zu erraten übrig ließen.

«Warum soll ich nicht sagen, daß Herr Berthold zurückkummt? Mit seiner Frau, die er hat amerikanisch geheiratet, das Fräulein Claußen.»

Man bezweifelte die Neuigkeit, und Wenzel, um seine Botschaft zu bekräftigen, nahm den zehnten Schnaps.

«Solln se leben, der Herr Berthold und die junge Frau mit Kinder.»

«Was?» brüllte Friedrich, der Ausspannknecht, unter Lachen, «Kinder haben se auch schon? Das Fräulein ist ja erst vor acht Wochen hinübergefahren.»

«Du blöder Kerl», stotterte Wenzel. «In Amerika, da geht das alles viel schneller!»

Am Weihnachtsmarkt flog die Nachricht von Mund zu Ohr, man lief jetzt neugierig zur Anschlagstafel und überzeugte sich von der Tatsache. Die Neuigkeit drängte alle Weihnachtsgedanken und Vorbereitungen beiseite. Die Frauen stießen ihre Küchenpläne um, beschlossen, schon am zweiundzwanzigsten alle Backwaren in den Ofen zu schieben oder zum Bäcker zu bringen, um sich den Hochzeitsnachmittag, trotz Weihnachtsfest, frei zu halten.

Über Inge Claußen wurde allerseits der Stab gebrochen. Solch eine Duckmäuserin! Seit Jahren habe sie mit ihrem Chef ein schmutziges Verhältnis unterhalten. Die kleine Josefine sei eine Sündenfrucht der beiden, die sie in schamloser Öffentlichkeit in ihrem Hause großgezogen, und jetzt bringe dieses verworfene Paar noch seine anderen Kinder mit, die Inge in der Fremde geboren. Über die Anzahl dieser Kinder war man sich noch nicht im klaren, einige sagten zwei, andere drei, ja, es wurde sogar die Zahl vier genannt.

Wenzel war auf seine Geschwätzigkeit stolz. Jedem, der ihn fragte, log er etwas anderes vor. So konnte es nicht ausbleiben, daß die Bautzener Damen, ob jung oder alt, sich vornahmen, der Trauungszeremonie beizuwohnen.

Bei der Kartenlegerin, Frau Hennepig, hatte sich Wenzel noch bestätigen lassen, daß Musch bestimmt am ersten Januar hinausfliege. Darauf lief der Alte noch zu Frau Krummholz und ließ sich die Warzen auf seinen Händen und die Gürtelrose, die ihn seit Wochen quälte, zum dreiundzwanzigsten Male erfolglos besprechen.

Die Petrikirche war durch ein Längsgitter in zwei Teile geschieden. Eine Seite diente dem evangelischen, die andere dem katholischen Gottesdienst.

Der evangelische Teil war reich mit Blattpflanzen, das Trennungsgitter mit hohen Oleanderbäumen und Zwergpalmen geschmückt. Ein dicker Läufer bedeckte den Mittelgang. Zwischen den Bänken standen Blumensträuße, aus den Treibhäusern der Frau von Erz, und verbreiteten einen wundersamen Duft.

Schon um zwei Uhr war die evangelische Kirche besetzt. Draußen stauten sich noch Hunderte von Menschen, und man stürmte schließlich, nachdem man sich den Schlüssel besorgt, den katholischen Teil des Gotteshauses. Rücksichtslos rückten die Neugierigen die Bäume beiseite, welche die Aussicht auf den evangelischen Altar versperrten.

Draußen drängten sich noch Scharen von Frauen und Mädchen. Die Polizei mußte eingreifen und Ordnung schaffen.

Die Ständebesitzer am Weihnachtsmarkt fluchten, da nur wenige Landleute ihre Einkäufe besorgten.

Vor dem Hause am Kornmarkt hatte sich ebenfalls eine Menschenmenge angesammelt. Man wollte den Casanova und seine Braut sehen.

Man wunderte sich, kein Licht an diesem trüben Dezembernachmittag in den Fenstern der Türmerschen Wohnung zu sehen. Es war zu ruhig. Man stand und fror und hielt noch ruhig aus, als bereits die Trauungszeremonie unter Glockengeläute begann.

Jetzt kam Bewegung in die Menschen. Schimpfend liefen sie zur Petrikirche. Sie empfanden es als ein großes Unrecht, daß man ihnen nicht mitgeteilt hatte, daß Berthold und Inge sich im Hause des Onkels, in der Seidau, zur Feier schmücken und von dort aus mit den Zeugen – Onkel Heinrich und Herr Gutsbesitzer Häberlin – die Fahrt zur Kirche antreten würden.

Die Polizei hatte Mühe, den zwei Automobilen den Weg vor der Kirchentüre freizuhalten. Wenzel saß mit stolzer Miene am

Volant des neuen Wagens und musterte mit frechem Blick die neugierigen Gaffer. Er schien sich einzubilden, daß er der Arrangeur des Ganzen sei, und zum Teil hatte er damit nicht so unrecht.

Musch trug einen langen Mantel. Er stolperte, als er eilig den Schlag öffnete und mit gezogener Dienermütze Onkel Heinrich und Inge aus dem Wagen half.

Berthold sprang leichtfüßig auf den Teppich an der Stufe und Herr Häberlin hatte Mühe, seine Kolossalgestalt aus dem Auto zu schälen.

Die Frauen verrenkten sich fast die Hälse und hatten in der kurzen Zeit von fünfzehn Sekunden genau festgestellt, was Inge von Kopf bis Fuß am Leibe trug. Sogar die Wäsche errieten sie.

Wie ein Rauschen ging es durch die Menschenschar in der Kirche, als die Braut erschien.

Inge hatte sich mit auserlesenem Geschmack in Berlin ein Kleid machen lassen, welches die Kritik der Bautzener Damen herausforderte. Man fand es überspannt, geschmacklos und der Würde des Aktes nicht entsprechend.

Berthold hatte in den Augen der Damen viel verloren. Man fand ihn fad, geschniegelt, seinen Gesichtsausdruck wenig intelligent, lachte über ihn und konnte es nicht verstehen, daß so viele Frauen, sogar große Künstlerinnen auf diesen ausdruckslosen Menschen hereinfallen konnten. Der raffinierten Person war es sicher nicht schwer gewesen, diesen Gimpel einzufangen.

Die Zeremonie ergriff die Backfische und die Frauen über fünfzig.

Onkel Heinrichs weiches Gemüt trieb ihm die Tränen in die Augen. Er gedachte der Mutter Bertholds und bat sie, vom Himmel herabzusehen und ihrem einzigen Kinde, das nach langer Irrfahrt in den sicheren Hafen der Ehe einfuhr, ihren Segen zu geben.

Laut und vernehmlich klang Inges und Bertholds «Ja» durch das Kirchenschiff. Die Orgel erschallte mit wunderbarem Klang und mächtig fiel der Kirchenchor ein.

Vor der Kirchentür stritten sich Wenzel und Musch. Der alte Diener verbat es sich ein für alle Male, daß er Trottel geschimpft werde.

Lene Mayer hatte sich zu spät vor der Kirche eingefunden. Sie stand mit roter Nase und zusammengekniffenem Munde und ihre Äuglein blitzten boshaft. Die Kartenaufschlägerin, Frau Hennepig, und die Kurpfuscherin Krummholz gesellten sich zu ihr.

«Nun, was sagen Sie zu dem Mensch?» flüsterte die Hennepig.

«Dieses dumme Luder, der Casanova. Er hat doch so viel in der Welt herumpoussiert und fällt nun auf diese Schlampe herein», sekundierte die Krummholz.

«Ich sag' nichts mehr, kein Wort», zischte die Leichenwäscherin, «so oft ich mich mit dem Lumpen, dem Casanova, befaßt habe, hat's ein Unglück gegeben. Schläg' hab' ich wegen seiner von dem besoffenen Bäcker gekriegt, auf der Polizei haben sie mich hinausgeschmissen, und dann ist mir sogar ein Ziegel auf den Kopf gefallen, wie ich wieder von ihm geredet hab'! Nein, ich sag' nichts mehr, nur vergessen darf man nicht, was das für ein Vagabund ist; und dieses Frauenzimmer, wenn ich da reden möchte! Was ich von der alles weiß!»

«Was Sie nicht sagen!»

«Erzählen Sie doch!»

«Na, na. Dann hab' ich wieder Pech, dann passiert wieder was.»

«Das ist es ja schon sowieso. Die Schachlick, Sie kennen sie doch, die Große mit der krummen Nase, die ist jetzt Leichenwäscherin geworden. Heut hat sie schon zwei neue Kundschaften gekriegt, die sich von ihr haben waschen lassen.»

«Was hab' ich gesagt?!» schrie Lene Mayer. «So oft ich mich mit dem Lumpenhund befaß', geschieht mir ein Unglück. Der Schachlick reiß' ich die Haare aus, ich bring' sie um!»

Berthold Türmer war bei den Damen in Bautzen für immer in Ungnade gefallen. Daß er geheiratet hatte, war eine Gemeinheit, aber daß er eine Bautzenerin und noch dazu seine Sekretärin, ein armes Mädel, sich zur Frau erwählt, wurde als ein Verbrechen an den übrigen Bautznerinnen empfunden. Man hatte nur noch Verachtung für ihn. Sein Spitzname, «Casanova von Bautzen», wurde in wegwerfendem, spöttischem Ton ausgesprochen.

Nur eine lebte in der Stadt, die während des Glockengeläutes die abgezehrten Hände gefaltet hielt, für Bertholds Glück betete und den Segen des Himmels auf ihn herabflehte.

Tilda Hasselmann, der die Mutter am Tage vorher von der Rückkehr des geliebten Mannes Mitteilung gemacht hatte, betete lautlos und innig. Sie saß in einem großen Lehnstuhl, ein Geschenk Willy Zinnickes, und blickte auf die verschneiten Dächer Alt-Bautzens, auf die zugefrorene Spree hinab. Zu ihren Füßen saß Agnes und las mit halblauter Stimme eine Weihnachtsgeschichte aus alter Zeit vor.

Tilda war dem Himmel näher als der Erde und wartete auf Bertholds angekündigten Besuch.

Schwer wurde dem der Gang. Onkel Heinrich begleitete ihn nach dem Wendischen Kirchhof. Man schrieb den 24. Dezember. Der Tag des Heiligabend. Aus allen Häusern strömte der Duft von Kuchen, gebratenen Gänsen und Tannenreisig. Die Wolken hingen tief am Himmel, es herrschte den ganzen Tag eine trauliche Dämmerstimmung. Weihnacht.

Die Menschen liefen tief eingehüllt in Tüchern, Winterzeug und Pelzen. Auf allen Gesichtern lag Feststimmung und Freude.

Niemand achtete auf Onkel Heinrich und Berthold, als sie den stillen Platz erreichten. Sie näherten sich langsam dem Haus des Bäckermeisters Hasselmann. Kurz davor trat Lene Mayer aus dem Nebenhaus. Als sie Berthold Türmer erkannte, spuckte sie aus und bekreuzigte sich dreimal.

Oben in der Küche warteten der Bäckermeister und seine Frau. Zaghaft reichte Hasselmann Berthold die Hand.

«Lieber Herr Türmer, verzeihen Sie mir, was ich Ihnen getan. Der Herrgott hat mich genug dafür bestraft.»

«Ich habe Ihnen nichts zu verzeihen, Herr Hasselmann. Sie haben damals nicht anders gehandelt, als mein Vater es getan hätte.»

Drinnen, im Krankenstuhl, saß mit verklärtem Gesicht Tilda Hasselmann. Ihre Gestalt war zusammengeschrumpft. Das Gesicht war schmal wie das eines Kindes, die Augen riesig groß, mit dem Blick ins Jenseits, der Mund blutrot wie ein Wundmal. Die Sehergabe der Sterbenden hatte schon vor einer halben Stunde gefühlt, daß der Erwartete käme. Sie hörte seine Schritte und zählte die einhundertundvierzehn Stufen der Nikolaitreppe, die er von der Spree zum Zwinger bergan stieg. Sie folgte ihm bis zum Haus, hörte ihn unten eintreten, obwohl der weiche Schnee jeden Schall dämpfte, und unsichtbare Engel sangen eine Jubelhymne in ihrer Brust, als sie in Wirklichkeit Bertholds Stimme in der Küche vernahm.

«Agnes, er ist gekommen, nun wird es mir leicht, ins ewige Dunkel zu gehen.»

Leise trat Berthold ein. Sein Blick weitete sich, als er die Geliebte von ehemals in ihrem erbarmungswürdigen Zustand sah. Zaghaft näherte er sich dem Fenster.

Auf den Zehenspitzen schlich Agnes hinaus.

Die Augen Tildas umfingen die Gestalt des Geliebten. Es schien, als wollte sie sich sein Bild einprägen, damit es sie auf der langen Reise ins Jenseits begleite. Ein Zittern überfiel sie, die mageren Hände streckten sich ihm entgegen.

Seit seinem Eintritt ins Zimmer versuchte Berthold zu sprechen. Die Kehle war ihm wie zugeschnürt, in seinen Augen fühlte er ein Brennen. Zart drückte er die fieberglühenden Finger.

«Tilda, wie geht es dir?»

Ihre Stimme bekam etwas Stärke.

«Gut, Bertiele, gut, weil du gekommen bist. Das ist so lieb von dir. Jetzt wird mir das Sterben leicht.»

Berthold war auf den Schemel zu Füßen der Kranken gesunken, er kämpfte gegen ein aufsteigendes Schluchzen.

«Sprich nicht vom Sterben, Tilda. Du wirst wieder gesund. Onkel Heinrich und ich haben beschlossen, daß du nach Italien reisen sollst. Dort wirst du genesen.»

Die Kranke schüttelte traurig den Kopf.

«Ich trete eine andere Reise an, weiter als Italien. Nun ist ja alles gut, da du zu mir gekommen bist, jetzt weiß ich, daß du mir verziehen hast.»

«Ich habe dir nichts zu verzeihen, Tilda. Du mußt mir vergeben.»

«Bertie, Mutter hat mir gesagt, daß du Inge Claußen geheiratet hast; ich bin glücklich darüber, denn sie ist gut. Bitte, sprich nicht mehr.»

Lange saß Berthold zu Füßen der Sterbenden. Ihre Hand glitt leicht über sein Haar.

«Bertie, geh jetzt; bitte, gib mir noch einen Kuß, den letzten, Bertiele, mein Lieber.»

Er richtete sich auf. Verlangend sah sie in sein tränenüberströmtes Gesicht.

«Weine nicht, Bertie, ich bin ja so glücklich. Komm, küß mich, bevor ich zu Gott gehe.»

Er beugte sich zu ihrem Mund hernieder. Sie umschlang ihn, zog ihn zu sich heran und preßte ihre heißen Lippen an die seinen. Lange blieben sie so, dann ließ sie ihre Arme sinken und drängte ihn weg.

«Geh, Bertie, geh, mein Lieber, mit Gott, und alles Glück der Welt sei mit dir.»

Draußen in der Küche brach Berthold zusammen. Konvulsivisches Schluchzen erschütterte seinen Körper. Onkel Heinrich und Hasselmann hoben den Weinenden hoch und führten ihn die Treppe hinab.

Mutter Hasselmann zerbiß ihre Schürze, um ihr Elend, Gott und die Welt anklagend, nicht hinauszuschreien.

Tilda saß in ihrem Krankenstuhl und strich leicht und sanft mit dem Zeigefinger über die Lippen.

66

Den Christabend verlebte das junge Ehepaar im Hause Onkel Heinrichs, in der Seidau. Das Geschäft am Kornmarkt war schon um zwei Uhr gesperrt worden. Das Personal hatte oben im Büro Bertholds die Weihnachtsgeschenke in Empfang genommen. Musch und Wenzel hatten ihre Kündigung – von der Berthold überhaupt nichts wußte – zurückgenommen und sich mit ihren Geschenken zurückgezogen. Sie waren ein Herz und eine Seele. Die Punsch- und Weinflaschen wurden zur Christbaumfeier in Wenzels Zimmer im Hofe zurechtgemacht.

Klein-Josefine sprang an Berthold, Inge und Frau Gips abwechselnd hoch und bedankte sich unter vielen Küssen. Mit fünf

Puppen im Arm und einer Menge anderem Spielzeug in ihrem Bettchen schlief sie glückselig am Abend ein.

Onkel Heinrich hatte ein feines Mahl in seinem Junggesellenheim vorbereitet. Er schwamm in einem Meer von Wonne und sprach seine Zufriedenheit Hunderte Male aus. Sein altes Herz hatte Feuer gefangen, sich in Inge verliebt, und er warnte Berthold in ernstem Tone: «Wenn du mir wieder mit deinen alten Dummheiten anfängst, mein Junge, dann nehm' ich dir Inge weg und laß' dich ins Irrenhaus bringen.»

Spätabends schritt das junge Ehepaar Arm in Arm zur Stadt Bautzen hinauf.

Riesenhaft hockte die Ortenburg auf dem eis- und schneebedeckten Felsen. Die alten Häuser und Häuschen schienen an der Felswand zu kleben. Es hatte zu schneien begonnen. In allen Wohnungen brannten die Christbäume. Kinderjubel und Weihnachtslieder erschallten allenthalben.

«Stille Nacht,
Heilige Nacht.»

Die Menschen hatten allen Haß und Neid vergessen. Die Bosheit schwieg. Versöhnend wirkte das Fest der Krippe. Lieb und gut war der Menschen Seele gestimmt, das Lallen und Jubeln der Kleinen und Großen mahnte, daß Güte und Liebe der einzige Weg zum Frieden auf Erden seien.

Oben an der Nikolaikirche angekommen, blieben Berthold und Inge stehen und blickten hinunter ins Tal. Von den Kirchen erklangen die Glocken. Die Petrikirche war für die Christmette hell erleuchtet. Von allen Seiten wanderten die gläubigen Katholiken dem Gotteshause zu.

Wie ein Spitzweggemälde lag die untere Stadt zu Füßen des jungen Paares. Die schneebedeckten, kleinen Häuschen zu beiden Seiten der unter einer Eisdecke glitzernden Spree, die engen Gäßchen mit den winzigen Lichtern, gaben ein prächtiges Bild, das dem Beschauer, der es einmal erblickt, fürs Leben unvergeßlich bleibt.

Ein Lichtstrahl zog huschend über die Häuser am Wendischen Kirchhof zum Himmel empor. Vielleicht war es die Seele der armen

Tilda, die, beim Verlöschen des letzten Kerzenstümpfchens am Weihnachtsbaum, entschlafen war. Sie hatte die Weihnachtslieder noch mit leisem Stimmchen mitgesummt. Vater, Mutter, die Schwester und Willy Zinnicke mußten sich um ihren Lehnstuhl herumsetzen und die Köpfe eng zueinanderneigen, damit sie mit ihren Händen darüberstreicheln konnte. Kein Auge ließ sie von dem brennenden Baum. Kerze um Kerze erlosch. Als das letzte Lichtstümpfchen herabbrannte, wurden ihre Augen müde, sie senkte den Kopf, und als das Flämmchen erlosch, entschlummerte sie mit einem leichten Seufzer.

Das Haus am Kornmarkt lag würdevoll im glitzernden Schmuck des Schnees.

«Sebastian Türmers Erben» leuchtete in Hunderten Lampen das Schild am Dache. Dieses alte Patrizierhaus, dem lange die Freude ferngeblieben, dem sich jetzt beide Torflügel zum Eingang des Glücks geöffnet hatten, stand auf felsenfestem Grund.

Der Gesang der Gläubigen in der Petrikirche, von Glockenklängen begleitet, drang zu dem jungen Paar, das, enganeinandergeschmiegt, die Haustüre hinter sich schloß.

Ein Lichtschein drang aus Wenzels Stube im Hof. Drinnen herrschte Lärm. Leise traten Berthold und Inge näher.

Im Zimmer hielten sich Musch und Wenzel umarmt. Beide waren in seliger Stimmung. Der Punsch und der Rheinwein hatten ihre Wirkung getan.

«Bruderherz», schluchzte Musch und klopfte Wenzel auf die Schulter. «Bruderherz, mußt ne mehr kündigen, jetzt müssen wir dem jungen Paar helfen, daß das Glück im Haus bleibt.»

«Hast Recht, du alter buckliger Lump. Immer fest zusammenhalten. Weißt du, den Berthold hab ich immer gern gehabt, wenn er auch zu dumm war, Kinder zu machen, denn die hab' ich alle für ihn in die Welt gesetzt, aber die Inge, weißt du, die is mir noch lieber wie er.»

«Mir auch», schluchzte Musch. «Wenn ich jetzt noch jung wär', die hätt' ich ihm abspenstig gemacht.»

Auf den Fußspitzen schlichen die Jungvermählten nach oben. Inge kicherte. Sie stieß Berthold an:

«Du, jetzt ist es an der Zeit, daß du den Wenzel ablöst. Er hat genug für dich getan.»

Er umschlang sie und gab ihr einen Kuß.

Oben auf dem Tisch lag ein Eilbotenbrief aus Dresden. Er war an Inge adressiert. Erstaunt öffnete sie den Umschlag und las, dann reichte sie das Schreiben Berthold.

«Liebe Frau Türmer!

Eine unglückliche Mutter, der es nicht vergönnt ist, ihr eigenes Kind zu erziehen, die mit zerrissenem Herzen nur aus der Ferne das Wohlergehen ihres Kindes beobachten kann, bittet Sie, der kleinen Josefine Ihr Herz und Ihre Liebe schenken zu wollen. Seien Sie so gut zu meinem Kinde, wie es Ihr Mann und Frau Gips sind. Herr Türmer wird verzeihen, daß ich mit einer Lüge das Kind in sein Haus geschmuggelt habe, aber ich war am Verhungern und die Güte Herrn Türmers gab mir die Sicherheit, daß er meinem Kinde ein Beschützer würde.

Nochmals verzeihen Sie und küssen Sie die kleine Josefine von ihrer unglücklichen Mutter.»

Berthold sah auf Inge. Sie zog ihn hinüber in das Schlafzimmer des Kindes.

Josefine lag mit roten Bäckchen inmitten ihrer Puppen und Spielsachen. Das kleine Mündchen war halb geöffnet.

Inge beugte sich über das Bettchen und küßte den süßen Mund der Kleinen. Sie erhob sich wieder, legte ihren Arm um Bertholds Schulter und küßte auch ihn.

Das Kind war erwacht und sah erstaunt auf Inge. Es setzte sich auf, legte die Puppen zurecht.

«Bist du jetzt meine Mama?»

«Ja, mein Liebling.»

«Wirst du mich auch so viel lieb haben wie der Papa?»

«Genau so viel, viel, viel.»

«Dann darf der Papa aber nicht wieder so lang nach Amerika fahren.»

«Nein, mein gutes, liebes Baby.»

Josefine verlangte noch einen Kuß und schlief gleich darauf wieder ein.

Vom Hof herauf dröhnte brüllendes Gelächter. Das Versöhnungsfest der beiden alten Todfeinde nahm seinen Fortgang. Wenzels Stimme durchdrang die Stille der Nacht. Man hörte Scherben klirren und dann das Gröhlen der beiden Alten:

«Hurra! Der ‹Casanova von Bautzen› soll leben! Hurra!
Hoch soll er leben
Hoch soll er leben
Dreiiiimal hoooch!»

Ende.

Nachwort

Das Leben und Wesen des Autors dieses Romans war so abenteuerlich, so ungeheuerlich, wie es der Roman selbst ist. Ob als Artist, als weitgereister Großwildjäger, Tierfänger und Dompteur oder später als bekannter Filmemacher und Schriftsteller, Joseph Delmont umwehte immer ein Hauch von Sensation, obwohl man ihn als einen eher bescheidenen Menschen beschrieb. Er sprach acht Sprachen mit einer Unzahl von Mundarten. Sein Bekanntheitsgrad und die Einschätzung seiner literarischen Werke waren atemberaubend: «Seit Dostojewski gab es keinen Dichter mehr, der so tief in den Seelen der Menschen schürft, wie Delmont!» schrieb Artur Landsberger, und auch ein Egon Erwin Kisch – um nur Beispiele zu nennen – stimmte in die Lobgesänge ein: «Delmont ist der spannendste Erzähler der Jetztzeit!»

Es mag daher einem Bautzener durchaus schmeicheln, daß ein Autor dieses Formates, sich einer «Provinzposse» annehmend, diese ausgerechnet in Bautzen angesiedelt hat, einem Außenstehenden hingegen eher verwunderlich erscheinen. Doch ist es beim näheren Betrachten nicht stärker verwunderlich oder rätselhaft als so vieles im Leben jenes Joseph Delmont.

Schon die Umstände seiner Geburt und Herkunft lassen einige Fragen offen. Bis zu seinem Tode behauptete er, 1873 im niederösterreichischen Loiwein unter dem Namen Pollack als zweitjüngstes Kind eines jüdischen Dorfgastwirts und Krämers geboren zu sein und aus ärmsten Verhältnissen zu stammen. Zwölf seiner sechzehn Geschwister starben an den schwarzen Blattern. 1876 zog seine Familie in die damals wachsende Wiener Vorstadt Brigittenau.

In einem «Lexikon des Films» aus dem Jahre 1926 findet sich eine bezeichnende Selbstauskunft Delmonts: «Bis zum neunten Lebensjahr der schmierigste, verlottertste, größte und nichtsnutzigste Lausbub, ein gefürchteter Raufbold und Fressaliendieb, bekannter Fensterscheibeneinwerfer und Anführer einer Horde gleichgesinnter Strolche.»

Sein Bildungsgang bestand aus zweieinhalb Jahren Volksschule, aus dem Studium verpönter Groschenhefte, Kolportageromane und Indianergeschichten. Eine Bildung, die ihn darin bestärkte, nicht beim seßhaften Handwerk zu bleiben, sondern sich in der Welt zu bewegen.

Mit achteinhalb Jahren – entnimmt man einem Zeitzeugen – sei er durchgebrannt, mit einer Trapezartistentruppe, in der er einen «fliegenden Teufel» gab. Ein «Betriebsunfall» – er stürzte ab und fiel neben das Netz – beendete diese Laufbahn. Danach begleitete er einen Fänger, der im Auftrag einer englischen Tierhandelsfirma unterwegs war, auf seinen Fangzügen in tropische und arktische Länder und arbeitete nach dessen Tod auf eigene Faust weiter. Er wurde zum Abenteurer und Weltenbummler.

Doch ließe es sich, in Anbetracht der von ihm in seinen Werken gemachten Angaben, durchaus über seine tatsächliche Herkunft spekulieren. Zumal in einigen Quellen auch «Karl Pick» als sein Geburtsname angegeben wird. In seinem Buch «20 Jahre Großtierfang» schreibt Delmont zu seinen Wurzeln, daß sein Urgroßvater irgendwann in Südböhmen auftauchte. «Er kam aus der Gegend von Saragossa und brachte eine Frau mit, die nur er verstand. Sie war eine Portugiesin.» Es gibt durchaus gute Gründe, seinen Angaben zu mißtrauen. Urkundlich ist der frühe Abschnitt seines Lebens nicht zu belegen, und Delmonts Phantasie waren bei den biographischen Selbstauskünften – wie bei so manch anderem Literaten – offenbar keine Grenzen gesetzt.

Erst als er im Jahre 1901 seinen Namen auf «Joseph Delmont» änderte, werden die von ihm gemachten Angaben verifizierbar. Sein Name taucht mehrmals in Passagierlisten von Schiffen nach Amerika auf, wobei er zweimal in Begleitung von Elisabeth Delmont reiste, einer Operndiva aus Hamburg, seiner ersten Frau. In Amerika wurde er für den Film entdeckt. Aus dem Abenteurer und Weltenbummler wurde ein ruppiger Macher und ehrgeiziger Praktiker, einer der Filmpioniere, der sich in der Branche durchsetzte aufgrund seiner – wie er selbst es formulierte – «Verachtung der Direktoren und dank zweier eisengepanzerter Ellebogen». Joseph Delmont war der richtige Mann für das neue Medium. Er wurde einer der Sensationsfilmemacher. «Die erste große Sensation, die mir vorbehalten war zu drehen, war der Absturz einer Postkutsche über eine hohe Felsenwand der Rocky Mountains. Die echten Rocky Mountains waren aber zu weit entfernt; die Palisaden am Hudson vis-á-vis New York weit handlicher. Und wenn sie auch nur einen siebzig Meter hohen Steinbruch darstellten, so waren sie doch täuschend genug, um für Nichtkenner, und das sind in Amerika neunzig Prozent der Bevölkerung, den richtigen Eindruck hervorzubringen. Trotz aller Berechnung der Absturztechniker landete der dreißig Zentner wiegende Wagen fünfzig Meter weiter im Innenraum des Abgrundes auf einem Schweinekoben und erschlug neun Säue. Die neun toten Schweine kosteten das Zehnfache des Films!»

Als offenbar anerkannter Fachmann kehrte Delmont 1910 nach Europa zurück und wurde in Berlin wirksam als Drehbuchautor, Regisseur und Darsteller. Von 1911 bis 1926 entstanden 64 Delmont-Filme aller Genres. Sie zeichnen sich besonders aus durch authentische, spektakuläre Drehorte, haarsträubende Verfolgungsjagden aller Art und Dimensionen und tragen oftmals autobiographische Züge. Und wie in seinen späteren Romanen beeinflussen insbesondere Heimatverlust und Heimweh die Gefühlswelt seiner Helden.

Nach 1924 beendete er, aus der Branche gedrängt, weitgehend sein Filmschaffen. «Drei Jahrzehnte träumte ich, Schriftsteller zu werden, und verwirklichte den Traum im Juli 1924. Hätten mich nicht Hemmungen, daß ich infolge meiner mangelhaften Schulbildung nicht fähig wäre, richtig zu schreiben, so lange zurückgehalten, wäre ich heute wohl weiter.» In den folgenden zehn Jahren bis zu seinem plötzlichen Tod schrieb er neunzehn, teils autobiographische Bücher, Geschichten und Romane, darunter «In Ketten (Zeloten)», einen Roman, der, auch unter dem Titel «Juden in Ketten», in hohen Auflagen erschien und in mehrere Sprachen übersetzt wurde.

Ab 1933 mußte auch Delmont aufgrund seiner – wenn auch ungeklärten – jüdischen Abstammung öffentliche Ächtung erfahren. Schnell verblaßte sein Ruhm. Publikationsverbot folgte. Immer öfter wurde er von Krankheiten befallen. 62jährig starb er 1935 in Bad Pistyan (Piest'any/Slowakei), wo er zur Kur weilte, laut einer Zeitungsmeldung an den Folgen einer Blinddarmentzündung.

Ob Joseph Delmont im Zuge seiner Recherchen für den «Casanova» jemals in Bautzen verweilte, bleibt ein Geheimnis. Es gibt keinerlei Zeugnis von einem Aufenthalt. Die detaillierten Beschreibungen der Stadt und der Umgebung könnten dafür sprechen. Ungeachtet dessen ist der Roman eine amüsante Milieustudie einer – dieser Kleinstadt.

Peter Thiemann

Vgl. auch: Ronald Hinrichs, Meister der Sensationen, in: Irene Stratenwerth / Hermann Simon (Hg.), Pioniere in Celluloid. Juden in der frühen Filmwelt, Berlin 2004; Gerhard Winkler, Joseph Delmont und der Sensationsfilm, www.filmarchiv.at (Gerhard Winkler ist der Autor der im Herbst 2005 erscheinenden Biographie Joseph Delmonts. Auch ihm liegen keine Hinweise über einen Aufenthalt Delmonts in Bautzen vor.)